龍虎鬥京華
梁羽生
呂凡

# 目次

# 楔子　深宵來怪客　古剎話前緣

弱水萍飄，蓮台葉聚，卅年心事憑誰訴？劍光刀影燭搖紅，禪心未許沾泥絮！

絳草凝珠，曇花隔霧，江湖兒女緣多誤，前塵回首不勝情，龍爭虎鬥京華暮。

——調寄踏莎行

這首踏莎行，道盡了一位江湖奇女子的傳奇一生。在她的故事中包含了震驚武林的龍虎之爭，更涉及中國百姓抗清抗洋的壯烈事蹟！我有幸曾在一個偶然的場合中，和這位奇女子作過長夜之談，說來豈非奇遇？

那是三十多年前的事了，我因事到塞外訪友，獨自僱了一輛騾車，馳驅在關外的斜陽古道上。那時正是涼秋九月，塞外草衰，漠漠荒原，遙接天際。那天行了幾十里路，錯過宿頭，天將垂暮，尚未見炊煙。寒風颭地，荒野無人，心裏正在嘀咕，忽聽北後蹄聲得得，驟然兩騎馬飛馳而來，將近身旁之時，蹄聲忽地一緩，不見馳過。當時年輕歷淺，平素又好讀武俠小說，想起書中描述在荒郊野道劫殺行旅的綠林好漢，不由得打了一個寒噤。在騾車上回頭一望，只見這兩乘騎客，一個是四十餘歲的中年人，一個是卅多歲的壯漢，都生得魁梧奇偉，腰間隱隱現出劍鞘，心想莫不真是「那話兒」來了？正在發愁，驀地一股寒風颼然掠過，兩馬已搶過騾車前面，兩個騎客還回頭看看我們，面容隱約有驚訝之色，但旋即又策馬奔馳，漸行漸遠，旋即消逝於寒風捲起的黃沙之中。

我們約莫又行了十多廿里，還是不見人家。這時天色已黯，在暮靄蒼茫中，塞外原野特別顯得荒涼，又因途中遇見過兩騎怪客，心中正是十五個吊桶，七上八下，不知如何度過這一夜。忽聽騾夫歡呼指點道：「您看那邊！」原來在他指點的方向，出現一座樹木稀疏的小山，山腰處有一間古寺。我們連忙向小山駛去。將騾車停在山下之後，騾夫與我便爬上半山，登寺求宿。敲了半天大門，才聽見裏面傳來一個蒼勁的老婦聲音：「寺門沒有關上，自己推門進來吧！」

推開寺門，幾隻大蝙蝠撲地自殿角飛起，發出吱吱的怪聲。大殿陰沉沉的，殿中的燭火給冷風吹得搖曳不定，燭光在陰沉的氣氛裏也似乎凍結了起來。我凝神注視，只見殿堂的大蒲團上，盤膝坐著一個年老的尼姑。來人的腳步聲，蝙蝠的怪叫聲，似乎都沒有帶給她絲毫紛擾。她端坐著動也不動，宛如幾千年前的古代石像！

我們看到這樣的景象，倒不敢冒昧前行，便佇足前庭之中。這個寺不大，殿外是個小小的庭院，院中有一棵約可合抱的大樹。在微弱的燭光下，我又發現一件奇怪的事情：那棵大樹上有一道似乎被鐵箍箍過的痕跡，凹陷直有兩、三寸深，而且那道痕跡的合攏處，正對著我們，看分明了，是兩個掌印，同樣也陷入兩、三寸深。

我們停頓了好一會，見殿堂上還是沒有反應，心裏雖然怔忡，但心想就算是已經到了是非之地，也不能不鼓勇前進了。我們一步一步從庭院緩緩拾級登上殿堂，再慢慢走近這老尼姑的背後，她才驀地回頭，笑說道：「貴客遠來，疲乏了！」剎那間，我們首先看到的是一對明如秋水，神光奕奕的眸子。雖然她已滿面皺紋，且一副老態龍鍾的樣子，但無論怎樣，可以斷定，她少年時候，必定是個丰姿絕代的美人！

她跟著又說道：「貧尼還有一點點功課，要過會兒才能夠做完，貴客且先進左廂房歇息一會，待貧尼功課一完，再來招呼你們。」我們便又再瀏覽了一下殿堂景象，只見除了幾尊佛像外，便空無所有。在幾尊佛像當中，垂掛一張塞外駝絨做成的簾幕，內中也不知道供的是佛像，還是什麼？在絨幕下有一個形狀奇古的花樽，插著幾枝塞外特有的，從初秋開到初冬的變種忍冬花，花蕊還吐著清香，似是剛剛摘下來的。

那間左廂房倒是打掃得很潔淨，但房中除了兩個大蒲團外，也沒什麼其他家具，倒是壁角裏堆了一些草木植物，也分辨不出是什麼東西。

我坐定一想，覺得今夜所遇到的事情都好生奇怪。除了那些奇怪現象不說，就是在這塞外的地方，能有一間佛寺，一個尼姑，就已經是奇怪的事情了，塞外是喇嘛教的範圍，怎會在這荒原裏有一間佛寺？而且這尼姑看來也絕不似塞外之人！

想不通就算了吧，我定一定心，從行囊裏拿出一本維摩經來。我年輕時，頗為喜歡佛學，那本維摩經是涵真大師最新註釋的書，我特地帶來，以解旅途沉寂。事實上，我拿出這本書，還有別的用意。因爲佛經上的維摩居士是一個道心堅定的人，而且舌燦蓮花最善於宣揚佛法。佛經中「問疾維摩」那段就是一段奇文，當時八百聲聞，三千羅漢都不敢去探病，因爲怕道行和詞鋒都比不上他，更何況外道？我拿出這部經，也是想要在遇到邪魔外道時，用來鎮定自己的。正輕輕念不到幾行，驀地門外傳來那尼姑的聲音：「貴客這樣用功？可也覺得在塞外荒原上有這樣一間佛寺，這樣一個尼姑，奇怪嗎？」

只見她正顫巍巍地向我們走來，招手説道：「請到大堂裏坐坐吧，貧尼已爲貴客預備了滾熱的苦茶，喝喝好解寒氣。順便也向你們解釋，爲什麼這裏會有這麼一間古刹，會有貧尼這麼一個人？」

我們隨她到了大堂。待我們坐定，喝了兩口茶之後，那尼姑便開始説道：「喇嘛教，其實即是西藏的佛教，所崇奉的也是釋迦牟尼。大約在唐代中葉，印度的蓮華上座師到西藏創立紅教，翻譯出顯、密兩宗的佛經，並組織『喇嘛僧團』，喇嘛是藏語中『最勝無上』的意思。後來到元世祖忽必烈征服西藏之後，尊大喇嘛八思巴爲帝師國師，號稱大寶法王西方佛子。紅教的勢力遂日益隆盛。喇嘛教雖然也是佛教的一支，算起來是佛教十三宗中的密宗，但卻和中土流行的天台、淨土等宗大不相同了。密宗又稱真言宗，講究傳授真言，後來更與原在西藏流行的『巫鬼教』結合，專以吞刀吐火等魔術立異炫俗，中土講究大乘教義的僧人到來，反受排斥了，而且喇嘛只有男子可當，女人是沒有這權利的。」

我聽那老尼姑娓娓道出佛教的源流和宗派，不禁肅然起敬，心想真是一個不平凡的尼姑。這時天色更是陰沉，竟下起小雨來了。稀疏的雨點，打在樹葉和屋簷上。這樣一個雨夜，與這樣的尼姑夜話，的確是一個不平常的晚上。

這時又聽得那尼姑繼續說道：「雖然如此，但中土佛教和西藏佛教到底是同出一支，中土僧人並非完全不能踏進西藏，否則怎會常有中土高僧，取道西藏去印度朝聖？但中土僧人若要在西藏立足，如不改信喇嘛教，那倒是一件難事。這個古剎便有這麼一個故事：

「據說，在距今百餘年前，中土有一個高僧來到蒙藏雲遊。他既不會吞刀又不會吐火，但卻懂得治病，因此蒙藏居民也有佈施給他的。漸漸他也收了一些徒弟。那時西藏的大喇嘛見他沒有來『朝』，便派人叫他到色拉寺來，問他有什麼本事，如顯不出兩手來，便要把他驅逐出境。

「那位僧人卻不慌不忙先問喇嘛僧們有什麼本事？那時天空正有幾頭大鷹飛過，其中有一隻飛得稍低，離地大約有十多丈的樣子。一位喇嘛冷笑一聲，突然一躍便躍上高空把那大鷹擒了下來。另一個喇嘛更二話不說，就一手連發四粒彈子，把其餘的四隻大鷹也都打下來了。那高僧笑道：『你們都是用霸道伏鷹，且看貧僧的吧。』說完便向第一位喇嘛要過那隻大鷹，放在手心上，攤開手掌，那大鷹撲了幾撲，卻無論如何都飛不走。自此大喇嘛便許他立足下來，在蒙藏建了三間佛寺，一在伊索昭盟，一在藏邊的札什倫，另一間就是本寺。我的師父正是這位高僧第三代唯一的女弟子！」

說到這裏，外面雨聲更大，驀地一陣寒風吹來，佛堂正中的絨幕被風吹開，裏面竟是一張豐神俊秀的美男子畫像！

霎時，那老尼姑的面色一變，眼中散發出奇怪的光輝，但旋即又平靜下來，淡然說道：「居士們請別見怪，他是貧尼的未婚夫！」

怎麼這個老尼姑還會有一個未婚夫？老尼姑繼續往下說道：「他早在三十多年前給仇人害死了。他原是太極門名家的弟子，早年挾劍仗鏢，也曾威震江湖，不料後來竟死在宵小之手。唉！傷心往事，我也不忍提起。

「居士們或者會笑我還看不破色空的境界，太執著了吧？其實佛家最上乘的教義是要『入地獄以救衆生』，試問不辭任何艱苦也要普渡衆生，照一些略識皮毛的人看來，是否也算執著？一個人總有所爲而生活，貧尼就是爲了他的深仇大恨，才忍受了三十六年的空山寂靜！」

這時外面的風雨更大，吹得庭中那棵大樹簌簌作響。忽然那老尼姑面色霎地一變，隨手拿了幾枚念珠向空中擲去，她的擲法也好生奇怪，只見她先擲一粒直上夜空，跟著又發出一粒，恰恰和前一粒落下時碰個正著，發出一種奇怪的清脆聲！這樣她一連發出六粒念珠，就在空中發出三響。這樣的黑夜，這樣小的念珠，可以想見老尼姑的目力和腕力。那老尼姑將念珠發出後，微笑道：「貧尼這念珠以前在江湖上也小有名氣，叫作牟尼珠鏢，今夜的來人，無論是友是敵，總該曉得貧尼的家數！」

話猶未了，只見大樹上現出兩個人，大叫道：「您老人家別發珠鏢，是孩兒們來了！」

那老尼姑一聽聲音，失聲道：「呵，孩子！是你們來了嗎？我們又有十八年沒見了。」

這時大樹上的人影好似兩隻飛鳥，倏地飛撲到殿堂來，正是今天我們在路上碰到的兩個漢子！

那尼姑看看他們，說道：「你們的來意我知道了，我未了的事，是應該隨你們去了結的。」

那尼姑等著兩個漢子在蒲團坐下後，回過臉對我說：「居士今夜來得巧，明天我便要隨他們去了，此行生死未卜，我想趁此長夜把過去的事詳細對你們說說，也讓這兩個孩子能夠完全明白。如果我們死了，你也可以將這些故事流傳下去，好讓後世武林中人，知道武林中寃寃相報的慘痛……。」

那尼姑就這樣談了一個長夜。後來我在江湖浪遊時，又聞得不少有關的事蹟。本書所述，就是這位老尼姑所說的往事……

# 第一回　一心傳絕技　千里作調人

在今山東、河北兩省邊界恩縣的地方，當隋、唐初時期，還是黃河入海的故道。後來黃河雖然改道，但在黃河與運河之間，還是匯成了一個廣達數百里的水泊，支流交錯，湖泊遍佈。在廣闊幽深的水泊裏，長著豐茂的菖蒲，叢密的蘆葦，小型的丘崗和淺灘像棋子一樣散佈在水泊的中間。這就是在中國歷史上曾享有盛名的「高雞泊」。高雞泊在隋末時，曾是農民起義軍竇建德集團的根據地，與秦叔寶、程咬金所踞的瓦崗寨齊名。後來這些英雄事業，雖都已成陳跡，但高雞泊的名聲已經流傳下來了。

高雞泊裏有一個小村叫作金雞村，傍著水泊，村後是一個小山崗，水光山色，風景絕美。這天，正是早春天氣，在村前一個廣場上，有兩男一女在那裏練習武技。原來他們都是太極門名拳師柳劍吟的弟子，那兩個男的是柳老拳師的二弟子楊振剛和三弟子左含英，女的則是柳老拳師的愛女柳夢蝶。這時左含英和柳夢蝶正在廣場上角逐遊戲，楊振剛則斜倚在場邊的小樹上，含笑望著。

左含英和柳夢蝶練習的情形也奇怪。只見左含英的手上拿著一根繩索，索上吊著十二個小小的羊脂白玉球，用一根小鋼線繫著，左含英一伸手便嘩啦啦的舞動起來，那軟軟的繩索給他舞得筆直，有如一根棍子，虎虎生風，十二個小球也隨之舞動起來，照得人眼花撩亂。

左含英在廣場上疾跑了兩圈，越跑越急，只見一團人影，裹在無數的球影裏，他大叫道：「師妹看準了打來吧！」柳夢蝶隨即拔步向左含英追去，兩手各扣著幾個錢鏢。錢鏢便是將普通銅錢——大多數是選用「咸豐」錢——的兩邊磨得鋒利後當成飛鏢使用，又叫金錢鏢。太極拳、太極劍和金錢鏢正是柳老拳師從山東太極丁派得來的絕技。

在柳夢蝶和左含英兩人風馳電掣的追逐中，突見柳夢蝶輕舒玉臂，一個「鳳凰展翅」，一面發出一枚錢鏢，一面叫道：「第三個！」錢鏢如矢，直飛入那一圈球影中，只聽見噹的一聲，一枚小球落地。左含英停步一看，正是繩上繫著的第三個小球，那一絲鋼線被錢鏢割斷了。左含英含笑說一聲「好！」便又疾跑舞動起來。柳夢蝶更不打話，使出「八步趕蟬」的輕功，一溜煙的自後追上，刷刷又是兩聲錢鏢破空之聲，口裏連叫道：「第五個，第七個」，那邊又是兩聲叮噹之聲，兩個小球落地。左含英微微一笑道：「師妹，這次師兄要用招數閃避了，妳打來吧。」話還未完，柳夢蝶一個「怪蟒翻身」，刷，刷，刷，又是三枚錢鏢打來，口叫道：「第一個，第四個，第八個！」這次只聽得叮噹兩聲，只有兩個小球落地，另一枚錢鏢卻給左含英用兩隻手指夾著，哈哈大笑。

柳夢蝶羞得滿面通紅。原來她三枚錢鏢發出時，一抖手便化爲三點寒星，連翩飛到。左含英明知師妹使金錢鏢幾乎到了出神入化的地步，閃避甚難，存心捉弄她，竟使出武林中在敵對時才使出的絕技「鐵板橋」，右足撐地，左足蹬空，頭向後仰，一條軟索突從上空飛舞變爲貼地盤旋。饒是這樣，那三點疾如飛矢的寒星斜飛而來，第一個、第四個小羊脂白玉球還是給前面飛來的那兩枚錢鏢打落。第三枚錢鏢飛來時，左含英已將右足一旋，借擰腰之勢，右手略向下沉，又將那軟索抖得筆直，錢鏢横飛來時，竟打了個空，穿過球隙，直飛左含英的咽喉，左含英突一長身，左手伸出二指，覷個正著，一挾便挾到了。

這時倚在小樹邊的楊振剛忙喝住師弟師妹說：「師妹的錢鏢也不錯了，只是第三枚錢鏢所發的勁急了一點，才會打過了頭。但三師弟的招數更多可議之處，試想我們太極門的錢鏢，專打人身穴道，若這次你中了兩枚錢鏢，那還了得？你的『鐵板橋』功夫還未到家，離地還是過高，如果再低三寸，三枚錢鏢就全都凌空而過了。其實你若自知『鐵板橋』的功夫還未到家，用『燕青十八翻』的功夫，避過這一手三鏢是最安全的。在對敵出招時，應先求穩健，然後才講究招式，你可知道？」

柳夢蝶雖得師兄誇獎，還聽師兄把左含英的招數數落了一遍，但卻覺得這次在師哥面前，總是失了面子，不肯甘休，口裏嚷道：「我三鏢只中兩鏢，總算也栽了一個跟頭，三師哥你別走，我還要和你過過掌。」一面說一面就摩拳擦掌向左含英走來。左含英把肩一聳說道：「師妹，妳已經佔了上風還不肯罷休嗎？妳不累我也累了。明天再和妳過掌吧。」柳夢蝶哪裏肯依，還是纏著左含英要過掌。

左含英和柳夢蝶年紀相差不遠，柳夢蝶今年十六歲，左含英則只有十八歲。柳老拳師一生只生得夢蝶一個愛女，雖然管束甚嚴，但也不免疼之過甚，有時也要順她的意。柳夢蝶的大師兄十年前已出師門，算來也該有三十歲了，二師兄也將近三十，她不敢纏他們玩，所以就專磨著左含英和她玩。在她是一片天真爛漫，而且小小姑娘，也還不懂男女之事；然而左含英卻常給她撩得心頭麻癢癢的，有一種莫名的感情。因此左含英也常常故意去逗她，所以今天才會挾著她的錢鏢存心想氣氣她。

柳夢蝶果然給他氣著了，跑過去便用太極門中的「七星掌」式，吐掌向左含英打來，左含英擺出「如封似閉」的式子，正待招架，猛聽得二師兄嚷道：「別鬧了，你們看什麼人來了？」

二人收式向師兄所指的方向看去，只見一葉輕舟，在水泊蘆葦間像箭一樣飛來。那輕舟也煞是奇怪，沒有張帆，又是逆風，卻船行迅疾，分明不是普通漁民搖櫓。說時遲，那時快，輕舟已衝到岸邊，船頭上站著一個灰撲撲的大漢。

灰衣人一躍，那小船經他雙足一衝一帶之力，竟自衝上沙灘來。灰衣人也不理那小舟，步履矯捷，逕自向廣場走來。一面走，一面問道：「柳劍吟柳老拳師可在這裏麼？」

左含英等驚疑不定，問道：「你是什麼人，找柳老拳師幹什麼？」

那漢子邊走邊拍身上的風砂，閃爍其詞的說道：「你們不必問我是什麼人，柳老拳師見了我自然知道。我找他是爲了一件關係他師門榮辱的大事，說給你們聽你們也不明白！」漢子的話把他們怔住了。

三人之中，到底是楊振剛有過一點江湖閱歷，看那漢子雖然身手矯捷，一望便知是武林中人；但他孤身一人，如有惡意，諒他也討不了便宜。且引他到師父門前，再派小師妹進去稟報，師父名震武林，熟知江湖門道，還怕摸不了他的底細？

主意既定，楊振剛便上前幾步說道：「柳老拳師正是家師，閣下既有要事要見他老人家，小弟自當引路。」說著便帶他越過廣場，向場後築在半山的柳宅行去。

那天春雨剛過，山路泥濘。楊振剛偏不帶他走開闢好的小徑，卻帶他從亂石叢中步上半山。楊振剛存心想試試這漢子功夫，在行過一處遍生苔蘚的石澗時，猛回頭雙手把他一帶，說道：「路滑，小心！」

楊振剛是想用太極門中的「黏」字訣，直把來人「黏」出幾丈之外。不料話聲未止，雙手方觸及對方的衣袖，卻被來人藉自己的掌勢，反「黏」出去，雖然不致被「黏」出幾丈之外，但也步履傾斜不定。那灰衣人卻紋絲不動，口裏說：「是呀！路滑，要小心！」

說時遲，那時快，突地從半山上衝下一個人，身形如飛星倒瀉，一瞬間便到了兩人面前。只見他兩袖帶風，驀地右手一帶便將楊振剛帶過身後，左手駢指如戟，「順水推舟」直向那灰衣人的期門穴點來。

那灰衣人不防有這一著，也來不及看清來人面目，急將雙足在石澗上一點，倒躍出兩丈之外，身形方定，待要看清來人是誰時，聽得一聲喝道：「金華，是你嗎？」

那被喚作金華的灰衣人，急忙拜倒地上：「師伯，小姪無禮，未曾晉謁，倒勞您老人家前來迎接。」

那從半山上衝下來的人，正是柳劍吟柳老拳師。原來柳夢蝶人挺機靈，在那灰衣人上岸時，她就一溜煙的抄小徑回去告知老父。柳老拳師以爲是什麼江湖好漢，慕名尋事，卻料不到是自己的師姪。

當下金華正待傾訴，柳老拳師說，「別忙，且到我家門前的柳林歇歇再說。」那柳林中設有石桌石凳，是柳老拳師平時避暑和村人閒聊的地方。

金華在柳林中坐下，也顧不得回答柳老拳師對他師父近況的問候，馬上便拿出一封信來，柳老拳師看了，神色大變。

這封信正是柳老拳師的師弟，山東太極丁的兒子，丁派掌門人丁劍鳴寫來的。信中所說的事情非但關係柳老拳師師門的榮辱，而且關係著關內關外武林的團結，處理不當，就會生出滔天風浪。因此，饒是柳老拳師江湖閱歷甚多，也不能不閱信色變……

柳老拳師柳劍吟的父親是山東太極丁的遠房親戚，雖說是遠房親戚，但居處相隔不遠。兩人個性也頗相投，柳劍吟七、八歲時，他的父親曾請太極丁教他技擊，但偏偏柳劍吟小時生得非常瘦弱，偏偏太極門的功夫是不打不教的，要學習對敵時能夠實用的技擊，必定常常要和師父過招，給師父攧得頭崩額裂是常有的事，太極丁恐怕柳劍吟的身子受不了，因此只教他一些太極拳的基本架式，作爲强身之用，待他身體强健後，才教他太極門中虛實變化的應敵招數。

柳劍吟這個孩子卻似乎和武學特別有緣，太極丁雖然不教他應敵的招數，他卻總是流連於太極丁的練武場，看其他的門人練習。如此過了一年光景。柳劍吟的父親是個小自耕農，豐年時還能自給自足，不巧隔年逢到荒年，稅賦又重，謀生不易，恰巧柳劍吟的父親有個朋友在鄰縣做生意，叫他去幫忙，他就帶柳劍吟過去了。

轉眼又過了三、四年，一天，丁老拳師正和幾個弟子在家門前閒話，遙見數十丈外有兩頭大水牛，不知怎的打起架來，其中一頭鬥敗了，急急向前奔跑，後面那頭也急急啣尾追來。正在此時，忽見一個孩子在路上奔跑，好像不曾留意到那兩頭水牛。那前面的水牛已迎面衝來，眼看就要碰上，太極丁急得「唉呀」一聲，立刻飛躍上前援救，哪料還未奔到，已聽得撲地兩聲巨響，那兩頭大水牛已滾出路邊一丈開外。太極丁是武林名手，眼睛銳利，一眼便看出那孩子使的正是太極拳中「野馬分鬃」的手法，順著兩水牛的衝勁，用左掌一帶前牛，右掌斜按後牛，兩牛已經發勁，給這孩子一帶一撥，便都倒地滾出路邊去了，使的正是太極門中「四兩撥千斤」，「借力打力」的功夫。

太極丁再定睛看這孩子，不禁又驚嘆了一聲，這不是柳劍吟還是誰？當下就問他爲什麼回來，怎的練得這一身好身手？原來在柳劍吟離開太極丁後，還是照常練習，而且默記太極門下演練的應敵招數，幾年來無師自通，領悟了不少太極拳的妙用。前幾天他的父親客死他鄉，他無依無靠，只好遵照父親遺囑，回來找丁老拳師。

柳劍吟的話還未說完，忽然一條黑影，從太極丁頭上飛過，向他猛的撲來，竟然是一個比他還小的孩子，太極丁不但不加阻攔，反倒退兩步，拈鬚微笑。

柳劍吟急忙倒退兩步，那小孩子已經欺身直進，「雲龍三現」，一掌三式，向柳劍吟胸部打來。柳劍吟其時已將左手提至胸前，手心向內，用橫勁向上「擠」去，這正是太極拳的「攬雀尾」一式，給他用得非常純熟。那孩子身手也極爲快捷，一擊不中，立刻變招打來，仍是一派攻勢手法。柳劍吟儘管將數年領悟所得都施展出來和他周旋，仍然感到非常吃力！

那兩個小孩子對拆了二、三十招的光景，丁老拳師才喝道：「好了！好了！鳴兒不要再鬧了。」那孩子一停下身形，立刻便拉著柳劍吟的手又跳又叫，樂得直笑道：「這回我可找到伴了！」

太極丁當下對柳劍吟連聲誇讚，說他自己領悟得來的手法，居然能和自己的兒子打成平手，將來一定可以爲太極門大放異彩；一面也暗暗爲自己的兒子高興，雖然兒子得了自己真傳，也不過和柳劍吟打個平手；但畢竟自己兒子比柳劍吟還小了兩年，看他出手快捷，變招靈活，也真難爲了他。眼見這兩個孩子，都是天資聰穎，和武學似有宿緣，一個是自己的愛子，一個又將是自己的愛徒。武林名家最怕找不到衣鉢傳人，現在卻有兩個質美又好學的孩子做自己的傳人，心中的歡喜真是無法形容！

從此丁老拳師遂正式收柳劍吟爲徒，因他比自己的兒子丁劍鳴長兩歲，遂教丁劍鳴喚他做師兄，並不按入門前後爲序。太極丁把一生所學，連自己名震武林的絕技——太極拳、太極劍、金錢鏢都悉心傳授了這一子一徒。柳劍吟幼年喪父，太極丁既是恩師，又是父執，師門恩重，心中自是感激萬分。

柳劍吟追隨太極丁十幾年，太極丁也把他當成兒子一樣看待。在臨死前，太極丁將柳劍吟和丁劍鳴喚到床前吩咐道：「我們這一派太極拳從張三丰傳下，就以抑强扶弱爲本志，當今滿族入據中原，滿洲貴族官府欺壓百姓，你們技成之後，可不許替滿洲人做事。在江湖道上行走，也應記著除暴安良的武林明訓。對武林同道，不許逞强鬧事。劍鳴鋒芒太露，我放心不下，劍吟純樸得多，可得多多照顧你的師弟！」太極丁說完，把眼一閉就去世了。

太極丁死後，他們這兩個廿多歲的年輕小伙子，自然不甘寂寞，便連袂在江湖道上行走。那時正當太平天國之後，自明末遺留下來以「反清復明」爲志的祕密會社正如雨後春筍，方興未艾。在山東、河北一帶拳風盛行，尤以梅花拳、金鐘罩等最爲風行。嘉慶時，清政府唯恐拳民作亂，曾下令嚴禁，但民間私相傳授拳術的情形，仍繼續不絕；「太平天國」之後，禁令既鬆，民間更盛行習武。各家各派均開堂口、招門徒，柳劍吟、丁劍鳴在江湖道上行走，自然免不了和他們打交道。不久，竟鬧出一件事，使他們兩師兄弟不歡而散！

原來太極丁死後，柳劍吟與丁劍鳴二人連袂在江湖上，也幹了一些俠義行爲。其時，山東、河北兩省的武館會社又以當時河北省會保定爲中心。柳、丁二人武藝超卓，自然受到各派推崇，因而與形意拳的鍾海平、梅花拳的姜翼賢、萬勝門的管羽禎等成爲保定城內江湖道上的首領人物。

最初清廷唯恐拳民作亂，曾下令嚴禁，犯者處死。後因禁不勝禁，遂改變策略，轉鎮壓爲利用，便籠絡拳民，或聘各拳家爲國術教練，或令官府紳士紆尊降貴與武術界中人往來。這種形勢發展至光緒年間，就成爲滿清政府利用義和拳——亦即梅花拳——作爲排外及政爭的工具，以消滅其反清的情緒。

當柳劍吟、丁劍鳴等在保定成爲山東、河北兩省的領袖人物時，也正是滿清政府改變策略想利用拳民的時候。其時那些以「反清復明」爲志的祕密會社，已成半公開性質，但由於没有堅强的組織、明確的政綱，及廣泛的羣衆基礎，因此無法發展爲一種革命的團體，而仍停留在幫派的形式。在滿清政府變壓制爲籠絡，更確切的説，是壓制與籠絡雙管齊下時，武林中人就出現了不同的意見：有人甘爲滿清政府利用；有人置身事外，只求獨善其身；有人仍堅持原來的反清主張，不與官府來往。

柳劍吟、丁劍鳴二人承父師之訓，成爲山東、河北兩省的武林領袖人物，自然不易爲清廷籠絡。但兩人的作風卻大不相同：丁劍鳴以太極派嫡傳子弟自居，平素又挾技自傲，不肯下人，和各派名家相處得不大和睦。他就曾和形意拳的鍾海平因爲各誇師門，較起技來，最後雖然由柳劍吟勸止，不分勝負，但嫌隙已生。而柳劍吟則處處「大智若愚、大勇若怯」，謹守團結武林的師訓，和各派名家相處，總是虛心吸取他人之長，而自己亦不吝傳授他人，因此很得武林中人愛戴。柳劍吟亦曾屢次規勸丁劍鳴，無奈「江山易改，本性難移」，縱許能斂跡一時，不久又是故態復萌。

一天晚上，丁劍鳴照例在午夜之時，起來練習太極行功。其時正是下弦月上，星河黯淡，月色微明。驀然聽得衣襟帶風之聲拂耳而過。丁劍鳴是老江湖了，一聽便知有夜行人出没，當即將身子一伏，側首往民房上看去，只見一條人影，疾如閃電的閃入暗處。

丁劍鳴吃了一驚，心想方交午夜，月色尚明，繁華未歇，怎的就有夜行人經過，而且還在這保定省會之區，顯然這夜行人非奸即盜。若是一般綠林好漢，諒他也沒有膽量未曾拜門，就先做案。丁劍鳴一是好奇，二是惱怒夜行人未把自己放在眼底，當下立刻展開本門身法，龐大的身軀，竟像燕子掠空似的掠上屋簷，腳尖輕點屋瓦，飛身追蹤而上。丁劍鳴的輕功已到了爐火純青的地步，只見他似蜻蜓點水，落地無聲，不消片刻工夫，已追到那人身後。

事情也忒奇怪，那人的輕功初看似沒有丁劍鳴的功力，但追到他身後二、三丈時，他竟好像背後長了眼睛，知道有人追蹤，立刻又加快步伐，饒是丁劍鳴用足了功力，也總是被他拋在幾丈之外。

兩人風馳電逐，追了一程，不覺已到保定郊外。只見那夜行人躍進一座大戶人家的園林，擊掌一下，丁劍鳴急伏在一株大樹枝柯交叉之處，從樹葉叢中探頭一望，只見暗處又跳出一個夜行人，兩人交頭接耳了一會，就逕自朝庭院中的一座小樓躍去。丁劍鳴經驗老到，心知一定是一人先來探道，然後才等同伴來做案。當下身形一長，直掠出數丈之外，像棉絮一樣貼上近樓房的另一大樹。只聽得其中一個夜行人低聲說：「那雌兒就在三樓，我剛才吹進『五鼓返魂香』，想現在已昏迷了。」

丁劍鳴勃然大怒，他最痛恨江湖中那些下三門的採花淫賊，當下就從大樹上凌空掠起，像大鳥似的落在樓房屋簷上，那兩人驀地一驚，急忙飄身而下，丁劍鳴也跟著落下地來。

丁劍鳴定睛一看，只見兩個夜行人都戴著黑色的面具，只露出一雙賊灼灼的眼睛。兩個夜行人同聲喝道：「什麼東西？敢來干涉爺們的好事？」丁劍鳴怒喝道：「你們這些小輩，連我丁劍鳴都不知道，看掌！」

那兩個夜行人二話不說，一個亮出一柄長劍，一個亮出一對三尺多長、黑漆漆的判官筆，合攻過來。丁劍鳴立刻展開太極掌法：封閃、擒拿、挨幫、擠靠、閃展、騰挪，一意奪取敵人的兵刃。那兩人也好生了得，丁劍鳴一時竟不知道他們是哪一路？只見那使劍的時而是嵩陽派的達摩劍法，時而又變爲形意派的無極劍法，如驚蛇怒蟒，處處向丁劍鳴要害處吐來！那使判官筆的更是厲害，無論劈、砸、撥、打、壓、剪、捋、鎖，都極爲沉著迅捷，那對判官筆，倏上倏下，忽左忽右，專向人身三十六處大穴打來。丁劍鳴使盡空手入白刃的太極掌法，還是討不了半點便宜。但卻也忒奇怪，丁劍鳴好幾次連碰險招，眼看就被劍尖刺著，或被判官筆點中，但那兩人卻又閃電撤回，變招打出，也不知是什麼道理？

那丁劍鳴還以爲是自己太極掌法厲害，敵人不知虛實，所以不敢把招數用死，以防自己式中變式，招裏套招。他哪裏知道，那兩人其實別有居心。不然若論武功高下，丁劍鳴和他們之中任何一個一對一亮兵器對打，諒還不至落敗；而今以一敵二，又是空手對兵刃，就是兩個丁劍鳴也被剁爲肉泥了！

三人這一番打鬥，早驚動了這戶人家。當下燈火通明，許多家丁都持鎗弄杖的出來，但卻沒有一個敢殺上前來，只是遠遠的觀望，一面口裏嚷著：「捉賊！捉賊！」但若見身影向自己這一面移動時，卻又哄的一聲散到別處去。其中有兩個護院模樣的人比較膽大，一個手持花鎗，一個手持雙刀，掩到賊人身後，正待偷襲，卻被賊人只一下「迴風捲柳掃堂腿」，就把他們掃出兩、三丈外，來了兩個，跌了一雙。

丁劍鳴也不指望這些護院能濟得了什麼事，仍是捨死忘生的憑自己一雙肉掌，來鬥敵人的一柄長劍、兩枝判官短筆，雙方又拆了三、五十招之後，那使判官筆的摟膝繞步，一招「劉海洒金錢」，向後一甩腕子，雙筆挾著一股寒風，斜向丁劍鳴的右肩井穴打來，丁劍鳴急將腰一撲，掌探中鋒，駢指如戟，讓過幾筆，向敵人的志堂穴點來，還未點到，只覺背後一股寒風，那柄長劍眼看就要刺到，丁劍鳴一個大彎腰，「斜插柳」向左旋過，伸掌便貼劍身，讓招遞掌，向敵人面門打來，使劍的急將身後仰，一個「倒轉陰陽」，將右手長劍一沉，化爲「黑虎捲尾」招數，逕掃下盤，橫斬丁劍鳴的雙足。丁劍鳴慌不迭的躲避時，忽聽得那使劍的一聲「扯呼！」兩人正佔上風，卻忽的撤招，將腳一蹬，躍入園林深處。丁劍鳴不知進退，還待追趕，忽地幾點寒星，撲面飛到。丁劍鳴急急一個「燕青十八翻」，用北派「滾地堂」的功夫，貼地直滾出去，儘管滾得迅疾，右腿上還是中了一顆暗器，當時只覺麻癢癢的，還不覺怎麼，但這須臾稍緩的工夫，兩個蒙面夜行人，已逃得不見蹤影了！

敵人一去，那些家人大嚷一輪追賊之後，一面圍上前來，當中走出一個五旬上下的儒冠老者，當著丁劍鳴的面一揖到地，口裏說道：「先生大恩，沒齒不忘！」正當丁劍鳴急忙將老者扶起時，那老先生已不由分說，招呼家丁子弟，架著丁劍鳴往裏走。丁劍鳴欲走不能，只得跟他們進去，才一坐定，那些人又是捧煙又是倒茶的殷勤招待。丁劍鳴原不願與仕紳來往，因此呷了一口茶後，便待回去，不料一站起身，右腿卻痠痠軟軟的不由自主，一跤跌下。

丁劍鳴這才記起右腿中了暗器，待被人扶起後，急用手指對著傷口把暗器直挖出來，拿到面前一看，不由得哎的一聲叫道：「呵呀！毒蒺藜！」

那老先生忙湊過身來，殷殷問道：「甚麼暗器，可有妨礙？」丁劍鳴面色大變，嘶吟道：「這是江湖上有名的邪毒暗器蒺藜，以苗疆毒藥煉成，毒氣見血即鑽，除非找到本門解藥，否則是救不了，看來我不能生出此門了！」

那老先生詳細審視一番，忽然吩咐一個少年說：「澄兒，到後樓你二姨娘處問她拿出『白玉生肌拔毒膏』來試試看。」一面對丁劍鳴說道：「老夫年少時曾在北京做過小小的京官，結識了一位老太監，承他贈送了半瓶『白玉生肌拔毒膏』，乃是大內之物，據說能解百毒，無論蛇蟲咬傷，毒藥暗器打傷，都可解救。宮中特備來預防使毒藥暗器的刺客的。他得聖眷，賜了一瓶，特分半瓶給我。一直不曾用過，這回正好試試。」丁劍鳴見既無法找到本門解藥，生命危在旦夕，只好任由他試。說也奇怪，將這「白玉生肌拔毒膏」敷上之後，果然清涼沁骨，當下右腿就可轉動！

但餘毒還未拔清，尚須休養數日。丁劍鳴只得在他家住下。遂知那老者叫作索善餘，乃保定一個大仕紳，家裏擁有數千畝地。丁劍鳴在他家幾日，讓他招呼得十分周到，那老者日日陪他，談論一些詩文與京中趣事，丁劍鳴家中原本小有田產，幼年也習過一點詩文。見那老人態度和藹，談得也還投機。在那幾天中，又見時時有衣衫襤褸的人進來，要求施棺借米之類，那老人都親自接見，一一打發。丁劍鳴一來自己就是出身小地主之家，二來見那老者的慈悲行徑，心中早已認爲索善餘是一個慈善的長者！

三日過後，丁劍鳴腿上餘毒都已拔清，傷口完全復原。索善餘親率家人把丁劍鳴直送出大門之外三里之遙，口口聲聲稱他爲大英雄！大恩公！還說了許多「此恩此德，沒齒不忘！」的話，跟著又要了丁劍鳴的住處，問他是否願意折節下交。丁劍鳴也謝過他「白玉生肌膏」起死回生之德，由於人情難卻，他又覺得索善餘是一個和藹可親的長者，竟然答應了和他結交。

其實那索善餘並非什麼慈善長者，他不過是演齣戲給丁劍鳴看罷了。正當丁劍鳴在歸途上對他滿心感激，異常好感之餘，索善餘家中的密室裡，就坐著當天晚上跑進索家的那兩個僞裝採花的蒙面夜行人！那兩人正是清宮大內的頭等衛士，使劍的叫蒙永真，使判官筆的叫胡一鄂，他們都是由直隸總督戴祺向京師請來，進行一件大陰謀的幫手。

在索善餘的密室裏，這三人正撫掌相視而笑。蒙永真道：「這回丁劍鳴可著了我們的道兒了。不過這小子也確實名不虛傳，他那七十二手『迴環滾拆』的太極掌法，若非我們二人，恐怕也不是輕易就打發得了的。」胡一鄂笑道：「論本事，丁劍鳴自不是庸手，但卻也沒有超出我們兄弟之上。照我往昔的習性，哪容他這樣狂傲，如不是戴總督再三叮囑，我們兄弟倆早把他廢了。」索善餘大笑道：「如把他廢掉，我們的計畫就不能進行了。廢掉他一人有什麼用？我們要拆散的是這些自命爲江湖義士的團結！我實在佩服你們兩兄弟的本事，胡兄那一手暗器，打得真有分寸，不讓他當堂斃命。而蒙兄故意使出的那幾手偷學來的形意派無極劍法，更讓那姓丁的猜疑不定！」蒙永真也笑道：「我也真佩服您老先生的本領，尤其是那幾聲大英雄，把他捧得毛管都鬆了。」

原來直隸總督受了清廷密令，對於山東、河北兩省的拳民，可籠絡的籠絡，可打擊的打擊，若一時不能籠絡又不能打擊，則要想辦法分裂！因此戴祺的幕客便想出了一條計策，他們知道丁劍鳴和其他武林的領袖人物有隙，又探清了丁劍鳴的性情，和平日的行動，便請了兩名特選的清宮衛士僞裝採花，故意引他到索善餘的家，讓他吃了一顆毒蒺藜，再由索善餘爲他醫治。他受了如此恩情，自然不能不和索家來往，如此一來，官府便可藉由丁劍鳴從中分裂武林人士反清的力量了！

再說丁劍鳴傷癒回來後，因三天不見，自有許多武林同道前來探問。形意拳的鍾海平、梅花拳的姜翼賢、萬勝門的管羽禎等自然也都在座。當下丁劍鳴說出那夜的經過，一面說那兩個蒙面夜行人的本領確是武林罕見，一面誇說若非自己的掌法厲害，莫說暗器，恐怕早就命喪他們的一劍兩筆之下了。

丁劍鳴說完，武林中人盡皆聳動！羣相探問江湖上哪有這樣的兩個採花人物，大家胡猜一氣，都摸不清這兩個人的底細。

丁劍鳴凝神一想，突的問鍾海平道：「你們形意門下可有一個瘦長漢子，善使無極劍法的？」

鍾海平虎目一睜，馬上說道：「豈有此理，我們形意門下，從來就沒有採花淫賊！」

丁劍鳴冷笑道：「你們形意門下，有沒有過採花淫賊，我不知道。可是那使劍的蒙面人用的招式，分明是你們形意派的無極劍法！」丁劍鳴略停一下又說：「不止那使劍的，連那個使判官筆的好像也是貴派的身法。」上一句是有幾分實情，那使劍的確曾使出過幾手無極劍法，但下一句可就是丁劍鳴胡猜的，心裏有嫌，就甚麼都懷疑到形意門下了。

當時只見鍾海平勃然大怒，拍案說道：「丁劍鳴，你這是有心誣賴！」丁劍鳴也厲聲答道：「我親眼所見，還有假？哼！要不是我這對肉掌還有些兒能耐，怕就要毀在貴派手下！」

兩人俱都火起，在座的武林同道急忙勸止。鍾海平當下便發話道：「事情我一定追查到底，我馬上通知我上下三輩的門人，也發帖給武林同道共同查究，如果我形意門下確有人在江湖上為非作歹，採花傷人，我一定親手把他大卸八塊，戳三個窟窿。如果不是，你也得向我們形意門擺酒賠禮！」說完，便悻悻地走了。

不說丁劍鳴和鍾海平又結了樑子。且說在丁劍鳴回來後，索家便每天都差人來不是送禮，便是請酒。其間，柳劍吟也曾要丁劍鳴注意，莫要誤中奸人詭計。柳劍吟勸道：「索家是保定的豪紳，這種人好的有限，我們抑强扶弱，全仗義氣團結江湖兄弟，和這些人來往，怕不傷了兄弟的心！」但丁劍鳴卻一口咬定索家是積德的慈善之家，反說柳劍吟太過偏執。恰巧那幾天正是索家藉索善餘五一大壽的名目，在花園裏招待老人，上五十歲的可分二錢銀子，上六十歲的可分五錢銀子，上七十歲的可分一兩銀子。丁劍鳴因而越發認定索善餘是慈善長者，得意地對柳劍吟說道：「如果他們是刻薄成家，怎會如此敬老尊賢，慈善慷慨！」柳劍吟也不和他爭辯，卻在第三天帶回了一個六、七歲的孩子。

柳劍吟帶著孩子去見丁劍鳴，一反平素木訥的態度，滔滔不絕地說道：「師弟，你自幼生長在小康之家，不知莊稼人的痛苦，你道這孩子是什麼人？這孩子正是索善餘一個佃戶的孤兒，他的父親種了索家三畝田，納了租能夠吃些雜糧就算是好的！去年因爲實在無法過年，借了索家十兩銀子，利息是大加一『驢打滾』，利上加利，如今未滿一年，就要還五十兩，這孩子的父親被迫得沒法，就上吊死了！那間破屋，還被索家拿了去抵債，正好被我碰見，就把這孩子帶回來了。我沒有碰見的還不知有多少！」稍緩一緩，柳劍吟接著又說道：

「那索家是勾結官府，私運鴉片起家的。後來他們做了官，發了財，買了更多的田地，就越加發財了。他當然可以裝出善人的派頭，拿一些錢出來修修橋、補補路，甚至在生日時招待一下老人，買個善名，對他來說這只不過是九牛一毛，而且可以蒙蔽多少人的眼睛！索善餘毋須親去收租放債，打罵農民，當然樂得充風雅、做善士。可是那些收租放債、苛刻農民的，還不都是他門下的走狗。」話是說得淋漓痛快，可是丁劍鳴沒有眼見索家的殘暴，總認爲他的師兄講得太過火了。柳劍吟見勸不醒他，只得把那孩子收作第一個徒弟。

過了半月，保定城裏有名氣的武師都接到形意門鍾海平的請帖，丁劍鳴自然也有一份。丁劍鳴情知必然是鍾海平查究了當晚兩個夜行人的行蹤，要自己去答話了。當下按照武林規矩，寫了謝帖，帶了幾位太極同門，如期赴會。

各武師齊集後，鍾海平首先發話：「海平德薄才疏，忝爲形意門北派的掌門弟子，自知不足領導武林一派，尚幸我形意門先輩宗祖，早定下嚴格門規，我形意門同門三輩，亦均能嚴守。我鍾海平執掌形意門以來，形意門下，在江湖上幸未做過絲毫對不起祖師，對不起同道的事！

「半月前丁劍鳴大哥追捕採花淫賊，受了重傷，吃了大虧，一口咬定這兩個下三門的採花淫賊乃是我形意門下，爲此我撒紅帖，傳同門，報武林，共同查究，如今已過半月，採花賊的底細雖未摸清，但已查明絕非我形意門下。我形意門下三輩同門，這一個月來的行蹤，都由各地負責弟子，彙報前來，莫說未有過採花之事，除了原在保定的之外，其他各地形意門下，並無一人到過此地。若說是保定的弟子，我對他們平日行蹤，瞭如指掌，我敢擔保在我門下弟子的清白。再說即便丁劍鳴大哥不信我的擔保，也該想想我鍾海平的弟子、師姪輩絕沒有本領能逼得太極拳嫡系傳人，落了下風，受了暗器！

「今日我鍾海平請到各武林前輩以及丁劍鳴大哥，爲的就是討一句話，請丁劍鳴大哥當衆洗清我形意門所受醜詆的惡名，按照武林規矩，揭了這段過節！」言下之意，便是要丁劍鳴當衆向鍾海平道歉，方才罷休。

鍾海平的話，說得嚴峻尖刻，如果丁劍鳴承認是被形意門下小一輩打傷的，這太極傳人的聲譽就要掃地。如說是形意門長一輩人所爲，則形意門的長輩，屈指可數，且俱都分散各地，又哪會憑空來到保定？

但丁劍鳴先前把話説得太滿，哪肯立即轉過彎來，聽了鍾海平説完後，冷笑一聲辯道：「你説不是形意門下，有你的證據。我説是形意門下，也有我的證據。他們的劍法、身法明明是你們形意門下的，除非捉到這兩個蒙面人，否則現在要我向形意門低頭賠禮，這可辦不到！」

鍾海平更不打話，連長衫也不脱，逕自走近丁劍鳴面前，雙手抱拳微微一拱道：「既然丁大哥不肯揭了這段過節，我們只好按照規矩辦吧！我來向你討教三招兩式！」按照當時武林規矩，若有過節，就由雙方設宴集合衆人來調解，談判不成，就要以比武來解決。

丁劍鳴傲然笑道：「鍾大哥要賜教，丁某豈敢不從？」話未説完，鍾海平已猛的一掌劈下！

其時在座的武林同道雖多，但碰著雙方鬧僵的事，如要伸手勸解，就必定要有把握能勸一方低頭。如今鍾海平是火爆的性子，而丁劍鳴又一向不肯低首下人，這要如何調解？何況他們二人來勢又是如此迅速，想調解的同道還來不及盤算，他們便已動起手來！

當下鍾海平待丁劍鳴的「豈敢不從」方説完，就立刻「獨劈華山」，右掌挾一股勁風，當頭打到。丁劍鳴急斜躍數步，雙掌一立，復斜身進步，腳踏中宮，左掌一橫，右掌斜劈鍾海平肩頭；鍾海平抽身撤步，左掌一分，「力托千斤」，往丁劍鳴的右腋上一托，丁劍鳴急變斜劈之勢爲下斬，用出「斬龍手」的厲害招數，立切鍾海平的左掌，兩人來勢都疾，眼看就要碰個正著。

兩人雖已拆了三、五招，但都只不過是一瞬間的事。眼看這二人就要當底判雌雄的時候，驀然人叢中飛躍出一個人，巨鷹般當空撲下，恰巧立在兩人中間。那人雙臂一展，左右一分，鍾海平和丁劍鳴都不由斜斜退後幾步。原來這人正是丁劍鳴的師兄柳劍吟。

當下鍾海平勃然大怒，以爲柳劍吟是來幫丁劍鳴的，正待發話；卻見柳劍吟向自己長揖到地，隨即朗然道：「我太極門在保定尚未正式設立門戶，未推有掌門弟子。我現在以丁劍鳴師兄的身分，代表太極門，向形意門鍾海平兄賠罪！」

柳劍吟此話一出，全場肅然。鍾海平立即賠禮，連聲「不敢！」由於柳劍吟平素謙厚待人，況且這次的樑子是丁劍鳴和鍾海平結的，如今柳劍吟來賠禮，鍾海平也不得不客氣三分。但如此一來，鍾海平卻再也不能找丁劍鳴的晦氣了。

當下鍾海平没話説，各武林前輩也羣相佩服柳劍吟的豁達大度，甘代師弟受過。梅花拳的拳師姜翼賢挑起大拇指稱讚道：

「著！我們的柳老弟、行！這一手漂亮極了。其實嘛，這點小事也用不著動這麼大的閒氣。丁劍鳴見到那個小子的劍法、身法有些似形意門，或許不假。武林招數，本來一亮手就有人偷學，這兩個小子不知從哪裏偷學來幾招，丁老弟未深研過形意拳，所以看了三招兩式，就以爲是形意門下了。鍾老弟爲爭師門榮辱，要辨別是非，這老朽没話説，但也無須如此緊張呀？是不是？最要緊的，還是繼續查探那兩個小子的底細，自己人別生閒氣了。」説罷，便拉了兩人來乾杯。

一場風波，暫時平息，可是丁劍鳴卻終席不發一言，面色鐵青。

丁劍鳴認爲自己太極派是武林正宗，現在由師兄出頭，向別派賠禮，實在有失顏面，再者，這次樑子是自己結的，鍾海平敢當衆叫陣，伸手和自己較量，明明是蔑視自己，如今向他賠禮，豈不是給他較量下去了？心中不由暗氣自己真是栽到家了！況且柳劍吟雖是自己的師兄，可是他自己的父親廝養大的，平素總讓著自己，這次驀然出頭，不和自己先商量，心中未免有點不滿。再說丁劍鳴一向自視是太極丁的嫡系子孫，心想這派拳術是丁家的，柳劍吟和丁家關係雖然親密，算起來總還是外人，怎的就能在武林同道之前，說出代表丁家太極門的話？可是，照武林規矩，在沒有推定掌門人之前，師兄要挑起大樑，沒有師弟說話的分兒。因此儘管丁劍鳴心中不滿，可也作聲不得。

風波過後，丁劍鳴不僅和鍾海平疏遠起來，而且也和其他武林同道疏遠了，見了他們，心中總是怏怏的，常常露出不大自然的神色。丁劍鳴雖然和這一邊疏遠了，另一邊卻和索家親密起來。索家的人隔不了三兩天便會去拜訪，索善餘自己也常常進城探望，談得多了，丁劍鳴自然也透露出一些和鍾海平結樑子的經過。索善餘聽了，卻並不表示意見，就算是丁劍鳴問起，他也搖搖頭說：「老朽對你們武林中事，不敢插言。」

一天，兩人正談得起勁，索善餘突然問他道：「太極丁拳術，名震江湖，怎的老兄在保定不自立門戶？」

丁劍鳴當下就說，自己本來早有此意，但因以前浪跡江湖，無暇及此，待闖出名號之後，又因師兄認爲成立門戶是件大事，不能倉卒從事，想根基穩固後才作打算。自己拗不過他，也只好作罷了。

索善餘哈哈笑道：「俗語說：『豹死留皮，人死留名。』老兄太極名家，理應創立門戶，作一派宗祖，以享後世的盛名。更何況創立丁派門戶，乃是紀念老兄的先人，你師兄雖然是忠厚謹愼之人，卻體會不到孝子賢孫的心事。」

丁劍鳴給他說得心動，果然就進行起自創門戶的大事。索善餘給了很多協助，金錢上的、官府上的，他都一一爲丁劍鳴打點。還給丁劍鳴活動了一個直隸總督府「國術顧問」的頭銜，丁劍鳴雖然推辭了，可是卻覺得這個人倒很古道熱腸，肯幫助人。

在丁劍鳴創立丁派太極門戶的期間，武林中少有人來探問。丁劍鳴便心想，既然別人不顧江湖義氣，不來幫忙，自己又何必依靠他們？就是對他的師兄，這次也只口口聲聲說是要替他的丁門建立門戶，言下之意，大有不想柳劍吟橫加阻撓之心。柳劍吟也就唯唯諾諾，不再多說什麼。

就在丁劍鳴要正式建立門戶的前夕，柳劍吟突然深夜來訪。

他的師兄背著一個小包袱，腰懸青鋼劍，面容微帶蒼涼之色，沉痛的說道：

「師弟，恭喜你要光大師門，自建門戶了。愚兄全靠師父教養成人，這點微末小技，也是拜你們丁家之賜，師弟要光大師門，這愚兄可沒話說！

「可是師弟，現在武林中人都對你議論紛紛，說你可揀著高枝兒爬上去了，要靠官府的力量開山門，創宗派，好獨霸武林。我知道你不是那種人，可也得提防別人給你戴高帽，把你算計了。

「你還得小心，創立門戶不是易事，收徒弟，做師父，處處都要當心，不要讓一些不肖之徒、江湖無賴混進門來，敗壞了師門的聲譽！這層也許是愚兄過慮，但還是得請師弟小心些。

「師弟，你曾問我是否有意做丁派門戶掌門人，這我可不敢當，莫說我德薄才疏，就是從師學業，也在師弟之後，當時恩師不按普通武林規矩，以入門先後爲序，我才因癡長兩歲，有幸做了你的師兄，實在有忝，我又怎會妄想做一派的開山宗祖？

「再說武林同道現在對我們有所誤會，我若留在這兒，助你建立門戶，恐怕誤會更深。我打算馬上就回山東去，江湖風浪，我也經歷夠了，我沒有那分雄心，再闖萬字。回到老家，將來有什麼事情，也好有個照應。

「師弟，愚兄言盡於此，我走了！」

丁劍鳴正待挽留，柳劍吟卻驀地一旋身，一點門楣，微風飄然，就像流星疾馳般飛逝。丁劍鳴急急拔步追去，只見柳劍吟邊跑邊回頭道：「我還有一句話忘記對你說，以後可別再鬧意氣了！」說完，更如蜻蜓點水，飛燕掠波，跑得迅疾之極，丁劍鳴哪裏追得上？再一遲疑，但見星河耿耿，明月在天；寒蛩哀鳴，夜涼如水。哪裏還見師兄的影子？

師兄走後，丁劍鳴自然是立門戶，建宗派，二十年來，也頗有許多武林後學慕名求教。而丁劍鳴也能稍斂鋒芒，很少和別派中人較技伸量，但和索家關係卻日深一日，漸漸也和官府中人有了來往。

柳劍吟回到山東後，不久就和武林名家萬勝門劉展鵬拳師的愛女劉雲玉成了親。由於柳劍吟的岳家在山東、河北邊境的高雞泊金雞村內，因此不久柳劍吟也就在金雞村裏落了戶。高雞泊幽深險要，正合了柳劍吟隱居習技、傳授門人的心意。

柳劍吟二十餘年來收了三個徒弟，大徒弟就是以前在保定鄉下帶來的，索家佃戶的孤兒婁無畏。婁無畏這名字是柳劍吟取的，意思是他在苦難中成長，應無所畏懼。婁無畏早在八年前出了師門，獨自在江湖上闖道，開頭三年還有訊息，後來聽説到了遼東，就再也没有音信了，柳劍吟曾託人打聽，但都没有結果。二徒弟是岳家薦來的楊振剛，也曾到江湖上閱歷過一些時候，但總是在師門的時候多。三徒弟就是和柳夢蝶比試的少年左含英，是柳劍吟的老友左大拳師左璉倉的第三個兒子，是左璉倉殷殷囑託他來學太極門技業的。這孩子天資聰穎，很得柳劍吟的喜愛，柳劍吟就在金雞村内，把一生所得，傾囊傳授給了這三徒一女。

這一天，丁劍鳴的大徒弟金華突然來到了高雞泊。柳老拳師看了金華帶來的信後，面色大變，問金華道：「事情怎鬧的這般嚴重？這到底是怎麼回事？又怎會來個什麼貢物？到了熱河？又爲什麼會懷疑是形意門鍾海平幹的勾當？金華你説説，你的師父叫我詳情問你呢。」

柳夢蝶是個心急的小姑娘，未待金華答話，便先問父親道：「爹爹你先説呀，師叔的信，説的是什麼事？」

柳劍吟放下信道：「你師叔説，他一個月前保護一批貢物到熱河，要解到承德離宮。不料在距承德約二百里的下板城城外三十多里的地方，給一個遼東口音的怪老頭子劫去了，他率衆追蹤，追到了三十六家子，怪老頭子這一行人就突然失了蹤，而他回到保定後，就接到江湖令帖，要趕他出保定，哎！還把他丁派標誌的太極旗給拔去了。這、這到底是哪門子的來找麻煩？」

金華道：「在熱河下板城出事時，是師父帶二師弟、三師弟，還有另外兩位別派武師去的，我没有跟去。那貢物嘛，說來話長，簡單說吧，師伯還記得那個常來拜訪我師父的索善餘嗎？現在他已七十多歲了，老了躲在家中納福，倒不常來了。只是他那第三個兒子叫什麼索志超的，在直隸總督府裏當了一名差使，今年皇上循例到承德離宮去避暑，要到秋獮之後才回。直隸總督的貢物要納到承德離宮，恰恰指定索志超辦這回事，索志超就憑老父的情面，央求了師父去保護的。」

金華剛說到這裏，突然見柳老拳師驀然張目虎喝：「相好的，下來吧！」話未說完，只見柳林中一棵大柳樹上輕飄飄的落下一個人。說時遲，那時快，這邊廂，金華已倏的撲上前去；那邊廂，柳夢蝶也已經出手，刷！刷！刷！使出「劉海洒金錢」的手法，一手三錢鏢，三縷寒風，分上、中、下三路打到。只見那漢子身形一沉一縱，施展「燕子鑽雲」的輕功，身軀憑空竄起二丈多高，中、下兩枚錢都被他躲過，取上路的那枚金錢鏢，恰恰擦著來人鐵掌鞋的鞋底，只聽噹的一聲清脆音響，那枚錢鏢，已給他輕撥落地。

身形未落，金華已猛的撲到，「進步七星」，右掌便橫斫他尚未沾地的雙足，那漢子竟一個俯衝，用「撐椽手」雙掌斜直撐下，左右分開，待金華再變招發掌時，他已經使出「細胸巧翻雲」的輕功絕技，翻到金華的身後去了。金華急一翻身，「摘星換斗」，右掌猛擊敵人頂梁，左手雙指逕取敵人雙目，那漢子身法好快，倏的避開，大喝道：「停手！停手！我是形意門下來謁見柳前輩的！」在他說話之際，金華又已進了幾招，只見他幾個解招竟真是形意門的手法！

柳劍吟急忙喝「停！」親上前去，那漢子立刻俯身作禮，說：「晚輩晉謁。」柳劍吟運用「太極生兩儀」之式，氣納丹田，提氣灌頂，用雙手輕帶他的雙腕，叫道：「請起！請起！」這正是柳劍吟試他內力，可發可收，那漢子竟然身形不歪，但也輕飄飄地被帶起。

那漢子自稱是形意門鍾海平的師姪王再越，奉師命前來，說話謙虛之中帶著刻薄：「敝師叔聽說柳老前輩要管這檔事，特叫晚輩前來傳話，說不看僧面看佛面，柳老前輩要插手，我們本應退讓，無奈令師弟依附官門，忘了江湖義氣，諒老前輩也不願隨師弟蹚這渾水。如果老前輩真要插手，那將來發生了甚麼事情，可別責怪。」

柳劍吟既不動怒，也不答話，只「哦！哦！」了兩聲，便有一搭、沒一搭和他說起閒話來，一下問問鍾海平的近況，一下又請形意門幾位前輩的安，倒弄得那漢子不知如何應付，最後竟逼問道：「晚輩聽您老的吩咐，只討老前輩的一句回話！」

柳劍吟又笑道：「別忙！別忙！你大老遠來，無論如何請歇一晚！明日我陪你去找你師叔吧。」

這漢子卻再三推辭，微露不安之色，說是有要事就要離開。於是柳劍吟正容道：「請你上覆鍾師，柳某一定按照江湖義氣辦事！」

送走了這漢子後，柳劍吟問門人弟子道：「你們瞧這人可真是形意門下？」

金華、楊振剛等俱都齊聲說是。金華說：「按江湖禮數，我聽他喝『停手』時，我是該立刻停手的。但我聽他自報是形意門的，那倒不能不試他幾招了。可不是麼，他拆法招數，真是形意門手法！」

楊振剛也說：「在師妹和金師兄出手時，我不動手，就是存心在旁邊看他的家數，他躲避師妹那一手三錢鏢時，所用的輕功身法，不就是形意門的？尤其那一手『細胸巧翻雲』，可更是形意門的絕技，那難道還有假嗎？師父此問，莫非看出什麼破綻麼？」

柳劍吟撚鬚微笑道：「你們有所不知，一個武功很有根柢的人，看了別派的出手後，就可以偷招，對敵時也可拿來應用，不過用得不如本派出神入化就是了。

「看別人的身法手法是哪家哪派，是不是冒牌，最緊要的，是看他救險招時的家數，因爲在碰到險招時，性命俄頃，不容思慮，必定要運用非常純熟，得心應手的本門家數！

「金華、振剛，你們可曾留意到那漢子用『燕子鑽雲』避開蝶兒錢鏢後，身形未落，便碰到金華的七星掌橫斫雙足——那正是最危險的時候了——但他所用的那一手『撐椽手』，就不是形意拳，而是岳家拳！至於蝶兒那一手錢鏢，打得雖不錯，火候卻還未到家，『輕功提縱術』根柢好的人，要閃躲並不難，他當然可以試用別派身法！

「而且在我和他有一搭沒一搭的閒聊時，也頗有一些破綻，不過我還不敢肯定他是否真是冒充就是了。」

當下師徒又議論了一番。柳劍吟便對金華說：「我明早就動身和你去保定。我看這回，事情很複雜。也可能真是武林同道以爲你師父投靠了官門，特地來對付他的。這我一定要去調解，大家都是武林一脈，別弄得自己裏面先鬧翻了。我在江湖上雖隱跡多年，但如果是鍾海平他們這一輩老師父出手的話，諒還會賣我這個老面子。」

第二天一早，柳老拳師果然召集門徒弟子，吩咐他們要小心看守門戶。柳大娘劉雲玉也出來送行。柳老拳師一算，有自己的老伴，這個萬勝門當年的女傑鎮守家中；楊振剛也得了自己技業十之七八；更加上柳夢蝶和左含英，爐火雖未純青，但尋常的江湖道也不會討得了便宜。有此四人在家，柳老拳師便很放心的隨金華去了。哪知事情卻出人意料，此一去正是所謂：風波平地起，奇禍突然來！

# 第二回　水泊翻巨浪　仗劍護師門

柳老拳師和金華離去後，家中由柳大娘劉雲玉照料門戶，二徒弟楊振剛料理外事，柳夢蝶這個小姑娘，便成天和三師兄左含英一道玩兒。

雖然平常柳老拳師在家時，柳夢蝶已常和左含英玩在一塊兒了，但到底還不能太頑皮，這回少了人管，她就如脫繮野馬，四處亂跑，或到柳林中掏烏鴉的巢，或在高雞泊內划艇戲水。柳大娘和楊振剛爲她提心吊膽，她卻滿不放在心上。儘管柳大娘拿江湖上的風浪唬她，她非但不怕，反覺得如果真的碰上江湖好漢，和他們鬥鬥，豈不比在家裏和師兄們練習更新鮮？

左含英這孩子已經十八歲了，日常和師妹耳鬢廝磨，心裏總有種奇妙的感覺，沒看見師妹時，就會感到若有所失。可是師妹又那樣嬌憨，完全像個不懂事的小孩子似的毫無顧忌，左含英自從有了心事，態度倒沒以前自然了。每當柳夢蝶和他閒嗑牙，他常會突然間出了神，直到柳夢蝶輕輕打他，才如夢初醒似的傻笑著。

這天柳夢蝶和左含英駕了一葉扁舟，撐到高雞泊遊玩。小舟分菖蒲，拂蘆葦，不消片刻，已行到水泊中央。只見水泊內的幾個小島，隱隱出沒於煙水蒼茫之中，遠處還傳來幾聲漁娘們互相應和的漁唱。歌聲起處，驚起幾點沙鷗，上下翻飛，追逐帆影。柳夢蝶一篙輕點，也唱起不知名的漁歌來。左含英凝視天光帆影，若有所思，待柳夢蝶歌聲一歇，忽然問道：「師妹，這裏多美，妳願意和我永遠這樣玩耍嗎？」柳夢蝶回頭噗哧一笑：「永遠這樣玩耍？你常常說我孩子氣，你瞧，你不比我更孩子氣，等一會兒肚子餓了，怕你還不趕快要回去吃飯？怎能永遠這樣玩耍？」對於師妹的遲鈍，左含英也無可奈何。

柳夢蝶一面笑，一面搖槳，小舟迅疾，霎時又行了幾十丈。忽地聽得前面人聲喧嘩，一隻小舟如箭衝來。定睛一看，原來前面有幾隻漁舟在撒網捕魚，卻被那隻小舟衝入當中，浪花四濺，許多入了網的魚便趁隙逃走。氣得那些漁夫齊聲怒罵。柳夢蝶和左含英也站了起來，雙雙猜測到底是什麼人如此覇道？

柳夢蝶怒道：「師哥，我們不能任由他們在高雞泊內橫衝直撞，欺負漁民。師哥，你上前去和他們鬥鬥，我在旁邊用金錢鏢助陣。呵！來了！來了！不要怕呀！快迎上去吧。」這小妮子雖然喜歡生事，到了臨陣，她可記得父親不許女孩子隨便出手的囑咐了，因此，她寧願在旁邊顯顯她的錢鏢玩藝。

正當左含英還在尋思如何先來段夠江湖、夠氣派的開場，給對方來個下馬威的時候，那隻小舟，已如流星掣電般擦過，激起丈高浪花，濺了左含英和柳夢蝶一身。柳夢蝶勃然大怒，猛出手一抛撓勾，搭住那隻小舟，那小舟船身一停，左含英也已經調轉船首，和來船對個正著。

來船有四個人，一個三十多歲的漢子在船頭站著，一個二十多歲的小伙子在船尾把舵，另外兩個在舟中，面容看不大清楚，這兩人好悠閒的在船裏閒躺，就像沒發生過什麼事情似的。

船頭那漢子喝道：「你們這兩個小孩找死？要玩回去跟師娘玩去，別在這裏丟你大人的醜。」左含英這時也想好話了，回罵過去道：「你們這些不講理的東西，小爺就要管教管教你們。你們趁早給我滾出高雞泊，不然小爺的拳頭可認不得你！」

「好吧，我倒要見識見識你這位少爺的拳頭！」那漢子並沒有被嚇退，反而一縱身就過來了。登時左含英那隻小船給他踏得搖搖晃晃的，柳夢蝶忙在浪花飛濺中，將雙腳一分，穩定了這隻小船，她這招「金蓮踏樁」的家數，和「力墮千斤」有異曲同工之妙，這是柳老拳師怕女孩子氣力不夠，特地從小訓練她的，這一手今天可用上了。

那漢子一縱過來，便二話不說，像餓虎撲食，來勢非常急驟，雙手就像抓小雞似的要把左含英抓住，拋進江心。他根本沒把這孩子看在眼內，不料正上了左含英的當，左含英雖然年紀不大，卻是武林名家之後，自小便受鍛鍊，又從柳劍吟學了六、七年，哪裏是普通孩子可比。倘使這漢子不輕敵，倒還可以鬥上一些時候，然而他這一輕敵，可就著了左含英的道，只見左含英身子一擺，突然一伏，欺身直進，用「雀地龍」招數托這漢子的右脅，再來個「順手牽羊」倏地一帶，這漢子來勢太疾，小舟可又沒多大的地方，要變招或閃避都來不及，竟給左含英這一帶，平地一個倒栽蔥「撲通」的被扔下水中了。左含英一出手就得勝，不禁喜孜孜的笑罵道，「你要瞧小爺的，這可不給你瞧了！」誰知話猶未停，船身又晃了兩晃，那船艙裏一個漢子，又撲了上來！

這個漢子可没先前那個傢伙莽撞，跳上了左含英的船頭，先凝神注目，盯了左含英一眼道：「小朋友，有你兩手！是跟娘兒們學的吧？俺倒要見識見識。」語意仍帶輕蔑，旋說旋將雙臂擺開了一個門戶。左含英不識這個架式，他仗著方才一出手，三招兩式就擊倒了一個大漢，也不把這個人放在心上，一個「進步七星掌」，就向那人打去。怎料這人可不比先前那個漢子那樣稀鬆，待左含英右掌打到，才沉掌橫截左含英的雙肘，左含英急將「七星掌」化爲「手揮琵琶」，擋了敵人的橫勁。兩人就在這小小的船面動起手來，霎時就拆了七、八招，那人武功純熟，左含英到底是初出茅廬，看來已有點招架不住，眼看就要落敗！

正在左含英招架不住之際，柳夢蝶已心癢難熬，躍躍欲試，一看師兄就要落敗，右手馬上就把早就扣好的三個錢鏢打出，一取咽喉，兩枚分打兩手，這三枚錢鏢一發，倒很出敵人意外，没想到這個小姑娘也會這種上乘的暗器功夫，竟能一手三鏢，分路打到！忙使出一個「迴風擺柳」之勢，向右側讓過，但左手已中了一枚錢鏢，登時痠麻起來，身形步法不覺大亂，竟給左含英趁機直進，一個蹬腳，把他踢下江心去了！

「媽的，鬥不過人，放暗器！不害臊麼？你有暗器，老子也有，你接著吧！」那在船尾把舵的青年沉不住氣了，邊罵邊打鐵蓮子來，幾點寒星，便朝左含英面門飛到！左含英剛鬥過强敵，身形未定，如何能避得過？心裏暗道：「這回休矣！」正在危險萬分之際，只聽得空中幾聲錚錚作響，繁音過處，鐵蓮子都給打下水中。原來是柳夢蝶用「劉海洒金錢」的手法，一個錢鏢對一個鐵蓮子，互相對撞，滿空暗器，都掉進江心，激起了點點水花！

這回坐在艙中的那個漢子，可再也擺不出悠閒的樣子了，他一個箭步竄出船頭，高叫：「住手！住手！對付兩個小孩子，也用得著放暗器？」那個在船尾的少年應聲住手，柳夢蝶也不再放金錢鏢，定睛看時只見是一個五旬左右，長著五綹長鬚的老漢，顧盼自如，相貌很是威武，料必就是敵舟的魁首了。

那老漢捋捋長鬚，笑著對左含英他們說：「孩子們，真不錯，有點玩藝兒！但憑這些個玩藝，就想在江湖上伸手管事，可還沒這麼容易，你們兩個都上來吧，小姑娘妳的金錢鏢也儘管打來吧，我決不叫我們的人放半枚暗器！」

敵人這樣說，左含英可不能叫師妹再放錢鏢了。他日常從師父、師兄的談論中也略知，江湖上講究的是一打一，若然兩個齊上，可就給別人較量下去了。他明知不敵，可也得露露英雄氣概，忙喝道：「師妹，妳退後，待俺領教領教這位老英雄。」柳夢蝶嘟起小嘴兒，咕嚕道：「他們還不是一個打敗了又來一個，誰高興叫他吃暗器，是他們先不講規矩，還怪我。」但她還是退後了。

於是那老者縱聲大笑：「好孩子，有你的，放心，我決不壞你吃飯的傢伙！」

那老漢在縱聲大笑中，飛鳥般撲將過來，左含英年輕氣盛，哪裏看得慣這等狂傲的樣子？他猛然想起金華在柳林中和那自稱王再越的人過手時的招數，也記起師父說過，當敵人縱在空中，身形下沉，雙脚尚未落地之際，是最危險的時候，趁此進招，敵人便很難躲避。於是他便也依樣畫葫蘆，待那老漢身形未落之際，便猛地撲過來，「進步七星」，右掌橫斫他尚未點著板面的雙足。怎料這個老漢似乎比和金華對敵的那個王再越更厲害，他也不俯衝，也不用「撐椽手」來破招，反而將身形向後略斜，憑空把右足一挑，穿過左含英的雙掌，直向左含英的面門踢去。

左含英忙閃身，急躲避，但剛避過正面，那老漢左足又如電光石火般疾發出來，幾個「鴛鴦環腿」硬生生便把左含英逼到船邊，迫得左含英立足不定，掉下波心去了！

柳夢蝶急發錢鏢，援師兄，拒强敵，只見那老漢身形疾如飄風，一陣亂轉，柳夢蝶的幾枚錢鏢都打進水中，那老漢又是一陣哈哈大笑：「哎！沒打著！」

笑聲未絕，早見一艘扁舟飛也似的朝這邊飛奔而來，船首立著一名年約三十左右的漢子，豹子頭，髯鬚子，扎撒著雙臂，瞪著兩隻炯炯有神的眼睛，全神貫注這邊的打鬥。小舟來勢迅疾，把這邊的人都怔著了。縱聲大笑的老漢也不由得不止住笑聲，靜靜打量來者！

原來這夥在高雞泊內故意挑釁尋事的人，是衝著柳老拳師這一家來的，他們早就摸清了柳家的底，柳家的門人弟子中可沒有這樣一個人物。但那人的裝束神情又不像是一名泛舟遊湖的遊客，而且普通遊客也不敢來多管閒事。就在大家沈吟等待之際，左含英已經從水裏爬上船尾，坐在柳夢蝶旁邊，濕淋淋的直喘氣。至於先前被左含英打落的兩個漢子，也早已爬上船，同樣的也在濕淋淋的直喘氣！

斜刺裏橫殺出來的小船，已經越搖越近了。那老者便猛地瞋目一喝：「誰？作什麼來的？」這一聲大喝，不啻是舌綻春雷，音響直順著湖面，向四外盪將開去，震得柳夢蝶和左含英兩耳嗡嗡作響！

但那小船上的漢子，可毫不驚恐，仍扎撒著雙臂，神色自如，冷冷的對老者他們發話道：「什麼事情在這湖泊之上交鋒，俺老遠就看見了。哎，呵！你已經一把鬍子了，怎的還和孩子們過不去？是他們衝撞了你老哥？俺不妨給你們和解和解。和小孩子動手，不怕江湖上笑話麼？」這漢子神光內蘊，雖然只是三十左右年紀，但看他在船頭上站立，腳步不丁不八，擺出的好像是太極門戶，但又不很像。外行人看不出來，唯有那老者心中暗暗驚異，心想：「這漢子最多也不過三十來歲的年紀，但他這一亮式，神光充盈，英華內斂，足有二、三十年的功力，不知是哪個名家的門下，能調教出如此人物，有如此造詣……」柳夢蝶心中也暗暗驚異，對這漢子，有種似曾相識的感覺。

那湖面上的不速之客，見那老者兀自凝目注視自己，不發一言，便又冷然笑道：「好朋友，怎的就這個熊樣？說實在的！你們到底停不停手，你們該不是存心欺負這兩個孩子吧？」

那老者突地面色一沉，磔然笑道：「聽你老哥的話，你老哥是想伸手管這檔事了。可是我可得告訴你老哥，我們自有我們的事情，你老哥局外人，可不敢煩你老哥沾這趟渾水。依我說，你老哥還是趁早調回船首去吧。咱們日後還是個好朋友。江湖之上，沒見過你老哥這麼好管閒事的！你莫要捉不成狐狸反惹一身騷氣！」

那豹子頭鬍鬚子的漢子勃然作色：「天下人管天下事，俺只知道抱不平，不准以強敵弱，以衆淩寡，以老欺幼！欺負孩子的事俺看不過去，一定要伸手管管了，朋友，你想怎的？」

老者一聽這話鋒可直對自己逼來，遂瞋目怒喝道：「啊！瞧不出你老哥有這大本領，竟要管天下之事，那麼聽憑你老哥怎樣來管，俺一干兄弟准聽你的吩咐！」

話聲一停，驀地就凌空飛起兩條身影！原來那老者自柳夢蝶舟中縱起，要躍上那漢子的小船；那漢子也不約而同的縱起，要躍上柳夢蝶的小船，這兩人可在空中碰個正著了！

砰、砰兩聲！只聽得柳夢蝶舟中一聲巨響，船板早裂了一塊，那老者龐大的身軀憑空被衝了下來，說時遲，那時快，豹子頭漢子已跟蹤直下；那老者也好生了得，情知小舟窄狹，躲避不了，竟趁一翻一滾之勢，手肘微撐船面，倒躍起兩丈多高，輕飄飄的落在自己的船篷之上！

豹子頭漢子也緊跟著老者身後，兩個魁梧大漢，就在船篷之上又各自擺好了門戶，那船篷只是竹葉蘆葦編成的，落下這兩名大漢，竟紋絲不動，就好像只是飛上了兩隻蜻蜓！

兩人在船篷上擺好了架式，繞著船篷追逐了兩匝，猛地便交起手來，那老者使的是北派劈掛掌法，發招迅疾，掌風凌厲。豹子頭漢子使的掌法可忒是奇怪，有太極掌法，又有關外鷹爪門獨門的「三十六手擒拿法」，又有由萬勝門「五虎斷門刀」變來的「五虎奪魄掌」法，變化多端，招式純熟，絕不像是偷招所能使的。他使的每一種掌法，非有十年八年功力發不出，在太極掌與擒拿手中，又夾雜著點穴手法，看他才三十左右，如何能學得這幾派名家本領？兩人拆了三、五十招，饒是那老者招數純熟，久經大敵，也只有招架的分兒。

那老者由攻轉守，抱定主意要緊閉門戶，等待外援。但劈掛掌原是進攻的手法，如今被迫要守護門戶，如何封閉得了，只見那漢子猛的欺身直進，身子突地下煞，左手掌裏捲內勁，橫撥敵人右掌，同時右腿前揚，右掌亦貼著右腿吐出，接著一沉便腕擊這老者的小腹，這是武林中罕見的一掌四式招數，老者如何躲避得了？只見那老者右掌下落，想橫截來勢，同時吞胸吸腹，待避過這凶猛之勢時，豹子頭的左掌又已旋風似的猛擊老者的面門。那老者急將雙臂迎面一捲，雙掌變成勺手，要擄那漢子左腕，不料那漢子左腕往下一墮，右掌又向面頰搗出，形如「點子錘」，那老者躲避不及，撲的一聲，頰下被擊個正著，豹子頭漢子順勢往前一送，那老者便如斷線風箏，直墮下江心去了。

噗通一聲，浪花四濺。猛地只見柳夢蝶和左含英的小舟顛了幾顛，船頭突地離了水面幾尺高，船尾幾乎浸入水中，那來勢震得柳夢蝶和左含英都有點把持不住，原來那老者雖被打落水中，卻仗著武功和純熟的水性，立心要弄翻敵人的小舟，出個烏氣！

正當柳夢蝶和左含英的小船，將翻未覆之際，那豹子頭漢子猛然一躍而下，一手抓住一人，向前一送，便把柳夢蝶和左含英都擲入自己的舟中，一面嚷著叫他們快回去。說完，自己也噗通一聲躍入水中，只見浪花滾滾，剎那間，已經游到老者的身邊，那老者「哧」的一下，就是幾條水線向豹子頭漢子兜頭兜面射來，那漢子急一側首就游出兩、三丈水路，在浪花飛濺中，又是一聲巨響，那老者的小舟竟給豹子頭漢子「以其人之道，還治其人之身」，直扳翻過來，舟中的少年和兩個中年漢子，都跌下了水中。

五條漢子，十雙臂膀，直把江面翻得水花滾滾，那漢子水中的功夫也不比陸地上差，直把那四人追得不敢近身。正在其時，先前在泊中下網捕魚，被老者他們憑空衝散的那幾隻漁舟，又漸漸圍過來，這夥漁民先前懾於那幾個惡漢的洶洶來勢，不敢上前，現在見惡漢的小船已給人弄翻，心中自然大爲痛快，正是「不打落水狗，更待何時？」於是他們紛紛拿著漁叉，便圍了上來，有幾個年輕力壯的漁民還是在幾丈外就將漁叉擲來，雖都擲不中這班惡漢，可也弄得他們左躲右閃。

那長鬚老漢見他們四人，只應付豹子頭漢子就快應付不了，何況還有一個會打金錢鏢的小姑娘，外加這一班亂擲漁叉的漁民，於是急急的叫了一聲：「風緊，扯呼！」在浪花滾滾中，他們四人便急忙游開了。

那豹子頭漢子，微露肩，輕踏水，用雙腳蹬水之法，直追出去，邊追還邊回首叫柳夢蝶和左含英二人回去。

柳夢蝶和左含英立在船板之上，凝神一看，不消半刻，那幾個人連豹子頭漢子在內，都游出半里之外，剛才那浪花滾滾的水面，又已歸於平靜。碧水滄波，漁舟三五，水中雲影，正自悠悠，哪裏像片刻之前發生過龍爭虎鬥的樣子。

左含英凝了凝神，如做了一場噩夢，他的衣裳還滴著水珠，身體還冒著冷汗，一手搖槳，一手揮了一下，向柳夢蝶道：「咱們是要趕快回去了！」是的，天色漸晚，柳大娘等怕不等得心焦？何況就是要追上去幫忙那個漢子，也追不及，他們只好回去了。

小舟輕搖，還未泊岸，便聽得二師兄楊振剛正高叫著他倆的名字，聲音倉促，似乎有什麼急事。

他們急忙答應，凝神一看，只見二師兄倉皇四顧，似乎發生了什麼緊急的事兒！

「哎！含英，你怎麼弄成這個樣子，這麼大的孩子還這樣胡鬧？穿著一身衣服就跳下水去玩？」

左含英一面走，一面喘氣，斷斷續續的將湖面交鋒之事告訴二師兄。楊振剛聽了，面色陰沉，說：「既是這樣，且回去告訴師母，再作道理。」他的顏容就像暴風雨之前的天空，靜默中顯得可怖！

一行人走沒多久，便聽到了柳大娘的叫喚聲。柳夢蝶一聽便急忙飛跑過去，一把攬著母親嚷著他們給人欺負了。

柳大娘先不問夢蝶，只張目仔細打量左含英：「呵！你們可是在湖泊之上與人交手了？瞧！你一定是給人從船上打落水的，褲管撕破了一大塊，是給槳椿勾破的吧？可傷了皮肉沒有？」

左含英正待告訴詳情，柳大娘卻搖手止住他的話說：「孩子，你先去換過衣服，看看如果傷了皮肉，就擦一點藥酒。振剛，你給我去招呼招呼他！」柳大娘也像柳老拳師一樣，怪疼左含英這個孩子。

暮靄含山，炊煙四起。柳大娘家裏也已點起了油燈，雖然已到了該吃晚飯的時候，可是柳大娘家裏卻還在談論著左含英和人交手的經過。

左含英和柳夢蝶便把今天在湖泊上與那夥人交手的情形詳詳細細地說了一遍，敍述中特別提到敵舟的那個老漢，以及後來給他們解圍的那個豹子頭髯鬚子的中年漢子。柳夢蝶還興奮地誇讚那個漢子，說她從未見過這樣好的武功，她只顧說得高興，竟忘了自己的爹娘也是武林中一流的高手。她還說：「娘，你看這可怪不怪？這漢子使的招數，我雖然有好些未見過，可是他夾雜了許多太極派和萬勝門的手法，就跟您和爹平時教給我們的一模一式呢！」

當時只聽得柳大娘聳然動容：「哦！豹子頭，髯鬚子，三十歲左右年紀？」她喃喃自語，好像記憶起一個遠別多年的人似的。

「他說的是什麼口音？是河北話？還是山東話？」柳大娘緊盯著問。

「娘，這個人您可認識？他說的既不是山東話，也不是河北話。我也聽不出是哪裏口音，倒很像往年從關外來向爸爸兜售人參的那些人參販子的口音。」

「哦，我心裏是猜到一個人，但照說嘛，他的武功還不致於到達這等地步，而且口音也不對，不過這個人我姑且不去猜，和你們打鬥的那班人，我可知道他們的來龍去脈。」

柳夢蝶急忙問那班傢伙到底是甚麼人？只聽二師兄楊振剛插嘴道：「師娘，他們可是那個自稱是形意門的王再越和羅家兄弟那夥？」

柳大娘點頭道：「不是他們還有誰？」原來就在左含英和柳夢蝶在湖泊上與人交鋒之際，柳大娘家中也來了一個不速之客，可是這個不速之客，卻不是甚麼武林中人，而是柳大娘村鄰王大媽的么兒王小三。這孩子在金雞鎮一間小酒店裏當小廝，每半個月左右便回來看他母親一次，順便捎帶點食物給母親，人倒是挺孝順的。他也認識柳大娘，只是平常無事，從鎮上回來，很少到柳家串門子。這回卻不知怎的來了。柳大娘人很厚道，見王小三來，也歡歡喜喜的拉他問長問短，可是王小三心不在焉地答了幾句話後，便對柳大娘說：「大娘，有一個客官叫我順便捎一封信給你。」柳大娘看了這封信，面色可有點變了。

柳大娘盤問是什麼客人託他捎信，王小三說昨天有一夥客人在他那間小酒店喝酒，其中有老有少，他們一面喝酒，一面逗王小三談話。他們知道王小三是金雞村的人，便問他認不認得柳老拳師，王小三説認得，其中一個老者便即刻向掌櫃借了紙筆寫了這封信，託王小三捎來，他還交代王小三如果見不到柳老拳師，就把信交給柳大娘。

柳大娘説到這裏，便把信拿出來唸給柳夢蝶和左含英他們聽，這封信寫得很直率，當然不會講究甚麼字眼：

劍吟拳師賢梁孟英鑒：

令師弟丁劍鳴年來背叛江湖義氣，爲官府張目，不把俺們當一家子，江湖兄弟欲得而甘心久矣，故特在熱河略施薄警，尚有嚴懲，請拭目以待也。

近聞賢梁孟欲伸手管這檔子事，江湖俠義，不能不理，故委託余等前來問難，閒話少提，只憑各人技業，一決雌雄可也。

茲傳令帖，請於明日晚亥時在尊府前面柳林中，俺們全體兄弟候教，請勿扯上官府人馬干預，否則後禍更烈。諒賢梁孟在江湖久著令聲，不至不懂這門規矩。

又：羅家四虎，廿餘年前曾領教益，對賢梁孟「恩德」，沒齒不忘，這檔樑子，一併予明晚結算。

羅大虎　王再越率衆上

柳大娘把信唸完後，「呸」的一聲說道：

「這羣不知死活的强徒，竟然找到老娘頭上來了，俺可要叫他們瞧瞧，劍吟不在這裏，俺同樣也接得下來，不會叫他們失望。呸！羅家四虎也配稱江湖俠義？不叫人笑掉了大牙！」

原來柳大娘和羅家四虎結仇是二十多年前的事了，也正因爲和羅家四虎的結仇，她才結識了柳劍吟。

廿多年前，柳大娘劉雲玉年方廿一、二。她是萬勝門名家劉展鵬拳師的掌珠，武功技業，得自家傳，常隨老父闖盪江湖，是名聞江湖的萬勝門女傑。

一天，她與父親因事到山西孝義縣訪友，路經榆次，在山道上見一夥强人搶劫行旅客商，父女路見不平，拔刀相助，誰知這夥强人十分厲害，爲首五個，尤其了得，憑他們父女二人也奈何不得，何況還有其他嘍囉，鬥了半天，竟然陷入重圍，脫不了身。幸而他們父女的武功技業，都是一時之選，父女倆背靠背用兵刃近拒敵人，遠擋暗器，那夥强人可也暫時奈何他們不得，鬥了半天，父女二人到底敵不過人多，額上漸漸沁出汗珠，眼看就要支持不住。

就在此時，一騎馬飛馳而來，馬背上一個三十餘歲的漢子，背負小包袱，腰懸青鋼劍，張目一看，就知道發生了什麼事情。他一見强人竟在白日青天，如此明目張膽，如何不怒？又見劉雲玉一個年紀輕輕的少女，竟能使出上乘的萬勝門刀法，更暗暗稱奇。再加上他與萬勝門在河北保定的掌門人管羽禎又是至交，因而一爲路見不平，二爲江湖義氣，便嗖的一聲，人下了馬，劍出了鞘，挺著青鋼劍，就加入了戰團。

這一來如虎添翼，他從外攻入，劉展鵬父女自內攻出，那夥强人，除了爲首五人，其他嘍囉都似滾湯潑鼠，急急奔逃。這爲首五個只抵擋父女二人，已感吃力，如何還應付得了這麼一個厲害的生力軍？不消片刻就落在下風，一聲口哨，便要逃了。

那劉雲玉從十六歲起就隨父親闖盪江湖，幾年來何曾吃過虧，失過手？這回被這夥强人圍攻多時，早是憤恨非常，一見敵人要逃，她如何肯放過，竟一擺兵刃，就追上前去，强人中有一個落在後面的，竟給她一連幾刀，斫得手忙腳亂，驀地一條左臂，就在劉雲玉潑風也似的刀影中，給卸了下來！

劉展鵬老拳師急喝劉雲玉住手，卻遲了一步，那給卸了左臂的强人，在搖搖欲倒時，還給劉雲玉當胸加了一腳，劉雲玉穿的，可是鞋尖鑲著精鋼的鐵掌鞋！

劉展鵬急得飛躍上前，一把就將劉雲玉拖下，那夥强人也回過頭來，將受傷的背起，一邊跑，一面對劉雲玉他們發下狠話：「姑娘，妳好辣手！咱們羅家五虎，有生之日，都會記著你們的恩典！」

劉展鵬老拳師頓腳嘆氣，責備劉雲玉道：「妳這小妮子，怎的如此沒來由去窮追他們，還卸了別人一條臂膊。咳！妳可不知江湖上的險惡，仇家是胡亂結得的麼？」劉展鵬老拳師雖然一生在江湖上仗義行俠，卻從來不肯重傷別人，料不到自己的孩子，剛剛出道，就和强人結下了這道樑子。

可是事已至此，責備也沒用。劉老拳師只得暫時撇開，回過頭來謝謝那位漢子的幫忙。兩下一詢，才知這漢子，就是得太極丁真傳的大弟子柳劍吟，而柳劍吟在問得劉老拳師的身分門派後，知道劉老拳師序起輩分來，可還是萬勝門河北掌門弟子管羽禎的遠支師叔，和太極丁生前也曾相識，是自己的前輩。

其時柳劍吟正是離開師弟，滿懷悽愴，獨自在江湖遊盪，心情正自沒有寄託；而劉展鵬帶著女兒涉足江湖，正想給她找個夫婿。兩下一拍即合，於是不久就成了親……。

柳劍吟和劉雲玉成婚後，仔細打聽，才知道原來羅家五虎本是橫行川西一帶的巨盜，後來不知怎的在川西無法立足，才逃到了北方。他們這一夥並不反抗官兵，只是搶劫行旅客商，漁肉百姓。後來聽說受了招安，卻又不知怎的會出現在榆次的山頭上，吃了柳劍吟他們的大虧。

柳劍吟夫婦便依了劉老拳師的意思，搬到了高雞泊。由於高雞泊有水泊屏障，又有自己和門人弟子在旁，羅家五虎就是來尋仇，也沒這麼容易。到高雞泊後，劉老拳師仍不放心，請了江湖朋友查訪五虎的行蹤，始知「五虎」已變成了「四虎」，那被劉雲玉卸了一條左臂，外加一隻窩心腿的羅三虎雖被兄弟救去，但因傷重，不久就死了。而羅家四虎到了熱河，就沒了蹤跡。他們不知道這羅家四虎，已入了承德離宮，做了皇室的衛士。

歲月如流，柳劍吟夫婦在高雞泊的金雞村內，一住就是廿一年。在這期間，劉展鵬拳師已經老死，劉老拳師生前在山西一帶闖萬，很有聲望，但他閒雲野鶴，不願做掌門人物，因此死後，萬勝門的同門就擁他的獨子，劉雲玉的弟弟劉雲英做山西的掌門人。劉雲英到了山西，把劉老拳師的兩個徒弟也帶了去，只剩下一個堂姪和寡嫂在老家住，此外就是他的姐姐劉雲玉和姐夫柳劍吟還留在金雞村。這廿一年中，雖也間或有江湖人物慕名來拜訪柳劍吟，可是羅家四虎卻從未來過。

這件往事本已逐漸被淡忘，不料就在柳劍吟爲師弟之事匆匆北上，千里作調人之後，羅家四虎卻突然和日前自稱形意門下的王再越結在一起，傳下了這要結算血債的江湖生死令帖，還派人在水泊內欺侮柳家的孩子。那和左含英動手的老者，就是五虎中排行第四的羅四虎。

柳大娘一口氣把廿餘年前的舊事，對左含英、柳夢蝶他們說了之後，長嘆一聲：「想不到我年輕時候的一時之氣，卻給你們惹了大麻煩！」但這位當年萬勝門的女傑，威風尚在，豪氣猶存，她圓睜鳳目，絲毫不見畏懼之色，即使柳劍吟不在，她仍決定要接下來！

楊振剛比較謹慎，他提醒師母，如果只是與羅家四虎的私人恩怨，那沒有什麼難鬥的。可是這個令帖卻扯上了江湖俠義，明寫著因師叔丁劍鳴的事，要來對付師父柳劍吟。這事情可有些離奇複雜，不單單只是羅家四虎尋仇這樣簡單。何況在和左含英動手的那夥人中，除了出現一個羅四虎外，其他三個，又分明是其他門路。可見除了羅家四虎和王再越外，他們還帶了不少人來！這可不能不提防，不能不謹慎。

劉雲玉雖然是萬勝門中女傑，久經江湖風浪。但她現在到底是做了母親的人，心裏自然多了一層顧慮，她自己不怕。卻怕强人得逞，害了自己的寶貝女兒。因此她的豪氣一過，又開始擔心女兒的安危。於是她便和楊振剛仔細商議，決定到了明晚，自己單獨在柳林中和敵人會面，並且另外再去請她的姪兒劉希宏，和楊振剛等四人一同在家把守，以防敵人暗算。

就在一個星月微明的午夜時分，正是春寒料峭，夜涼如水，高雞泊的晚風，掠過水面，掠過蘆葦，掠過柳家前面的柳林。林中不時有一、兩隻夜行鳥迎風飛起，柳枝飄拂中，篩下了如鈎的月影。在這夜深人靜的時刻，只見柳大娘在柳林中獨自徘徊。

柳大娘等了好一會，四周還是靜悄悄的不見人影，她心懸愛女，又憂慮仇人，正在怔忡之際，驀地一聲胡哨，柳林中撲進了幾條黑黝黝的影子。

柳大娘忙凝神觀注，藉著星月的微光，早瞧見了這三人中，有兩人就是羅大虎和羅五虎，另外一個，正是日前匆匆來去的自稱形意派門下的王再越。她把刀一掄，掄起了一片寒光，冷然微笑道：「好朋友們，這時才來？柳劍吟雖不在這兒，我也準能叫好朋友們不失望。」

「臭婆娘，死到臨頭，還敢發惡。咱們廿多年的血仇，今天可得做個了結！」羅大虎橫刀發話，把手一招，羅五虎和王再越便雙雙上前動手，他們可不顧甚麼江湖規矩，立心要以多取勝，致柳大娘於死地。在羅五虎和王再越一齊挺兵刃直上時，林外又闖進了兩、三條人影，羅大虎橫刀監視，另外三人則分三面排開，防範柳大娘突圍逃走。

這位當年名震江湖的女傑，勃然大怒：「老娘和你們拚了！」霍霍刀光，一團寒影，如疾風迅雨般直向羅五虎和王再越掃去，霎時之間，寧靜的柳林已成了殺氣沖天的戰場。

柳大娘這廿多年來，並沒有扔下功夫，她不僅將獨門的「五虎斷門刀」，使得更爲熟練，還把從柳劍吟處學來的太極劍，化在刀法上，刀法劍招融爲一體，真是招數神奇，變化莫測。羅五虎和王再越雖然也非弱者，又是以二打一，但也只能勉强敵住，兀自欺不進身來。

酣鬥多時，人影已漸移入柳林深處。柳大娘越鬥越勇，羅大虎他們正待加入戰團時，猛聽得一聲厲叫，原來羅五虎的肩頭又給掃了一刀，正在慌忙後退時，柳大娘已撇過王再越，緊跟直上，她刀光如練，竟直向羅五虎背心刺來。

噹的一聲鐵器的衝擊聲，只見羅大虎挺著小花槍，已堪堪刺到。羅大虎的小花槍，輕便易攜，不比大槍只宜於馬上交鋒。他的小花槍能步馬兩用，可作棍，也可使大槍槍法，還可在交鋒中當點穴鐝用。羅大虎是羅家五虎中武功最高的，他一上來，合王再越二人之力，纏鬥柳大娘，這才打成平手。

一個花槍迅疾，一個刀法神奇，這一對打，直令旁觀者目眩心驚，矯舌不下。柳大娘原不大看得起羅家五虎，可是她沒想到這二十年來她的功夫沒有扔，別人的功夫也沒荒廢，而且以一敵二，又是在車輪戰的消耗之下，也難有勝算。

柳大娘揮舞「斷門刀」獨戰羅大虎和王再越二人，鬥了半個時辰，兀自討不了便宜。她一無久戰之意，二又懸念家人，三來還要提防在旁橫刀監視的强徒偷襲，四來對手又非等閒，儘管她的刀法神奇，也不能不打個折扣。

酣戰多時，戰到分際，猛聽得柳林外哨聲四起，人聲、腳步聲似正朝著她家的方向移動，柳大娘一聽，不禁勃然大怒，心知必定是强人大舉向自家侵犯了。果然，今晚來的强人，正打算一面在柳林跟她纏鬥，一面去毀她的家。

羅大虎得意地哈哈大笑：「我不只要欺負你們的門人後輩，我還要欺負妳的寶貝女兒，妳敢怎樣？妳能怎樣？廿多年的血債，可得加上利息！」

柳大娘一聲淒厲的長笑，她把心一横，決心拚了老命，也要護住女兒！在淒厲的笑聲中，她怒喝道：「好，俺和你們拚了！」刀法一變，從「五虎斷門刀」法，一變而爲她揉合了太極劍法所獨創的八八六十四手迴環刀法，在寒光揮霍之中，盡是冒險進招，完全進攻的刀法。

羅大虎也哈哈一笑，小花槍就似驚龍怒蟒，猛向柳大娘刺來，加上王再越的雙劍尋瑕抵隙，也從旁猛烈地襲擊。可是柳大娘毫不畏懼，她立心拚鬥，在一圈刀影中，仍然欺身直進，她可要硬拚了！

羅大虎花槍一擺，使出絕招，他把槍尾一顫，立刻就抖起了一圈！這是花槍招數之中，夾著虎尾棍法，以圈、點、抽、撒的招數，要奪柳大娘的刀，點柳大娘的穴。

當下只見柳大娘鳳目圓睜，大喝一聲：「來得好！」竟在斗大的槍花中欺身進去，刀鋒竟貼著槍身，「白蛇出洞」身隨刀進，猛如石火電光，逕削羅大虎握槍的手指。羅大虎哪裏見過這等厲害的招數，「呵呀！」一聲，逼得撒槍急退，但右手無名指已給鋒利的刀口割去了半截。柳大娘撲的一個鷂子翻身，突從王再越頭上躍過，想趁隙趕回家去援救她的女兒和門徒。

羅大虎見狀，也顧不得手指鮮血涔涔滴下，便一面抄起小花槍，一面大喝道：「截住她！截住她！」

王再越一不留神，竟被柳大娘一個婦道人家從頭頂直飛過去，犯了江湖迷信的忌諱，因而也不禁大怒，他身形微起，也如怪鳥一樣飛撲過去。他的武功技業雖不比羅大虎，可是輕功卻比羅大虎高明得多，當日他到柳家，連躲柳夢蝶和金華的三鏢一掌，憑的就是那上乘的輕功。

柳大娘要闖回家去，可也真不容易。她躍過王再越的頭頂，腳未沾地，便有兩名强人橫刀截擊，方交手兩、三招，王再越的雙股劍又挾著寒風從背後襲來，她急橫刀向四圍一掃，逼起了一圈銀光，雖擋住了幾般兵器，卻又給敵人纏上了。

橫刀攔截柳大娘的那兩人，是一個廿多歲的少年和一個卅多歲的漢子，正是在湖泊上和左含英交過手的那兩人。他們的武功技業在江湖道上，雖也還算過得去，但如何能擋得住柳大娘？給柳大娘潑風幾刀，就逼得連連後退，柳大娘這時只想闖回家去，也顧不得傷害他們。但這兩個傢伙容易打發，王再越可還有點硬底子，他雖然也不是柳大娘對手，但一時之間倒還能纏住她。

其時，羅大虎、羅五虎都已裹好傷口，羅大虎竟槍交左手，直以左手梅花槍法再鬥柳大娘。

柳大娘連傷二虎，正殺得起勁，只見她獨鬥四人，竟然應付裕如！原來那羅大虎的左手槍到底比右手槍差一截。而橫刀攔截的兩人，只是東一刀、西一刀的亂劈助陣，根本不敢殺入核心。可是柳大娘卻無心戀戰，她左一竄、右一竄地在柳林中引敵人跟她東奔西跑，眼看就快要竄出林外了。

羅大虎、王再越卻緊隨不捨，另外兩人則落在後面，那少年不敢上前，便拚命打鐵蓮子，但他鐵蓮子的功夫還不及柳夢蝶的金錢鏢，如何打得中柳大娘？

眼看柳大娘已躍出林外，羅大虎也落後了，只有王再越直跟在身後，劍尖就要直指柳大娘的背後。柳大娘突然風車似的一轉，竟直衝王再越打來。她打算先毀了王再越再回家，刀燦銀花，「貫日射石」，直射向王再越的咽喉，王再越急橫劍擋過，可是柳大娘像發狂了的母虎，一口刀直使得潑風也似，王再越雙劍擋單刀，可擋不來了。

正當王再越危急之時，羅大虎連連撮口出怪聲，一面高叫：「併肩子，上呵，上呵！」

柳大娘不知他們在弄什麼玄虛，索性先廢去一、兩個再說，因此刀法越來越緊，王再越已只辨得遮攔，堪堪就要喪命刀鋒之下。羅大虎急趕上來，可是王再越已是滿身冷汗，洩了氣，讓柳大娘跑出了柳林。

一出柳林，柳大娘定神一望，家中已在冒煙！只是煙還未濃，火還未大，大約是強人剛剛放的火。

柳大娘氣紅了眼睛，恨不得三腳兩步就跑回家，手刃强人。可是正當她要挺刀硬闖時，驀聽得一個蒼勁的聲音喝道：「站住！妳還想往哪裏走？」同時身後傳來羅大虎歡呼之聲：「二哥，剁呵！剁這個臭婆娘！」

柳大娘大怒，更不打話，驀地就橫刀掃去，「鳳凰展翅」，逕斬對手上盤，誰知對手卻動也不動，待柳大娘刀鋒離面門還不到五寸之際，突地一擰身，「翻手撩陰」，一翻劍便由下而上，逕截柳大娘的手腕，這一招好不厲害，柳大娘急撤招救護，刀鋒猛的從上斬變爲下拖，噹的一聲，格過敵人長劍。卻因變招太速，收勢不住，柳大娘腳步竟斜斜的移動了一、兩步，她急趁勢斜躍，倒縱出數丈之外，抱刃當胸，打量來者。

其時羅大虎又挺花槍到來，高叫道：「二哥怎麼還不動手？」柳大娘一看，那被稱爲二哥的人，卻不是羅二虎，而是一個瘦長的老者，挾一柄長劍，顧盼自如，神色甚爲驕傲！剛一接招，便給他逼退兩步，柳大娘心知，這回碰上了比羅大虎更厲害的對手。

這老者神色傲然，他見羅大虎挺花槍來到，反揮手叫他們退下，睥睨作態道：「鬥這樣一個臭婆娘，還用得了這麼多人？退下！退下！」羅大虎聽了，面色微變，卻又不敢發作。原來這瘦長老者正是這次主持夜劫柳家的領袖，也是清宮大內的特選衛士，職位比羅大虎高得多。羅大虎這廝不敢發作，柳大娘劉雲玉可發作了，這位當年的萬勝門女傑，何曾給人這樣奚落過。她一擺「斷門刀」，又如瘋虎一樣撲上來。一圈寒光，就罩住了這老者。可是這老者卻沉著得很，一柄長劍，見式破式，見招拆招。柳大娘竟奈何他不得。鬥了多時，待柳大娘那股勁氣暫消，那老者才突地怒吼一聲，使出嵩陽派的達摩劍法，變守爲攻，竟如疾風驟雨似的，一式隨一式滾滾而上，運劍如飛，劍劍刺向柳大娘要害。本來兩人的武功技業相差無幾，但柳大娘經過一場惡鬥，再和老者對手，硬攻不下，可有點再而衰，三而竭了。那老者卻是以守代攻，一派「避其朝銳，擊其暮歸」的打法。

打到分際，柳大娘心焦氣急，竟想在劍光繚繞中冒險取勝，斷門刀以「怪鳥翻雲」之式，盤旋掃來，對方劍招正使到「老叟攜琴」，本是蓄勁待敵，一見柳大娘的刀沒頭沒腦的撲上，即時一退步，讓刀進招，劍刃一貼刀背，「順水推舟」竟順著刀背，指向柳大娘的咽喉。

柳大娘一看情況不妙，在電光石火，間不容髮中，竟以險招救急，突撒手扔刀，沉肩縮掌，人已退後一、兩步，刀也出手向老者飛去，在這等近的距離，柳大娘這一撒手飛刀，敵人如何還敢迎上去?幸這瘦長老者也是久經大敵，急向後一躍，斜蹤出數丈之外，刀鋒貼著肩頭，滴溜溜的飛過，他竟毫髮無傷。

在老者後縱時，柳大娘卻向前躍，這樣一前一後，就差了六、七丈。但那敵人也忒歹毒，他向後一縱，避過刀鋒，立刻便發了幾枚毒蒺藜，分幾路襲到。柳大娘仗著身法輕靈，左躲右閃，也沒有被打著。但就在柳大娘左躲右閃時，那羅大虎竟乘虛以左手花槍猛向柳大娘刺來，他的花槍是夾著圈、點、抽、撒的虎尾棍法，將槍尾一抖，便起了斗大槍花，柳大娘稍一疏虞，剛避過他的圈，又碰上他的點，小花槍變爲點穴鐝，直點柳大娘的癒氣穴，柳大娘急含胸吸腹，雖未被點個正著，可也在癒氣穴旁邊，給槍尖點了一下，登時立覺一股痠麻。

羅大虎還待挺槍直上，驀地卻自廣場上奔來一條人影，竟從數丈之外，如怪鳥掠空而至，讓過柳大娘，掌鋒便貼身直擊羅大虎的面門。來人身法奇快，羅大虎竟給他一掌擊倒。

# 第三回　遠行學絕技　探穴雪疑冤

柳大娘怔了一怔，才呵呀一聲叫道：「呵！孩子，原來是你！」柳大娘顧不得强敵當前，也顧不得回家援助，反而立定下來了。

原來那來人就是離開柳家將近十年，後來聽說到了遼東，就再也沒有音訊的婁無畏。

婁無畏嗖的一聲，拔出爛銀似的長劍，在黑夜中閃閃發光，他用劍朝敵人一指，朗然發聲道：「這幾個兔崽子，留給徒弟吧。師娘您先回家去。」他一邊說，一邊用腳把羅大虎的小花槍踢起來，擲給已手無寸鐵的柳大娘。柳大娘抓起小花槍，還不忘囑咐婁無畏要小心，婁無畏也笑著答應了一聲。

婁無畏突然而來，可把在場的人怔住了。在婁無畏和柳大娘問答時，羅五虎已撲上去，拖過羅大虎，只見羅大虎已全無動顫，仔細一看，才知羅大虎的天靈蓋已給來人一掌擊碎了。

羅五虎急痛攻心，攦刀便上，想為兄報仇，也想攔阻柳大娘，但他在羅家五虎之中，武功最弱，又早受刀傷，他這時挺刀猛上，瘦長老者還來不及援助，只兩個照面，就給婁無畏擊飛了兵刃，還被婁無畏的一個掃堂腿踢斷了脛骨，登時痛得暈死過去了。

一旁觀戰的柳大娘，見婁無畏踢倒羅五虎，迎上那瘦長老者的身手，遠非在師門時可比，便放下了心，持著小花槍回家去了。這時家中煙已漸濃，火已漸大，她不能再拖延了。

且說那瘦長老者趕上前來，雙劍一交，只碰得叮噹兩聲，火花飛濺，虎口竟隱隱作痛，敵人的腕力如此沉雄，逼得他不能不後退兩步了。

他將長劍一指：「咄！聽你的話，你就是柳劍吟的徒弟了？連你的師娘都不是我們對手，你到這裏逞什麼好漢？我們尋仇，不關你的事，你還是趁早走你的春秋大路，我們不加害你。」他這話可是畏強欺弱，他們這一夥，剛才還對柳大娘說，要拿她的門人子女填補利息！

婁無畏卻又怪，他既不應聲作答，也不「趁早走春秋大路」，只是狠狠的盯了瘦長老者兩眼，然後陰沉沉的笑道：「哦，是你！你會打毒蒺藜，會使達摩劍法，還偷學得幾招形意派的無極劍法。哼！你當我不知道你？走你媽的春秋大路？你想走也不成呢！」婁無畏早猜疑到這瘦長老者和師門關係甚大，這一亮相，看了他的身形、手法，更證實了他就是以前師父遍尋不獲的人，婁無畏如何肯放過他？

當下兩人各自擺好門戶，各自圓睜雙目，注視對方，驀地雙雙撲上，交起手來！

那瘦長老者早聽得羅四虎說過，有一個豹子頭漢子，曾在湖泊上顯過身手，水陸功夫，俱都精妙。如今這漢子又在柳大娘危急之際突然現身，掌擊羅大虎，腿掃羅五虎，身手端的快捷非常，心中不免暗暗嘀咕，心想柳劍吟怎的會有這樣一個徒弟！柳劍吟他雖沒碰過，可是卻曾和柳劍吟的師弟丁劍鳴交過手，如今看這豹頭漢子的武功，可並不在他師叔之下！

那瘦長老者情知遇到強敵，但他的無極劍法，平生也罕逢對手，他要仗著輕靈的劍法，來鬥鬥這豹頭漢子。

這豹頭漢子婁無畏端的厲害，他一交手，便全是進攻的招數，時而太極劍法，時而將萬勝門的刀法化在劍上，宛如騰蛇翻浪，處處找敵人的兵刃，刺對方的要害。那瘦長老者怕他沉雄的腕力，仗恃劍法輕靈，縱高竄低，輾轉進退，不硬拉婁無畏的招，只想以小巧之功，乘虛進擊，這樣鬥了半個時辰，竟只見黑夜中寒光閃閃，全不聞兵器碰磕之聲，如此打法，可比硬碰硬上，更爲危險，只要身法稍慢，招數稍漏，便立刻有喪生鋒刃，血灑黃沙的危險！

那瘦長老者雖然劍走輕靈，但婁無畏的招數也虛實莫測，他的劍法，儘管有好幾種家數，但總以太極爲基礎，一式隨一式的滾滾而上，如長江大河，綿綿不絕。太極拳又稱綿拳，正是因它招式銜連，綿延不絕之故，只要兵刃一被黏上，便難以脫身。二人鬥了半個時辰，那瘦長老者已微微氣喘，額沁汗珠了。於是他竟放棄了剛才要單打獨鬥，不准同伴上來幫忙的禁令，打了一個暗號，叫王再越他們圍上來，要人助他一臂之力了。

王再越剛才已給柳大娘一頓潑風也似的刀法，殺得心驚膽戰，成了強弩之末，更何況那婁無畏的劍法，似乎比柳大娘還強，雖然硬著頭皮上前，卻只是「不求有功，但求無過」。雖然將雙股劍舞得像潑風似的，卻只求自保，他還打算，如果那瘦長老者一落敗，他就先跑。

而其他兩個漢子，一個索性裝做看不見瘦長老者的暗號，站得遠遠的，另一個則裝模作樣的扣著幾粒鐵蓮子，打算如果瘦長老者打勝了，就說是給他把風；如果是打敗了，他們就先溜之大吉。

婁無畏見王再越也圍了上來，可更不客氣了，劍法一緊，勢如抽絲，綿綿不斷，而左手中、食二指，更駢指如戟，竟當點穴鐝使用，在劍光繚繞中，尋瑕抵隙，找敵人的穴道，他左手雖没兵器，可比有兵器更難對付。只見他右手是虛實莫測的太極劍法，左手則使出空手入白刃的擒拿法中的點穴功夫。他早看出王再越不敢硬上，於是便專門對付那瘦長老者。又鬥了半個時辰，瘦長老者已無法招架，他一拔足，便要落荒而逃，可是婁無畏怎肯放過他，馬上一招「龍蛇疾走」，劍走輕靈，直奔他的腦後。瘦長老者本能的將身一橫，回劍擋招，婁無畏太極劍「妙手摘星」，噹的一聲，已搭上了敵人的兵刃。

婁無畏的劍一搭上敵人的兵刃，隨手一帶，那瘦長老者的長劍，竟倏地脫手而飛。説時遲，那時快，婁無畏撲地便欺身直進，瘦長老者驚魂未定，還來不及遮攔門戶，竟被婁無畏左手二指電光石火的向脅下一點，不及出聲，便斜斜後倒。婁無畏也不容他倒地，伸指平掌，左掌在他背後一按一旋，便把瘦長老者平舉起來。那瘦長老者竟一聲不哼，原來是給婁無畏點中了暈眩穴，竟像死人一樣，不會動了。

假裝把風的那兩個傢伙，在瘦長老者後退時，早夾著尾巴逃走了，王再越在婁無畏追擊瘦長老者時，還想提劍上前暗襲，希望能取得前後夾擊之勢，但婁無畏去勢太疾，他還未趕上，已見婁無畏把瘦長老者平舉起來，一旋身便和他對個正面。王再越嚇得三魂去了二魂，七魄僅餘一魄，哪裏還敢上前，急旋身，輕點地，一躍就躍出兩丈開外，一溜煙的跑了。

婁無畏本不想放過王再越，但他托著老者，王再越又已先跑，而且他也看出王再越的輕功，不過僅遜於自己一籌而已。更兼他心懸師門安危，不能前追，因此搶上前兩步，便驀地收劍入鞘，右手探出兩枚不到五寸長的小匕首，一脫手化爲兩點寒星，遙遙向王再越擲去，當下依稀聽見王再越呵呀一聲，大約是中了一枚匕首，身形立緩，但還是掙扎著跑入柳林中去了。

敵人死的死，傷的傷，逃的逃，廣場空寂一片。月落星沉，夜殘風冷，泊水嗚咽，一場虎門龍爭業已了結。但婁無畏的事還未完。廣場後邊的師門已是火燄沖霄，婁無畏不知師母回去是否得手，急忙托著敵人，又匆匆趕回去了。可是，他卻突的遲疑了一下，先把那老者立在地上，右手在老者懷中搜索，好像拿出了一些什麼東西，便隨手往懷中一塞，然後又匆匆朝著火光跑去。不出他所料，這時師母等人果然還在相持。

原來這瘦長老者正是廿餘年前，僞裝採花淫賊引誘丁劍鳴在索善餘家中打鬥，使丁劍鳴入了圈套的蒙面夜行人之一的蒙永真。他曾偷學過幾手形意門的劍法，但事實上卻是嵩陽派第三代掌門張青渠的門下叛徒。

丁劍鳴保護的貢物，劫貢物雖另有其人，可是他們卻另有陰謀，他們的主人怕柳劍吟破壞了他們分裂武林的計畫，因此才叫他們趁這次渾水，故意弄得撲朔迷離的。而蒙永真便是這次夜劫柳家的領袖。

柳林中打得兇，柳家中也打得兇，柳林中的打鬥結束之後，柳家的戰況還在苦苦相持。原來蒙永真知道柳大娘難對付，而柳家的子弟門徒他卻不放在心上。於是就調撥羅大虎、王再越、羅五虎等好手去纏鬥柳大娘，而讓羅二虎和羅四虎帶人去對付柳家的子弟門徒，自己則在廣場兩邊策應。也正因如此，楊振剛等人才能一直支持到柳大娘回來。

當晚坐鎮柳家的柳夢蝶、劉希宏、楊振剛和左含英四人，心情各異：劉希宏心想姑姑叫他來助刀，就是已把看守家門的重責放在他身上，如果有疏虞，如何對得住姑姑和姑丈？因此心中不免戰戰兢兢。楊振剛則是焦慮，大師兄不在，他就應擔當起師門安危的重責，劉希宏雖是柳家至親，但到底不是本門弟子，大樑還是得自己挑。至於柳夢蝶，今晚是她第一次和外面的江湖人物交手，心中是既興奮，又惶恐。左含英雖然也很興奮，可是又擔憂師妹會受傷或是被人捉去。

雖然他們各懷心思，卻俱都抱著等待暴風雨的心情。所謂「山雨欲來風滿樓」，一點聲音，一些疑跡，都令他們緊張，令他們疑慮。

當晚他們計畫一個人在屋頂巡視，其他三人則留在屋裏。楊振剛和劉希宏都爭著要到屋頂巡視，爭了許久，最後由楊振剛擔任。楊振剛說道：「我們太極門的事，做弟子的可得擔當重責，劉兄，你還是在家中多照顧他倆吧。」言者無意，可是劉希宏聽了卻疑心楊振剛有門戶之見，怕萬勝門的人擔當不起風浪，他雖沒有說出口，卻有點悻悻然了。

楊振剛在屋頂上守了許久，敵人終於出現。這時也正是羅大虎等在柳林，纏鬥柳大娘的時候。最先現身的是羅四虎，他手持一對蛾眉分水刺，驀地從柳家屋後躍上，掩上前來，待楊振剛發現時，他已到了身後了。

楊振剛急地一聲胡哨，喊道：「賊人來了！」其時，羅四虎已和他交上了手，另外又有幾條人影奔來。照原定計畫，他們一發現敵蹤就在屋內聯手抗拒敵人，因爲屋子窄，敵人來的不能太多，他們聯手能鬥則鬥，不能鬥也可撐到柳大娘回來，或者等到天亮，再作打算。

但楊振剛卻被羅四虎的蛾眉刺擋住了退路，不能照原定計畫撤下去。

羅四虎使的分水蛾眉刺只有一尺多長，每枝蛾眉刺有三個尖子，極爲鋒利。分水蛾眉刺原是便於水中打鬥的兵器，而今羅四虎能練到水陸兩用也很不簡單了。因爲武林中有句話說：「一寸短，一寸巧。」若能以短兵器與敵爭鋒，其人武功必甚靈捷巧妙。

楊振剛的太極劍也得了乃師真傳的十之六、七，與羅四虎本是功力悉敵，但因對陣經驗不多，又不懂得破蛾眉刺的招數，竟反爲羅四虎的雙刺所剋，只能使出本門劍法，隨勢屈伸，護住要害。但其時又已有幾條人影，從屋頂上疾馳而來，如果楊振剛還脫不了身，可就要糟了。

楊振剛正在著急，忽從屋子裏竄上了一個人嚷道：「楊兄，不要害怕！小弟來了！」只見劉希宏提著斷門刀竄上來了。楊振剛聽了皺皺眉頭，心中甚惱劉希宏竟然說他害怕。

劉希宏原本要留在屋裏照應，卻故意竄上來露一手，讓楊振剛瞧瞧他的萬勝門刀法，楊振剛和劉希宏的意氣之爭，不僅造成了兩人日後的嫌隙，而且也幾乎陷左含英和柳夢蝶於險境。

劉希宏一竄上來，對方竟然也來了五個幫手。五人中分出兩人來截劉希宏，其他三人，就竄下柳家去了。

那竄下的三人，一個是蒙永真的徒弟，兩個是羅大虎的徒弟，武功自是不弱。他們一躍而下，就和左、柳二人鬥了起來。

和柳夢蝶交手的是一條壯漢，足足高她一個頭。她左攔右擋，使出本門劍法，雖是第一次交手，竟然沒有落敗。她一高興，便覺得自己原來竟有些能耐了，因而心雄氣盛，劍光霍霍，便使出了進攻的招數來。

然而太極劍法講究的原是以靜制動，所謂「敵不動，己不動，敵一動，己先動」，講求因式破式，制敵機先，爭取主動。若非功夫已至爐火純青，很少一開頭就出手猛擊。因而柳夢蝶這一出手，反而給敵人覷了破綻。

柳夢蝶劍鋒一起，「舉火燎天」，原想上刺敵人咽喉，不料敵人卻使出嵩陽派達摩劍法中的「定陽針」招數，抱劍一立，容到柳夢蝶劍鋒遞到，那壯漢突然一退步，左腳斜落，右手劍由「定陽針」一變而爲「高探馬」，向柳夢蝶的右耳門猛的刺來。柳夢蝶救招不及，身子急急後退，可是敵人已跟上左腳，一個「喜鵲蹬枝」，腳尖竟踢中了柳夢蝶的膝蓋骨，柳夢蝶初臨大敵，驟遇險招，竟定不住身形，一個翻身，就跌出了五、六步外！

壯漢急跟蹤直上，待要趁危進襲，不料忽地幾點寒星，幾枚錢鏢挾著勁風，猛的襲到，原來柳夢蝶在跌倒時，早扣好了幾枚錢鏢，使出劍底打鏢的本門絕技。當下只聽得壯漢「呵呀」一聲，急急退後。

相距既近，柳夢蝶的金錢鏢雖火候不足，卻是盡得乃父真傳，敵人如何能避？那壯漢卻也非等閒，寒風一到，便劍護上盤，「彩鳳舒翼」，劍向左右展開，把上、中兩路的錢鏢打落，可卻躲不過取下盤的鏢，正在他擰身後旋的時候，腿彎處正中了一枚錢鏢，馬上見紅，他仗著身體結實，踉踉蹌蹌的衝出幾步，幸而沒有跌倒。

那邊廂，可把左含英急個要死。他一邊打，一邊掛念師妹，一見柳夢蝶被敵人踢中，不禁呵呀一聲，忙托地一跳，要去救援。但對手兩人，如何容得左含英脫出圈子，一個手使軟鞭，一個手使檳鐵杖，都是長兵器，早分兩翼抄住了左含英，左含英越急就越遇險招，他的劍幾次幾乎給軟鞭奪去。

正在危急，忽見劉希宏和楊振剛像斷線風箏似的，飄下了庭心，而羅四虎和同夥也緊接著凌空而下，殺入屋內。

原來在屋頂上截住劉希宏的兩人並非好手，他們還是羅四虎的晚輩，給劉希宏一頓潑風刀法，竟逼得連連後退，劉希宏幾下就躍到楊振剛身邊，舉刀一衝，迫得那羅四虎不能不斜退兩步，騰出兵刃，應付急襲，於是解了楊振剛的圍。

楊振剛青鋼劍一舉，脫出圈子，急喝道：「劉兄！下去！救師弟妹要緊，你怎撇開他們了？」劉希宏哼的一聲，心中怪楊振剛非但不領情，反倒責怪起自己來了。可是留那兩個未有經驗的孩子在下面也的確危險，尤其柳夢蝶是自己的表妹，萬一有個閃失，自己如何面對姑姑？於是劉希宏悶聲不響又躍下去了。他讓楊振剛斷後，自己再施展萬勝門刀法，去救左、柳二人。

劉希宏一到，就殺近左含英身邊，刀光閃閃，逕向那使軟鞭的剁去，那個漢子，好不溜滑，一邁步，刷的一軟鞭便向劉希宏的斷門刀纏來，他的軟鞭是長兵器，劉希宏的斷門刀卻是短兵器，必須近攻，敵人卻能遠襲，一時之間劉希宏的刀竟給軟鞭纏個正著。

敵人大喜，急一抽手向懷裏直帶，想把劉希宏的刀奪飛，把劉希宏摔倒。但劉希宏的功力比他深得多，萬勝門的功夫是內外兼修的，劉希宏尤以外功見長，勁力充足，下盤極穩，因此故意將計就計，讓敵人的軟鞭纏住自己的兵刃，待敵人用力向懷裏帶時，便一蹬雙足，「力墮千斤」，更乘敵人一使勁之時，反握刀柄，用勁向自己懷內一帶，和敵人硬碰硬的較勁。這一下，立見真章，敵人給他一帶，竟收不住，踉踉蹌蹌的直跌過來，被劉希宏扯到跟前。劉希宏順手就是一刀背，猛的打中敵人肩膊，敵人只痛得「呵呀」一聲，撒鞭仆地，跌了個狗吃屎！

時機急迫，不容追敵，其時楊振剛和敵人都已先後縱下庭心，劉希宏急忙與楊振剛會合，和左含英、柳夢蝶一起退到牆邊，依原定計畫應敵，好減少後面襲來的危險，那給柳夢蝶錢鏢打傷的壯漢，還待阻攔，卻早已給楊振剛一連幾劍追得手忙腳亂，左含英更乘虛一腳踢去，那壯漢便骨碌碌滾了好幾步！左含英今晚幾次遭危，正一肚子氣，藉這一踢正好可以出出鳥氣。

楊振剛、劉希宏和柳夢蝶、左含英會合之後便聯成一體，實力大增，四人靠著牆壁，三柄長劍一口單刀，近拒敵人，遠擋暗器。柳夢蝶還偷空放錢鏢，襲强敵。一時之間，敵人竟奈何他們不得。加上屋子裏地方狹窄，最多只能容五、六人和他們混戰，在混戰中，敵爲免誤傷自己夥伴，又不能自外面發暗器進來。因此楊、劉等四人雖危實安，强徒竟無從得逞。

但那夥强人也不笨，他們又想出了在屋後放火的歹計，想迫楊振剛等人往外竄，只要屋內人一往外竄，他們就可以截開圍攻，也可以用暗器密襲。

煙漸濃，火漸大，煙霧瀰漫，嗆得屋內的人連連咳嗽，眼睛也燻得流出淚來。楊振剛氣得揮劍罵道；「你們這些賊人，無恥之徒，要就真刀真槍見個高下，幹麼竟集衆羣毆，還放火，你們可還要不要臉？」

羅四虎撚鬚大笑：「小伙子，火光還未沖天，你的火氣倒沖天了！很好！等一會自然有人和你動真刀真槍，怕你們逃到哪裏去！」

話還未了，猛聽得一聲冷峭的女音在背後應聲説道：「不見得！還有俺在這兒，必然叫好朋友不會打得這樣沒味。」人隨聲到，倏地一股急風襲來，羅四虎吃了一驚，未敢回頭，先行躲閃，霍的橫身向旁一躍，然後愕然回顧，不禁倒吸一口冷氣，來人竟是和自己的弟兄在柳林纏鬥的柳大娘。難道那麼多人圍攻她，她還能逍遙走出，又怎麼不見自己同夥追來？而且更令羅四虎吃驚的是柳大娘手中的兵器，竟不是她賴以成名的五虎斷門刀，卻是自己大哥闖盪江湖的獨門兵器——精鋼點穴的小花槍！

羅四虎怒喝一聲：「臭婆娘，妳怎還有命回家？我大哥呢？」柳大娘磔然大笑：「你的大哥在這裏，他已將兵器送我，外加一顆頭顱！」

羅四虎一聽，情知凶多吉少，但事已至此，也不能不拚命了，他一擺蛾眉分水刺，猛向柳大娘衝擊，還咬牙怒罵：「叫妳有命逃回家，也沒命逃出家去！」

他想要柳大娘的命，柳大娘可更想要他的命，小花槍一挺，便如蛟龍出海，巨蟒盤枝，挑、抹、衝、刺、敲、擊、截、攬，翻翻滾滾，掄得這桿槍悠悠帶風，羅四虎休想遞招進去。羅四虎大驚：這婆娘好厲害！忙的一聲胡哨，打個暗號，便見羅二虎從屋子裏竄上來，一擺厚背金刀，與羅四虎雙戰柳大娘。這一來，不僅羅四虎戰況不那麼吃緊，楊振剛、劉希宏的壓力也減輕了不少。

柳大娘花槍一挺，便喝叫孩子們衝出重圍。她挺槍開路，楊振剛、劉希宏則揮刀舞劍雙雙掩護左含英、柳夢蝶奪路上屋，一股猛勁竟給他們衝出去了。

一路打得翻翻滾滾，可是打到外進的大堂時，卻因地方較爲舒展，柳大娘等五人，竟受敵人截開來圍攻了。那羅二虎、羅四虎仍然纏著柳大娘，另外的人則和楊振剛等四人混戰。這一下子柳大娘等衝不出去，强人也殺不進來，局勢竟僵持了下來。

柳大娘的萬勝門最擅長的是刀法，但凡武林名家，十八般武藝，總會通曉。何況柳大娘見多識廣，焉有不懂用槍之理。她將槍一擺，悠悠帶風，以小花槍使出「金槍二十四式」的大槍招數，只見槍纓亂擺，槍尖亂顫，宛如騰蛇翻浪，格過蛾眉刺，盪開金背刀，還不時還招進擊，打得地轉天旋。但小花槍到底不是她的本門絕技，她不能像羅大虎一樣，將小花槍既當點穴钁用，又作虎尾棍使，自然就不能盡數發揮小花槍的精妙招數。何況她在柳林中屢逢强敵，苦鬥多時，如今已是强弩之末了。但饒是這樣，她那「金槍二十四式」仍然無瑕可乘，她雖殺不出去，羅二虎和羅四虎可也無法進招，只能像走馬燈似的團團廝殺！

其時火光已上沖霄漢，火舌已橫捲過大堂來了。柳家房舍已完全被煙霧火燄所包圍，只聽得四周樑摧棟折之聲，夾雜著刀劍相擊的聲音。煙霧瀰漫，人影綽綽，火場中只見衆人正捨死忘生的拚鬥，火煙遮眼，火氣攻心，已打得有點昏亂，竟然不知要衝出去了，如果再打下去，不消半個時辰，就會玉石俱焚，同喪火窟！

就在這煙霧瀰漫之中，猛見一條人影，穿入煙霧，而且還托著一個人，突的撲入火場，爛銀長劍在火影裏一閃，就疾如勁風，直向羅四虎刺去，四虎、二虎急急後退，凝眸一望，這人竟是前日在湖泊交手的豹子頭漢子，左手托住那人，竟是他們的領袖蒙永真！羅四虎驚叫一聲，連頭也不敢回，急急就向火場之外衝去，這個豹子頭漢子，曾使他在湖泊上吃過大虧，還險些送了性命，鋒鏑餘生，至今猶有餘悸，如何還敢再迎擊這豹頭漢子？只有羅二虎還不知厲害，欺他只有一隻手使兵刃，還待上前應敵，奪回首領，誰知才一交手，給他爛銀劍一碰，直碰得手腕痠麻。那豹頭漢子更不容他稍緩，劍鋒順勢直上，「李廣射石」，如白虹貫日，直刺向他的咽喉，他呵呀一聲，拚死斜斜的橫躍出去。不料身形未定，恰恰又碰上殺氣騰騰的柳大娘，柳大娘更是心狠手辣，小花槍「白蛇吐信」，一刺一攪，對著羅二虎當胸猛刺一槍，大喝一聲「倒！」槍尖抽出時，羅二虎的鮮血已如噴泉一樣直噴出來，倒在火場之中，再也不會動顫了！

敵人見狀，紛紛逃命，在忙亂中又給劉希宏和楊振剛各自斫倒一個。那劉、楊等人還待追時，已給柳大娘和來人喝住，他們拚鬥半夜，已沒心思再追敵人了。

天將破曉，曙光朦朧，火光耀目，他們躍出了廣場，只見柳家已被火光吞沒了！

柳大娘、豹頭漢子和柳家子女門徒，在殺退敵人之後，都已聚集在廣場。楊振剛藉火光一看那豹頭漢子，不禁高聲歡呼：「呵！師兄，原來是你！」

柳夢蝶也同聲驚叫：「娘，這位就是前天在湖泊上援救我們的好漢！」她話聲未完，已給柳大娘拉過去叫她行禮，說道：「連大師兄也不認識？妳小時候他還抱過妳呢！」

原來婁無畏離開柳家時，柳夢蝶不過五、六歲，所以那天婁無畏爲他們解圍時，她雖然似曾相識，但卻怎樣也記不起來。而左含英是在婁無畏離開柳家幾年之後，才帶藝投師的，因此更不認得婁無畏了。

當下師兄、師妹等重新行過見面禮，只樂得柳大娘呵呵大笑：「俺有了你這個徒弟，家雖被毀，也值得了！哎，孩子！這次的事可全虧了你！」

婁無畏正待謙遜，不料柳大娘笑聲未停，語音方歇，竟突地一跤跌在地上，爬不起來了。

原來柳大娘在柳林中和强敵打鬥了半夜，又鼓起餘勇回到家中和羅二虎、羅四虎拚鬥了如許時辰，早已筋疲力竭！而且她又被羅大虎以小花槍點了穴，雖未正中穴位，但卻也受了內傷，當時她仗著功夫精純，爲了要救女兒，强逞餘勁，才能支持到完全掃盪强人，脫離險境。現在苦鬥已過，猛的鬆懈下來，這一笑，立刻覺得百骸欲散、地轉天旋，眼前景物如夢如幻，便再也支持不住了。

柳大娘這一仆地不起，可嚇壞了在場的人，柳夢蝶急忙撲過去扶起母親，見柳大娘已雙眼緊閉，無法言語，不禁放聲大哭。其餘的人也都圍上前來，滿懷焦慮。婁無畏仔細端詳了柳大娘的面色，安慰衆人道：「大家放心，師妹，妳也不必這樣哀痛，師娘這是過勞所致，休息一會就會好的。」他可還不知道柳大娘已受了內傷。

當下大家商議決定先將柳大娘送到劉希宏處救護。劉家就在鄰村，順水撑舟，半個時辰就可趕到。至於救火以及善後，則交由楊振剛料理。

金雞村的人和柳家的感情一向很好，當晚火起時，原本有許多鄉民出來準備援救，卻受强徒恐嚇而未敢出手，但這晚鄉民卻也提心吊膽没有熟睡，如今楊振剛一喊，自然都出來幫忙，因此救火善後倒也不難。

柳大娘的事，可就没這麼容易了。扶她上了小舟，仍然不醒，儘管婁無畏教柳夢蝶給她推血過宮，還是没有起色。但她還有呼吸和脈搏，大家也就稍稍放心，索性讓她休息一陣再說。

小舟中本就狹窄，現在坐了劉希宏、婁無畏、左含英和柳夢蝶四人，還要安置柳大娘，已感相當擁擠。偏偏婁無畏還要把那瘦長老者也安置進來。柳夢蝶不禁嘰咕道：「師兄，還帶這個累贅幹麼？一腳把他踢下泊心吧！」婁無畏睨她一眼道：「這如何使得，這人關係老師極大呢！我就是衝著他來的……」

當下衆人都露出驚訝之色，紛紛向婁無畏探明原委。

這婁無畏，本是保定近郊一個佃農的孩子，六、七歲時就被柳劍吟帶在身邊學技，後來跟著柳劍吟來到高雞泊裏的金雞村。從此柳劍吟閉門封劍，一心傳授婁無畏丁派太極的三絕技。到了婁無畏二十歲時，已經在柳家學了十三、四年，不但太極門本門武功，得了柳劍吟真傳的十之八、九，就是萬勝門的武功，也從師娘劉雲玉處學了許多。因此他雖年紀輕輕，已兼擅兩家之長，就算江湖中成名人物，也少有人能及了。

柳劍吟雖隱居水泊，卻尚有雄心。他自己因師弟的關係，漢懷悽愴，不願到江湖上闖盪；卻願自己的徒弟繼承衣鉢，到外面去闖闖萬兒，好叫人知道柳劍吟還能調教出這樣一個徒弟。因此在婁無畏二十五歲那年，柳劍吟特選了一個吉日良辰，鄭重的把婁無畏叫到跟前，把以前太極丁吩吋自己的話，照樣吩咐婁無畏，要他不替滿洲人做事；並謹記除暴安良的明訓。末了還吩咐他，有機會的話，不妨到保定去見見師叔丁劍鳴。

對於恩師的吩咐，這十年來，婁無畏有所依從，也有所不從。他依從了恩師的吩咐：絕不做滿洲統治者的奴才，並在江湖上行俠仗義；但十年來，他並沒有依從恩師的吩咐，去找師叔丁劍鳴。因爲他從未忘懷過自己悲慘的身世，他痛恨索善餘害得他家破人亡，卻還頂個善人的稱號。對於「索善人」的痛恨，也就連帶不滿自己師叔和索家來往，自然不願去找丁劍鳴。

但婁無畏到底是憤憤不平，對傷心身世，無日或忘。他把一腔憤怒，滿懷抑鬱，都發洩在滿清朝廷及爲虎作倀的官吏上；他認爲滿清的統治是樹根，索善餘等不過是憑藉大樹的藤蔓。

於是，婁無畏出了師門不久，就被專門暗殺貪官污吏的祕密團體「匕首會」吸收。在太平天國起義時，匕首會也曾是影響過太平天國的外圍組織，曾在太平軍圍攻上海時，起來響應過，後來太平天國失敗，匕首會人物就被清廷通緝。可是，匕首會仍堅持暗殺的手段。京戲裏「鐵公雞」所演的「汶祥刺馬」中，刺殺山東馬巡撫的張汶祥就是匕首會的人，後來在四川做鹽梟，最後又以匕首刺殺了仇人。

婁無畏滿心以爲憑自己一身功夫，總可以殺一、兩個貪官污吏出出氣，甚或可以達到令胡虜寒心，激發民衆反抗滿清的目的。

誰知事與願違，用激烈的暗殺手段，非但不能成功，反而困難重重！那些貪官污吏，警戒得非常嚴密，他們不僅設置了弓箭手，還從外洋買來火器，血肉之軀如何能抵擋？加以貪官污吏的府第官衙，又都是曲徑幽深，重堂壘戶，就算有飛行絕跡的功夫，也不容易找到目標；更何況輕功再厲害也不能到飛行絕跡的地步！如果等貪官污吏出巡時再行刺，光天化日之下，警戒森嚴之中，要下手更是難上加難。

偶爾也有趁著適當的機會行刺成功，可是結果卻只有更糟！婁無畏參加了幾次暗殺都沒有成功，反而幾乎丟了性命。有一次他和幾個同黨在鬧市之中，僥倖刺殺了一個知府，但也賠了兩個同黨的性命。婁無畏仗着武功精純，人又機警，雖然逃脫了，但隨後傳來的消息令他搥胸痛哭，痛不欲生！

就在知府被刺後的第二天，官府便立刻大搜疑犯，匕首黨人當然早已聞風遠避，可是無辜被捕的老百姓竟達百多人。而且不到三天，新知府上任，卻比舊知府還要毒辣，被捕的百姓有許多被無辜的處決，統治的手段比舊知府更嚴密厲害。沒想到殺了一個貪官的結果竟是給民衆帶來了更深的苦難！

從此，婁無畏等人給追捕得更緊了，官府之中，也有武林叛節之徒，精通技擊之士，以一個祕密會黨之力，如何鬥得過整個滿清朝廷？因而婁無畏等只得亡命江湖，席不暇暖，終日悽悽惶惶，提心吊膽，使得婁無畏健碩的身軀，也漸漸消瘦了。

一天晚上，婁無畏已遠避至熱河西北，借宿在燕山山腳的一家小戶人家。那人家也是匕首會的一個秘密黨人，專門收容亡命的同黨。那晚，婁無畏在燕山下聽燕山的野獸嘶鳴，松濤過耳，不覺繞室而行，思潮起伏，不是「為誰風露立中宵」，而是想著自己的身世和今後的出處，想著，想著，不覺對匕首會所採的暗殺手段起了懷疑，但又不知道除此之外，還有什麼方法？正在彷徨無計之際，猛聽得有人輕敲窗戶，婁無畏急忙一躍而起，正待穿出窗戶，忽聽得窗外一個蒼勁低沉的聲音道：「紅花綠葉是一家。」

婁無畏怔了一怔，便即接聲問道：「什麼時候結的果？甚麼時候開的花？」那蒼勁聲音又悠然而起：「八月十五結的果，正月十五開的花。紅花綠葉相輝映，志士仁人是一家！」婁無畏將手一拍，哈哈一笑，只見一個白鬚老者，蹤入室中。原來剛才那幾句問答，便是匕首會中人相認的切口。

婁無畏定睛注視那老者，只見他穿著一件藍布大褂，還披襟迎風。其時已是初冬十月，北方苦寒，看他一把蒼白的鬚子，怕不有六旬以上年紀？卻還能這樣耐冷，其人必有精純功夫。可是婁無畏左思右想，卻總想不起匕首會中有這樣一個老前輩。

那白鬚老者看婁無畏的神情，微笑問道：「你是『復』字輩？」婁無畏垂手答道：「正是『復』字輩。敢問前輩如何知道？」那老者笑道：「你不知道我，我卻知道你。你可知道匕首會中當年開山三老之中，有一個叫做雲中奇的？」

婁無畏微微一震道：「莫非您老就是雲中奇老前輩？」原來匕首會中以「金甌復固，漢族重光」八字，排列班輩。雲中奇是「金」字輩的人，據説當年因暗殺了一位貝勒，被四處搜捕，曾一夜之中，連鬥四個清宮衛士，而且殺了其中三人，之後就飄然遠行，不知蹤跡。會中傳説紛紜，大多數認定他不知流落何方死了。想不到今晚卻在此露面。

當下婁無畏重行施禮，並問明來意，才知雲中奇的確是衝著自己來的。雲中奇説，他當年被清廷搜捕，偶因機緣，認識了一位關外的朋友，跟他逃亡到了遼東。那位朋友原是個奇人，他並不贊成匕首會的暗殺作法，雲中奇和他談了一天一夜，爲他折服，不禁嗒然而廢，因此索性就不再回到匕首會。可是他和那位朋友，並不是無所作爲，他們雄心尚在，還待伺機而起。這幾年來，雲中奇聽説匕首會出現一位少年俊傑，而且是太極名家的嫡傳弟子，武功甚爲了得，氣度也很不凡，在匕首會中擔任多次危險的任務，心中很不以爲然，覺得匕首會的做法，很可能犧牲了一個傑出的少年。後來又聽得婁無畏因暗殺失敗，爲了逃避官方搜捕，亡命四方，走上自己的老路，心中更是可惜，因此便立心找他，邀他同赴關外。

婁無畏聽了，半晌沉吟不語，忽然抬起頭來，眼中閃閃生光，問雲中奇道：「老前輩可否將那位奇人的話説給弟子聽聽嗎？不行刺，又能如何呢？」

雲中奇又哈哈笑道：「我知道老弟必然有此一問，也該有此一問！」於是雲中奇疊著手指，對婁無畏説道：「我見著他的時候，是在小興安嶺，他教我看了一幕奇景：小螞蟻和大白狼打架。」婁無畏不禁問道：「螞蟻怎能和白狼打架？」

雲中奇笑道：「就是！如果不是我親眼看到，我也不相信。那天只見小興安嶺中，滿山都是黑螞蟻，有幾隻大白狼，大約是離羣走散走得疲倦了，就隨便在林蔭下稍作休憩，哪料到就只是一會兒工夫，便給螞蟻羣包圍起來，黑壓壓的一大片，像黑色的波濤，直把那幾隻狼都淹沒了。那幾隻狼給咬得滿地打滾，螞蟻固然死了不少，那幾隻狼可也逃不了，『黑色的波濤』如影附形，直捲過去，不過片刻，就只見黑色的地上只剩下一堆白色的狼骨頭。」

婁無畏不禁咋舌道：「小螞蟻也這樣厲害？」

雲中奇道：「就是！幸虧那天，我們是在蟻陣之外，在離它們打鬥之處很遠的一棵大樹上觀看，但饒是這樣，可比隔山觀虎鬥，還要觸目驚心！」

雲中奇歇了一歇又說：「我的朋友教我看了這幕奇景後就道：『一隻螞蟻只消一隻指頭，稍微用一點力就可捺死。但一大羣螞蟻，就有這麼大的威脅，螞蟻合羣起來，就已這麼厲害，何況萬物之靈的人？』」

雲中奇說到這裏，便切入正題，答覆婁無畏道：「老弟，那位奇人就是這樣對我說：憑幾個人的武功本領，就算有天大的本事，也不能推翻一個根深柢固的皇朝。殺了一個貪官，還有無數貪官，何況未必能得手，試看歷史上，哪一件轟轟烈烈的事，不是一大羣人才能幹得出來的？遠的不說，近的如明末的李闖王，以及我年輕時候經歷過的太平天國，一大羣農民也就像黑色的波濤一樣淹沒了大地。他們雖沒能成功，但到底是動搖了清廷統治的根基。這豈不比我們東躲西閃的暗殺來得强。」

婁無畏聽了，半晌不語，眼睛凝望夜空，思索了許久，忽然直注視雲中奇道：「那麼你是教我脫離匕首會了！」

雲中奇捋捋蒼白的鬍子道：「老弟，我正是這個意思！」他滿以爲婁無畏聽了他的話，會改變主張。

誰知婁無畏在亡命生涯中，早已養成凡事提高警覺的習性。他心想，雲中奇雖然是匕首會的開山三老之一，但到底是離開匕首會這麼多年了，他如果覺得匕首會做法不對，爲什麼這些年來，不向匕首會提出？況且關外正是滿人的老家，如果在關內存身不易，又怎能在關外立足？他仔細一想，反而懷疑雲中奇可能已與滿人聯手，哄騙自己了。誰知他這一想，卻辜負了雲中奇的好意。婁無畏冷冷的注視著他，突然朗然發聲道：「多謝老前輩好意！關外我不去！」

雲中奇怔了一怔，也冷冷的注視著婁無畏，突然微喟一聲：「老弟，既然這樣，那我只好走了！若有一天老弟想得通透，到關外依蘭三姓的黃沙圍來找我吧，如果找不到我，你就說是找『百爪神鷹』獨孤老英雄來的，一定找得到，見了他，你道我的字號就可以了。老弟，你再考慮考慮吧！」話聲一完，只見雲中奇早悄然無聲的躍出牆外，牆外風聲怒號，伴隨猿啼虎嘯之聲。婁無畏兀立如僵石，眼睛似定珠，哪管夜寒霜重，他竟如此在庭中站了大半個時辰！

第二天婁無畏便發起高熱，敢情是受了風露之欺。幸好那匕首會黨人鄭三夫妻，殷勤服侍，過了兩天熱便退了一大半，只是身子還有點虛弱。這兩天內，婁無畏既思索白鬚老者雲中奇的話，又擔心著官差的搜捕，只想等病體稍癒，再繼續亡命生涯。那一晚熱退了許多，正盤算第二天動身，誰知當天晚上就出了事！

當天晚上，婁無畏吃了藥後，因爲想著明天又要亡命的事情，一時無法入睡，直過了午夜，方才覺得神思困倦，睡意矇矓。正在迷迷糊糊的當兒，猛聽得屋頂上微微一響。婁無畏是太極門名師的徒弟，一聽就知這不是風吹落葉之聲，而是夜行人出没的聲響，而且來人的輕功，雖没有爐火純青，可也有了七、八成火候。

婁無畏正想起身，冷不防窗外颯然風響，一條白練也似的東西，直向自己床上飛來。婁無畏驚恐之中，可没忘了太極門的手法。立刻讓鏢頭，撮鏢尾，以單鞭之勢，左掌微張，右手一撮，便把一枝小銀鏢撮在手中。當下一個鯉魚打挺，直自床上跳下地面，一面隨手將銀鏢發出，口裏嚷道：「好朋友，原件奉還！」

一鏢打出，只聽得外面錚然一聲，似並没有打中人，落到地面去了。鏢打出後，又見窗外人影閃了兩閃，然後哈哈大笑道：「是正點了，在這兒！」在笑聲中，竄進了兩條人影！

婁無畏情知必然是官府派來搜捕自己的人，他因身子帶病，又顧慮連累朋友，急得出了一身冷汗。可這一急在他腦中只是電光石火般的閃過，跟著卻是痛恨清廷的逼人太甚，如今，也不容他不作殊死的拚鬥。

人影一閃，婁無畏早狂吼一聲，從身後拔出寸步不離的長劍，凝神望去，只見對方兩人都是五短身材，相貌也有點相似，敢情是一對兄弟。這兩人一個拿根鐵尺，一個拿著單刀，這是捕快們最常使的兵器。

年長的那人說道：「朋友，你落了眼了，還是賣個江湖義氣，跟我們回去交差吧，別難爲我們這些苦哈哈的兄弟！」

婁無畏圓睜雙目，一聲怒罵：「你們當官府鷹犬的也配說義氣。大爺在這裏，有本事你就拿去。」說著便一步步緩緩迎上前去，雙眼注視對方，形狀很是可怖。

那兩人又笑道：「朋友，既是這樣，那可怪不得我們嚴家兄弟要動粗了。」他們這一報字號，婁無畏可也突然緩了一下腳步。

婁無畏按劍道：「哦，原來你們就是北京的名捕頭嚴家兄弟，我失眼了！兩位名捕頭千里迢迢，跟蹤到這裏，也太辛苦了，不才區區，不敢教朋友們失望，真想跟隨兩位朋友回去交差，好使你們升官進爵！但，哼……」婁無畏一拍長劍，獰笑道：「我這位夥計可不答應！」原來嚴家兄弟，大的叫嚴振山，小的叫嚴振海，手底下著實有些真功夫，在京城裏頗有一些名望，曾捕獲過好幾個江洋大盜。婁無畏一聽他們自報字號，便從心底裏憎恨起來，他最惱的便是替官衙做鷹犬的捕快。他顧不了自己病還未痊，人還虛軟，挺劍便要硬鬥這兩位名捕。

嚴家兄弟也一同獰笑：「好兄弟，有你的！你有夥計，我們也有夥計，兄弟，明年今日，便是你的週年忌了！」

話一僵，雙方馬上亮式開招，婁無畏一抖劍，刷的帶著勁風，一「白蛇吐信」向嚴振山胸前便扎。嚴振山一舉鐵尺，「橫架金樑」直碰婁無畏的長劍，這一碰兩人都斜斜退後幾步。嚴振山心想：看不出這小子面帶病容，腕力竟還這樣沉雄。婁無畏也心想，這傢伙果然有兩下子。

雙方退後，又復進前，這番交手，兩下都不敢輕敵，各自拿出全身功夫。這一動手，倒是旗鼓相當，嚴振山的鐵尺，壓、劈、砸、蓋，虎虎生風；那嚴振海的刀法可又忒是邪門，他使的是左臂刀，江湖上使左臂刀的，必有一些獨門的刀法，只見他這左臂刀使開，崩、扎、窩、挑、删、斫、劈、剁，全是反著的招數。

但婁無畏也非等閒，他長劍一領，使出以柔克剛的功夫，引開左臂刀，橫截鑌鐵尺，綿綿不絕，勢如抽絲，當下各自展開精熟的招數，吞吐撤放，抽式拆式，戰事正酣。

若論本領，嚴家兄弟雖是北京名捕，頗有些真功夫，盡可對付江湖好漢，但拿來對付太極門的名家弟子，倒底還是略遜一籌。若在平時，婁無畏足可輕易打敗他們二人聯手。

可是現在婁無畏正在病中，還幸剛才出了一著冷汗，精神才好轉過來，但身體還是虛弱，對方又是以二打一，擋了鐵尺，還要顧著左臂刀，婁無畏眼看兩人的武功，原不是自己的對手，卻給他們迫得無可奈何，不禁越殺越氣，越氣越覺暈眩，越遞不進招去。

片刻時辰，雙方又走了三、五十招，婁無畏的劍幾次幾乎都被嚴振山的鐵尺砸著。婁無畏越鬥越煩躁，心一急便使出險招，故意賣個破綻，往前一個「反臂劍」，右手劍卻未向前吐出，只斜斜的伸展開來，門戶大開，把胸膛賣給敵人。嚴振山更不放鬆，立刻「怪蟒翻身」，鐵尺逕向婁無畏胸前便點，婁無畏卻並不救招，沉肩提步，使出回馬劍往後一斜，轉用「玉女投針」，劍光如練，直向嚴振山的心口扎去。

而嚴振山招數已經用老，無法撤回鐵尺招架，急右滑步，斜轉身，踉踉蹌蹌的直退出去，饒是他退得快，右臂還是給婁無畏的長劍撩了一道口子，鮮血如注，只痛得像滾地葫蘆，直滾到門邊。

婁無畏還待前迫，誰知「螳螂捕蟬，黃雀在後」。嚴振海的左臂刀也疾如閃電的施展了「連環進步三刀」，向婁無畏的身後劈來。金刀挾風，颼颼劈到，婁無畏不轉腳步，「回馬劍」反轉一撩，剛好搭上兵刃，兩人立刻又拚鬥起來。婁無畏剛才使出險招，緊張過度，此刻再鬥，竟覺得腳步虛浮，有點不穩了。而那邊嚴振山竟然「鯉魚打挺」，負痛而起，舉起鐵尺，又踉蹌奔來。

婁無畏正在心急，忽地只見嚴振山剛一前奔突又後倒；同時嚴振海也狂叫一聲，跳出圈外。原來在他們打鬥時，鄭三夫婦也已驚醒，嚴家兄弟不知他們也是匕首會的黨人，只道他們是平常百姓，因而沒有防備，不料便著了道兒。

那鄭三夫婦見他們打鬥正酣，自知武功有限，本不敢出手。這時見嚴振山被打得滾到門邊，不禁大喜，於是雙雙一躍而出，鄭三妻子的匕首擲中了嚴振山的後心，鄭三腕力較强，也用匕首遙遙擲中了嚴振海的右臂，劃出了一道很長的口子。

不料嚴振山身負重傷，還有餘勇，他竟狂吼一聲，拚命躍起，轉身便去取鄭三夫婦的性命。鄭三夫婦原本只會幾手粗淺架式，哪裏抵擋得了嚴振山的拚死一擊？只聽得幾聲慘叫，敢情是遭鐵尺重擊。

這邊鄭三夫婦是慘叫連連，那邊婁無畏是聲聲入耳。他怕的就是連累他人，不料而今真的連累了。他一急，也顧不得力倦筋疲，鼓起一口氣，揮劍如風，沒頭沒腦的向嚴振海劈去。嚴振海臂中匕首，劇痛攻心，自然抵擋不住，給婁無畏連劈幾劍，倒臥在血泊中了。

待婁無畏趕到鄭三跟前時，只見三人都已倒在血泊之中呻吟。想是嚴振山打倒了鄭三夫婦之後已精神渙散，支持不住了。

婁無畏上前察看，只見嚴振山眼皮微張，斷斷續續的說道：「好朋友，你贏了！但可別得意，你們在江南的巢穴早給挑了！你也亮了相，逃不出去了！」說完，一伸腿就沒了氣，面上可還帶著獰笑。

婁無畏又去摸鄭三，只見鄭三張口嘶叫道：「我不中用了，你快走……走吧！我沒敢告訴你，昨天得來的消息，山東的老窰已給他們毀了。你趕快走，最好是到遼東去！」說完，也伸腿跟著嚴振山去了。而他的妻子，更是早就斷了氣。

婁無畏看著一屋的屍體，不禁虎目滴淚，他雖逃了性命，卻害了朋友，而自己再也不能在關內立足了。此時，雲中奇的話又像閃電般掠過腦際。他突然動念，且試到遼東去看看再說。

# 第四回 撫刀長太息 引劍上征途

婁無畏到了遼東之後，經過幾個月的漫遊，終於在伊蘭三姓黃沙圍這地方，找到了「百爪神鷹」獨孤一行老英雄。

婁無畏新病之後，迢迢千里，僕僕風塵，好幾次都幸得關外農家殷勤招待，才使他撐過長途跋涉之累。關外農村，民風淳樸，和關內農民的勤厚，原就一樣。他這才覺得以前把滿族同胞都看成清廷鷹爪，乃是莫大的錯誤。關外的農民其實也受了土豪惡霸與官府的欺凌，和他們一樣憎恨這些惡霸。

婁無畏到黃沙圍拜訪獨孤一行時，並沒有先道出雲中奇的字號，也沒有按江湖禮節拜見，而假稱自己是從關內來的流浪者，想會會這好客仗義的老英雄，暫求得一個地方歇腳。婁無畏在長期的亡命生涯中，養成了過份的戒心，凡事都要先看看風向。

然而這獨孤老英雄不但武藝精湛，而且閱歷極深，他一見婁無畏，就知此人並非等閒，雖然滿面風塵，卻神光充盈，英華內蘊，若非武功頗有根基，怎能有如此氣概！他因而懷疑婁無畏是來摸他底細的，當下便拿話激他，一定要邀婁無畏過幾手，婁無畏一來給他激得没法兒，二來也想試試他的本領，便毅然下場，和他過招。

婁無畏這一下場，才知獨孤老英雄的本領遠在自己之上，他施展了看家本領，使出虛實並用、變化莫測的太極掌法，竟連對方的衣服都沒沾上，那獨孤一行行前忽後，行左忽右，直令自己無法捉摸，自己的手臂卻反而不知被對方用什麼手法揑了一把，覺得異常地痠麻。正當婁無畏一額冷汗，正待跳出圈子，那老者忽道：「你到底是太極門哪一家的徒弟，趕快說出來，免得自誤。」

婁無畏至此，從心底佩服他的本領，只得實說。獨孤一行哈哈大笑道：「原來是柳劍吟的入室弟子，怪不得有如此本領！我和你對了幾十招，才只勝了你兩招。這不是你太極門的武功不濟，而是你還略欠火候。」

兩人英雄相惜，談得很是投機，婁無畏又問他和雲中奇是什麼交情？獨孤一行忽然凝神注視，突然問婁無畏是不是匕首會中人。

婁無畏略一遲疑，隨即答道：「正是，弟子是匕首會中的復字輩。老前輩怎麼知道？」獨孤一行笑道：「雲中奇早已告訴我了。他說你是匕首會中年輕一輩的英傑，又正被清廷搜捕，所以前幾個月特別到關內去查訪你的行蹤。如今你提起他，想必你們已經會過面了？我看你既然到了這裏，就暫時不必回去了吧。」

婁無畏雙眸凝定，悠然遐思，出神了半晌，突然起立，向獨孤一行當頭一拜：「弟子要回去也回不去了！弟子也已想通了，我不願回去再幹殺人流血的勾當了。就在此托庇您老人家吧。我還有一個不情之請，求老前輩不棄愚頑，收錄爲弟子，俾列門牆，得承教益。」説罷，就行拜師大禮。

獨孤一行急忙將婁無畏扶起：「老弟，你要拜師，老朽可不敢當。莫説老朽武學空疏，没有什麼能教給老弟，而且，我與柳老拳師，雖緣慳一面，但卻慕名已久，怎能收出身名家的弟子？」

獨孤一行苦辭，婁無畏卻仍然苦求。他不是想離開柳師，而是恐自己將終老遼東，不能再回關內，因而願以餘生潛心武學；況且名師難得，像獨孤一行這樣的人哪裏去求？再説他當日離開師門時，柳劍吟也曾囑咐他多領受其他名家的教益，即使再拜良師也可以。在當時如果得本業師同意，兼拜其他名家是常有的事。且柳劍吟素性通達，即使日後再見也不會見怪。説到後來，獨孤一行終於和他約定，願以半師半友身分，互相切磋。其實獨孤一行何嘗不想收一個質美好學的徒弟？但礙於不願奪柳劍吟的徒弟，因而才這樣約定。

名分既定，獨孤一行便對婁無畏説：「老弟，你不願再回到匕首會，我覺得很對。暗殺原就不能成什麼大事。只是你灰心過甚，對殺人流血一例視爲不該，又有點矯枉過正了，不流血又怎能驅逐胡虜？又怎能掃除殘害老百姓的敗類？只不過流血也要有價值，不是像匕首會那樣盲幹就是了！」

師徒二人越説越投機，論英雄，談事業，就整整談了一天，婁無畏不覺胸襟開朗，豁然貫通。獨孤一行又告訴他：「你可知道，和這遼東相連之地，有一個國家叫做俄羅斯的？那個國家的皇帝叫做沙皇，也是十分殘暴，許多老百姓都被他充軍放逐到和遼東毗連的西伯利亞大平原，那些人中，也有一些流入遼東，據他們說，俄羅斯也有一批人和匕首會的做法一樣，要用行刺手段來推翻沙皇，而且他們的組織比匕首會更大，人也更多；而且比匕首會還更有成績，匕首會刺殺的不過一、兩個貪官，而他們竟能暗殺沙皇，這還是最近的事呢！（按：即指一八八一年三月一日，民意黨人把沙皇亞歷山大二世暗殺之事。）可是暗殺一個皇帝，第二個皇帝又繼位了，他們還是沒有成功。聽說俄羅斯的民間都稱這些勇敢的暗殺黨人爲：『一錢不值的倒楣英雄』呢！」

「一錢不值的倒楣英雄！」婁無畏細細咀嚼這句話，不覺苦笑了。

從此婁無畏就在獨孤一行門下，執半徒之禮受藝。獨孤一行外號「百爪神鷹」，可以想見他的厲害。他的武功原出自鷹爪門，又獨創了八八六十四手大擒拿手法，交手時，飄忽若風，如鷹撲食。他的手法與太極拳恰恰相反：太極拳講求以柔克剛，他的擒拿手，則完全以攻代守，又善於順勢挫敵，合內家外家爲一。武林中人因他猛如鷹鷙，又善出擊，所以就給他這個「百爪神鷹」的外號。

「獨孤」這一個姓，原是胡姓，但在唐時已自西北遷入中原，成爲當時的華族大姓，唐太宗李世民的祖母，就是姓獨孤。因此長期以來，已經漢化。獨孤一行就是以關内人的身分避居遼東的。他起初也像婁無畏一樣，以爲關外是清人統治之區，恐怕不能立足，及至來到遼東之後，才知與料想恰恰相反。因爲關外是清廷的發祥地，他們對於本族人民的防備也就不及在關內漢族地區那樣嚴密，因此一些亡命之徒，才能立足下來。

婁無畏在獨孤門下幾年，不止習技，而且也嘗談論傾覆清廷的方法。他們雖知李自成、洪秀全的途徑是唯一能傾覆一個皇朝的途徑，但當時正在太平天國之後，滿清的力量加上洋人幫助滿清對付民衆的力量，比以前更爲頑强，發動起事，大不容易。而且他們到底不是很熟悉農民心理的人，更不懂得如何去組織農民。所以空有此心，卻無此力。獨孤一行的想法，只是將江湖上的祕密會社聯結起來，待有機可乘時，便爲漢族同胞，做一番事業。

自此婁無畏就在獨孤一行門下，學習他獨門的六十四手大擒拿手和七十二路「飛鷹迴旋劍」，婁無畏武功原本就極有柢底，許多如練氣、練力和閃、躲、騰、挪等基本身形步法，都可省略，自然學得很快，不消四、五年工夫，他已得了獨孤老英雄的傾囊傳授。而且在他到遼東之後半年，雲中奇也已從關外回來，他自雲中奇處又學得了「聽風辨暗器」之術，武功更是日益精進。

獨孤一行和雲中奇對柳劍吟是慕名生敬的，但對柳劍吟的師弟丁劍鳴卻頗有微詞。尤其雲中奇回來後，說起丁劍鳴以丁門太極派開山宗祖自居，以太極劍、太極拳、金錢鏢三絕技傲視江湖，而且和官府日密，和武林日疏，許多江湖豪傑都對他不滿。獨孤一行聽了，竟掀鬚微笑道：「總有一天，我要憑一雙肉掌，來鬥鬥他的三絕技！」婁無畏聽了，微微一震，但他對師叔爲人，也不很明白，而對師叔和索家來往的事，也是不滿。因此也沒再說什麼。

光陰荏苒，婁無畏在獨孤門下，已有五年。這五年間物換星移，江湖上多少驚心動魄的事情，又已成陳跡！匕首會的大巢已經給官方挑了，官府對匕首會的防範自然暫疏，對婁無畏的追捕，也因他的突然失蹤早就中止了。於是獨孤一行在婁無畏學成之後，又派遣他回到關內，去聯絡祕密會黨。

哪知他回到關內不久，便聽說他的師叔丁劍鳴保護的一批貢物，在熱河下板城外三十多里的地方，給一個遼東口音的怪老頭劫去了。由於丁劍鳴名震江湖，是丁門太極的開山宗師，平素又挾技自傲，從不下人。憑他那幾十年純淨的功夫，一股驕橫之氣，竟然會在熱河栽這樣大的跟頭，因而，消息傳出，武林爲之聳動。

而且據説丁劍鳴竟是被人給一對肉掌打敗的，他雖使出了他的丁門三絕技，居然還是落敗！丁派標誌的太極旗，也眼睜睜的被人拔去！

不久，又聽說隱居水泊幾十年的柳老拳師，也因師弟的事匆匆北上了，江湖上好幾位德高望重的老前輩，還收到柳老拳師邀請相助的請帖，於是江湖上議論紛紛，許多人都在猜測這遼東口音的怪老頭子是什麼人？而柳老拳師此去，會不會和那怪老頭子一決雌雄？如果二人打起來，不知誰勝誰負？有些人竟因此開出盤口，賭他們兩人交手的輸贏。一些看好柳老拳師的人認爲太極拳講究「浸」入去的功夫深淺，而柳老拳師這幾十年潛心學技，武功業已爐火純青，不比他的師弟雖然開創一派，卻是雜務分心，一樣的拳法，勤於練習和疏於練習就有很大的分別。而看好怪老頭子的人，則是震於他的先聲奪人，以爲他憑一雙肉掌就可打敗丁劍鳴，那麼縱許柳老拳師武功比他師弟强，大約也討不了便宜。

這些江湖議論，聽在婁無畏心裏，可震驚得很。從這些消息看來，那遼東口音的怪老頭，不是獨孤一行老英雄還有誰？他深知獨孤老英雄的六十四手大擒拿手法，已入化境，有無兵器，原就相差極微，他自己在獨孤一行門下學技和師父過招時，就常常讓師父以空手入白刃的擒拿手法，奪去手中長劍。而且獨孤一行又曾說過要憑一雙肉掌，鬥鬥丁劍鳴丁門三絕。

這件事可急煞了婁無畏，柳劍吟和獨孤一行，一個是把自己撫養成人的恩師；一個是志同道合的師父。他深知兩人武功都極其深湛，兩虎相鬥，必有一傷，不論傷了誰，對婁無畏都是痛心的事。別人可以開盤口，賭贏輸，而婁無畏可不能站在一旁看熱鬧！於是他決定，馬上趕去熱河，一定要找到這兩位師父。

可是，緊接著得到的另一個消息，令他不能趕到熱河，卻先要趕回高雞泊。

婁無畏原來奉了獨孤一行之命，進行祕密聯絡江湖上各個會社。因爲婁無畏以前是匕首會的一份子，又是闖出了字號的好漢，認識不少三山五嶽的人物，人面自然很熟。聽到這些消息時，他正在山東蒲台海陽幫的幫口作客，要離開自然不能不先和主人交代。他不敢說是去熱河，只說是有要事離開。那時蒲台海陽幫的大舵主不在家，由副舵主余濟萬當家，這位副舵主已是五十多歲的人了，可是卻很敬佩婁無畏，以前還互相幫過小忙，平日也都和婁無畏以兄弟相稱，這次聽說婁無畏要匆匆離開，他便堅持要婁無畏賞個臉，臨行前夕到他家裏喝兩杯。

余濟萬據說是綠林出身，婁無畏因他性情爽直，和他談得很是投機。而且他雖然只是一個小縣幫口的副舵主，武功倒是很有一點根柢。

那晚他和婁無畏灌下了好幾杯老酒，酒酣耳熱，天南地北，無所不談。忽然他放下杯問婁無畏道：「老弟，你年少英雄，江湖上到處都把你當成一個人物看待，這自是不消說了！但你看像我這樣一個糟老頭子，竟然還有人拿什麼『前程遠大』的話來勸我去給他做事呢！他們看不起我一個小小的幫口，看不起我只做別人的副手，老弟，你說，做一個小幫口的副當家，可是什麼失面子的事？」

婁無畏急忙答道：「那有什麼失面子？我們在江湖之上，正正當當的往來，一不靠官，二不靠府，有什麼失面子？」

余濟萬把酒杯一頓，哈哈大笑道：「就是呀！老弟你的想法就和我一樣。他們竟拿功名利祿引誘我呢，說我是老資格，屈居副舵主太可惜了，要我給別人抱大腿，跑龍套，還說是什麼遠大前程，真是太小看我了！」

婁無畏忙問他是什麼人拉他出山。余濟萬竟然答道：「什麼人？是我的舊當家叫人來要我重新和他們鬼混，說來也稀奇，我這個舊當家嘛，已經二十多年不知蹤跡了，現在竟然當起什麼皇帝行宮的衛士，還說我在山東地頭熟，要我幫他們到恩縣去辦事，你道怪不怪？」

婁無畏心中一動，恩縣不就是高雞泊所在？由於他從來不曾聽余濟萬說過自己的底細，現在聽說他還有一個老當家，心裏就愈發奇怪了。於是套問余濟萬，問他的老當家要他到恩縣去辦什麼事？

余濟萬又把酒杯重重的一頓道：「誰知道？他們只是說有一件大事要辦，大約是去找甚麼人的晦氣。可又不肯明說，不相信人就不必來請人嘛！真是！」接著，他就對婁無畏說出這件事的經過！

余濟萬道：「說起那時你還年少，也許不知道，二十多年前，在川西一帶，說起羅家五虎，是鼎鼎有名！我就是羅家五虎手下的一個小夥計。可是我不知道我們的當家，武功雖好，卻不是什麼人物！他們早先在川西時，還有一點綠林好漢的模樣。後來在川西立不住腳，逃到北方，給官兵一再圍剿，竟然慢慢偷偷和官兵合作，各不相擾，甚至有了好處，還分給官家一份，自此就專門搶劫行商，魚肉百姓。後來有一次聽說在山西榆次道上，碰見一個年輕女子，把他們打得大敗，羅三虎還喪了命。自此他們就散了夥。而我也另外投奔了海陽幫。那次之後，羅家五虎就成了羅家四虎，從此也沒了蹤跡。誰知他們竟去當了什麼皇宮衛士！我因為悔恨我年輕胡塗，跟他們鬼混。所以很少和人提起這件事，不過我和你老弟肝膽相照，也就不怕你見笑了。」

其實談起羅家五虎的那次事情，余濟萬可還沒有婁無畏知道得多。他一不知道，羅家五虎是柳劍吟和劉雲玉父女聯手打敗的。最初江湖上只傳言羅三虎給一個女子卸了胳膊，後來卻渲染成了神奇的傳說。二來他更不知道，這個女子就是婁無畏的師娘，當年萬勝門女傑劉雲玉！三來他又不知道，婁無畏在臨出師門前夕，柳劍吟曾告訴過他這件事，還叫他在外面打聽羅家四虎的行蹤。故而婁無畏此刻聽了，心中一動，想再用話引他時，卻沒有什麼新的消息，余濟萬說來說去，他就是罵舊當家的小看他。

婁無畏見再探不出什麼關於羅家四虎的事，正待繞過話題。忽地余濟萬又大口大口的呷了好幾杯酒，醉態可掬的道：「他媽的！這年頭真怪，我碰到舊當家的來找，大舵主卻又碰到一個不知什麼地方來的老頭，吃了大虧，人家卻又要和他拉交情。」

婁無畏道：「難怪大舵主前天一去，就沒有回來，敢情就是碰到那個老頭子？」

余濟萬道：「誰說不是，就是因此他才匆匆趕到歷城總舵去查問，看有誰知道那個老頭子的路道。」他接著又告訴婁無畏大舵主前天碰到的怪事。

「那天我們的大舵主接到報告，說是有幾個面生的外人，路道很是邪門，口音既不相同，裝束也是各色各樣。看起來沒有什麼財物，但卻都藏有兵器。他們到了蒲台，卻又不進城歇宿，偏偏住在離城幾里的破廟裏。我們大舵主知道這事兒後，就叫報信的人不要聲張。他知道這些人一定大有來歷。恰好那天歷城總舵處有兩個兄弟在我們這裏，手底下也很了得，大舵主便約了他們二人，晚上偷偷去探一探那個破廟，誰知他們一到就給人家耍了！而且憑他們三人的武功，雖然遠比不上老弟，但在江湖上也總還對付得過去，卻偏偏給一個老頭子輕輕易易就折服了。你說這事邪不是邪。

「那天晚上沒有月亮，他們到時，已經過了三更時分，伏在屋瓦上，聽得下面的鼾聲很大，像在扯風箱似的。

「大舵主用『倒捲垂簾』之式，單足倒勾簷角，斜掛半身，挨到窗邊，側耳細聽，覷目內窺，裏面黑黝黝的，什麼都看不見；還待張看時，忽然倒勾著屋簷的單足，似被人輕輕的扯了一下，大舵主急一個『鷂子翻身』翻上屋面，只聽得遠處風鳴犬吠，近處兩個同伴，正在屏氣凝神，遊目四顧。大舵主忙低聲問兩個同伴，可看到了什麼？爲什麼要扯他的腳示警？

「同來的兩個兄弟，都露出驚訝的表情，他們直說他們沒扯大舵主的腳，而且他們自己也好似被人輕輕拂了一下，正不知是誰幹的？

「三人正在猜疑，忽然聽得一個蒼老的聲音在身旁說道：『俺就在這裏，你們自看不見，何必疑鬼疑神？』三人一齊驚惶張顧，可真邪門，一個老者就站在離他們幾尺遠的瓦面！

「那老者笑道：『貴客遠來不易，且到下邊空地去玩玩吧！怎的，你們還遲疑什麼？不敢下去？怕我們人多？如果我叫一個幫忙，我就算對不起朋友！』」

余濟萬說到這裏，又頓了一頓，呷了一口酒道：「老弟，就這樣，我們大舵主給他激得不得不跳下去和他交手。不上十招，大舵主就給他左一劍右一劍的壓得滿頭大汗，那老者劍劍直指要害，可又不似要傷害對方，他還邊鬥邊嚷，叫我們另外兩個弟兄一齊上來，否則沒味兒！

「我們總舵處來的兩個弟兄見大舵主危急，也給那老者激得不得不動手，顧不了以衆鬥寡，也都跑下去動手。可是以三打一，還是給他的劍纏得脫不了身。那時老者屋子裏的同黨，也都起來觀望，那批傢伙只是在一旁笑，沒一個人上來幫手。

「我們大舵主一行三人就給他這樣耍了半個時辰，正在羞慚心急之際，那老者卻又突然停手，和大舵主拉起交情來。他說他是形意派的，路過蒲台，並無意在此地鬧事。他又問我們大舵主在海陽幫的輩分，說大家都是江湖人物，希望以後多多照顧。我們大舵主也就趁此下了台階，說了幾句江湖門面話，就道歉而去。至於那老者的姓名，無論大舵主怎麼問，他都不肯說，只說以後有機會一定來訪。」

余濟萬說完大舵主那晚的經歷後又說：「事情過後，我們大舵主還想到許多可疑之處，那老者雖然自稱形意派的，也的確使出了許多形意派的無極劍法。但據總舵處同來的兩個兄弟說，好像又並不很純熟，而且一到三人突然聯手向他急攻時，他的劍法又好像變成嵩陽派的了，不知是什麼道理？」

婁無畏聽到這裏，突然「哦」了一聲，急問道：「那老者可是又長又瘦，使一柄七星長劍？」

余濟萬把酒杯放下，驚訝地問道：「是呀？難道老弟認識這廝？」

婁無畏含糊答道：「我這幾年來在江湖遊盪，曾聽人說起過有這麼一個老者，劍法頗得嵩陽派達摩劍法的精髓，又偷學了好幾手形意派的無極劍招，和人動手時，總是先用形意派劍法，我見大哥所說，頗似此人，才有此一問。其實那人我也只是聞名，未曾見面。」

余濟萬其時已是醉得迷迷糊糊，也沒有再深究下去，和婁無畏說了幾句送行的話之後，就分別去休息了。

可是婁無畏這晚卻未曾闔眼，他把從余濟萬那兒得來的消息整理起來，愈想愈不妙。因爲羅家四虎看中了余濟萬在山東地頭熟，要邀他重新合夥，到恩縣去幹一樁事，而羅家四虎和自己的師父、師娘可是有血海深仇，不用說此去恩縣，必將不利於柳家。而他從小就聽師父說過，師叔當年曾受兩個蒙面夜行人引入豪紳索家，給索家救活的事。那兩個蒙面人中，有一個瘦長漢子就是使七星長劍，曾用過形意派劍法，引起丁劍鳴師叔疑心，才會和形意派的掌門鍾海平結下了樑子。由於婁無畏正是索家佃戶之子，因此這段事情和婁無畏的身世很有關係，故而印象特別深刻。現在這瘦長老者突然在蒲台出現，而蒲台又是通往恩縣的必經之道；更兼恰巧在羅家四虎聯袂下恩縣之時，婁無畏不禁懷疑這兩幫人原就是一夥的。

婁無畏又想到師父已經北上，只留下師娘在家，雖説師娘的一柄「五虎斷門刀」在江湖上早享盛名，但單人獨掌，如何能抵擋得了這麼多的强徒？因此越想越焦慮，一晚翻來覆去，恨不得馬上趕回高雞泊！

於是第二天，婁無畏没到熱河，反急急趕回高雞泊，正趕上柳家這場災劫，因而才解除了柳大娘等人的危難！

婁無畏一口氣將他這十年經歷，幾度奔波，一一都對師弟、師妹們説後，不覺喟然興嘆：「我還是來遲一步，不能令師娘預早提防，累得師娘吃了大虧！不過……」他望望柳夢蝶道：「師娘這只是一時氣衰力竭，歇歇就會好的，師妹妳不必心焦！」

柳夢蝶這個孩子，懂事地代表她的雙親向師兄深深致謝，一拜到地：「師兄，今天可虧有你了！不是你，我們母女更不知會怎麼了？」柳夢蝶這一拜卻讓婁無畏手足無措，期期艾艾的説道：「師妹，妳這是怎的？咱們一家還講這個？」但他可又不能去拉，師妹年紀已經大了，不再是以前伸手要人抱的女娃子了！

湖山依舊，人事已非，逝水流年，前塵若夢。婁無畏重返師門，想起童年時代在這裏蹦躅遊戲，舞刀弄劍；又想起自己在江湖上十年流浪，天涯亡命，不禁喟然微嘆：「歲月催人，我已經老了！」其實他還只在三十歲的盛年，從何而談到老？只是他久歷滄桑，一向是獨來獨去，雖然平時豪氣干雲，每當寧靜的時刻，還是會感到身世飄零，泛起了蒼茫之感，他的成熟比起他的年齡是太不相稱了，心理上是時而年輕豪爽，時而老成世故，交錯複雜的形成了他的性格。因此他見到師妹，從一個蹦蹦跳跳的小女娃成長爲一個亭亭玉立的小姑娘時，不禁便說出歲月催人的話了。

當下楊振剛急道：「師兄，你這話可是該罰了，怎麼便談得老？你的武功是老過你的年齡，但你的神采外貌卻又比你的年齡要輕。我看師兄剛才揮劍去來，睥睨叱咤，倒是覺得你比以前還年輕了。如果你要說老，那莫非我也成了老人？」說罷哈哈大笑。

婁無畏也笑道：「不談這個了，趕快去看師娘吧，她老人家可是有點老了。」

柳大娘這時仍昏睡未醒，婁無畏教柳夢蝶給她推血過宮，劉希宏也給她内服了醫治内傷的藥酒，外敷了醫治外傷的藥末，折騰了一番。柳大娘大約已經暈了三、四個時辰了，這時她突然一手抓住了床沿，嘶聲叫喚柳夢蝶，她想掙扎起來，可是卻起不了！

柳大娘睜開眼睛，看見衆人都圍在跟前，一刹那間，昨夜的柳林拚鬥、家中血戰，種種經過，恍如電光石火，閃過眼前，眼前柳夢蝶又正在連聲的問她覺得怎樣？

柳大娘試著用力，但只覺百骸欲散，身子軟綿綿的竟使不了力，她不覺吃了一驚，冷汗沁肌，肝腸寸裂。她睜了一眼，哽咽著說道：「你們暫且退出去，只要留下蝶兒在這裏陪我就行了，我有點事情要交代一下。」

眾人退出後，柳夢蝶以爲柳大娘真有什麼交代，忙湊近床前。誰知柳大娘卻叫她幫自己解開內衫，察看傷勢。

解衫一看，柳夢蝶嚇了一跳，只見柳大娘左乳的癒氣穴周圍瘀黑了一大塊，柳夢蝶趕緊輕輕搓揉，還是不見血色。柳大娘試著運氣行血，也無濟於事。

柳大娘是武林名家，哪會不明白？只見臉色蒼白，慘笑著對柳夢蝶道：「我幾十年功夫，現在算是完全扔了。就算將來醫治得好，免於殘廢，也不能再練功了。羅大虎的點穴，好不狠毒，我的內家氣功已經被他破了，如果當時即行救治，推血過宮，還沒有大礙。但我在苦戰之後，又接著苦戰，筋疲力竭，如何能夠不加重傷勢？當時憑著一股氣支撐，一到氣衰神散，自然就落得如此結果，我現在已經是半身癱瘓了，將來即使能夠醫治，我也會連普通人都不如了。咳！咳！可惜我苦練了這幾十年的功夫！」

柳夢蝶震悼欲絕，但所幸母親的性命到底是保全了。就在柳夢蝶又憂又喜之中，又聽得柳大娘斷斷續續的說道：「蝶兒，妳去把我的五虎斷門刀拿來！」

柳夢蝶驚道：「娘！您這是想幹麼？」柳大娘苦笑道：「傻孩子！娘不會自尋短見的，娘還捨不得妳呢！妳快去把刀拿來吧，我要看它一眼！妳拿刀來時，也叫他們都進來吧。」

刀拿來了，婁無畏、劉希宏等也都進來了。他們已經知道柳大娘從此再也不能舞刀弄劍了。江湖女傑，如此下場，大家心頭都不禁感到一陣顫慄！。

柳大娘眼裏放出異樣的光彩，她叫柳夢蝶把刀拿到她的身邊，她是那麼的固執要看她相伴多年的兵器，以致柳夢蝶不能不戰戰兢兢的將刀捧到她面前。

「蝶兒，妳把刀褪鞘吧，再捧近一點！」柳大娘睜著眼睛，有一種喜悅與痛苦摻雜的神情隱現眉宇。柳夢蝶正想再問柳大娘想做什麼時，卻看到母親那副神情，也就不敢再問下去了，她把刀褪了鞘，緊握著刀柄，輕輕的移到柳大娘的眼前，手心裏淌出了冷汗。

柳大娘掙扎不起來，只得顫巍巍的抬起了右手，再叫柳夢蝶扶著她，讓自己的手指按到刀葉上，就這樣，她用力的彈了一下，那柄刀就發出清脆的嘯聲。她氣喘喘便道：「好！好！」便滿足的笑了！

衆人只見那口刀如一泓秋水，射出一道光芒，這口刀不知染過多少人的鮮血，卻還是明亮依舊，宛如剛出熔爐的寶刀。

柳大娘艱難的向劉希宏招手，示意他走上前來，蒼涼的説道：「這柄刀伴我幾十年了，它比你們師父更像我的老伴！你們不要小看了這柄刀，多少江湖上成名的好漢，都曾敗在這口刀下，羅二虎那條胳膊也是給這口刀卸下的！它是蝶兒的外祖父在我週歲之日，就用千錘百鍊的緬鐵來鑄的，以後每年還重淬一次，直鍊到我十歲時才交給我用。這柄刀雖不是削鐵如泥，但也鋒利無比，殺人時血不留跡！但是我現在已經用不著了！」

柳大娘喘了一口氣，又繼續説道：「我本來想留給蝶兒，但蝶兒已有了她父親給她精鍊的劍了，而無畏也有了合用的兵器了。且太極門是以劍法傳人的，我這口刀還是交給希宏用吧。他是萬勝門的人，這口五虎斷門刀本來就是萬勝門的，我帶不進墳墓，就交給他吧，也是多謝他昨晚給我盡力。咳，希宏，你過來拿著！」

劉希宏又悲又喜，當下上前恭恭敬敬的接過這口馳名江湖的五虎斷門刀，又向他的姑姑行了大禮道：「我一定不負您老人家的期望，要好好使這柄刀！」

柳大娘微喘說道：「那就好！咳，你收下吧！不，再彈一次給我聽，再拿去！」大家看了這一幕贈刀情景，都不禁一陣心酸，就是劉希宏也不禁悽愴傷感。只是楊振剛在傷感之中，又想著自己昨夜也曾為師門苦戰過，可是師娘卻沒提到他！他不是妒忌劉希宏得這口刀，但心裏總認為師娘比較親近萬勝門；然而他沒想到那口刀本來就是萬勝門的利器。除非因特別事故，否則江湖上很少會將本門利器傳給別派的人。

柳大娘撫刀腸斷，衆弟子愴然傷懷。良久之後，柳大娘才微吁一口氣道：「如此也好，俺從此自是永遠離開武林了，你們也知道江湖風浪的險惡，以後可要更小心，更謹慎！只是你們師父此去不知如何？倒著實令俺掛念。」說著，說著，她眼角已經潤濕，咳了兩聲，頓了一頓，又接下去道：「說到你們師父北上，我也想起了當年使你們師叔吃虧的那兩個蒙面客，據無畏說，其中之一敢情就是昨晚使七星長劍的那個老者。無畏既然活擒了他，可得好好訊問！你們去吧，只留蝶兒在這裏陪我就行了。」說罷，輕閉雙目，口角還帶著一絲慘笑。

柳大娘劉雲玉十六歲起就闖盪江湖，至廿二于歸柳劍吟後才息隱水泊。在闖盪江湖的那六年間，她憑一口五虎斷門刀，也不知會過多少英雄好漢。她與柳劍吟不同，柳劍吟是因傷心師弟走入歧途而離開江湖，已無意再在武林爭勝；而柳大娘則是因婚嫁而不得不隨夫君隱居，她對挾刀弄劍，武林較技、江湖爭勝的生活還是不能忘情；只是在結婚後，又有了女兒，感情轉注到女兒身上，闖盪江湖的慾念才被壓抑下來，埋在心底。而今一旦武功盡失，非但不能再在武林爭勝，甚至連常人都不如，多年來被壓抑的情感，就如洪水決堤，在內心不斷起伏迴旋，傷懷不已！

至於那使七星長劍的老者蒙永真，昨晚被婁無畏點了暈眩穴，就如死去一般睡了五個多鐘頭。被點中暈眩穴的，如果無人解穴，過了六個鐘頭，可自行醒轉。因此待到婁無畏把他拿來時，才不過一盞茶的時候，他已悠悠醒轉。

他雖然身落敵手，但還很倔强，任憑婁無畏如何訊問，總是堅不吐實。婁無畏冷笑道：「你當我不知你的底細？你這嵩陽派的叛徒，滿清的鷹犬，江湖上的採花淫賊，當日我師叔輕饒了你，我可饒你不得！」婁無畏問他，可也和太極拳一樣，虛實並用，要看看敵人的反應。

果然，蒙永真怒道：「是嵩陽派的又怎樣？哼，你這小子瞎了眼！敢說俺是江湖上下三門的採花淫賊？你憑本領打敗了俺，俺没話說。但你瞎嚼舌頭，這又算是哪門人物，你的師叔當年饒了我？不害臊？你問問他是誰饒了誰？」罵完之後，他又對其他問題不搭一腔。

雖然如此，婁無畏到底還是探出他果然就是當年戲弄自己師叔的蒙面人了。當下暗暗使了一個眼色，叫衆人都退出去，自己關上了房門，忽地走到蒙永真身邊問道：「你也是一條漢子，你實說你和保定索家有什麼關係？」

蒙永真又瞋目道：「什麼保定索家，俺不知道！」

婁無畏冷笑道：「保定索家，你不知道？我看你連自己性命胡裏胡塗賠了也不知道？你可知道你的胡大哥爲什麼不來，卻教你來賣命？」

蒙永真一聽這可是話裏有話，不禁愕然問道：「你這可是說什麼？」

婁無畏冷笑道：「我說的就是這些話！在江湖上爲朋友兩脅插刀，死也值得；像你這樣不明不白，胡裏胡塗的送了一條性命，你不可惜，我也爲你可惜！」

婁無畏說到這裏，緩了一緩，偷窺蒙永真面色，只見他忽紅忽白，驚疑不定。於是又冷笑一聲接著說道：「我和你說實話，你總知道我師叔和索家父子乃是心腹之交。索家莊主和官家是怎樣交情諒你也知道！他們嫌你囂張跋扈，故意調你到這裏送命，一面叫你和一些窩囊廢來夜劫柳家，一面又叫我師叔通知我們作準備，這借刀殺人之計，在你們那一夥中不是常用的嗎？難道你還不懂？你這次出來，不也是得過胡大哥的交代，要你注意另外一位出差在外的弟兄？這種手段你該比我還清楚吧？」

婁無畏這番話自然是編造出來的，但他這話卻也不是全沒根據。昨晚點倒蒙永真後，婁無畏從他的懷裏搜出一封密函。這密函也沒什麼，只是索志超和胡一鄂叫他夜劫柳家和監視另外一位奉派在外的衛士。婁無畏久歷江湖，和滿清鷹犬周旋過許多時日，深知皇宮衛士也是互相猜疑，彼此監視。而這些猜疑和監視，也正是清廷爲方便統御而一手造成的。所以婁無畏這一說，倒說中了蒙永真的心病。

於是只見蒙永真面色陰沉，像被刺傷了的狼一樣嗥叫道：「好兄弟，多謝你說給我聽。但俺也要說給你聽，你當索家父子和你師叔真是什麼心腹？差得遠呢！他們是故意拉攏你師叔，使你師叔和江湖道上分開的。你師叔要請你師父出來時，索家原來並不贊成，但後來想想也好，就由你師父出來，看你師父怎樣。如果你師父對他們有什麼不利，哼，恐怕也很難逃出他們掌心。哼，聽你的話，你和你師父敢情都爲索家所用了？我也勸你們可要小心了！」

婁無畏一聽完蒙永真的話，突地站了起來，口角噙著冷笑道：「謝謝你說實話，也謝謝你的關照！」說著，便挨近他的身邊，猛的駢指往他的瘉氣穴一點，只見蒙永真立即滾到地上，閉過氣去，嘴角還露著慘厲的獰笑。

婁無畏抹抹手自笑道：「不是俺心狠手辣，你雖然臨死說了實話，怎奈你作惡多端，也留你不得！」

婁無畏料理了蒙永真後，和衆人商議，覺得柳老拳師此去可是落入了陰謀詭計之中，處境堪慮。婁無畏怕的不單是他會和獨孤一行過招，而且更怕他會被索家陷害，當下就要仗劍北上，面見師尊。柳夢蝶聽了，也要隨師兄去見父親。一來爲的是怕師兄單人獨掌；二來她覺得母親的傷勢已暫成定局，而父親卻還吉凶未卜；三來，她也是想看看外面的天地。

左含英聽柳夢蝶說要北上探父，便也嚷著要同去。柳夢蝶睨他一眼道：「你何必也要跟去？留在家裏陪陪我娘吧。她平日不是很疼你嗎？你就不陪她！」左含英聽了，瞪著眼說不出話，他似乎很不願意留在家裏！

婁無畏看了他們一眼道：「含英跟去也好，師娘的事，我自有打算，不必憂慮。」婁無畏考慮到師妹已經長成，單身同行已經不大方便了。

婁無畏轉向劉希宏道：「劉兄，我把師娘交付給你了。你曾說過想到山西投奔你的叔叔，現在正好帶師娘老人家同去。」

原來在婁無畏等護送柳大娘到劉希宏家時，劉希宏便曾說過柳家已毀，而羅家四虎雖去其三，但羅四虎與王再越卻已逃走，爲免他們再來尋仇，糾纏不清，因此曾建議同往山西。因此劉希宏見婁無畏一說，當下即拍起胸膛道：「婁兄放心，我憑著姑姑送給我的五虎斷門刀，沿途還有萬勝門的同門照料，一定可以保護姑姑到山西！」

劉希宏說完，楊振剛也突然站起身說道：「我也願陪同劉兄，保護師娘到山西去。」他可是不大放心劉希宏的本領，另外也想到山西萬勝門的地方去露一手太極門的功夫。

# 第五回　教場試絕技　乘夜鬥神鷹

柳劍吟那日和師姪金華匆匆北上，一路曉行夜宿，居然没碰到什麼風浪，過了十多天便來到了保定。二十餘年不到，只見保定已經改變了許多，有些街道繁榮了，有些街道没落了，問起以往的老朋友，也多已不在。柳劍吟撚鬚微喟道：「人事滄桑，一切都在變，只是胡虜依舊猖獗！」其實柳劍吟没有察覺到胡虜的統治也在改變，變得越來越外强中乾了。

柳劍吟閉門封刀，可有二十多年了。這一次爲了師弟，仗劍重來，心情自是十分激盪。他一見到丁劍鳴，不禁老淚縱横，半晌説不出話來，只勉强拉著師弟道：「師弟，你可好？」

柳劍吟見到師弟容顔憔悴，傲氣全消，好像新病之後，又似剛鬥敗的公雞，還帶些慚愧之色。不禁再問道：「師弟，你這是怎麼了？可有没有受傷？」

丁劍鳴突的雙眉一蹙道：「師兄，我們丁家太極門，可給別人毁了。但是憑著小弟這點微末小技，還不至於受傷。只不過太極旗可給人拔去了。」丁劍鳴是跌落地還要抓把沙的人，他不知道他的對手本來就没有打算要傷他。

柳劍吟微嘆一聲道：「師弟，不是我説，你若早聽我的，就没有這回子事了。你同索家那些人往來，可不是自找麻煩？還給他們保護什麼勞什子貢物？這八成是江湖上什麼人物看不過去，所以才伸手來較量較量你！」柳劍吟雖對師弟有點不滿，但到底他年紀也大了，大家又是同門兄弟，都是五十多歲的人，也不好再責備什麼。他頓了一頓，又接著說道：「只是，事既至此，我也不能不管。依我說，我們這次非爲尋仇雪恥，而是要和伸手較量你的人，和江湖上對你有誤會的人，說個明白。廿餘年前，我因你與武林中人有嫌隙而和你分開，細想起來，我也自有許多不對，但願此來，能好好給你們調解調解！」

丁劍鳴微露愧意，但他還是挺著師兄的話道：「師兄說的當然很對！但說起來嘛，我也受過索家的恩，當年身中暗器，不是他們救治，我也好不了。做人講究恩怨分明，他們求我，我不能不管。再說這廿多年來，索家也沒對我怎樣。沒想到我給他們幫這次忙，就鬧了這麼大的亂子！」

柳劍吟見師弟還是執迷不悟，也不好再說什麼。當下就細問師弟出事的經過，可是他問得詳細，丁劍鳴卻答得頗不乾脆，只是含糊其詞的說在熱河下板城城外三十多里的地方，給一個遼東口音的怪老頭子所劫。那老頭子身手很是不錯，不知他是哪門道路的。

柳劍吟微微一笑，他知道師弟的老毛病：得意之處，不厭其詳；吃虧之處，卻不願多說。但碰到這等大事，他可不能輕輕放過，還是詳細的問了那老頭子的身形手法，也不管丁劍鳴說出給人家一雙肉掌「較量短了」的話會不好意思。他聽了丁劍鳴清楚的敍述後，悚然動容道：「那是內家外家合而爲一的掌法，用的是掌心的『小天星』掌力，所以多次都把你太極掌中的黏勁化開。聽你的說法，這像是鷹爪門的三十六手擒拿手法。但又不很像，大概是這一門變化出來的吧。不過鷹爪門的名家，在河南有董期英，在河北有郝永浩，可從沒聽過遼東有這派的傳人，而且董、郝二人，我也曾和他們彼此研究過，他們的三十六手擒拿法，雖然很是不凡；但論到『小天星』掌力，專以撅、按、黏、印等四字訣，合內力外力爲一的功夫，也只是平平而已，但他們已是鷹爪門頂尖兒的人物了，不信鷹爪門中，還有如此人物，師弟，這可是勁敵，不過也不必氣餒！」

柳劍吟是自忖以自己的一身功夫，若真碰到其人，縱不能取勝，諒也不致落敗。可是他一說完，見師弟面色微微一變，他才猛省起師弟敢情又是面子上掛不住了。於是他急忙問師弟：「弟媳呢？有幾個孩子了？」

丁劍鳴這才面色和緩過來，告訴師兄說：「老伴早幾年就去世了。當時路遠，沒有通知師兄。」至於說到孩子，他可驀地又顯得一片傷心，蒼蒼涼涼的說道：「孩子大了，就自己找去處了，師兄，你我分手時，我的孩子已會叫你伯伯了，我廿多年來也就只有這麼一個孩子，可是他現在已不知浪蕩到什麼地方去了。」柳劍吟聽了大爲奇怪，問起來時，只見丁劍鳴嘆一口氣道：「孩子大了，做父母的也不容易了解他們的心事。曉兒自幼就很聽話，沒想到長大了就漸漸變了。他竟然離家遠走，不告而別，只留下一封信，說是不願待在保定，要到外面見識見識，還說忍受不了這悶氣沉沉的日子，其實嘛，年輕人誰不願像鷹一樣的飛翔，魚一樣的逐浪；就是俺們哥兒倆，當年不也是雄心勃勃，想在江湖上闖出名號？可是也總得尊長輩允許才行呀。這個孩子竟連說也不說一聲，就那樣走了！算起來那年他正是廿一歲，我還剛給他訂了一門親事，他這一走，令我這個做父親的很是尷尬。」說起兒子的事，丁劍鳴的聲調越來越低啞了。對師弟的家事，柳劍吟和他隔別了這麼多年，可以說是完全不清楚，也插不進什麼話，只好不著邊際的安慰了幾句。

丁劍鳴的兒子丁曉，算起來比柳夢蝶剛好大十年，算算也廿六歲了。丁曉和他父親的志趣不同，他小時因父親與武林中人鬧翻，保定武家的孩子很少和他來往，過得很寂寞，長大後在自己接觸了一些俠義的少年朋友，越發不滿意父親和索家及官府來往，加以父親給他訂的婚事是一個仕紳人家的女兒，他更不滿意，他早已喜歡上以前梅花拳掌門人姜翼賢的孫女兒，可是卻因許多波折，不能如願。生活上的苦悶，加了婚事的不如意，對於他——一個自小孤寂，喜歡幻想的少年人，是難以忍受的，於是才不告而別。他也不願意憑父親的情面，託江湖上的前輩關照。他嚮往的是獨自挾劍浪遊，創一番事業。

柳劍吟見師弟很是傷感，急忙又繞過話題，談到這次北上的事。他問師弟道：「師弟，你這次保護貢物被劫，事後可有追蹤下去麼？他們有多少人動手？劫了貢物的人行動總不能很輕便，難道就連一點蹤跡也踩不出麼？」

丁劍鳴見師兄一問，驀地又蹙起雙眉道：「我懷疑這强盜是形意門鍾海平那老傢伙勾引出來的。師兄，你知道鍾海平這傢伙一向和我過不去。那天雖然在場的只有那遼東口音的老頭子，和他十來個手下，也不知哪裏來的這夥人，個個手底下都有幾手功夫。和我動手的那老殺材不須說了，就是和他同來的那些人也似乎沒有一個庸手，和我同去的兩個武師和兩個徒弟，竟都給他們打發了，至於官差就更不必提了。」

說到這裏，丁劍鳴又似乎覺得太長敵人威風了，便換了一口氣又道：「可是我還是不怕他們，繼續跟蹤他們。可是事情也怪，我一直遠遠跟蹤，直到離下板城百多里的三十六家子這地方，這夥人就莫名其妙的失了蹤！師兄，你大概不知道，鍾海平的家就在那個什麼鬼三十六家子吧！」

柳劍吟輕輕的「哦」了一聲，可是他還是沒說什麼話。

丁劍鳴說完之後，見師兄只是輕輕的「哦」了一聲，卻不說話，不禁帶點不快的問道：「師兄，你看這裏頭還有什麼可疑的嗎？」

柳劍吟反問道：「你既然懷疑是鍾海平捉弄你，那你可去拜訪過他麼？」

丁劍鳴道：「怎麼沒有？可是他不肯見我，還說他不願見官面的人。」

柳劍吟聽到這裏，立刻眉峯一挑，雙目倏的一張道：「那你可有將你的懷疑告訴官面的人麼？」

丁劍鳴變色道：「師兄，怎的你也看短了小弟！小弟雖然不材，卻還不是那號小人！這事即便是鍾海平下的手，俺也只會憑手中劍，掌中鏢，和他硬討硬索；或請武林朋友，判個是非曲直，幫有幫規，我還不至於讓官面的人來插足我們武林的恩怨！」

柳劍吟歉然急道：「師弟，愚兄沒有這個意思！愚兄是怕既然事關貢物，就怕扯進官面去。師弟說得對，我們縱有武林恩怨，也用不著要官面的人來插足！」柳劍吟這可放心了。他起初還怕師弟會把持不定，越來越靠向官府這一邊。但是現在看來，師弟這廿多年來雖然有變，雖然是驕妄自大，是非不明，可還只是胡塗，沒有變節！

當下柳劍吟手捫額角，想了一想，接著又說道：「師弟既然懷疑鍾海平，而出事的地方，又是在鍾海平的地頭，那麼不論他是否知情，都該去拜訪拜訪他，也許從他那裏，可以知道一些來龍去脈。就這樣吧，明天我就和師弟趕去熱河，憑愚兄的老面子，鍾海平諒不會不見吧？」說到這裏，柳劍吟又捋了鬚子對丁劍鳴說：「師弟，其實嘛，你這次保護貢物，既然要經過鍾海平的地頭，事先差遣一個徒弟，持帖去關照一聲，也顯得我們沒有失禮。現在我們事後再去拜訪，心眼兒窄點的人，可是會不大高興的。師弟，在江湖闖蕩，全憑義氣爲先，只仗個人技藝，還是闖不開的，這師弟當比我明白。」

丁劍鳴微帶愧怍，但還是蹙眉答道：「話雖如此，我當時卻委實不願輸這口氣！」

師兄弟倆正準備第二日就去熱河，可是當晚索家的人卻不知如何得到柳老拳師北上的消息，派人來問是否要派人同去，又說要設宴爲柳老拳師洗塵。對索家的來人，柳劍吟可全替師弟作主回絕了，不過他回絕得很婉轉，告訴他們說江湖上的事情，只能憑著江湖義氣去討，去的人多了，反而沒有用，對索家的盛情只有感激，但卻不敢麻煩！

可是不要索家的人同去，那兩位當日也曾在場，並且受傷的武師，卻不能不要他們同往。柳劍吟向師弟細細盤問了一下那兩位武師的根柢，曉得一位是五行拳名家章漢澤的弟子李家駿，一位是蝴蝶掌名家蒯二先生的弟子何文耀，人都還正派。於是柳老拳師又另外備帖邀請他們同行，而當日在場的丁劍鳴的二徒弟和三徒弟，自然也叫他們跟去。至於丁劍鳴的大徒弟金華，則仍留在保定。部署完畢，柳劍吟等一行人第二天就趕往熱河。

熱河的氣候和江南有很大的差別，柳劍吟一行人，出喜峯口，沿灤河，過羅鬚門，往下板城時，正是暮春三月時節。此時在江南正是「雜花生樹，羣鶯亂飛」的時候，在關外的熱河則還是寒風凜冽，雨雪霏霏；不時還狂飆忽起，風砂漫天，然而這一行人還是精神奕奕，絲毫不見風塵倦旅的憔悴顏容！

他們人强馬健，從保定動身，只十多天的光景，就到了下板城，其時剛剛過午，如果放馬奔馳，黃昏時候，不難趕到三十六家子鍾海平的住處，但他們卻不前行，也不歇下，倒是在下板城外丁劍鳴當日被劫的地方，徘徊觀望，緩緩而行。

下板城外，正當燕山支脈，蜿蜒而來，突又低折之處，旁邊又是灤河，形成了一個盤谷。來到此地，氣溫較暖，積雪漸溶，兩邊的莽林豐草，早被塞外的寒風吹得樹葉飄零，敗葉風砂，不時隨著狂飆撲面。

寒風撲面吹來，劍佩瑯然作響；柳劍吟是皮襖披風，在馬背上昂然四顧；而丁劍鳴等，則是韁繩鬆放，時而遙望，時而沉思，頗現羞愧之色。柳劍吟來回觀望幾次之後，突的韁繩一緊，勒馬停步，回首對丁劍鳴說道：「師弟，你猜疑的不無道理。」

丁劍鳴也悠的停步，接聲問道：「師兄，你可是瞧出什麼來了？」

柳劍吟在馬上指點道：「你看這個地方，東接寬城，西連承德，南通興隆，北上平泉；承德和寬城是熱河繁盛之地，大夥的强人，不會從這兩個地方來，也不會往這兩個地方去；你碰到的那些人，都是遼東口音，而你又從南面來，那些人更不會是在興隆駐腳。唯一的道路，只有北面的平泉。三十六家子正好在平泉與下板城之間，莫非强人駐腳之地，就在那裏？」

丁劍鳴張目顧盼，忿忿不平的説道：「師兄，可見小弟没有猜錯，敢情就是鍾海平這老傢伙幹的？」

柳劍吟卻又沉吟了一會，遲疑説道：「雖然如此，但我還是不相信是鍾海平主謀的，不過，他大半會知道那批人物的蹤跡。須知和你動手的那些人，不是江湖上的等閒之輩，他們既從三十六家子來，鍾海平斷無半點不知之理。好，師弟，我們今晚就去三十六家子！」

柳劍吟等一行人正待縱馬飛馳，猛聽得林中一陣清脆的鈴聲，接著是得得蹄聲，由遠而近。同行的五行拳名家李家駿和丁劍鳴的徒弟等，陡的一震，便待下馬抽刀。柳劍吟卻急擺手道：「不要莽撞，别動兵刃。」話聲未了，林中人早已撥開衰草湧出身來！

丁劍鳴猛的勒馬，衆人也屏息注視，獨有柳老拳師，卻突的抛下轡繩，緊行幾步，徒步迎前，只見爲首的壯漢，衝著柳劍吟，雙拳一抱，朗然問道：「這裏可有一位柳老拳師，柳劍吟先生？」

柳劍吟略一遲疑，但隨即便抱拳答禮：「在下正是柳劍吟，敢問列位兄台有什麼事？」那夥來人，一聽得對方自稱是柳劍吟，嗖的一聲，一齊下馬。柳劍吟急退一步，但仍鎮靜如常。就在這當兒，爲首的漢子便當頭一揖：「晚輩等謁見！」

柳劍吟慌忙還禮，連聲不敢，正待發問時，那爲首的漢子已恭恭敬敬的遞過一個拜匣，説道：「家師鍾海平，聽説柳老拳師前來，特差遣我們趕來拜謁！」

柳劍吟先不接過拜匣，卻恭敬的先向他們問候了鍾海平，他這是先行答禮，再領拜帖，但就在他將接未接之際，丁劍鳴卻忽的拋了個眼色給二徒弟雷宏，要他上去替柳劍吟接禮。

柳劍吟未及回頭攔阻，雷宏已從馬背上一躍而下，落在跟前，向那行人略施半禮，雙手向前一伸，朗然説道：「太極門弟子雷宏，謹代掌門師伯接禮！」爲首那壯漢橫了雷宏一眼，但卻仍將拜匣遞過去。柳劍吟也睨了雷宏一眼，心裏十分不快。

由於江湖上很講究輩分尊卑。鍾海平遣人來投拜帖，來人當然是鍾海平的晚輩，但他又是代表鍾海平來的，而鍾海平和柳劍吟則是平輩。因此這拜匣既可以由柳劍吟的門人弟子或後輩來接，也可以由柳劍吟親自來接；如果由後輩接，那就是師對師，徒對徒，雖不能説是失禮，但如果是由柳劍吟來接，就顯得對鍾海平特別恭敬，將鍾海平的代表也看同鍾海平親來一樣。因此現在雷宏來接，來人雖然不滿，卻無可奈何！

只是柳劍吟卻很不快，他惱他的師弟在這個時候，這種場合，還偏偏要替他擺出前輩的身分，搭起前輩的架子！但他又不能在這個場合責備師弟，也不能在剛才師弟叫雷宏上來的時候攔阻。他悶了一肚子氣，但卻還是面露笑容，趕緊伸手向雷宏要過拜匣，再恭恭敬敬地向來人答謝：「我們這就趕去回拜！」

來人上馬在前引路，柳劍吟等率衆隨後，人强馬健，黃昏時分，就已望見三十六家子。但就在此時，丁劍鳴卻又忽對隨來的武師蝴蝶掌名手何文耀交代了幾句，何文耀便縱馬向外躍去，柳老拳師急忙回顧，鍾海平派來的人也勒馬注視。暮色蒼茫之中，只見何文耀在馬上抱拳說道：「在下要到鎮上料理一點事情，諸位請便，在下稍後再拜謁鍾老拳師！」一說完，不待來人發話，已放馬飛馳而去！

行行重行行，又過了半個時辰，一行人便來到鍾海平門前，只見鍾府矗立在叢林前面，屋前是斜斜的土崗，已被闢成了練武場，屋後直通後面的莽林，若是有强人駐在此地，隨時都可從屋後遁入草莽之中。

未到門前，便先下馬，柳劍吟急請來人先行進去通報，自己在外等候，柳劍吟趁來人進去通報之際，急拉著丁劍鳴的衣袖；微帶責備的說道：「師弟，進到裏面，千萬要以謙遜爲先，不能動一點氣！如果再生枝節，愚兄可不能再管了！」

暮靄沉沉中看不出丁劍鳴的面色，但不見他說話，敢情也是微愠中夾點愧怍！

柳劍吟對於鍾海平的消息如此靈通，心中頗爲詫異，而丁劍鳴心中，則對於自己到熱河時，鍾海平不聞不問，而師兄來時，他卻忙不迭的巴結這件事頗爲介意。因此他才在鍾海平的徒弟遞拜帖時，叫自己的徒弟代掌門師伯接帖，可是卻因此又受到師兄的教訓，此刻心裏也自不舒服。

就在他們師兄弟各自忖度的時候，鍾家的幾重門戶，倏的一齊打開，鍾海平自中堂緩緩走出。他穿著老羊皮襖，內裏白毛茸茸，外面綢帶臨風，顯得很是閒適。一番揖讓，一陣寒暄，柳劍吟一行人都被請到大堂坐下。大堂上三三五五，站著的似乎都是鍾海平的弟子門人。

衆人剛剛坐下，早有鍾海平的弟子，托了一個大茶盤過來，那白玉茶盤上面放著用黃楊根子鏤空的十個大套杯，每個杯子都有普通茶杯的兩個大，杯上雕鏤著色彩鮮明的山水人物，還有草色圖印，很是罕見。

鍾海平的弟子將白玉茶盤端過來之後，鍾海平就將茶盤接過去了，他要親自敬茶！第一杯敬給柳劍吟的，可還和普通的敬茶沒有兩樣，但到了第二杯敬給丁劍鳴的，可就發生了怪事！鍾海平托著茶盤，距離丁劍鳴大約還有兩、三尺之地，丁劍鳴就站了起來，正待客套一番，卻不知怎的，那第二個茶杯，突地在盤中憑空跳了起來，結實的茶杯，竟就在空中裂成了幾塊，杯中的水，像一條水線似的，向丁劍鳴兜頭兜面射來，而碎裂的木塊，也像暗器一般射到！

事出非常，變生不測；幸而丁劍鳴雖然功力比不上師兄，本領倒也著實不凡，只見他右手微抬，一掌憑空打出，掌風颯然，那水線和木塊，竟給掌風逼得斜斜飛去。丁劍鳴的二徒弟雷宏，恰好站在旁邊，首當其衝，雖避開了碎木，卻給茶水潑得滿頭滿面！

與此同時，鍾海平也佯作吃驚，只見他把白玉盤一抛，口裏嚷道：「哎呀！這個茶杯不結實！我老了，才一閃手，它就碎裂，驚了貴客，我在這裏賠罪，別怪！別怪！」

玉盤拋出，鍾海平的弟子急疾搶上前，但他快，柳劍吟更快！只見柳劍吟身形微動，早搶到跟前，用兩指輕輕把茶盤邊緣拑住，茶盤裏剩下的八個茶杯，竟都紋絲不動，茶水也沒有漏出一滴，柳劍吟一手將茶盤接過，口裏也嚷道：「這些茶杯這樣雅緻，弄壞了多可惜！」一邊說一邊把茶杯取下，代鍾海平把茶分給衆人。

丁劍鳴明知這是鍾海平故意藉敬茶爲名，露這麼一手，可是他不能發作，他師兄的眼色，也不容他發作。但經此一來，他也暗暗佩服鍾海平內勁的厲害！而鍾海平也覺得丁劍鳴到底也非易與，而柳劍吟那一手，輕功、內勁都顯得爐火純青，更使他暗暗佩服。

當下鍾海平連聲道歉，雖口裡說是自己失手，心中卻有意想再試他一試。

月影侵階，華燈耀眼，鍾府設了盛筵，招待柳劍吟等一行來客。丁劍鳴剛才被鍾海平暗較功勁，心中又惱怒又惴然，捉摸不住鍾海平這究竟是接風酒，還是鴻門宴？

在酒筵之上，果然鍾海平的花樣又來了，他剛才是敬茶，現在可又要敬酒。剛才敬茶用的是黃楊木根鏤空的杯子，外形雅緻；現在敬酒的酒壺竟是一個可裝二、三十斤酒的黑鐵罈子，十分粗豪！他拿起鐵罈子，竟然要先敬丁劍鳴。他口裏雖說是因爲他忝爲形意門掌門，現在太極門掌門來訪，他理應按禮節先敬丁劍鳴一杯。其實，他是撇過柳劍吟，先試一試功夫較弱的丁劍鳴。

丁劍鳴明知來意不善，但也不能示弱，正待起身道謝時，鍾海平已將鐵壺往丁劍鳴那兒猛的當胸推到，這鐵罈子連酒在內，起碼有四、五十斤，賽如一個大鐵搥當胸打來！

丁劍鳴急忙塌腰伸臂，一手搭住了壺嘴，口裏嚷道：「別客氣，我自己來！」這一搭，雙方竟然不進不退，僵持不下。

原來鍾海平這一鐵壺推來，使的是內家掌力，若被擊中，不死便傷，要是接架不住，便可能會受傷殘廢。因此丁劍鳴搭著壺嘴，可不敢接招，他自知憑自身功力，化不了鍾海平的內勁，他口裏嚷著「自己來」，實卻是搭著壺嘴往外推。這樣一來，鍾海平也怕擋不住丁劍鳴的太極內勁，因此既推不過去，也不敢撤手。他們兩人剛好功力悉敵，誰也勝不了誰，兩人的額上，都沁出了汗珠！

這一相持，舉座失色。雙方功力悉敵，若再耗下去，必定兩敗俱傷。但兩人已勢成騎虎，座下其他人又沒有這個功夫解救。正在大家焦急之時，只見柳劍吟撚鬚哈哈笑道：「你們兩人都太客氣了，師弟，你既不肯領鍾大哥的敬酒，我代你領下吧！」說罷，他把筷子輕輕一舉，也拑住了壺嘴，就憑一雙筷子，竟然把大鐵壺直拑開來！只見那大鐵壺猛的離開鍾海平的手，竟讓柳劍吟用一雙筷子挾持著，直舉起來，他從從容容的斟了一杯酒，左手舉杯，一飲而盡。而那邊鍾海平和丁劍鳴都給這一震之力，雙雙踉蹌的倒在椅上，作聲不得！

鍾海平緩過氣來，急忙豎起大拇指讚道：「柳大哥，好功夫，我這該罰酒三杯！」柳劍吟笑道：「對了，鍾大哥，我也該借花獻佛，敬你的酒。」柳劍吟老老實實的給鍾海平敬酒，倒弄得鍾海平有點羞赧了。

柳劍吟仍然一派謙和，他委委婉婉的道明來意，希望鍾海平幫他一次小忙，問他知不知道在下板城伸手較量丁劍鳴的那夥江湖好漢。

誰知隔別了二十多年，鍾海平也好像不似以前那般熱誠了，竟然佯裝對此事毫無所知似的，聽著柳劍吟敍述。他時而面露驚訝之色，時而作出嗟嘆之聲，聽完之後，他竟猛拍大腿道：「呵，真有這麼回事？怎麼我也不知道？」竟然拿定主意裝蒜裝到底了！鍾海平這一手可把柳劍吟窘住了，他不擅言詞，急促間竟想不出話說，只訥訥的說：「鍾大哥真的全不知道？」

鍾海平朗然笑道：「不但不知道，而且沒有想到！誰想得到太極門的掌門人、挾太極丁嫡傳三絕技名震江湖的丁劍鳴丁掌門，會給一個糟老頭子較量短了，而且還被人家的一雙肉掌打敗了！」

丁劍鳴既愧且怒，實在按捺不住了，只見他把酒杯重重一頓，也朗然發話了：「俺丁劍鳴是習藝不精，給人家較量短了，這又怎樣？只是鍾大哥一派掌門，形意拳、無極劍，在武林中誰個不知，哪個不曉，怎的也居然有江湖人物，經過地頭，全不進謁；還伸手作案，大來大去，毫不把鍾大哥放在眼裏！」

鍾海平聽了丁劍鳴連刺帶激的話後，竟然毫不動怒，只是淡淡一笑地說道：「是嗎？丁大哥是這樣想嗎？我卻沒覺得有什麼失面子，我這點雕蟲之技，浪得虛名，本來就威不足以凌人，德不足以服衆，給人瞧不起是應當的。但他們卻連丁大哥也瞧不起，公然伸手在老虎頭上叮虱子，咳，那真是，真是說不過去！」

兩人互相嘲諷，局面更是不堪。柳劍吟忙站起身來，衝著鍾海平當頭一揖，鍾海平慌不迭的起身答禮，只見柳劍吟聲調蒼涼，斷斷續續的說道：

「鍾大哥，俺們都是快近六十的人了。幾十年老兄弟，能活到現在的還有幾人，您不念同是武林一脈，也該念俺們幾十年的老交情！彼此有什麼不順氣的地方，揭過也就算了，何必非要把俺們老兄弟也弄得這樣生分！鍾大哥，我信你不曉得這樁事。可是我還是要請大哥幫個小忙，你地頭熟，人面廣，就費神你幫忙打聽、打聽。不論是哪位武林前輩，江湖豪傑所爲，我們也斷不敢登門尋事，只是想問清楚我們有哪些地方對不住人家，好去道歉，去化解。不然，我們連什麼地方得罪朋友，也不知道，就是死了也死得胡塗！」

鍾海平聽柳劍吟的話，固然十分誠懇，但也聽得出有幾分激憤，心想再不趁勢收場恐怕要弄巧成拙了。因爲，江湖上近月來，那處不是沸沸揚揚的談這件事，自己卻推說全不知道，實在說不過去。再說，和自己有過節的是丁劍鳴，而他的師兄卻沒有對不住自己，不看僧面看佛面，他可不能不吐點口風了。只是自己和柳劍吟已隔別二十餘年，也不知他是否已和他師弟同一道路。由於鍾海平早已把丁劍鳴當成是在官府這一邊的人了。因此他雖露口風，卻不吐實。只是含含糊糊的說：「較量丁大哥的人，小弟委實不知。不過遼東有幾位成名人物，早前跟俺說過，想見見柳老英雄。較量丁大哥的，既然是遼東口音，那麼去問問這幾位遼東前輩，也許會知道一點端倪。」

柳劍吟聽了，微微一震，奇怪著這些遼東成名人物怎會衝著自己來？但事情到底是有點眉目了，他也放心了！

柳劍吟當下慌忙遜謝道：「求見不敢當，既然有這幾位遼東朋友，就是他們不來，我們也要去拜謁！既然如此，就請鍾大哥代我們約個日子。」

說完正待告辭，鍾海平急忙挽留道：「二十多年不見，柳兄大老遠來，怎能這樣倉促的走？莫非蝸居簡陋，不足以接待高賢麼？再怎麼樣也請柳兄委屈在這裏住幾天！」

丁劍鳴受了鍾海平兩次試技，一番諷刺，早就滿肚子都是悶氣；何況他也不知道鍾海平究竟還想要玩什麼花招，因此不待師兄答辭，早想先行告退。

「鍾大哥的盛情，我們心領了，在這三十六家子我們還有朋友，來時早已安排。我們既然一來就拜見了鍾大哥，那邊也不能冷落了朋友！我們這就告辭！改日那幾位朋友來時，俺一定隨師兄再來拜訪！」一說完，就披上羊皮襖子，離開筵席，同來的武師弟子，也一齊起身。

鍾海平微慍道：「既然這樣，那俺也不留你們了！」於是大聲送客。可是在臨出門揖別時，他使出內家掌力，雙掌一揖，便帶勁風，想再試丁劍鳴一下，但丁劍鳴在還揖之時，也用足了太極門的功勁，旗鼓相當，誰也較短不了誰！鍾海平三試絕技，都沒有佔上風，可是若非柳劍吟在場，丁劍鳴也下不了台子！

柳劍吟等一行人離開了鍾家，就趕到前面小鎮投宿。原來剛才丁劍鳴叫何文耀半途策馬離開，爲的就是叫他先到鎮上料理。

途中，丁劍鳴還忿忿不平的大罵鍾海平老混帳；而柳劍吟則不發一詞。在將到小鎮時，柳劍吟突的一轉身，吩咐師弟道：「你們先回客店，我還有點事要料理。」

丁劍鳴急問師兄有什麼事要料理，也要跟去，可是柳劍吟卻斬釘截鐵的道：「這次你不能同行，放心，我這一去會對你的事大有助益！」說完他猛的躍下了馬，施展太極門的絕頂輕功，直如飛弩穿空，流星疾駛，倏忽間就沒入夜色，不見了蹤跡。

原來柳劍吟越想越覺今日之事，頗不簡單，其中一定還有內情。他想到師弟近年行事，多與官方牽扯不清，連自己剛開始也還有所懷疑，不敢輕信，怎怪得武林同道誤會？但自己和師弟相知最深，又經多日觀察，知道師弟還是和以前一樣，雖然心高氣傲，性喜奉承，辨不清是非好壞，說他胡塗是胡塗了點；但卻還不至背叛江湖義氣，投降清廷。因此決定再回三十六家子，獨見鍾海平，找鍾海平好好解釋一番，消除師弟和武林中人的誤會。這樣也可以使師弟不至深陷泥淖。

柳劍吟施展夜行術，翻過山崗，穿過叢林，片刻間就遙遙望見三十六家子。鍾府前面土崗之前，是一段短短的山道，左右是高高低低的土坡，長著層層的雜樹。柳劍吟方在山道之上奔馳，驀然似見兩條人影在右邊黑林中一現，接著傳來兩聲冷笑。柳劍吟立即止步凝眸，向發聲之處張望，只見黑壓壓一片，什麼也瞧不出來。就在此時，林中又發出幾聲嗤嗤的冷笑！

柳劍吟藝高膽大，不顧江湖上逢林莫入的禁忌，一矮身，一個「龍形穿掌」，右手微吐，左手護胸，人像一條線似的，直竄入黑林內，口裏嚷道：「哪位朋友，在此相戲？掩掩藏藏的，算什麼人物？」

不料柳劍吟方才撲入，突的兩條桿棒便挾勁風，如電光石火般分左右襲到。但柳劍吟是何等人物？他連步也不停，只憑空一躍，便躍起一丈多高，兩條桿棒同時撲空，碰個正著，使棒的兩人，身子都向前傾，差點撲在地上，柳劍吟趁這兩人身形未定之際，又早已飄然落地，霍地一塌身，趁勢一個旋風掃堂腿，只用了一、兩成力，兩人都給掃得撲在地上，直摜出去，滾了好幾丈，直坐在地上發楞，只覺滿眼金星亂迸，哪裏還敢起身向前？

柳劍吟霍的停步，也不前追，仍然從容發話道：「柳某和諸位有什麼深仇大恨，值得黑夜偷襲，不分皂白的一棒打來？俺倒要請教請教。」

柳劍吟話剛說完，右邊林中有人接著大笑道：「柳老英雄何必動氣？那兩個孩子冒謁前輩，不先露一手怎能求得前輩指教？何況他們又沒有傷著你老英雄毫髮！」

發話的正是一派遼東口音，柳劍吟再定神張望，只見自林中穿出兩個白鬚蒼蒼的老者。此時柳劍吟眼睛已習慣黑暗，透過枝葉間露出的星月微光，只見一個老者，穿著一件藍布大褂，還披襟迎風；另一個相貌更是威武，足有六尺多高，紫棠面，長鬚飄然，也穿著一式的藍布大褂，悠然迎風，顧盼自如，雙眼閃閃放光，可似鷹眸炯炯！

柳劍吟微微一顫，急忙抱拳問道：「兩位師傅莫非就是月前賜教敝師弟的老英雄？柳劍吟這廂有禮！」

那紫棠面的老者答話道：「什麼師兄、師弟？俺們只想向柳老英雄討教個三招兩式，可不耐煩序師門，背家譜！」

柳劍吟見這些人如此歪纏，無緣無故就要亂打一鍋粥，心中不禁暗怒，但他還是按捺著怒火，問道：「柳某雕蟲之技，螢火之光，如何敢當高人賜教？柳某和各位素未謀面，不知哪裏冒犯？」

那紫棠面老者又哈哈大笑：「柳老英雄過謙了！俺們是誠心領教，彼此印證，並沒安什麼壞心眼、毒心腸！俺們是久仰丁門太極武功超卓，三絕技名震武林，只料不到貴派掌門竟是虛有其表！因此不能不再請教柳老英雄！」

江湖試技，武林印證，原是平常的事，只是這些人來得太兀然，根本不講江湖禮節，而且事關師門榮辱，柳劍吟明知勁敵當前，也不能不賣一手了。於是他朗聲問道：「既然二位一定要賜教，那麼柳某只好奉陪了，不知是哪位先上，還是二位一齊上？」

那鷹眼紫面的老者斜睨了柳劍吟一眼，哈哈笑道：「柳老拳師也忒小看人了，俺們兄弟雖然不材，但三招兩式諒還招架得住。」

那兩位老者正是百爪神鷹獨孤一行和雲中奇。婁無畏沒有料錯，伸手較量丁劍鳴，憑一雙肉掌破丁門三絕技的正是獨孤一行。他們這次來到熱河，目的還並不是在乎較量丁劍鳴，而是想和關內武林人士聯絡。他們對柳劍吟仰慕已久，但不知道柳劍吟是否和丁劍鳴一路，沾上了官府的邊，因此才伸手試招，一來是基於好奇，想試試柳劍吟的功夫；另一方面則是想藉比試來探探他的態度，如果志趣相同，便可透過他和關內武林聯絡。

既然柳劍吟答應試招，獨孤一行便想先上，但卻給雲中奇搶先，雲中奇說：「大哥，你請留在後頭，待小弟先試，如果落敗，你再來接陣不遲。」雲中奇說完，未待獨孤一行答話，便已一躍來到了柳劍吟面前。

雲中奇雙拳一抱，向柳劍吟打個招呼道：「柳老英雄，俺們抱著領教之心，互相印證，點到爲止，誰勝誰敗，都只落個哈哈，無須介意！」柳劍吟也急抱拳答禮道：「柳某承兩位看得起，願來賜教，那自然只是朋友切磋，不是捨生拚死。點到爲止，勝敗不論！『紅花綠葉白蓮藕，三教原來是一家。』彼此都是武林中人，哪裏不交個朋友。好，朋友！請先發招吧！」

雲中奇略一凝神，猛的從藍布大褂下，解出一條束身圍腰，迎風一展，嘩啦啦的直抖開來，竟是一件奇形怪狀的軟兵器——蛟筋虬龍鞭，是將東北獨有的刀劍不斷的山籐，纏上蛟筋練成，是軟中帶硬的傢伙，專纏刀劍，可當鞭用，也可作棒使，端的厲害非常。他把兵器一解，笑吟吟的對柳老拳師道：「久聞太極十三劍，劍劍精絕！我不自量力，先請柳老英雄在劍法上指教一、二！」

原來雲中奇不大精於掌法，而且剛才見到柳劍吟只一照面，就把獨孤一行的兩個徒弟打倒，身法快到難以形容，情知他的太極掌已到爐火純青的火候。因此自忖若是對掌一定吃虧，不如和柳劍吟比試兵器！他雖知柳劍吟的太極劍也是武林絕技，但恃著自己的兵器專剋刀劍，而且自己在這條兵器上，也浸淫了幾十年，自信縱不能取勝，也不至落敗。

可是柳劍吟卻也怪，他看雲中奇嘩啦啦的抖出那條蛟筋虬龍鞭，只看了一眼，毫不驚奇！直到雲中奇再度催他亮劍發招時，他竟微微一笑道：「俺幾十年没有舞刀弄劍了，招數都已生疏，我就憑一雙肉掌和老師傅玩玩吧！我這老骨頭不禁打，可請你讓一點呵。請！」

雲中奇不禁暗暗生氣，他把軟鞭一收，大聲問道：「柳老英雄，怎的如此瞧不起人？」

柳劍吟先不答話，卻微微一笑，謙虛道：「豈敢，豈敢！俺怎敢瞧不起高賢？只是各人有各人合手的兵器，老兄是這條鞭，小弟卻是這雙掌。而且俺師弟，丁家太極門的掌門人也是給列位肉掌較短的，俺也要在掌法上討教、討教！」

雲中奇微微一震，原來柳老拳師是在較勁了。他的師弟亮著兵器給人空手打敗，他也要照樣的找過場，圓面子。按江湖的規矩，這可不能怪他，他太極門的人曾這樣落敗，也必定要這樣取勝，才能挽回師門令譽。如果說他看不起自己，那卻是自己的人先看不起他的師弟，這可是沒得說的！雲中奇卻心想，和他師弟過不去的是獨孤一行，而現在柳劍吟卻要同樣的給他過不去，這豈不是「黃狗得食，白狗當災」？

但雲中奇也是成名的老英雄，他不能後退，也不想收鞭對掌，其實，他心裏也著實不信柳劍吟能憑這雙肉掌來對付他的獨門兵器。他伸手一抖，嘩啦啦的又把那條蛟筋虬龍鞭抖得筆直，口裏說道：「既然如此，柳老英雄，請恕俺放肆了！」

柳劍吟仍不動容，懶懶散散的隨便立了個門戶。事實上，他正抱元守一，凝神待敵！

雲中奇不敢怠慢，倏地疾如飄風，抖起虬龍鞭，竟用「神龍入海」之勢，逕向柳劍吟上三路打來。他快柳劍吟也快，虬龍鞭未到，他已雙肩一晃，右腳向外一探，身子旋風似的，隨著鞭梢直轉出去，那鞭離他幾寸，竟没有打著！雲中奇一鞭不中，急使出「連環三鞭」、「迴風掃柳」的絕技，刷！刷！刷！風聲呼響，捲起了一團鞭影，如旋風一樣，猛掃過來！柳劍吟見他來勢甚疾，不便硬接硬架，急急一提腰勁，「燕子鑽雲」，刷地憑空跳起兩丈多高，在雲中奇身後一落，右掌霍地便朝雲中奇背後劈下。

雲中奇除了蛟龍絕技之外，還精於聽風辨暗器，即使背後有人用暗器打來，他也能趨避。何況柳劍吟的掌風凌厲，他不用回頭，已知對方從何處打到，他一鞭打空時，早已留神背後，掌風襲來，他已辨出柳劍吟立身之處，霍地用個「怪蟒翻身」，連人帶鞭急旋回來，便朝柳劍吟處猛掃過去！

迅如駭電，間不容髮，此時不論柳劍吟後退或斜避，都會讓對手趁勢進擊。由於雲中奇的鞭長，自己近不了身，眼看就只有一直耗下去，弄到力竭神疲了。然而柳劍吟藝高膽大，就在這電光石火，間不容髮之際，疾一塌身，「大彎腰，斜插柳」，那條虬龍鞭便恰恰從他背上滴溜溜的捲過。說時遲，那時快，正當雲中奇軟鞭還未及收回之際，柳劍吟已俯身直進，掌背微托鞭身，掌鋒斜劈進去，如狂風，似駭浪，展開了一派進手的招數，向雲中奇襲過去！

但雲中奇也非易與，這條虬龍鞭尤其使得得心應手，虎虎生風。他略一退後，復又向前，展開九九八十一路虬龍鞭法，盤、打、鈎、轉、推、壓、圈、劈，一招一式，穩如沉雷，疾如駭電。雲中奇緊緊封閉門戶，不讓柳劍吟欺身進來，復仗兵器利便，半守半攻，尋隙抵隙，鞭影翻飛，隨著柳劍吟的身形漫舞！

如此沙驚石走，塵土飛揚！兩人苦戰幾十回合，竟不分勝負！儘管雲中奇鞭法精奇，可是卻打不著柳劍吟；而柳劍吟掌法雖然厲害，也欺不進身去。兩人心中都暗暗吃驚，暗暗叫苦。

雲中奇是既慚愧，又驚駭！憑他幾十年浸淫這虬龍鞭，竟然被柳劍吟雙掌敵住，非但討不了半點好處，而且還覺著柳劍吟掌風凌厲，拳風劈面，好幾次都被迫得抽身退步！而柳劍吟也暗暗驚異，自己幾十年空手入白刃的太極掌絕技，竟然奪不了敵人的兵器，欺不進身去；而且還幾次碰著險招，差點給對方的軟鞭圈住，如果稍有疏忽，一生威名，還真難保住。他心想，怪不得自己的師弟會吃了大虧，因爲單憑眼前這個老者的功夫，已在自己師弟之上，何況還有一個紫面鷹眼的老者在旁，看來那個老者的功夫，還在對手之上。

兩人又鬥了二、三十回合，柳劍吟驀地掌法一變，只以右掌迎敵，左手卻駢指如戟，在鞭影飛舞之中，找尋雲中奇的穴道。他竟把一雙肉掌當成了兵器使用：右掌劈、按、擒、拿，竟如一枝五行劍；左手如同捻著一枝點穴鐝！他這一雙掌，就如同兩枝不同的兵器，雲中奇竟漸漸有點相形見絀了！

雖然如此，但他的鞭法仍然沒有破綻！柳劍吟在迫切之間，竟無從取勝。平心而論，兩人的技藝，雖是柳劍吟稍勝一籌，但雲中奇仗著兵器，柳劍吟不免吃虧。他不能這樣和雲中奇耗下去，因爲那獨孤一行，正鷹眸炯炯，全神貫注這邊的打鬥，留意著柳劍吟的身形手法。

柳劍吟心中暗忖，若不用險招求勝，耗下去實在不上算！於是突地趁雲中奇一鞭向自己上三路掃來之際，猛的把身子一扭，避過鞭鋒，一俯身，「十字擺蓮」，人未到，腿先到，直踢雲中奇的下盤！只見柳劍吟右足飛出，左足輕點地面，上身又是斜俯，在拳法中是冒險進招，十分危險！雲中奇見柳劍吟竟不守太極門穩健作風，這一躁進，不敗何待？不禁暗喜，於是便輕輕「移宮換步」，向左一轉，閃開柳劍吟的右腳。如此一來，兩人變成背對背的形勢。雲中奇頭也不回，仗著自己辨風認敵的功夫，虬龍鞭猛的向背後一捲，從右肩上翻轉過去掃柳劍吟的下盤，這一鞭相距既近，勁足勢捷。雲中奇滿以爲這一鞭，一定能把柳劍吟摺在地上！

誰知形勢大出雲中奇意外！柳劍吟冒險進招時，早已防到有這一著，雲中奇一鞭打來時，他身形微動，早已向左一側身，讓過鞭頭，竟用「小天星」掌力，右掌一壓鞭身，倏一轉身，直進中宮，疾風似地欺到雲中奇身前，左手駢指如戟，照雲中奇的靈台穴點來！

雲中奇呵呀一聲，急急往後撤身！誰知他退得快，柳劍吟進得更快，如影隨形，雙指已點中雲中奇的穴道！

可是雲中奇到底是成名的老英雄，他這一招雖輸了，可是，柳劍吟也沒有得手，雲中奇竟然在危急之時，突的吞胸吸腹，肌肉憑空凹進了一寸多，柳劍吟雙指沾著的竟然是軟綿綿的藍布衣裳，而非穴道。就在這時，雲中奇霍的一塌身，直往後竄出一丈開外，鞭未撒手，面不紅，氣不喘，身形步法絲毫不亂！

柳劍吟眼看得手，卻又被對手脫開，心中正自十分可惜，若再交手，不知又要纏鬥到幾時！不禁暗暗心急。不料此時，雲中奇竟突的把鞭一收，雙拳一拱，朗然發話道：「柳老英雄招數精奇，俺認輸了！」

柳劍吟一楞，但隨即鎮定答禮道：「承讓！承讓！老兄武功超卓，柳某端的佩服！」他這可不是客氣，是真的打心裏佩服雲中奇的爽直風度。按說雲中奇沒有被點中，還不算落敗，可是雙方先前已約定點到爲止，勝敗不論。他雖未算是落敗，可是卻輸了一招。因此他不待柳劍吟出口，自己就先爽爽快快的認了！

雲中奇這邊一認了輸，那邊獨孤一行已笑吟吟的緩步而出，直衝著柳劍吟道：「柳老英雄掌法精奇，不愧是太極門的眞傳，武林中的絕技！但柳老英雄剛才還好似未盡所長，俺不自量，也要請教、請教太極門拳法。」他一伸雙掌，也要空手來鬥鬥柳劍吟。

原來獨孤一行脫胎自鷹爪門，他那八八六十四手擒拿手法，平生未逢敵手。剛才他全神貫注地默看柳劍吟的掌法，自忖雖然招數精奇，但也不見得高出自己，而且論閃展騰挪，自己的擒拿手法，大可以剋得住他。因此才會有恃無恐，一出口就在恭維之中，微帶譏誚。

柳劍吟一聽這老者不僅口氣大，而且還對太極掌暗存輕視，不禁心中暗氣：「既然老師傅一定要賜教，柳某怎敢不陪！但江湖朋友，說一句是一句，朋友，熱河那檔子事，你老兄是否願作一交代？別只叫柳某奉陪你們半夜，卻連一句眞話也討不到！」

柳劍吟這可是直挑明帘，放下面子要實行江湖上較技賭鏢那一套了。但獨孤一行卻並不接他的話，一抱拳又是一陣哈哈大笑。

獨孤一行笑說：「貴師弟往來的都是達官貴人、王公巨賈，俺這山野匹夫何緣得見？就是見了也不敢招惹他！柳老英雄，別扯上你那位寶貝師弟了，如此良夜，扯上他不怕敗了清興麼？來！來！俺們還是彼此印證、印證，消遣、消遣！」

柳劍吟一聽，心想這中間果然是有很深的誤會在。他急忙抗聲辯道：「這些事情的是是非非，一時也難說個清楚。老英雄如因此事責難，柳某願帶敝師弟前來謝罪，要他親自向老英雄解釋；俺師兄弟可不是那號子人。俺此次遠來，實非想討回什麼撈什子貢物，正是要找朋友們剖心談談，肝膽相見！」柳劍吟因拙於言詞，一時之間也不知從何說起？只能激昂慷慨的擠出這麼幾句不著邊際的話，他既沒有說明師弟怎的會沾上了官府的邊，也沒有談自己的抱負志趣，只憑這幾句話，獨孤一行怎能了解？可是透過繁枝密葉的星月微光，他也看出了柳劍吟的誠懇真誠。

獨孤一行因而悚然動容，覺得柳劍吟是個值得相交的朋友。可是他還不能在立談之下，便對柳劍吟披肝瀝膽。他心中一轉，打定了主意，向雲中奇打了個暗號，叫道：「你們有事，可以先走，讓俺在這裏陪柳老英雄玩玩，也省得人多了叫柳老英雄不放心！」

柳劍吟見雲中奇等撤走，而面前的敵手正雙臂箕張，鷹眸炯炯生光，似欲撲擊，不禁含怒冷笑：「朋友，既然一定要賜教，那柳某也只好奉陪了。」

話未說完，獨孤一行已刷地一竄，快似飄風，雙臂箕張，向外一展，「蒼鷹屏翅」，又驀地一壓，便要擒拿柳劍吟的雙腕。然柳劍吟步法輕靈，悠然轉身，往左一避，便疾用太極掌「斜掛單鞭」一式，猛切獨孤一行的脈門，這一招疾如星火，以毒攻毒，好不厲害。獨孤一行竟不退後，也不救招，突的一拳化爲「橫身打虎」，向柳劍吟的肋下撞去，這一變式，在硬攻之中，卻又含有化勢，柳劍吟的掌，竟差半寸切不著他的脈門，而從他的小臂斜斜劃過，然他的拳也已疾如流星般打來。

柳劍吟見一掌切空，敵拳反擊過來，忙分左腳，往旁一個滑步，直滑出六、七尺外，猛的一個大翻身，刷地再撲過來，「七星掌」往左便直挑敵人右肘。獨孤一行驟然將手一縮，柳劍吟不容敵招再變，身形左俯，把左手當五行劍用，指尖直抵左額，右腕悠翻，「金龍戲水」，電掣般的猛削獨孤一行右膝。這兩招是柳劍吟的絕技，他看準獨孤一行躲不了！

哪知獨孤一行，果然名不虛傳，只見他大喝一聲「好快！」便騰身湧起，斜身下落，如飢鷹撲地，又猛的撲到柳劍吟身後。

柳劍吟急忙轉身應敵，只見獨孤一行雙掌翻翻滾滾，使出了迅疾異常的招數，進如猿猴竄枝，退若龍蛇疾走，起如鷹隼飛天，落如猛虎撲地，進攻退守，盤旋如風，起落變化，倏忽如電！這身法掌法施展開來，四面八方，只見獨孤一行之身影在轉，柳劍吟不禁大驚，倒抽了一口冷氣！

原來獨孤一行外號「百爪神鷹」，獨創八八六十四手大擒拿手法，合內外家爲一，迅如飄風，又善撲擊，如鷙鷹而有百爪，厲害非常！柳劍吟和他對攻，竟然漸漸相形見絀了！

柳劍吟原想以凌厲攻勢速戰速決，以挫敵人的兇鋒。誰知獨孤一行身法展開，真如神鷹盤旋、龍蛇疾走，身法之快，竟在自己之上！江湖上竟有如此人物，柳劍吟也不禁大爲震驚。

但柳劍吟閱歷甚多，慣經風浪，對拆了幾十招之後，已猛省起如此對攻，殊非辦法。拳經要訣，是「避敵之强，攻敵之弱」，他已看出獨孤一行的擒拿手法完全是以攻代守，和太極拳的以柔克剛相反，而且獨孤一行善用「小天星」掌力，不畏太極掌的粘勁，因此自己不應對他所長，和他對攻，而是應仗著自己幾十年的內家功夫，以悠長的氣力和他對耗！

柳劍吟既看破敵招，馬上掌法大變。他竟一味兀立如山，堅守不動。任對手如飛鷹、如猛虎，他也決不移身進撲，即使對手誘招退走，他也決不追趕。他緊守「敵不動，己不動；敵一動，己先動！」的太極門要訣，見式破式，見招拆招！任獨孤一行從四面八方撲來，他都隨手化解！

這一對掌，真是武林罕見，一攻一守，全都到了爐火純青之境！獨孤一行將一身絕技全展開來，八八六十四手大擒拿手法中，又雜以獨創的「飛鷹迴旋劍法」，將劍法化為掌法，又以掌法當作劍法，只見摟、打、擋、封、踢、彈、掃、掛、攦、按、黏、印，一招一式全是迅疾異常，變化莫測；然而柳劍吟更是在狂風駭浪之中兀立的石山，他太極掌的掤、攦、擠、按、採、挒、肘、靠八種內勁，竟然似是全身每個環節，都有功夫。順勢破勢，借力打力，縱使獨孤一行身法迅疾，應招機靈，還是有好幾次過於躁進，幾乎被柳劍吟撂倒！因而使得獨孤一行也不禁大吃一驚，吸了一口涼氣！心想著這老兒果然名不虛傳！和他師弟大有分別。

這一來，獨孤一行雖仍是强攻，但已不敢躁進；而柳劍吟也不敢進撲，只是堅守耗敵。兩人這一攻一守，吞、吐、封、閉、擋、打、纏、拿，旗鼓相當，誰也得不了好處！直鬥得天旋地轉，拆了二百餘招，彼此還是無瑕可擊。

獨孤一行見對掌無法取勝，猛的一起身，伸掌一探，在腰圍之處，掣出了一口金光閃閃的軟劍。這劍是黑龍江的白金合金鍊成，真是百鍊精鋼可化為繞指柔，用時只要一抖開，便是吹毛立斷的利劍，不用時一捲便可當做腰帶用。他一抖劍，又朗聲的說道：「這樣對招，打到天明，也難分勝敗，實在乏味得很，没意思。我還是在劍法上再領教你那劍劍精絕的太極十三劍，和你劍影飛鏢的絕技吧！」他是想仗著自己獨創的飛鷹迴旋劍法，再試柳劍吟的功夫，領教太極門三絕技中的其他兩絕！

柳劍吟固辭不獲，也只得亮出劍來。他已見識了獨孤一行武林罕見的本領，自是不敢再大意，和他空手對招了。

兩人對面抱劍一立，柳劍吟一聲「請」字，只見獨孤一行疾如飄風，身形轉換，方位立變，他竟如驚鴻掠燕似的，繞到柳劍吟身後，刷的一劍，就朝柳劍吟後心搠來。柳樹吟微微一閃一個「摟膝拗步」，反圈到獨孤身後，寒光一閃，「玉女穿針」，反客爲主，直朝獨孤肩後的「風府穴」刺來。獨孤一劍搠空，劍招倏變，「龍形飛步」，直如鷹隼穿林，巨鳥掠波，竟從柳劍吟右側竄出，身隨劍走，劍隨身轉，猛的「翻身獻劍」，又朝柳劍吟的面前刴到。柳劍吟急忙腳尖點地，掠出兩、三丈外，而獨孤一行已如影隨形，跟蹤直上，運劍如風，「猿猴進果」、「仙人指路」、「猛雞啄粟」，一連幾手辣招，如暴風驟雨襲來！

柳劍吟早在對掌時，便已看出對手强弱所在，也不再去與他對攻，只是凝身仗劍，展開太極十三劍精奇招數：黏、連、劈、閃、撲、抹、撩、刺，以靜制動。表面上看他軟綿綿的毫不著力，柔如柳絮，其實卻快若飛鴻，招招都藏著無窮變化！

黑林中，兩人鬥到酣處，只聽得颯颯連聲，與風聲相應；精光冷電，蓋過星月微光。劍光繽紛，盤旋進退，起落變化，不可捉摸。拆了一百多招，還是難分難解。

柳劍吟心想，這樣打不知何時方了？因而突一擰身，賣一個破綻，竟倒背身，如巨鳥般倒翻出獨孤一行劍光籠罩之外。獨孤一行喝道：「朋友，別走！接招！」刷地一竄，已到柳劍吟身後，劍尖堪堪刺到！

柳劍吟拿捏時候，聽風辨器，容他劍尖將到未到之際，猛的「怪蟒翻身」，電掣般的直轉過來，「金鵬展翅」，用足力量驟的往獨孤一行的劍身砸，同時左掌也疾如飄風，用足「小天星」掌力內勁，向獨孤一行的胸膛印下。

這兩招疾如星火，饒是獨孤一行也閃避不了。只見噹的一聲，兩劍相交，迸出了點點火花！同時獨孤一行也同樣用足「小天星」掌力內勁，以掌對掌，急抵對手，兩掌驟然相接，只聽得砰然巨響，兩人同時都摔出兩、三丈開外，敢情都摔得不輕！

兩人一撲即起，重凝浩氣，目閃精光，心中同感慚愧！這番是柳劍吟存心與獨孤一行較勁，彼此用足內勁，哪知雙方功力悉敵，才一齊摔倒，誰也沒有受傷。

獨孤一行又喝道：「朋友，再接這個！」黑夜之中，幾粒鐵蓮子直分三路打到，一取期門穴，一取風府穴，一取竅陰穴。柳劍吟身形轉，劍翻飛，三粒鐵蓮子避開兩粒，打落一粒，全沒被碰著。

柳劍吟就在揮劍閃身，擋避暗器之際，竟同時使出「劍影飛鏢」的絕技，左手將十二隻錢鏢同時握在掌心，在劍光閃閃中，猛的抖手打去，嗤！嗤！嗤！嗤！賽似流星亂舞，驚雹驟落。

# 第六回　深夜論英豪　筵前騰殺氣

十二錢鏢，連翩飛到，獨孤一行大喝一聲：「打得好！」雙臂一抖，「一鶴沖天」，憑空縱起一丈多高，取中、下兩路的錢鏢全都落空。但柳劍吟的錢鏢絕技，非同小可，他早料到對方會飛縱閃躲，取上路的錢鏢，四枚都是逕疾打上，要閃也閃不了！

但正在絕險之中，獨孤一行顯出了非凡的神技，在凌空掠起之時，竟把分四處穴道打來的上四路錢鏢全抄在手中，人未落地，鏢已先發，他哈哈一笑：「錢鏢奉還，我使不慣。」一抖手，四枚錢鏢，又逕自射回，柳劍吟吃了一驚，急引身躲避，獨孤一行奉還錢鏢之後，猛的插劍回鞘，向柳劍吟略一拱手，微微笑道：「三絕技全已領教，確是高手！柳老英雄，容後再相見！」

柳劍吟也急插劍回鞘，高聲叫道：「朋友，請留步！」但獨孤一行已霎的掠人黑林中，口裡說道：「一言難盡，日後自知，你還是先去找朋友吧！」餘音繚繞，人影已沒，寒風過處，捲起松濤，黑林之中，只留下柳劍吟怔怔的站著。

獨孤一行此次入關，本想聯結江湖上的祕密會社，與清廷對抗，等待時機，爲漢族同胞做一番事業。他也從斐無畏與鍾海平的口中，知道柳劍吟和丁劍鳴是涇渭分流，不肯和光同塵。但他這番志向，卻不能隨便和人談論，他雖知道柳劍吟此人，頗有骨氣，但一來見他二十餘年隱居水泊，似乎是想置身事外，明哲保身，這個路向和自己大有不同；二來疏不間親，恐怕柳劍吟因師弟沾上官府的關係，不肯和自己合作。因此他雖然故意引出柳劍吟，想藉由相打與他相識，但還是不能完全消除戒心。他本想在試招之時，探出柳劍吟的口風，然後再由鍾海平試探他，正式拉攏雙方合作。他剛才遣走雲中奇，就是打發他去先行佈置。

至於柳劍吟卻頗爲迷惘，他幾十年來，從未見過這樣的武林好手，而且這班人來得離奇，去得突兀，如果說他們來意不善，剛才只要對方兩人圍攻，他自己準敵不了；但既不含惡意，爲何試招之後，又不肯交談？饒是柳劍吟久歷江湖，也有點猜疑不定了。

柳劍吟想了又想，又猛的竄出叢林，向鍾海平家走去。

驚鳥亂飛，猿猴夜嘯，寒風颳地，曠野淒清；鍾海平門前的叢林，也發出蕭瑟之聲。柳劍吟穿出叢林，馳過山道，走向鍾府，猛的施展本門輕功，就像燕子掠空似的掠上了屋簷，他輕提衣襟，微點屋面，霎忽間就繞了鍾府一圈。

夜深人靜，月暗星稀，鍾宅院落，四週黑黝黝的，只見那北院的一間小房，卻似有一星燈火。柳劍吟斜刺裡掠上東邊耳房，越過牆頭，往那間房看去，透過窗上的格子，只見房中燃著一枝大紅燭，一人坐在燭旁，似乎在等待甚麼人。再定睛一看，不是鍾海平還是誰？

柳劍吟暗暗詫異，心想，此時風寒夜重，鍾海平怎的還沒睡？他此來本就是要深宵求見，如今趁鍾海平没睡，正好上前相敍。可是柳劍吟卻突的轉了念頭，他一飄身，就像棉花似的，黏在鍾海平的房上，悄然没一絲聲響！他隨即使出倒捲珠簾之式，倒掛在屋簷上，游目內窺，想和老朋友開個玩笑。

他暗吸了一口氣，運足內勁，猛的一吹，只見燭光搖曳，忽地熄滅。他心想鍾海平必定會吃驚，跳出窗外。

哪知燭光一滅，鍾海平竟哈哈大笑道：「柳兄現在才來？」敢情鍾海平等的竟是自己。柳劍吟暗吃一驚，怎的鍾海平武功，似乎大有進境了，自己施展絕頂輕功，居然能讓他聽出。他不知雲中奇早已將柳劍吟將訪之事，以及獨孤一行的計畫告訴了鍾海平。

房中燭光重燃，柳劍吟飄然落下。鍾海平起身相迎，微笑說道：「柳兄，我早想到你會折返。」柳劍吟再問他如何得知時，他又含糊其詞地說：「令師弟的事，今日尚未談得明白，你怎能不來求個水落石出？」

當下兩人抵掌深談，鍾海平坦直說出武林中人確實對丁劍鳴有所懷疑。他還緊迫著柳劍吟說：「柳老英雄，難道令師弟給官家當差，你也要幫他出頭，討回貢物嗎？」

柳劍吟目閃精光，深沉而緩慢地道：「鍾兄，歲月不居，我們已二十多年不見了，但，耿耿寸心，尚無變異，你以爲我會給清廷作爪牙，當鷹犬嗎？休說柳某不會，就是俺師弟也不會，他只是胡塗，並非變節。」於是他向鍾海平細說了師弟爲人，他認爲像丁劍鳴這樣的人，還不必摒諸武林之外。他朗聲說道：「鍾兄，如果俺師弟真是投降清廷，求取利祿，俺也不會迢迢千里，遠到熱河。俺來，不是爲師弟而來，而是爲了江湖義氣，如果自己人也鬧意氣，豈不招來外人恥笑？」

鍾海平忽抬起頭，目視柳劍吟道：「柳兄，這不是意氣之爭，這……」柳劍吟未待說完，已急答道：「俺知道這是俺師弟糊塗，怪不得武林朋友猜疑。但像俺師弟一樣的，在今日江湖之中，恐怕尚不止一人吧。如果一律視爲敵人，豈不是分薄了咱們的力量？」說到此處，鍾海平忽又悠然起身，話鋒咄咄：「柳兄既談到不要分薄咱們的力量，那麼聚集了力量必當有所用處。柳兄可曾有過恢復故國衣冠，爲漢族揚眉吐氣之想麼？」

話鋒逼來，單刀直入，柳劍吟可遲疑了好一會子，不敢接過話。二十餘年來，水泊隱居，他可只是想到要保持武林俠義的氣節，還未曾想過要怎樣推翻清廷。

他兀立移時，半晌不語，好一會子才緩緩說道：「只憑我們這些江湖上的朋友，就濟得了事麼？胡虜入關二百餘年，根深柢固，近幾十年來還加上洋人的幫忙，我們能動得他麼？」

這時鍾海平便道出獨孤一行要聯結江湖上祕密會社的計畫。這些會社自明亡之後便一直存在，宗旨是反清復明；可惜年深日久，又經清廷以壓制與籠絡雙管齊下的方法，使不少會社中人不是已忘掉本來宗旨，便是銷聲匿跡了。因此武林中有志之士，便想使這些祕密會社再度團結振作起來，再謀擴大，如果能在農村立足，走李闖王、洪秀全的路，未必傾覆不了清廷。

柳劍吟細細咀嚼了這番話，忽地雙目凝神注視著鍾海平道：「鍾兄說的江湖上有志之士，敢問究是誰人？柳某不知能否得見？」

鍾海平哈哈大笑道：「柳老英雄，此人你不但已經見過，而且還交過手，鬥了半夜，難道你還不知是誰嗎？」

話已說開，柳劍吟自是恍然大悟。當下鍾海平就向柳劍吟細說了獨孤一行其人其事，柳劍吟急問獨孤是否在此，想邀他同作長夜之談。

鍾海平撚鬚微笑，雙指頻敲桌面，得得有聲，邊笑邊說：「不打不相識，也只有獨孤一行才接得住老兄的招，也只有柳兄才能敵住此老的擒拿掌法，這真叫作惺惺相惜，怪不得老兄要急於求見了。但他現在可不在這兒，他大約就要回遼東去了。」

柳劍吟駭然問道：「這究竟是怎麼回事？」於是鍾海平便道出了獨孤一行的意思。原來三十六家子雖然荒僻，但到底是離承德不遠，而承德又是清廷行宮所在，胡虜耳目衆多，如邀武林羣雄相聚，實有不便。因此獨孤一行決定先回遼東伊蘭三姓黃沙圍的地方，待鍾海平與柳劍吟談得投機後，請柳劍吟、鍾海平一起出面，代約關內各派掌門人物與有志之士，到遼東一談，而他也須先回遼東稍作佈置。

雲開見月，真相大明，這次輪到柳劍吟愼重考慮了。他不敢，也不能立即回答，這事情需要冒好些風浪；他顧慮自己絕跡江湖已有二十多年了，雖然以往與各派中人交情甚深，但二十多年不見，怎敢立談大事？

鍾海平也料到他的顧慮。但他卻認爲如有柳劍吟出面，大家總不能不賣個面子，即有阻礙，事情也易辦得多。他還特別要柳劍吟去見梅花拳掌門人，鍾海平道：「柳兄住在山東，當知梅花拳近年發展的情形。梅花拳又名義和拳，近年來組織了一個義和團，非但在山東很有勢力，就是在北五省也很有根基呢！」

柳劍吟道：「俺在水泊閉門封刀，二十幾年來從不涉足江湖，外面事情，也不大了解。不過有時舊日朋友來訪，也常聽得談起義和團的事。聽說只茌平縣八百六十餘莊，拳廠就多至八百餘處。又聽說以前的梅花拳掌門人姜翼賢死後，他的兒子能力平平，不足以服衆，倒是有個後起之秀叫朱紅燈的，被推爲掌門，義和團就是他一手建立的，可是？」

鍾海平道：「可不正是？不過談起朱紅燈嘛，他做的事情卻很不簡單，我和獨孤老兄談起，也不知要怎麼聯絡他才好呢？」

於是鍾海平將義和團的事詳細告訴了柳劍吟。其中有些是柳劍吟已經知道的，有些則是柳劍吟尚未聽聞的。原來義和團是白蓮教別派八卦教的一個小派，說起白蓮教，可直溯至元末之時，當時白蓮教首領劉福通，奉教主韓山童的兒子韓林兒起事，林兒稱「小明王」，朱元璋也是首領之一，後來他趕走了蒙古人，建立了明朝。朱元璋雖然是白蓮教軍中的一個小首領，可是他做了皇帝後，卻極力壓迫白蓮教。明末時白蓮教又稱白蓮會，蔓延至山東、直隸、山西、河南、陝西、四川等省，教主王森死後，他的兒子王好賢和教徒徐鴻儒，曾結集過二百萬人，反抗明朝，雖然没有成功，可是勢力已深入民間。

到了明亡之後，滿族入關，清廷對漢人專制暴虐，在滿清嘉慶元年，白蓮教首領劉之協就提出「反清復明」、「官逼民反」的口號，發動過大起義，旗幟衣服全用白色。嘉慶十七年，白蓮教的一個支派——天理會（即八卦教）起事，震卦教首李文成、坎卦教首林清，曾聯合攻襲北京皇宮，圖謀奪取直隸、山東、河南三省，曾允諾成事後公衆每人得分地一頃。事雖不成，已震撼全國。

直到光緒年間，白蓮教以及它的各支派都是在祕密活動中。朱紅燈就是白蓮教別派八卦派中的一個小首領，他從姜翼賢習技，到姜翼賢死後，做了梅花拳的掌門，就組織起義和團，而梅花拳也就因此又稱義和拳了。朱紅燈是山東曹州人，他自稱是明朝後裔，開頭揭的也是「反清復明」的旗幟，並且倡言他們練的是神拳，練起來有神仙幫助，可以刀槍不入，槍砲難摧。這話自然騙不過識者，可是卻也很有一班人相信。

鍾海平一路敘述義和團和朱紅燈的事蹟，敘述至此，柳劍吟突的面現詫異之色，悠然起身，問鍾海平道：「我正是要問你，既然朱紅燈的義和團打的是反清復明的口號，怎的清廷又不禁止他們？而且反許他招收拳民，只茌平縣就有八百多間拳廠呢？這倒是什麼緣故？」

鍾海平指頭猛擊桌子道：「我說的不簡單正是在此！老兄諒也知道近年來洋人鬧得太不像樣子了，義和拳就漸漸從反清復明，改爲扶清滅洋了。」

原來在公元一八四〇年鴉片戰爭之後，中國閉關自守的門戶，給列强堅船利砲打開，騎在中國人頭上的，除了滿清政府外，又多了一批洋人。而帶給當時中國人最尖銳感覺的，又是外來的教士和那些吃教的。本來基督教的教義是「待人如己，勸人行善」，這主張確實不錯。可是當時有許多敗類，混入教會「吃教」，自然會引起民憤了。就是當時清廷的「總署遵議教案章程奏」裏也說：「入教華民大率敗類，一經入教，魚肉鄉民，教士每依爲心腹，恃作爪牙，一遇鬥毆，必相袒護。數十年來總理衙門所辦教案，從未見教士責罪教民之事。」當時人李東沅的「傳教論」就說得更具體了：「以教中爲逋逃藪的莠民、罪犯、訟棍、地痞之流，得教士之包庇，更膽大妄爲，作奸犯科，無所不至。或鄉愚被其訛詐，或孤弱受其欺淩，或强佔人妻，或橫侵人產，……或因小故而毆斃平民，種種妄爲，幾難盡述。」

在這種情形下，朱紅燈的義和拳爲了要在農村發展，自然要保護平民，抵制官吏和教會的橫暴。於是平民紛紛參加，清廷唯恐義和團擴大爲反清的叛亂，才想到利用他們來排外，以消滅其反政府的情緒，於是山東巡撫毓賢就取得西太后的同意，出告示承認義和團爲民間團練。因此，本來被清廷視爲眼中釘的白蓮教支派義和拳，就暫時取得了合法的地位。而朱紅燈也就把反清復明的口號改爲扶清滅洋。但他們的扶清，是站在和清廷對等的地位去「扶」它，而不是給清廷做奴才。

然而這種做法，在當時江湖上以反清復明爲志的祕密會社中，卻引起了爭議。因爲義和團雖然有值得擁護的地方；但它卻又是要扶清的。獨孤一行爲了應該要對義和團採取怎樣的態度也大傷腦筋，但最後他還要決定去聯絡了。因此他請鍾海平去探柳劍吟的意思。因爲柳劍吟在山東，和梅花拳——亦即義和拳——的前輩很熟。

夜風呼呼，暗雲低垂；柳劍吟聽了鍾海平的話，也不禁陷入了深思之中……。

柳劍吟原就對清廷不滿，只因當年和師弟分手，悽愴傷懷，竟閉門封刀，隱居水泊二十餘年，本已漸有水鄉終老之意。這番碰上獨孤一行，又和鍾海平作了深談，那久已壓制下去的雄心壯志，又如春蠶抽絲，死灰復燃。他因而答應去見義和拳的大哥朱紅燈，先看看他的行事爲人，再想辦法和義和拳中堅持反清也反洋的人合作，希望能改變朱紅燈扶清滅洋的路線。兩人這一深談，不知不覺間，東方已白。窗外白濛濛的一片雲海，也已漸漸由厚而薄，由薄而隨風飄散了。

就在這曉色曚曨，殘星明滅，晨雞乍啼，將曙未曙之際，有一個人正奔馳在三十六家子崎嶇的山道上，這人正是和丁劍鳴同來的武師——五行拳名家章漢澤的弟子李家駿，他一大清早，就來叩鍾海平的大門。

原來，丁劍鳴料到柳劍吟必然會深夜造訪鍾家，他們一來見柳老拳師更交五鼓，還未回來，深怕他出了意外；二來他們那邊，也來了一個不速之客，要臨時改變此行大計。因而才遣李家駿來找柳老拳師。

李家駿一早來叩鍾海平的大門，驚醒了鍾宅外間的門人弟子，這些門人弟子，原就不知昨晚曾有兩個江湖上成名的英雄——雲中奇和柳劍吟——曾先後來訪，更不知柳劍吟還正在和他們的師父款款深談。他們誤會李家駿是故意來踩探，把他們形意門人當作私劫貢物的同謀。最後竟和李家駿爭吵起來，差點就要亮招動手。

但清晨寂靜，哪容得嘈雜之聲；更兼柳劍吟和鍾海平二人，都是武林名宿，耳目輕靈，一聽吵鬧聲，早已矍然而起。他們趕到門外，正好及時制止了這場糾紛，令得鍾海平的門人子弟，深爲驚詫。

柳劍吟急問明李家駿來意，李家駿見鍾海平在旁，竟訥訥然如有顧忌，說不出口。鍾海平面色微變，柳劍吟急撚鬚微笑道：「老弟，鍾老前輩和我幾十年至交，想必是你們怕他留住我不放，要來迎接了，可是？」鍾海平也微笑道：「你們的柳師伯，在俺家中，不會有什麼閃失的，老弟，你們也忒小心了！」

李家駿面露惶恐，連聲道歉：「這是哪裏的話？柳大師伯在鍾老英雄家中，俺們還有甚麼不放心的？不過……」他說到這裏，便對著柳劍吟說：「不過，丁師叔緊緊叮囑要請你回來，昨晚我們那邊也來了一位不速之客……」

柳劍吟急問：「甚麼來客？是哪一方的人物？」

李家駿慌忙答道：「弟子實不曉得，他只是和丁師叔談了很久。後來丁師叔就吩咐我來迎接您老。」

柳劍吟見他說得這樣神祕，也暗暗詫異，當下就拜辭了鍾海平，隨李家駿回到小鎮。

旭日初升，曉霞映照，山村古道，怪石巉岩，都像被揭去了一層黑紗帳幕般，豁然顯露了。柳劍吟雖然一夜未眠，可是迎著曉風，精神依然健鑠。他在路上一再問李家駿，昨夜來找丁劍鳴的不速之客，究是何人？李家駿委實不知詳情，但他也透露出好像是承德的來客，因爲他聽到來人一見到丁劍鳴，就說是從承德匆匆趕來的。

「承德來客？」柳劍吟不禁暗自沉吟，心中不禁泛起了憂慮。承德是滿清皇帝行宮所在，難道來人是聽到甚麼風聲，奉官方之命前來查探？

來人的確是官方中人，但卻不是來查探柳劍吟的，而是另有陰謀。

這人正是保定索家遣來的。原來柳劍吟和丁劍鳴離開後，索家父子竟也趕到熱河。因爲柳劍吟等人沿途查訪，延了一些時候，倒是他們先到承德。他們到了承德之後，和承德離宮的衛士及北京大內來的衛士們暗中踩查，覺得情形很是不妙。

他們踩查出丁劍鳴是往三十六家子鍾家方向走的，而他們早就懷疑鍾海平和劫貢物有關。他們又知道柳劍吟和鍾海平交情甚好，另外又探出有一些不明來歷的江湖豪客，月來曾在下板城一帶活動。他們本就猶如獵犬，嗅覺頗靈，料到柳劍吟此去定是想尋求化解之道，而且又因柳劍吟自保定動身時，曾堅拒索家的人同行，更加深了他們的懷疑。

他們深怕柳劍吟此行，若果真把事情化解，那末他們離間丁劍鳴和武林同道的苦心積慮，也將功虧一簣。於是他們另佈下天羅地網。這次派來的索家護院，便和丁劍鳴很是熟悉。

再說柳劍吟和李家駿急急趕到三十六家子的小鎮時，已見丁劍鳴正整裝待發，旁邊伴著一個鼠目鈎鼻的中年漢子。

柳劍吟急忙拉著丁劍鳴道：「師弟，你這是幹麼？這樣匆匆忙忙，又要到哪裏去？」丁劍鳴竟不答話，一手拉過那傢伙，先給師兄介紹：「這位是索大員外的護院武師，八卦掌的名家弟子葉澄清。他說事情已有眉目，貢物已有下落，要我們馬上到承德去。」

葉澄清也忙上前拜見，他口裡連聲道勞，但又說：「不必費心您老了，事情已經水落石出，貢物也已搜回，只是還有一些事情，要待你們回去料理。」

貢物搜回當然是假，索家那班人，雖然重視貢物，但卻並不比要拆散丁、柳和武林中人的合作更爲重視。他們是藉搜回貢物之名，來騙他們回去。

但他騙得了丁劍鳴，卻騙不了柳劍吟，柳劍吟待索家護院說完後，才拉著師弟緩緩的道：「就是要趕去承德，也不忙在這一時，俺們還是讓這位貴客暫待一時吧，俺有幾句話要對你說。」他又回頭吩咐李家駿：「請替我們暫陪這位貴客，哎，請恕俺村愚失禮，失陪！」他不顧那個傢伙睜大眼睛，逕自拉丁劍鳴走進內室了。

進入內室，丁劍鳴忙問師兄究竟有什麼話吩咐，爲什麼不可以在路上再說？他是奇怪師兄一向講究江湖禮節，今天怎的失禮於人。

柳劍吟睨了師弟一眼，捫鬚搖頭道：「是英雄還是狗熊，總得分個清楚。莫非你要把狗熊當作英雄？和它講什麼禮節？」

丁劍鳴滿面通紅，訥訥的說：「師兄言重了，我看他也是一條漢子。」丁劍鳴從未受過師兄如此搶白，心裏自是非常不舒服！

柳劍吟心裏同樣也十分不舒服。他給這位寶貝師弟老是相信索家人的毛病弄得哭笑不是。但他見師弟滿面通紅，也不好再說下去。他只說：「貢物的下落，我倒是真的探得水落石出。」當下便把昨晚見到獨孤一行和鍾海平的經過，詳細的對師弟說了。他也提到獨孤一行要他們一個月後到遼東伊蘭三姓黃沙圍去的話。

但是，對當晚的事柳劍吟卻瞞著最重要的一點：他沒有把和鍾海平所商量的反清大計說出來。因爲他準備和師弟做水磨工夫，慢慢講，不馬上和盤托出。

不料丁劍鳴的誤會卻更深。他雙眉一揚，竟自揚聲說道：「師兄，如果要去遼東，你自個兒去吧，我還是要上承德。」他還說：「獨孤一行憑空伸手和我較量，連太極旗也毫不留情面的拔去；在黑叢林中，又接二連三的和師兄較技，怎知他懷的是好意還是惡意？至於鍾海平那個老殺材，一直就不把太極門弟子看在眼內，連這次我們以禮相訪，他還要再三試技！如果說是別人那猶自可，說是這兩個人，我可真的不能相信！師兄怎的就這樣憑他們的三言兩語，便輕信敵人？」他還猜疑道：「準是他們估量敵不過我們了，所以才誘我們到遼東去上當！」

柳劍吟好說歹說，總說服不了他的師弟，這也難怪，丁劍鳴平生只吃過這兩個人的虧，叫他怎能相信？柳劍吟心想，如果讓他獨上承德，有什麼風浪，沒人照應。他念著師門情義，不能不陪師弟走一趟了。而且獨孤一行的關外之約，還有一段時日，到承德這藏龍臥虎之地走一趟，也許還可尋訪一些江湖豪傑。

於是柳劍吟突然改變口風，毅然對丁劍鳴道：「既然如此，我陪你去。」於是兩人又由三十六家子匆匆趕去承德。

哪知這一去就捲起了漫天的血雨腥風。

在他們趕到承德的第二天，索家父子就具帖來請他們二人。柳劍吟本想不去，可是他不放心師弟獨自赴宴。而且丁劍鳴還說索老頭子已經七十開外，幾年來已經是深居簡出了，這次爲著關懷自己，大老遠到熱河，二十餘年的交誼，加上這一分盛情，如何能夠不到。

可是柳劍吟卻不能無所懷疑，索家既然說是搜出貢物下落，只消派個護院武師來詳說情由，最多再加上「索善人」的兒子索志超到熱河主持便了，索老頭子又何必親自到來？這分明是不合情理，而非隆情高誼了。他想索老頭子親來的唯一目的，就是要憑著他和丁劍鳴的交誼，使丁劍鳴不得不來赴席。若真是如此，則可見索家必有所圖，而且所圖甚急。

柳劍吟考慮再三，還是去了，但臨行前卻再三叮嚀丁劍鳴小心提防，還要他一定帶上佩劍，暗藏錢鏢。丁劍鳴雖然嫌師兄多疑，到底還是聽了師兄的話，不過卻將劍藏在衣底。

紅燭高燃，華筵盛設。索家的避暑山莊端的是畫棟雕梁，朱門繡戶，一派豪華。圍牆內翠柏參天，迴廊曲折；暮春時節，承德雖然還是苦寒，可是宴客的精舍，絨幕低垂，夾壁燻著名貴的檀香，如蘭似麝，竟是暖融融一室如春。丁劍鳴被款爲上賓，縱日豪華，真如置身天上，甚是舒暢；可是柳劍吟耳聞弦歌之聲，目睹豪華之色，心想這些享受，不知是多少人的血汗所凝成，因而覺得十分不慣，甚至有點憤怒了。

席上柳劍吟處處小心，索家父子勸酒時，他總是看著索家父子先喝之後，他才喝，而且任它酒味香醇，他也只是略一沾唇，便固辭量淺。然而那丁劍鳴對著美酒佳肴，卻是大喝大嚼，心裏暗想，若是酒中有毒，索家父子又如何能喝得？既然索家父子能喝，難道俺們不能喝？心想師兄明明是海量，竟一再固辭，真是自己和自己過不去。

他卻不知，酒倒不是毒酒，可是其中卻也有古怪，這酒是用特殊的藥品煉成，飲後不消多時，便會令人慵慵思睡，氣力消散，索家父子拚著「事後」醉臥多時，他們有什麼不敢喝的。

席上丁劍鳴也問起貢物下落的事，索志超說，北京名捕探出劫貢物的果是遼東人物，但貢物是藏在熱河承德不遠處的一個地方，那地方也是江湖人物聚居之處，只是還不知深淺，所以不敢動手，要等二位師傅到來，才好去起贜。

這話分明是有破綻，贜物哪裏不好藏，居然藏在靠近皇帝離宮之地？這話不止柳劍吟一聽就知是假，連丁劍鳴也覺得有點離奇了。

但索家父子既這麼說，丁劍鳴自不便表示懷疑。其時堂下僮僕正川流不息的走動，同席的好多武師也頗爲陌生。丁劍鳴這才漸漸覺得氣氛有點異於尋常了。

酒過三巡，索老頭子突然顫巍巍的站起來，說要寬衣。這時，裏面又捧出了一道菜肴，捧菜的是一個彪形大漢，自他腳步穩健，雙目炯炯有神，就知道是一個武功根柢很好的練家子。其時索老頭子旁邊站著兩人替他寬衣，已是離檯少許。索志超也站起來，特別介紹這道菜，據說是關外難得吃到的灤河特產，鯉魚做成的炸魚丸子。

人到檯前，盤未上桌，那彪形大漢突然把盤一翻，盤中的魚丸像冰雹般朝柳劍吟、丁劍鳴二人没頭没面的潑來！細看之下，這哪裡是什麼炸魚丸子？竟是硫黄彈子！硫黄彈子是武林中一種特別暗器，使的人用足內勁，擲在敵人身上，便會炸出一溜火光，而且彈中含有硫毒，見傷即鑽，深入肌膚，端的是厲害異常！而這些做成魚丸子大小的硫黄彈，威力雖是不强，但好處在不會波及他人，而中彈的敵手，一樣也會受傷。

那漢子一出手，既如冰雹亂落，又如金蛇飛來，看來是要把柳劍吟等人毀在這暗器之下。然而柳劍吟早有防備，對方的暗器乍出手，他已驀然狂吼一聲，雙臂一振，便把那張大理石檯面整個翻轉過來！那張檯面原本緊扣著精鋼檯腳，固定在那裏，若非有水牛一般氣力，休想輕易拆開；而今柳劍吟只一舉手，整張桌面就憑空翻起，恰恰成了一面擋暗器的屏風，火花四濺之中，衆人紛紛躲避，柳劍吟和丁劍鳴二人，竟然沒有受傷。

就在這個當兒，一陣勁風又夾頭裹腦的襲來。柳劍吟情知身後有人暗算，急向右一斜身，一面輕舒猿臂，急把丁劍鳴帶到身後，一面雙足連環並發，「翻身提斗」，右掌上護咽喉，右腿拍的一聲，就把暗襲的敵人踢了一個大筋斗。

柳劍吟趁來襲敵人倒地，其他敵人還未近身之際，早鏗然一聲，拔出了青鋼劍，摸出了金錢鏢，一面促著師弟趕快拔劍。

禍起筵前，變生不測。丁劍鳴哪料到索家父子翻臉成仇。他起初還愕然不知所措，竟然不知應付。幸得給師兄一帶，避過險境。他這才恍然是怎麼一回事，他這一氣非同小可，佩劍也隨著出鞘，大喝一聲：「無恥暗算，老子與你們拚了！」

但此時，敵人已紛紛亮出兵器，那些僮僕和同席的武師，竟然大半都是官方搜羅的武林叛徒，江湖惡客，其中更有清宮的特選侍衛和索家串同，來對付這兩位太極名手。

柳劍吟閃目張望，只見四面窗門已閉，桌椅雜亂的堆滿地上，同時室小人多，自己已被敵人團團圍住。

說時遲，那時快，那些清宮衛士，已然分由四面襲來，當前一個手使劈風尖刃刀，尤其厲害，竟隔著桌子，盤旋飛舞，直向柳劍吟咽喉肩胛斫來，柳劍吟微退一步，身後竟又幾乎碰著一張椅子，而左面鐵尺，右面單鞭，也已齊齊襲到。

柳劍吟四面受敵，雖是惱恨異常，但他知道生死拚鬥，較量武功，可動不得怒氣，亂不得心神。因此他反凝神沉氣，待四柄兵器，堪堪襲到之際，他不慌不忙地將太極劍一舉，迎風掃塵，左盪右決，連掃帶扎，幾聲嘯響，四樣兵器，都給盪開。他和丁劍鳴並肩一立，兩柄劍吞吐抽撤，一向左伸，一向右展，就像兩條飛舞的銀蛇。

室小人多，桌椅橫亂，那些皇宮衛士、索家武師，雖然羣鬥合毆，但兵器卻施展不開。倒是柳劍吟等人，展開太極劍法，隨勢就伸，但見倏然而來，寂然而去，動如脫兔，靜如處女；那些人反給他們迫得節節後退。其時，只聽得滿屋子叮叮噹噹的金鐵交鳴之聲，只見滿屋子都是黑綽綽的人影。有的人給桌椅絆倒在地，有的人給太極劍磕飛了兵刃。柳劍吟、丁劍鳴二人，以守代攻，饒是敵人衆多，也兀自奈他們不得。

混戰移時，柳劍吟突然一碰師弟道：「隨我來，闖出去！」他一挺青鋼劍，展開了變化多端、虛實並用的招數，身形步法，神妙莫測。本來在房屋之內，縱使地方寬敞，但到底不比空曠之地，可以隨意施展，更何況屋內還有橫亂放置的桌椅。形勢雖然不利，可是柳劍吟不能束手待斃，若不往外闖，苦鬥哪能持久，而且也不是個了局。他仗著爐火純青的武功，展開太極十三劍的招數，真是如臂使指，不論寬敞之地，或狹窄之境都可運用。他一挺青鋼劍，竟以寡敵衆，專揀敵人的罅隙進攻，並不硬碰硬接。只見他翻身進劍，飄忽如風，劍到身到，恍惚之中見影不見人，左邊一兜，右面一繞，霎忽向東，霎忽向西，待敵人兵器來時，他的身軀又已經翻到後面去了。敵方雖然人多，但在斗室之內，卻容不下所有的兵器同時襲來，他就這樣專從敵人隙罅之處衝出，劍招發出，直如雲湧風翻，銳不可當，不消半刻，已給他衝近東邊的大窗。丁劍鳴跟隨他的步法戰法，居然也能不即不離，緊靠身後。

柳劍吟撲近窗戶，當者辟易，屋內的敵人，不禁譁然！亂聲叫道：「外面的夥計，羊牯闖出來了！留神呵……」話猶未了，柳劍吟左拳已砰的一聲把窗戶擊碎，跟著「白蛇出洞」，劍身隨進，但見青光一閃，柳劍吟已穿出窗戶。

動作雖快如閃電，但其間柳劍吟已使出了渾身絕技。他明知屋外必有許多敵人，這一穿戶而出，腳未沾地，外面必然已是暗器齊發，防不勝防，稍一不慎，非死即傷。即算竄得出去，敵人也必定乘勢奇襲。

正在這千鈞一髮之際，柳劍吟顯出了非凡的本領。正當他劍身隨進時，右劍竟在身子懸空之際，使出了一手「迴風掃柳」的劍招，舞起一圈清光，只聽得叮噹連聲，那些如飛蝗般襲來的暗器，竟都給磕飛了！而他左手也沒閒著，他的掌心早扣著十二枚錢鏢，在竄身之際，左掌一撒，以「天女散花」的手法，刷！刷！刷！錢鏢直朝窗外撒去！

此時只聽得外面「哎呵！」一連聲，敢情有人已給錢鏢打中。柳劍吟就趁敵人躲閃之際，龐大身軀，隨錢鏢去勢而落地。柳劍吟這一撲出，就如猛虎出籠，橫劍四面一掃，但聽得劍尖上

「嗡嗡！」一陣嘯響，好幾件兵器便都給掃開。柳劍吟百忙回顧，只見丁劍鳴依然無恙的隨在身後，才定下心神，暗叫一聲「好險！」

但柳劍吟雖躍出屋外，卻還未脫出重圍。在索家承德別墅内埋伏著的皇宮衛士及江湖惡客，竟有三、五十人，家丁健僕還未算在內，其中頗不乏一流好手！剛才因在屋內難於施展，而今到了空曠之地，那些長短兵器竟前後左右紛紛夾擊，比在屋內時，還難應付！

柳劍吟奮起神威，揮起青鋼劍，就如銀龍入海，十盪十決，可是好漢敵不過人多，又遇好手相纏，他竟是僅能自保，衝不出去！

這一戰直打得翻翻滾滾，地轉天旋，柳劍吟使出太極十三劍精奇招數，騰、挪、閃、展、撩、擋、扎、刺、劈、抹、沉、擄，劍光如虹，沙飛石舞，他猛覷準當前一人，突的「推刀上步」，劍招如電，輕輕一點，就點中那人穴道，更不遲疑，隨手把劍一轉，「夜戰八方」，盪開了圍攻的兵器，趁當前敵人已倒，便從缺口急疾竄出。

這一招也是救急險招，原來柳劍吟在當時四面都是敵人的情勢之下，他已顧不得傷人，也很難重傷敵人了。縱許刺著一人，但若收劍稍慢，如何能應付得了前後左右的夾擊。

他這竄出決口，急湧身前跳，一躍數丈，不料方一落地，樹蔭之內，便傳出呼呼聲響，一條鑌鐵枴杖已挾風打來，這人正是承德離宮的衛士小隊長，硬功極好，力大非常，鑌鐵枴杖一掄，「雪花蓋頂」，直奔柳劍吟天靈蓋打來。

柳劍吟雖苦戰多時，但心神不亂，他聽風辨器，就知敵人械沉力大，犯不上和他硬接，便驀地一塌身，「卸步擄杖」。敵人一杖打空，身子已向前傾，哪禁得住柳劍吟這一擄一帶，正是「任他巨力來打我，牽動四兩撥千斤」！敵人水牛似的身軀，竟給他借力牽動，倏的直跌進柳劍吟懷內！

柳劍吟哪容得他掙扎，左手雙指疾如星火，已霍地點了他的麻軟穴，馬上輕舒猿臂，夾住他的衣領，一把便抽了起來，就在這一瞬間，前後的敵人已蜂擁而上！

柳劍吟這時，已完全定了心神，他將擒獲的敵人一掄，運轉如風，竟把敵人當作兵器，向追兵直舞過來，這一掄開，直嚇得四面敵人紛紛後退！

柳劍吟仗利劍，挾人質，大喜叫道：「師弟，還不隨俺闖出去！」哪知連喝三聲，竟聽不見丁劍鳴的答話！柳劍吟忙凝神一看，只見丁劍鳴在敵人圍攻中已是搖搖欲墜，支持不住了！這一驚非同小可，柳劍吟急忙翻身仗劍，再殺入重圍，營救師弟。

# 第七回　垂危辨敵友　涉險判死生

原來丁劍鳴剛才在索家華筵之上，毫無戒心，連飲了十餘杯被索家以特殊藥物煉製的酒。此刻酒力藥力一齊發作，竟然氣力消散，支持不住了。

柳劍吟見狀大驚，他一手掄著剛才擒獲的敵人，一手仗著青鋼劍，再度撲進。羣凶投鼠忌器，且柳劍吟來勢甚猛，竟被他衝得紛紛退避，說時遲，那時快，看看已衝近丁劍鳴跟前了。

正當此際，驀聽得身後暗器嘶風之聲，柳劍吟雖苦鬥多時，卻仍方寸不亂，他眼觀六路，耳聽八方，本能的一挫身，將擒著的人質，迎著暗器來處一擋。然而卻不聞暗器著物之聲，正自驚疑，驀地間，金蛇亂飛，火星四濺，手上的人質已是遍體融融，就連柳劍吟的身上也給火花濺了幾處！

原來在柳劍吟和衆人混戰之時，羣凶雖有暗器，也不敢亂發，唯恐傷了自己人，而今柳劍吟挾人質打人，週圍出現了一大塊空隙。一個擅打硫黃彈的敵人，見柳劍吟著著得手，心中一急，竟顧不得柳劍吟手上還挾著一個人質，便驟的展開了連珠彈法，將硫黃彈疾發出來！他心想，最多讓自己的夥伴隨著柳劍吟一同送命，强過讓柳劍吟、丁劍鳴二人都逃脫；而且即使不發暗器，被挾持的人質也不見得就能生還。因而索性痛下毒手，竟拚著將自己的人作陪葬了！

江湖上的各門暗器都可用兵器硬磕碰開，唯有硫黃彈硬磕不得，只能走避。論柳劍吟的輕功，避開硫黃彈原非難事，但他卻一時大意，沒有辨出這是硫黃彈；再加上恃著手中有人質，料不到敵人會如此毒辣，才冷不防就著了道兒！

但柳劍吟在危急之中，仍是心神不亂，他急用一手將人質摔出，一面伏身貼地，施展滾地堂功夫，直滾出兩、三丈外，將衣服上的火星全都滾滅，接著一躍而起，惡狠狠的又殺過來，哪知就在這一瞬時，丁劍鳴已是生死俄頃！

丁劍鳴的武功在武林中也算得是頂尖，因此還能支持這麼些時候。可是他到底是功力稍遜一籌，又兼酒力、藥力齊發，雖拚命支持，已是力不從心；更且碰上清宮的特選衛士，當前一個大漢，使的竟是七節連環黑虎鞭，呼呼帶著風聲，摟頭蓋頂的直砸過來，鞭勁勢疾，丁劍鳴疲倦之軀，竟然漸漸抵擋不住了。初時他見師兄殺來，精神一振，劍招還未錯亂，驀然見火星亂飛，周圍齊聲吶喊，以爲師兄已中了暗器，不禁涼了半截，手中劍也由疾而遲，漸漸有點揮舞不靈了。

這樣又拚命支持了一會兒，那當頭漢子驀地一聲怪笑，手中鞭就如活蛇一樣，向丁劍鳴下盤直繞過來。丁劍鳴死生俄頃，竟拚著最後一口氣，驀地縱身一躍，離地數尺，待那鞭又抖起來鑽擊時，他已雙腿一拳，一踹鞭頭，借勁使勁，用太極本門功夫，向後直蹦出去。但丁劍鳴到底是氣力衰弱，這借勁使勁的功夫竟不能運用自如了，他一踹鞭頭，敵人的鞭也已是使勁的嘩啦直抖，那軟鞭給直抖得似鐵索一樣！他蹦是蹦出去了，卻是給敵人的鞭抖出去的！他的小腹已給擊中，登時奇痛徹骨，還幸最後拚著那口氣，雖是强弩之末，到底還有幾分功勁，沒有當堂斃命鞭下，只是也已給摔出兩、三丈外，動彈不得。正在此時，又已有兇徒持刀向丁劍鳴跌處趕來！

丁劍鳴命在旦夕，柳劍吟在硫黃彈子打中之後，伏地一滾再站起時，又已給人拚命纏住，相距雖只數丈之遙，一時之間竟不能趕到！

就在這危急萬分之際，自那些繁枝密葉之中，竟驀然響起了幾聲怪嘯，如夜鴟厲啼，又如傷禽怒嘯，厲聲曳空，駭人心魄。正當衆皇宮衛士及江湖惡客羣相驚顧之際，驀聽得林際一聲大喝：「兔崽子，休施暗算！」這一大喝不啻舌綻春雷，直響得滿園子裏嗡嗡作響！

喊聲未了，在枝椏刺空的松柏樹梢，竟疾如飛鳥的掠下了幾個人。這幾個人原來是獨孤一行、雲中奇、鍾海平和婁無畏！

這一來，不啻憑空添了幾隻插翼猛虎！儘管索家衆兇徒暗器紛飛，碰上他們幾個對各式各樣暗器異常稔熟的老江湖道，哪裏還能管用？尤其是雲中奇的聽風辨器之術，在當時江湖之上，要推第一。

他們動作之快，難以形容，尤其獨孤一行，疾如飄風，身形展開，儼如神鷹盤旋，龍蛇疾走，或從兇徒頭頂飛躍而過，或用擒拿手法，將阻道的或捻或擊，當對手驚惶趨避時，他已疾馳輕掠而過。

獨孤一行趕到時，兩個兇徒正持刀要向丁劍鳴斫下，卻見獨孤一行驀地出現面前，如影隨形，那獨孤一行一挫身，右掌從左肘穿出，正按在一個傢伙臍下的丹田穴上，用的是「小天星」掌力，再加一個旋風腿，還未怎樣用勁，那傢伙已應聲而起，直仆出去，而且恰恰和他的同伴撞個正著，只見兩個人翻翻滾滾，滾得滿眼金星亂迸，不辨地北天南！

正當此時，那使七節連環黑虎鞭的衛士，又已惡狠狠的趕到。他欺負獨孤一行兩手空空，竟一聲怪笑，旋風似的撲過來，鞭勢一展，身形一挫，一個「枯樹盤根」，那鞭就向獨孤一行連纏帶掃過去。他一面使出狠招，一面盛氣凌人的大喝：「你這糟老頭也來送命？」

他哪裏知道獨孤一行的厲害？獨孤一行那八八六十四手大擒拿手法，除了柳劍吟外，生平未逢敵手。如果他不躁進，也許還可以多耗一會兒，這一躁進，恰恰中了獨孤一行的道兒。他這一鞭旋風也似的掃來，卻不知怎的，獨孤一行比他還快！只見獨孤一行單是一捻，便直似陀螺一樣直轉到那人面前。獨孤一行也是一聲怪笑，聲到掌到，真不愧「百爪神鷹」的綽號，就只一托一捋，驀地便用擒拿手法，把那彪形衛士右臂擒住。只聽得那衛士「呵呀」一聲，通身麻軟，一點力氣也用不出來！獨孤一行輕飄飄的把他舉起來，隨手一送，就把那人當作暗器，朝那些正想圍來的兇徒擲去，一面哈哈笑道：「兔崽子，看是俺糟老頭送命，還是你送命？」

其時雲中奇也已掠到，他那條獨門兵器蛟筋虬龍鞭，急如風雨的展開，離身二丈之內，淨是一片風聲，一團鞭影，恰恰把那些想來圍攻的兇徒擋住。那站在獨孤近處，想來圍攻的五、七個兇徒，早已嚇得目瞪口呆，哪裏還禁得住雲中奇那兇神惡煞般「潑風十八打」的「神鞭招數」？他們只得連連後退，一步也不敢向前！

獨孤一行舉手投足之間，整治了圍攻丁劍鳴的三個兇徒之後，急一矮身軀，左手一圈，輕輕的將丁劍鳴背負起來，一邊問道：「丁兄，傷勢可有妨礙？放心伏一會兒吧，咱們馬上就可以闖出去了！」

丁劍鳴給敵人用一記「甩鞭」的重手法擊中小腹，已是受了重傷！不過他幾十年功力，到底不凡，別人吃了這一鞭，早已喪命，而他居然能屏氣抵忍，沒吭一聲。他雖受重傷，神志可還清醒，一看奮力營救自己的，竟是自己最痛恨的獨孤一行！頓時心頭百感交集，也不知是羞愧、是感激，還是忿恨？他微微一聲「噫！是你？」就再也說不出半句話！

他最初霎的心念一動，還覺得這樣被獨孤一行當作殘廢一樣的背出去，是栽了天大的跟頭！他微微一撐，想站起來，可是馬上便覺得奇痛徹骨！「哎，自己委實是不行了！」他驀的心中萬念俱灰，微噫之後，跟著長嘆，看樣子，他是不能不給自己的深仇大敵背負出去了！

獨孤一行眉頭微微一皺，他已瞧出丁劍鳴傷勢不輕！若是丁劍鳴屏神凝氣，也許還可只落殘廢，保著餘生。如今丁劍鳴這一噫一嘆，只怕要落得散了功夫！

但獨孤一行也顧不了這麼許多，他一把將丁劍鳴背了起來，再凝神一望，只見同來諸人，連同柳劍吟在內，正和索家衆武師，分成好幾堆在厮殺。柳劍吟的青鋼劍，夭矯如神龍；雲中奇的虬龍鞭出沒如怪蟒；鍾海平的月牙鈎吞吐如蟹螯；婁無畏的爛銀劍伸縮如獅爪，直打得沙飛石舞，地轉天旋。這一來局勢完全改觀，索家的武師雖多，也早有點纏鬥不住。但也因爲索家人多，他們也一時還闖不出去。

獨孤一行此來，是專程來接應柳劍吟和丁劍鳴的。原來那天在鍾海平家中，柳劍吟給丁劍鳴派來的人請去之後，鍾海平聽得他們的對話，說是要去承德，心中便知不妙。但在當時，他又不能阻止柳劍吟和丁劍鳴會合，因此在柳劍吟走了之後，就立刻去找獨孤一行，他暗忖承德正是滿清皇帝離宮所在，不少奇才異能之士，給清廷搜羅作皇宮衛士，單憑他一人怎敢深入龍潭虎穴？但如果邀了獨孤一行，他就有恃無恐了。

幸好獨孤一行和雲中奇尚未趕回遼東，鍾海平一說情由，獨孤一行就慨然答應，他雖然對柳劍吟這樣輕易便隨他的師弟去承德頗有微詞，但到底不能眼看柳劍吟身陷虎穴。他一聽鍾海平相問，立刻撚鬚大笑道：「去！怎麼不去。我們正好趁此機會去見見世面，看看承德那些受清廷供養的衛士，有幾個頭，幾條臂膊？不止我去，雲中奇老兄也應該去鬆鬆筋骨了。」

說罷，衆人大笑，笑獨孤一行的豪情勝慨，仍是未減當年！鍾海平更是佩服他們二人，幾十年來因逃避清廷耳目才隱居遼東，而今居然爲了初次見面的朋友，便不辭冒這樣大的危險。

正當他們準備動身時，恰好婁無畏也趕到三十六家子，來找鍾海平。他知道柳師父和師叔，必定會到鍾家，因此想找到柳師父說明原委，事情就會解決，而且他還有一件意外之事，必須禀知柳師父。不料他趕到時，不見了柳劍吟，卻見到了獨孤一行。

獨孤一行見到婁無畏，自然喜出望外。但他一打量婁無畏，只見他顏容憔悴，若有重憂！不禁連聲問他是什麼事？鍾海平在旁插嘴道：「你大約還不知道他是柳劍吟的得意高足吧？」

獨孤一行當然知道婁無畏是柳劍吟的大弟子。他立刻笑著對婁無畏説明已見過柳劍吟，現在正準備去援助柳劍吟和丁劍鳴。

婁無畏聽了，心中稍寬，但還是愁眉不展。一來聽得他師父正身陷險境，二來是他在北來途中，發生了絕大的風波，禍起中途，變生不測，他的師弟左含英、師妹柳夢蝶也生死未卜！

但他和獨孤等互談經過之後，還是決定不論如何，該先到承德去接應柳劍吟等人。

獨孤一行此來，恰恰趕上時候，他救起了丁劍鳴，立刻解出了他作腰帶用的合金軟劍，再殺入羣兇之中，會合諸人，往外硬闖。

人影幢幢，刀光閃閃。兵器碰撞之聲，與索家武師的呼喊聲，交織成一片繁音密響。索家別墅裏的樓台院閣，都已重門緊閉；樓台上只見健僕家丁高舉火把，各持弓箭乘隙攢射，也防柳劍吟、獨孤一行等反撲。

但柳劍吟等卻考慮丁劍鳴受了重傷，必須及早設法救治；況且索家人多，他們人少，縱許他們佔了上風，但也要苦鬥多時，而時間一拖，又恐官兵大隊開來，對他們委實不利，因而他們一心只想闖出重圍。

他們奮力外闖，恰如猛虎出柙，殺得索家衆武師翻翻滾滾。雲中奇展開虬龍鞭一馬當先，方圓兩丈之地就宛如一片鞭山，休説敵人遞不進招，就連暗器也打不進去；婁無畏、鍾海平則緊隨在後，中間夾著獨孤一行。婁無畏的爛銀劍向左翻飛，鍾海平的月牙鈎向右施展，中間的獨孤一行也没閒著，他雖然背負著丁劍鳴，不願在刀林箭雨之中冒險，但碰到較强的敵手，向兩側襲來，而婁、鍾二人又一時打不退時，他就突然掠出，仗著飄風也似的身法，或用合金劍，或用擒拿手，一出擊俱都立中要害。

柳劍吟挺著青鋼劍殿後，劍招發出，如長江大河，一式隨一式的滾滾而上，左顧右盼，前遮後擋。只見索家密集的人羣，就像被狂潮沖擊一樣，向兩邊洗刷出去，霎時間，中間就空出了一條道路。雲中奇等一行人，也已衝入繁枝密葉之間，衝近圍牆盡頭之地。只聽噗、噗連聲，他們在臨出索府之時，還賣弄了一手輕功，他們覷準了一株跨出高牆的參天柏樹，或用「蜻蜓點水」之式，或用「飛燕掠波」身法，一一的縱上樹梢，單足朝樹枝一點，就像盪秋千一般，將自己直送出牆外。

他們輕功超卓，身法迅疾，索家的武師，十有七、八都已給他們遠遠的拋在後面。只有幾個一流衛士，居然還敢跟蹤而出，綴在後面，似乎他們還想踩探柳劍吟向哪一方逃走。

柳劍吟憤極，忽地打了一個暗號，一行人竟略緩腳步，待那些衛士歷歷亂亂的趕上之後，柳劍吟突地翻身，箭一樣的竄身反撲，那當頭的衛士，驚惶之間，急掄鈎鐮槍攔阻，不料柳劍吟身手迅疾異常，倏然伏身，青鋼劍已逕掃下盤，他鈎鐮槍才舉，便已「噯呀」一聲，翻身栽倒，兩條腿從膝蓋以下被齊根截斷。第二個衛士收不住勢，方接近柳劍吟，還未亮招，又已給柳劍吟「叭」的一個「旋風掃堂腿」，掃出幾丈開外。柳劍吟怒喝一聲：「你們這些不要臉的奴才，仗著詭計和人多，就敢欺人？有本事的儘管綴來，俺柳劍吟手中劍，掌中鏢，可不和你們客氣！」旋說旋把太極劍當胸一立，瞪眼四顧。

柳劍吟這一下，直把這幾個自恃本領的兇徒嚇得驚惶失措，發一聲喊，俱都抱頭鼠竄，還生怕柳劍吟真會追來，連回顧也不敢回顧，霎時間，六、七個人便都已沒了蹤影！

柳劍吟冷笑一聲，插劍歸鞘。只見銀河在天，星月朦朧，四週黑沉沉靜悄悄的，哪裏還有敵人蹤跡！他於是再緩緩的回轉身來，微笑説道：「咱們走！」

獨孤一行、柳劍吟等五人便風馳電掣的奔出了承德郊外，一行人等没入了横亙在承德與平泉之間的燕山山脈之中。其時已是曉色朦朧，殘星明滅的當口，一行人已身處離承德百里之外的叢林莽榛之中。

到了燕山深處，衆人緩了一口氣。獨孤一行把負著的丁劍鳴輕輕放在地上，一旁的雲中奇和鍾海平，早已一個解下藍布大褂，一個脱下老羊皮襖，爭著鋪在地上，讓丁劍鳴能舒服的躺在上面，不受潮濕的地氣所侵。

衆人只見丁劍鳴雙眼微張，面如金紙，口角露著一絲慘笑，囁囁嚅嚅，欲言又止。衆人都不禁一陣心酸，丁劍鳴也算是武林中的能人好手，只因一念之差，輕信豪紳，略沾官府，就落得如此下場！衆人眉頭深鎖，相顧黯然，一時也想不出要説什麼才好。

就在衆人相顧茫然，微感冷意之際，山後已現出曉日的光芒，麗彩霞輝，在燕山上空，佈成了繽紛耀眼的錦幕。曉日金光，已透過瀰漫的雲海，透過茂葉繁枝，照射在衆人身上。婁無畏不覺抬了抬頭，輕聲説道：「太陽又出來了！」婁無畏的一生曾不止一次在荒山野嶺迎過曉風朝日，而每一次朝陽初射的光輝，都曾給他注入不少生命的勇氣。

可是這曉日光輝，卻給丁劍鳴許多感觸，他也感到了曉日的暖意，但更令他感到溫暖的，卻是這不平凡的友誼！他已預感到這已經是他生命中最後一次的陽光了，他用力睜開眼睛，流下了兩行清淚，他哽咽著望了望衆人說：「這恐怕是俺最後一次看到朝陽了！師兄！」他望了望柳劍吟說：「悔不聽你的話！」

柳劍吟如自噩夢中驟醒過來，他凝著淚珠，沐著陽光，輕輕俯下身去看丁劍鳴，强忍淚水安慰他說：「師弟，你放心！俺們這就給你治理，只要俺們能出燕山，這仇不怕報它不了，但……」他說到這裡，又哽咽著說不下去了。他眼看丁劍鳴傷勢嚴重，外衣已給敵人的七節連環黑虎鞭震裂成一條條碎布，小腹上印著半寸深的瘀黑鞭痕，想是連肋骨也已打折了，不禁痛心萬分。

他們並沒準備療治重傷的藥，而丁劍鳴的傷，是受了金剛大力的猛擊，筋骨内臟都已重傷，剛才在路上雖讓他吞了兩粒内服的跌打丸，卻根本無濟於事！

柳劍吟還待盡人事以聽天命，再給他服一些療内傷的藥丸，但丁劍鳴卻微微搖頭，如泣如訴地緩緩說道：「大哥，俺不中用了，只望你將來能給俺照顧曉兒，見到他時，就告訴他俺並不勉强他的婚事，只要他能回到俺的墳前祭掃一番，俺死也瞑目了。」

柳劍吟聽了，點了點頭，「這小事，俺一定辦到，俺會把你的兒子當成親生看待，就像師父對俺一樣。」

丁劍鳴微微點首表示感激，隨即又把眼睛轉向獨孤一行。這一瞬間，往事前塵，像電光石火似的自丁劍鳴腦中掠過！他想起自己受索家所愚，當年他們故意佈置圈套，救了他的命，而今又害了他的命！丁劍鳴在臨終之際，終於徹悟敵人的陰險！當年索家救他的命，是爲了要拉他和武林同道分離；而今取他性命，正是因爲怕他再和武林同道團結在一起。他又想起了當日被獨孤一行空手打敗，直把獨孤一行當成深仇大敵，不料就正是這昔日的深仇大敵，今日卻冒險救了自己，還將打傷自己的那個使七節連環黑虎鞭的傢伙，活活摔死，爲自己報了仇。這一瞬間，死死生生，恩恩怨怨，都已了然，他悔悟了，但也遲了。他眼光轉向了獨孤一行，顫抖的音調，交雜著感謝與愧怍：「獨孤老英雄，俺錯怪你了！但俺臨死之前，交了你這樣一個好朋友，給俺雪了仇恨，讓俺眼見仇人喪生，俺死也瞑目！咳！只是……」說到這裡，他歇了一下，又斷斷續續的接下去說：「只恨那姓索的老殺材，俺不能親自手刃了他。」

獨孤一行這一瞬間，也是百感交集，他雖一向對丁劍鳴的爲人頗爲不滿，但這種不滿卻和他之痛恨清廷，有極大的區別，他雖戲弄過丁劍鳴，但骨子裏卻還是想使他悔悟。此刻他眼看丁劍鳴的慘狀，有說不出的感慨與辛酸，丁劍鳴到底是太極丁三絕技的嫡系傳人，江湖上極少人能與之匹敵，而今爲了輕信豪紳，略沾官府，就落得如此收場。怎叫獨孤這老頭子不生感喟！他不禁老淚縱橫，也俯下身對丁劍鳴說：「老弟，索家父子的深仇，你不用擔心，還有俺們兄弟在呢！」

丁劍鳴慘然一笑，又把眼光轉向了鍾海平。他和鍾海平的樑子至今還沒有解，可是今晚鍾海平卻也奮力冒死相救！他只好也帶著愧怍的對鍾海平說：「鍾大哥，俺也錯怪你了！當日那兩個蒙面傢伙，敢情真不是形意門的，只是，俺恨不能生擒那兩個惡賊，鍾兄，這只有偏勞你了！」

鍾海平一聽，丁劍鳴到了此際，似乎還有所懷疑，如果在平日，鍾海平一定會勃然大怒，可是如今他眼看丁劍鳴已在臨死之際，自己卻也無言以對。他正設法要安慰丁劍鳴時，婁無畏卻驀地一躍而前，低腰俯身，緊握著師叔的手道：「師叔，那兩個傢伙，我已經查得清清楚楚，其中一個已給我廢了，您這口氣可以出了！」

丁劍鳴愕然睜大了眼睛看他，於是婁無畏簡略的交代了他怎樣在金雞村柳家前的叢林中，生擒了那假冒形意門的蒙永真，至於另一個使判官筆的，他也在途中和他交過手，只是「本領不濟，被他逃了」。他說得雖簡略，可是丁劍鳴已露出滿意的微笑，而柳劍吟卻露出驚詫之色。但此時此際，柳劍吟全神都貫注在師弟身上，也還不能問婁無畏詳情。

婁無畏說完，只見丁劍鳴面色慘白如紙，神情雖然痛苦，卻又似露著一絲欣慰之情，在慘白的顏容上掠過一絲微笑，他微喘著向婁無畏說：「賢姪，二十餘年我耿耿於心的事情，你給我弄明白了，那冒充形意門的小子，你也幫我料理了。賢姪，很好！但還有一件事，趁我未斷氣之前，希望你能答應……」丁劍鳴睜著眼睛，微微抬頭向婁無畏注視了半晌，在陽光之下，面色越顯得慘白，簡直如同活死人一樣，婁無畏看得也不禁心頭怦怦跳個不止！

婁無畏以為他有事情要交代，忙强忍著悲痛，問他道：「師叔，您老有什麼吩咐，請說出來吧，弟子力之所及，一定給您辦妥。」

丁劍鳴看了看婁無畏，聲音喑啞的説道：「無畏，我和你雖然生疏，但你到底是我的師姪，你的修爲比我所有的弟子都强，而且又給我辦了這件大事。我没有什麼酬答你，而且我還要你給我背起一副重擔子。無畏，我希望你做我們丁門太極派的掌門人！」

婁無畏聽了，大吃一驚，他完全没料到師叔會要他繼承什麼撈什子的掌門人。他一向亡命江湖，今後也還是要繼續過亡命生涯，哪裏會想到要挑起掌門的大樑，而且他的性情也不適合被拘束在掌門的大位上。再説，雖然一派之中，掌門的推定，是唯有德者居之，不一定要傳給自己的弟子，但自己和丁劍鳴的徒弟毫不熟識，自己怎能冒昧去帶領一批素未謀面的師姪？他想了一想，搖搖頭道：「師叔，這恐怕不大好！」

丁劍鳴帶著微慍，顫聲説道：「這有什麼不好？這個掌門人，本就不應由我做。廿餘年前，我少年氣盛，强自開宗立派，咳！如果當時没有此念，也不至上索家的圈套。這廿多年來，我並没有把掌門做好。如果換了師兄來做，太極門也不至和武林同道生出這許多意見。這掌門人本來就應是你師父做的，你是他的大弟子，你做有誰敢不心服？趁你師父和獨孤等老前輩在此作證，我就把這位子讓給你了！這也就等於招請武林前輩觀禮，正式傳授衣鉢一樣，你再推托，難道要教我死不瞑目嗎？」

這時獨孤一行推了婁無畏，示意要他答應，婁無畏再看看柳劍吟，只見柳劍吟，微微嘆息，輕輕説道：「無畏，擔子是重，但你師叔一番好意，你就答應吧！」

婁無畏不答應是不行了，他倏然跪下，低下了頭，握著師叔的手説道：「師叔既然這樣吩咐，弟子就試試看吧。」

丁劍鳴露出了一絲微笑：「俺丁家太極，總算有了傳人了！」他隨即又注視鍾海平道：「廿餘年來，我錯怪你了！你包涵點，還望你給我扶助扶助無畏。」說到這裏，他竟力竭聲嘶，雙腿一伸，便沒有聲音了。

眾人嚇得趕緊將丁劍鳴扶正，柳劍吟撫撫他的胸頭，已然沒有了氣息，不禁慟哭失聲，淚如雨下！可憐丁劍鳴一世英雄，而今竟落得埋骨荒山，連墳墓也沒有一個！

晨光熹微，荒山靜寂。柳劍吟等人默然無聲，丁劍鳴的屍身橫枕黃土。良久之後，獨孤一行抬起頭來，輕聲催促柳劍吟道：「柳兄節哀，還是快把令師弟安葬了吧。」

柳劍吟驀如噩夢驚回，睜著兩隻消失了平日光輝的眸子，茫然的迎著陽光，長嘆一聲，也不答話，便解下青鋼劍低頭挖土。獨孤一行、鍾海平、婁無畏等也紛紛解下兵器來幫助；雲中奇則掄起蛟筋虬龍鞭，掃盪荊棘亂草，不消片時，已開闢出一片乾淨的地面。

眾人把丁劍鳴草草安葬之後，柳劍吟又拿青鋼劍在一塊石頭上刻下「太極門掌門丁劍鳴之墓」，置在一坯黃土之前，以作識別。

事畢之後，柳劍吟又深深地向這一坯黃土看了幾眼，喉中似有痰湧，低下頭來，噓了又噓，一聲長吁，坐在墳前。忽地又抬起頭來，嘶聲問著婁無畏道：「你將剛才說的夜戰柳林的事再說清楚。你師娘呢？她難道不在家裏？」柳劍吟這時已經神智微清，他埋了師弟，就惦記起家中來了。他很相信他老伴劉雲玉的能耐，卻不知當晚敵人也是大舉來襲。

當下婁無畏再詳細向他師父敍述當天敵人夜劫柳家的經過，說到柳大娘因獨戰羣兇而受到內傷，成了殘廢時，他面色發青，惶恐的說道：「總怪弟子來遲了一步！」

柳劍吟驚聞惡訊，身子微顫，倏的站了起來，恨恨的說：「敵人竟這樣可惡！」但隨即又安慰婁無畏道：「無畏！這不干你的事，虧是你來，不然更不得了！好徒弟，我真還得感謝你！」他停了一停，又急急問道：「那麼蝶兒呢？是不是也跟她的娘去了山西？」

婁無畏一聽此問，倏然變色，訥訥的說：「夢蝶和含英都隨弟子來找您老，但……」他說著說著，汗流滿面，臉色發青，霎時一個生龍活虎似的人，變得精神憔悴，雙目無神。柳劍吟驚愕的迫視著他，正待問時，他已微哼一聲，直挺挺跪在地上，向師父請罪：「是弟子不材，不應讓他們長途跋涉，江湖冒險！是弟子本領不濟，不能衛護師妹、師弟，師父，弟子們栽了！一入河北境內便中敵人埋伏，師弟、師妹都走散了！」

這一消息比剛才的惡訊更令柳劍吟傷痛，他一生就只有這一個女兒！他急痛攻心，面色倏變，猛的一腳朝前面的一塊石頭踢去，直踢得石片紛飛，只見他鬚眉皆張，頓足嚷道：「這批兇徒到底與俺何寃何仇？如此相逼！」獨孤一行與雲中奇急忙過來，勸柳劍吟暫收急怒，再聽詳情。鍾海平也過來扶起了婁無畏，對柳劍吟說道：「你先別著急，先聽無畏說，你看你把他嚇成了什麼樣兒？江湖風浪，本就尋常，令千金也不是尋常女子，怎見得她逃不脫虎口？少年人歷練歷練，也是好的。你、我不都是經過大風大浪，還不是活到現在？」他口裏嘮叨著安慰柳劍吟，一面又催婁無畏道：「你說下去吧，你師父怪不了你的。」

事已至此，柳劍吟急也没用，他再回過頭來，把住婁無畏的手道：「孩子，我不是怪你，你説下去！」

當下婁無畏含淚顫聲説道：「弟子無能，闖了這大亂子，您就是怪我，也是該當。師父，您不知道那些兇徒多氣人，打退了一批，又是一批，好像寃鬼似的死死相纏。」

原來當日婁無畏和柳夢蝶、左含英三人，匆匆引劍北上。柳、左二人都是初涉江湖，婁無畏自不能不加倍小心，偏偏柳夢蝶又完全不把江湖風浪放在心頭；而左含英那孩子，又只知跟住師妹，也不理會江湖險惡。這三人，一個是粉雕玉琢的少年，一個是明艷秀麗的少女，一個是威武魁梧的壯漢；鐵騎飛騰、風塵俠影，本就容易引人注目，因此還没有出山東境，便已經給人暗暗綴上了。

出事那天，他們剛出山東境，想趕到河北武邑投宿，偏偏中途遇上一陣驟雨，歇了一會，直到黃昏時分，還未看到武邑城。婁無畏心中著急，忙叫他的師弟、師妹們策馬馳驅。婁無畏騎術精湛，跑了一會，已把柳夢蝶和左含英抛在後面，他只好不時勒緊韁繩，等待他們，誰知他們卻總不肯趕上，婁無畏回頭一顧，見他們談得正高興！左含英在馬背上口講指劃，似在逗著柳夢蝶説笑。他們兩人是想，反正今晚定能趕到武邑縣城，晚一點又有什麼要緊？婁無畏見狀，倒不好催促，他雖還是把師妹當成孩子，可是這孩子已不是綠樹上的嫩芽，而是含苞待放的蓓蕾了。一路上，柳夢蝶倒天真瀾漫得很，不時拉著婁無畏問這問那，要他講江湖經歷，武林傳奇，和各派武功的奥祕；而左含英每當師妹去纏師兄時，面上總有點怏怏之色，倒弄得婁無畏有點不知所措。因此他現在瞧著他們，倒不便催促，也不便勒馬等待了，只好和他們保持一段距離。

行行重行行，不覺暮靄蒼茫，寒鴉噪樹。行不多時，武邑已隱然在望。婁無畏心想：「只要一趕到郊區，見到人家，今天就算應付過去了。」誰知心念方動，迎面的山崗，已疾風迅雨的飛竄出幾騎健馬，「吧！吧！」連聲，半空中飛過了幾枝響箭，婁無畏愕然拔劍，當頭一騎已飛馳至跟前。其餘三騎，竟斜刺的衝截出來，把婁無畏和左、柳二人分開！

婁無畏驀然一驚，不待拒敵，便先回救，他調轉馬頭，一躍數丈。哪知馬蹄未落，暗器先至，婁無畏將劍一掄，「劍斬連環」，迎著暗器來處揮去。可是護了人，卻護不了馬，那匹健馬已厲聲長嘶，雙膝下跪，婁無畏急自馬背上一縱雙肩，身軀隨著劍鋒，「神鷹展翼」，斜刺裏飛掠出三丈開外。

就在這瞬息之間，婁無畏因坐騎受傷，略阻了一阻，待他棄馬飛掠出去時，背後已如斷線風箏似的，緊跟著一人，兵刃劈風之聲，已從腦後扎到！婁無畏回劍一擋，叮噹一聲，蒼茫暮靄之中，濺起了幾點火星，敵人的腕力竟自不弱！

婁無畏凝神一看，只見斜刺裏衝來截擊自己的敵人，年紀約在五旬開外，紅面赤鬚，手使一對三尺多長，黑漆漆的一對判官筆。雙筆交叉，立的是「猛虎伏樁」門戶，劍拔弩張，神態傲慢。

婁無畏心念一動，爛銀劍「舉火撩天」，也擺了個以守代攻的門戶，先不進招，卻

「咄！」的一聲喝道：「俺道是什麼人物？原來是胡虜的奴才，胡一鄂『大衛士』，失敬、失敬！你們的伎倆，俺早已領教，你們這羣奴才，就只懂得聚衆圍毆，真教你們丟了武林的臉！」

其實婁無畏並不認識胡一鄂，但他見來人使的是外門兵器判官筆，早已料到了幾成。他又從蒙永真袋中，搜出胡一鄂的書信，因此給他一猜便識破敵人來歷。

來人給他道破，微微一震，但隨即哈哈大笑道：「俺就是胡一鄂，你待怎的？俺也只憑手中雙筆，對你一柄長劍，你有本領便闖過去！」

胡一鄂說完，手中筆猛的一沉，「猛虎伏樁」式往下一錯腰，筆桿挾風，便往婁無畏的劍口砸去。判官筆是精鋼打就的硬兵器，婁無畏不敢與他硬碰，也將劍往下一沉，腕子一震，爛銀劍已避招進招，「飢鷹搏兔」，猛的便朝他的面門剁去。胡一鄂喊了聲：「好傢伙！」左腳往外一滑，一個「怪蟒翻身」，身軀隨著由右而左，一個盤旋，又疾風似地欺到跟前，「雲龍三現」，雙筆施展出精熟的招數。

那胡一鄂正是廿多年前，計誘丁劍鳴的蒙面人之一，他的武功還遠在蒙永真之上。蒙永真等夜劫柳家，吃了大虧，死的死、傷的傷，餘下王再越等漏網逃回，急急飛報。胡一鄂一聽，心傷把弟慘死，不由大怒，急急趕來，準備要和婁無畏拚命。

胡一鄂的判官筆，確是得自真傳，更兼他幾十年的水磨功夫，功力比當年鬥丁劍鳴時更爲厲害，只見一使開來，劈、砸、撥、打、壓、剪、捋都極沉著迅捷，倏上倏下，忽左忽右，專向婁無畏三十六道大穴打來。

婁無畏一聲狂笑，也展開了他的太極劍十三式，雜以獨孤一行獨創的「飛鷹迴旋劍法」，進攻退守，起落盤旋的身形招數俱都精湛，饒是胡一鄂心狠手辣，也兀自傷他不得。兩人這一對招，正是旗鼓相當，若論招數精奇，則婁無畏稍勝一籌；若論功力深厚，是胡一鄂略佔勝場。可是婁無畏心懸師弟、師妹的安危，他邊打邊偷空回顧，只見師弟、師妹已被圍住，而且被截成兩處，不能兼顧！

還幸胡一鄂這次匆匆趕來，隨來的好手沒有幾個。除他之外，就是最先跟他一同露面的三人，比較上得了檯面，其他後來湧現的一、二十騎都是平常角色。但憑他們這麼多人對付柳夢蝶、左含英，還是綽綽有餘，顯佔上風。

婁無畏這一急非同小可，待回身反撲，卻又被胡一鄂拚命纏著，論輕功、論技業，兩人相差不多，婁無畏竟自脫不了身，反而因爲躁急，遇了好幾次險招。

苦鬥移時，再看師弟、師妹，已經和那夥人打得翻翻滾滾，直打進道旁黑壓壓的樹林之中，沒了蹤跡。此時只遙聞叱咤之聲，不見雙方人影。

婁無畏大怒，劍招倏變，完全展開了進手的招數，將八八六十四手「飛鷹迴旋劍法」，迴旋運用，一片銀光宛如怪蟒毒龍，凌空飛舞。左手更駢指如戟，在劍光筆影之中，專探敵人穴道。他的手中，如同捻著一枝點穴钁，比胡一鄂的判官筆打穴法，更見凌厲。

激鬥移時，婁無畏似乎急於進取，忘了護身，只見他提左腳，倒青鋒，偏身欺進，用了一招「極目滄波」之式，劍鋒倒削敵人的右臂，竟把左半邊身子，完全賣給敵人。胡一鄂一見大喜，以為有機可乘，霍地塌身，「烏龍掠地」，筆挾勁風，直向婁無畏下三路直掃過去。婁無畏一劍走空，倏的「一鶴沖天」，奮身直起，跳起一丈多高！說時遲，那時快，胡一鄂趁婁無畏身子懸空，無從招架之際，猛的一長身，判官筆往上一舉，直向婁無畏的丹田穴猛戳過去，這一招急如電火，迅捷無比，婁無畏身在空中，人未落地，眼看躲閃不了！

哪知婁無畏此招，正是獨孤一行的祕傳絕技——輕功提縱術，其身法劍法都取法自鷙鷹撲擊之勢，婁無畏雖略差火候，但亦已運用自如。他趁敵人雙筆高舉之際，竟借身子上拔之勢，似陀螺般一擰，避過左筆，腳尖更一踏右筆，就憑這一踏功夫，婁無畏已疾如飛鳥般斜掠而下，腳未落地，左手已「遊龍探爪」，擒拿胡一鄂的左腕。

胡一鄂大吃一驚，然而他也並非庸手，急急身軀一倒，同時右腳「巧踹金燈」，倒在地上仍向婁無畏踢去，雖然踢不中，但婁無畏的撲擊也被他閃過一半。原來胡一鄂身子撲地，左腕幸已避過擒拿，但婁無畏乘勢直下，餘勢未衰，「遊龍探爪」一擊不中，立即變為「登山趕月」，左掌鋒已微微掃中胡一鄂的肩頭，胡一鄂登時覺得火辣辣的一陣痠痛，急就在地上用「懸狼打滾」之勢，猛的直翻出好幾丈外，滾下道旁麥田之中，逃了一條性命。

婁無畏冷笑一聲，也顧不得前撲，急提劍翻身，闖入林中。林中匪徒同聲一喊，亂發暗器。然而被婁無畏或用劍磕，或用手接，沒一枚打到他的身上。

闖入林中，婁無畏舉目一看，林中只有六、七個匪徒，而柳夢蝶、左含英和其他的匪徒居然都不見了。

婁無畏游目四顧，正待窺查，那六、七個匪徒，還不知死活，竟直逼過來，蓄勁作勢，準備廝拚。婁無畏二話不說，怒喝一聲，左手一抬，就將剛才接到的幾枝弩箭飛鏢之類的暗器原璧奉還，嗤響連聲，敵人已倒了兩、三個，他一面發暗器，一面挺著爛銀長劍，如餓虎似的撲入羊羣，手起劍落，霎時之間又給他撳倒了幾個，只賸下兩名匪徒老早就急急逃命去了。匪徒死的死，逃的逃。荒山靜悄，只聽得風搖枯枝，簌簌作響，婁無畏舉頭四望，哪裏還見柳夢蝶、左含英二人的蹤影？

婁無畏四處尋找，翻過一個山崗，面前卻出現一座山谷，雖說是小山的山谷，卻也有廿餘丈高，谷底怪石嶙峋，崖邊枯籐野草凌亂，似曾有人跌落谷中。婁無畏吃了一驚，雙袖一抖，翩如飛鳥一般，朝谷底縱去，查踩蹤跡。

其時暮色蒼茫，天色已暗，谷底更是黑沉沉一片，不辨周圍景物。婁無畏略一凝思，拾起兩塊石頭，用力一擊，立時飛濺出一團火花，婁無畏順勢點燃了谷中枯草，更取了一紮枯枝，當作火把，然後把枯草上的火踩熄，免得焚燒山林。

婁無畏燃起火把，細細察看。只見山谷底下有好幾攤血跡，卻又不見任何屍首。婁無畏暗吃了一驚，正不知是誰受了傷？如果是匪徒的血跡，那柳、左二人，應在附近；如果是左、柳二人受傷，那兩個孩子必然已遭不測。婁無畏心中怔悚不已，四處找尋，仍是月黑風高，人影杳杳！

這一晚，婁無畏幾乎踏遍了整座荒山，但還是不見師弟、師妹的蹤跡。他沒法可想，又不能久留，只好披星戴月，趕到熱河，打算先找著師父再說。

婁無畏一口氣將遇事經過細說之後，柳劍吟面色蒼白，沉吟不語；婁無畏惶恐無地，形容憔悴。獨孤一行、雲中奇等紛紛勸慰二人，說柳夢蝶、左含英二人想必是在衝出重圍之後，只顧逃跑，而在荒山曠野之中，碰不見師兄。

過了許久，柳劍吟忽地抬起頭來，輕輕撫著婁無畏肩頭，低聲說道：「事情不是你的錯，你不必歉疚。死生有命，只好看這兩個孩子的運氣吧。若是他們能僥倖逃脫，咱們總會把他們找著的。」

說到這裏，忽見獨孤一行面色有異，猛地伏下身來，將耳朵貼著地面，聽了又聽。衆人正在驚奇，只見獨孤一行倏的起身，聲音愠怒：「狗爪子們來搜山了。」

原來獨孤一行早歲是江湖俠盜，能伏地聽聲，辨知馬匹人數。他一聽就知約有五、六百騎官軍，正要入山口。

衆人聳動，依鍾海平的意思是要迎殺出去。但經衆人再三思量，還是主張慎重，「小不忍則亂大謀」，何苦和這些被驅策的官軍作對。

衆人商議後，鍾海平決定隨獨孤一行、雲中奇二人逃歸遼東。只有柳劍吟和婁無畏一時還沉吟未決。

柳劍吟既傷老妻殘廢，又悲愛女失蹤，他既要趕到山西，去看老伴；又要四處查探，尋訪夢蝶；而且他還答應獨孤一行，要到山東見朱紅燈，共圖反清大計。前二者是私情，後者是公誼，而在前兩條路中，又不知是先找老伴好，還是先訪愛女好，所以一時沉吟不下。

# 第八回　大漠現神尼　殘月映俠女

柳劍吟想了多時，又和衆人商議一會，決定與婁無畏分頭辦事，自己先去山西見老伴，安頓家室，而由婁無畏先去尋訪柳夢蝶的蹤跡。

當下柳劍吟慨然對獨孤一行道：「老兄，不是俺不想盡力，爭奈遭逢慘變，見朱紅燈的事，只得稍緩些時日。但不論是否能找著蝶兒，俺一定會履踐前言，爲反清復明盡一己之力。耿耿此心，可矢天日。」

說罷，柳劍吟再對婁無畏道：「徒弟，只好勞煩你再走一趟，尋訪師弟、師妹。至於你師叔遺言，要你繼任掌門的事，也只好往後再說了。」

婁無畏本就無意於掌門職位，他自然連聲允諾，滿口答應。而且這許多天來，師妹的倩影，也已深印腦海。他十年亡命，流浪天涯，時時會在捨生入死、血雨腥風之後，隱隱泛起一陣寂寞與孤獨的情緒；這幾天，出現了一個天真爛漫的柳夢蝶，在身邊笑語盈盈，爲他平添了許多溫暖。這種複雜的感情，連婁無畏有時想起，也不禁茫然。不過，無論如何，他都願意爲師妹赴湯蹈火而不辭。

卻說當日敵人來勢兇悍，一下子就把柳夢蝶等人截開，使他們不能相顧。柳夢蝶雖是初涉江湖，但有夜戰柳莊的經驗，倒比以前沉穩許多，於是展開本門劍法，不求有功，先求無過，把劍使得個風雨不透，敵人倒一時奈何她不得。

那來圍攻柳夢蝶的一共有十來個人，其中兩個是胡一鄂的弟子，本領竟自不弱。至於其他的人，雖也通曉武藝，對付常人綽綽有餘，但比起柳夢蝶，卻還相差頗遠。也正因此，柳夢蝶左遮右擋，居然還招架得住。

但雙拳難敵四手，而胡一鄂的兩個弟子，一個使連環鎖子槍，槍尖是一柄單鈎，用法除了原有的鈎、拉、鎖、帶以外，並攙有六合槍中的點、扎、挑、刺等花槍用法，也是一種江湖上利害的外門兵刃；另一個使的是斫山刀，刀重力雄，刪、斫、劈、剁，斫到緊處，颼颼一片刀風，柳夢蝶倒還真不敢拿兵器和他硬碰。

戰到分際，柳夢蝶玉目偷窺，只見大師兄婁無畏被一個使判官筆的老者纏住，兀自脫不了身，三師哥左含英又已和敵人打得翻翻滾滾，漸移漸遠。她不禁心中焦躁，待要硬闖，正巧那使斫山刀的，正用「泰山壓頂」之式，連肩帶背的斫下來。柳夢蝶咬緊銀牙，突使險招，急斜身半轉以分敵勢，仗恃身法輕靈，趁敵人兵刃走空，倏的一劍便斜削敵人手腕。

柳夢蝶這招急如星火，只聽得敵人「哎呀」一聲，便急急向後直縱開去。柳夢蝶趁此時機，也跟蹤直撲出去，「蜻蜓三掠水」，三伏三起，已躍過使大斫刀的前頭，脫了重圍。

但敵人還是急急趕來，不肯放過。柳夢蝶劍交左手，右手在懷中一探，捻了幾枚錢鏢，猛的一擰身，用「劉海洒金錢」之式，直朝一衆兇徒洒去。只聽得唉唷連聲，敵人竟似倒了幾個。柳夢蝶心方暗喜，不料敵人也已紛紛打出暗器！

柳夢蝶閱歷尚淺，記得打人，顧不得護身，她與敵人的暗器，竟是同時打出。她一心不能兩用，待暗器嘶風，已到身畔之際，才左竄右閃，仗著身法輕靈，才躲過許多彈弓弩箭，但左脅還是中了一枚燕尾鏢，沒入左乳側邊約有二寸。

柳夢蝶身臨險境，生死渾忘，她咬緊牙根，猛的撮著鏢尾一拔，燕尾鏢應手而出，傷處血珠汩汩流出。柳夢蝶只覺全身一陣痙攣，倒並不覺怎樣痛楚。

柳夢蝶拔出暗器，不顧傷勢，發狂一樣的往前疾跑。一衆兇徒也急急啣尾而追，那使鎖子槍的一面追，一面招呼他的同夥道：「這雛兒跑不了！別再傷她，咱們要捉活的！」他竟是動了色心。

柳夢蝶一直被逼入林中，眼看將被追上，還幸她每到緊急關頭，就發錢鏢拒敵，雖然她已神智微昏，暗器失了準頭，但敵人到底不無顧忌，被她阻了一陣。

可是後來柳夢蝶的錢鏢，竟自發完了，而敵人也已漸漸迫近！這時柳夢蝶又跑至山谷邊緣，前無去路，後有追兵！

柳夢蝶略一凝思，竟縱身一躍，落下黑黝黝的深谷。可是腳方沾地，已是腿部一陣痠軟，栽倒地上。

柳夢蝶暗叫一聲不好，待掙扎起來時，身後兇徒的嘿、嘿笑聲，已在耳際。柳夢蝶屏著最後一口氣，「鯉魚打挺」，翻出丈許，一挺身時，背後那使鎖子槍的敵人，又已欺進身後。

柳夢蝶急怒攻心，不顧生死，竟驀地「翻身獻劍」，疾如飄風，青鋼劍一貼鎖子槍，「烏龍入洞」，嗖的直撩進去。敵人料不到她在重傷之後，劍招還是這樣迅疾狠辣！匆忙之間，急拗步轉身，待避過此招。但柳夢蝶哪容他躲避，青鋼劍已似長蛇吐信，直扎進來，兇徒的連環鎖子槍是長兵器，撤回不及，無從招架，竟被柳夢蝶的劍在右臂上劃了一道長長的口子！

兇徒突遭重創，也已急得昏迷，他再顧不得要活擒這小娃兒了。柳夢蝶翻身進劍時，本已直撲進他的懷中，他一急，左拳猛發，「黑虎掏心」，竟用足了十成力，一拳發去，正中柳夢蝶的胸口，柳夢蝶苦戰多時，如何禁受得住，登時噴出一口鮮血，昏倒在地！

那使鎖子槍的，這時已神智恢復，冷笑一聲，將槍拋擲地上，撕破自己的衣裳，裹扎傷口，一面舉手招呼後面的同夥：「還呆望什麼，還不快上去將這雛兒擒走。給她料理一下傷口吧，俺還真捨不得廢了她呢！」

幽谷無人，兇徒磔笑，柳夢蝶眼看就要遭毒手。正在此時，忽地異聲入耳，一種奇怪的清脆聲音隨風飄來！衆兇徒相顧驚詫，忽地有一個蒼勁的老年婦人之聲竟在耳際響起：「什麼人敢欺負小姑娘，還不快快給我停手！」

那使鎖子槍的猛吃一驚，霍地橫身，向旁一躍，順勢在地上抄起了連環鎖子槍，藉著透下深谷的微光，定睛一望，只見眼前站著一個老態龍鍾的尼姑，手捻拂塵，正顫巍巍的一步一步向自己走來。

那老尼姑雖是一副老態龍鍾的模樣，但使鎖子槍的那傢伙，隨胡一鄂闖過這麼多年，也有點江湖閱歷。他想這老尼能突然而來，幾乎給她到了跟前方才發現，可見輕功造詣已到了爐火純青之境。因此他反暫斂兇芒，放軟語調說道：「師太，此人是恃刀傷人的江湖女匪，你看俺的左臂就給她扎了一劍！俺們是奉官命來捉拿她的，師太，妳出家人別管閒事！」

不料老尼姑並不因此放鬆半步，話鋒反而更凌厲迫來：「胡說！哪有如此娃兒般的女匪？你說你受傷，她受傷比你更重，你們把她擊暈之後，還來動手，這分明是非姦即盜！」

說著，說著，那老尼姑已是顫巍巍的走到了跟前，兇徒口中含糊分辯，卻暗下毒手，左手捻了三枝燕尾鏢，右手握緊鎖子槍，猛的一抖，鎖子槍便似長蛇入洞般直吐過去；而燕尾鏢也已分三路打到，距離既近，老尼姑手中又無兵器，兇徒心想，縱然是絕頂功夫，也難逃脫！

然而那兇徒非但沒能得手，反吃了大虧！別看那老尼姑一派龍鍾老態，動起手來，可真疾如飄風，她身形略閃，燕尾鏢便已全部打空。而就在這一閃之際，她的鐵拂塵也早搭上了兇徒的鎖子槍，只那麼略略一帶，那鎖子槍已脫手而飛，不知給她拋落何處！而那使鎖子槍的兇徒，給她的拂塵，輕輕拂了一下，登時全身瘓軟，倒在地上，不能動彈。

當時竄下深谷的兇徒，一共五人，都是功夫比較好的。當老尼與使鎖子槍的兇徒動手時，其餘四人也已疾馳而上。但老尼手法，疾如閃電，只舉手之間，就把使鎖子槍的打倒，其餘四人還未來得及趕上，老尼姑又已冷笑一聲，左手一抬，幽谷中又發出了剛才那種奇怪的聲音！那老尼姑喝道：「叫你們嘗嘗牟尼珠鏢的滋味！」

聲隨鏢到，這珠鏢其實只是黃豆大小的念珠，在蒼靄沉山，夜幕將垂之際，老尼姑一手四珠鏢，竟同時打中了四個兇徒的軟麻穴！

老尼姑舉手投足之間，將一衆兇徒完全制伏。她嘿然笑道：「鼠輩不知道我的來歷，難道連牟尼珠鏢也没聽説過？聽了牟尼珠鏢的傳聲，居然還敢動手？不能不給你們吃點苦頭了！不過，我佛慈悲，貧尼不願取你們性命，你們去吧！」説罷，到每人跟前，輕輕舉腳一蹋，衆人立覺痠麻消失，站得起來了。老尼姑一面爲他們解穴，一面又笑道：「性命是給你們留下來了，但卻也不能讓你們再有武功去爲非作歹，我給你們解穴，順便也給你們留點内傷，你們以後再也不能練武，或者做過勞的工作了，安安分分的好好做人，内傷便不會發作；一旦練武或過度用力，三天之内，準保你們嘔血而亡！那時你們須怪貧尼不得！好了！你們去吧。」

衆兇徒俱都駭然，只得低首俯耳的從谷底尋路而出。那使鎖子槍的跟隨胡一鄂日子較久，江湖閱歷較深。他一聽老尼姑説出牟尼珠鏢的話，猛的省起十餘年前，他的本門師伯曾告訴他：少年時曾聽江湖同道提及一個不知來歷的老尼姑，好像是從塞外來的，很少在中原露面，但一露面準保有强梁吃虧。據説那老尼動手只憑一枝拂塵，幾枚念珠，念珠專打人身穴道，而且在她發珠鏢之前必定先來「珠鏢傳聲」，先虛擲一粒直上遙空，再發一粒和前一粒相擊，珠鏢中空，迎風有聲，兩粒相碰，其聲更厲害。若在場的人，聽了「珠鏢傳聲」，即行停手，她定會從輕發落，若還恃强不服，準會大吃苦頭。她的鐵拂塵也煞奇怪，軟軟的好像一叢馬尾，卻能抵敵刀劍。不知出於何家何派，没人知她的路數。她的鐵拂塵可作五行劍、可作籐蛇鞭，而且她還獨創了拂穴之法。

原來武林之中，關於點穴的本領，從來只分兩派，一派是用兵刃「打穴」，用的多是點穴鐝、判官筆、鐵煙桿之類的兵器；一派是「點穴」，在交手時，全用空手入白刃的功夫，駢指如戟，去點敵人的穴道。例如雲中奇、胡一鄂都是打穴能手，而柳劍吟、獨孤一行、婁無畏等則精擅點穴功夫。但那位不知來歷的尼姑，既不是用兵刃打穴，也不是用手指點穴，而是用拂塵去「拂穴」，她只要用拂塵輕輕一掃，同樣也能封閉敵人穴道。據傳有一次她獨戰三十個爲非作惡的巨盜，她的鐵拂塵在刀劍叢中飛舞，結果一大堆刀劍脫手而飛，而且每人都給她拂了穴道。

只是這已是幾十年前的事了，近幾十年來已無人再見她的蹤跡。而且幾十年前有人見她時，已是年紀老邁，大家都以爲她早已死了，不料她今晚竟會在此地出現。使鎖子槍的兇徒，一想起正是此人，真是嚇得魂魄全飛，回去後和衆兇徒果然都改邪歸正了。

再說老尼姑發放了衆兇徒之後，再伏下身來，只見柳夢蝶星眸已閉，氣息如絲，傷口血珠汩汩流出。老尼姑急撫她酥胸，見柳夢蝶心跳未歇，這才鬆了一口氣。

老尼姑便給柳夢蝶止傷敷藥。可是柳夢蝶失血過多，又受敵人猛然當胸一拳，受了極大的震盪，雖然老尼姑給她止了血，還是不見甦醒。看情形，縱有良藥，也要昏迷幾日了。

老尼姑皺了皺眉頭，但隨即又微笑起來，喃喃自語道：「踏破鐵鞋無覓處，得來全不費功夫！這幾十年來我總想尋一個傳人，但尋來訪去，都找不到一個當眼的女娃，這小姑娘武功已有根基，又是出自內家正宗，真是良材美質。這樣的人不收歸門下，還要往哪裏去找？」老尼姑竟一低頭，就把柳夢蝶背走了。

柳夢蝶在老尼姑背上伏著，昏昏沉沉的過了好多天，恍惚中只覺得似在雲霧裏行走。這也是老尼姑的絕頂輕功，給柳夢蝶在昏迷狀態中留下的幻覺。

到柳夢蝶神智微清，睜開眼睛時，她已昏迷六天了，她睜開眼睛一看，只見華嚴楞伽佛像列前，燭影搖紅，香煙閃閃，自己竟置身佛堂內了。再一望，身邊還有個和藹慈祥的老尼姑，在拂照著自己。柳夢蝶努力思索，好容易才想起自己曾被敵人一拳擊中，不知怎的，竟會來到此地。

「莫非是夢？」柳夢蝶又用力咬了咬嘴唇，卻還有痛覺，分明不是夢了！這時老尼姑已緩緩說道：「小姑娘，妳還未痊癒，不要動身，不要說話，好好再躺幾天，我再和妳說話。」

過了幾天，柳夢蝶已能起床，緩緩試步，老尼姑扶著她，走出寺門。此時已是初夏時節，塞外積雪融化，草原風來，拂面不寒，風中還帶著新鮮的泥土氣息。柳夢蝶迎風矚日，不覺心曠神怡，精神為之一振。

柳夢蝶放眼一看，只見塞外風光，遠殊關內，更奇怪的是草原白皚皚的，那些草竟都是白色的；只有在寺門不遠之處，有荒塚一堆，卻是青草離離，十分可愛，宛如白茫茫的大海中浮現一片綠洲。柳夢蝶不禁問道：「這裏是什麼地方？」

老尼姑微微一笑道：「這裏已經是離開武邑三千里外的綏遠境了。此地是塞外有名的大黑河河畔，那個荒塚就是絕代美人王昭君的墓，大黑河畔，地多白草，只有此塚獨青，所以又名青塚。杜甫有首詩道：『一去紫台連朔漠，獨留青塚向黃昏』。所指的就是這一荒塚了。大概是昭君墓周圍一帶的地質不同，水草特別豐饒的原因吧？」

柳夢蝶一來從未出過家門；二來平日習武，讀書不多。現在到了塞外，眼界開闊；聽了老尼姑的話，才真正體悟到這世上還有許多自己不知道的事，一種青年人的求知慾，便本能的油然而生，她看著老尼姑慈祥的顏容，不覺又多出了一分敬愛。

那老尼姑見柳夢蝶看著周圍景物，好像處處覺得新鮮，因而微微笑道：「這裏的景色還不算奇異呢！我的師祖在蒙藏共建了三座佛寺，一座外蒙的伊索昭盟；一座藏邊的札什倫，還有一座就是此寺。在伊索昭盟，春天的跫音，要在五月下旬才聽得到；而那時在江南，已是荷蓋亭亭，榴花照眼的時候了吧？

「在外蒙，五月下旬，野草才開始滋長，到八月，又已秋意沁人，霜雪初降了。在外蒙，春、秋兩季都只有一個月，夏季也只有兩個月，其餘八、九個月都是冬令。而且時有狂風，狂風起處，常飛沙撲面，捲成土阜，平地移動。行旅客商一見狂風起，黃沙揚，就要迅速躲入蒙古包中，否則就有被狂風捲起，甚至有被活埋的危險。

「更奇妙的是：在外蒙因爲空氣乾燥，水分稀薄，天空經常是一碧無雲，非常明朗；夜間星光，特別輝煌燦爛；白天看遠方的物體也如在目前，所以有『望山跑死馬』的俗語。意思是說，你分明看見一座山已經在迎面不遠之處，可是策馬馳驅，馬跑死了都未必到得了呢！而在七月酷暑，沙漠的天空，常會出現海市蜃樓，歷歷樓台，蒼茫人影在空際飄浮，也是一大奇觀呢！」

老尼姑見柳夢蝶聽得入神，又往下說道：「而在西藏，貧尼師祖所建的第二座寺，就是在藏邊札什倫的。西藏高原有兩座大山橫亙其間，一座叫岡底斯山，另一座叫喜馬拉雅山。在喜馬拉雅山中，有許多遠古遺留下來，已熄滅了的火山口，遺蹟化爲湖沼、溫泉，那些溫泉，就像燒開了的水似的，沸沸騰騰，也極爲美觀壯麗。

「而西藏高原的氣候比外蒙尤其寒冷，山峯亙古積雪，固不須說。就連平原，全年在夜晚也都是滴水成冰，而且在那兒遍地都是鹽湖，皚皚精光，刺人眼簾，在陽光下更幻成異彩浮空，令人神搖目奪！」

老尼姑一口氣說完蒙藏景色之後，便輕輕撫著柳夢蝶道：「小姑娘，妳願隨我去見識，見識麼？」

柳夢蝶咧著小嘴笑道：「去！怎麼不去？我不怕冷的，在高雞泊，冬天裏我還和師兄撥開浮冰去划船呢！」

說到高雞泊，說到師兄左含英，柳夢蝶面色倏的黯淡下來，她想起自己本來是想隨大師兄北上尋父，卻在武邑被强徒截擊的事了。她聲調轉爲低啞：「只是，我現在還不能隨您去看，我要去熱河找父親，我還要去尋我的兩位師兄。」

老尼姑聽了，又輕輕撫著她頭髮道：「小姑娘，告訴我，妳爹是誰，誰又是妳的師兄呢？

妳現在還不能行動，更不消說再千里迢迢趕去熱河了。」說著，老尼姑就告訴她，當日是怎樣救她出來的。老尼姑說：「小姑娘，妳失血過多，受傷又重，最少還要再靜養一個月，才能完全復元呢。妳告訴我碰到了什麼事，我再替妳設法吧。」

於是柳夢蝶把事情詳細說了一遍，老尼姑聽了，沉吟半晌，才對柳夢蝶說：「妳父親我也聽人說過，只是我已三、四十年不到關內，對關內情形，很是隔膜。既然妳父親和師兄都有危難，待我替妳走一趟去打聽吧。妳且留在這裏靜養，我叫慧修照顧妳。慧修是一個蒙族婦女，我收留她在寺中做些日常雜務，也跟我學了幾手粗淺功夫，有什麼事，她還料理得了。」

第二天，老尼姑就動身去了熱河。那慧修是一個枯瘦老媼，看來比老尼姑還老，可是據她說，老尼姑至少要比她大上三十年呢！

柳夢蝶向慧修打聽老尼姑的來歷。慧修笑道：「小姑娘，這是妳的造化了，看來她很有意思收妳做徒弟呢。像我跟隨了她將近四十年，她總嫌我資質和根基不夠，許多絕妙的武功，無法練習，到現在還只是一個記名弟子。其實我也自知不能繼承她的衣鉢，能跟她老人家學幾手粗淺武功，也就心滿意足了。

「小姑娘，妳知道她是誰嗎？她就是名聞塞外的心如神尼，是晦明神僧第三代的唯一女弟子。塞外牧民稱他們為『神僧』、『神尼』，並不是因為他們有什麼神蹟，而是因他們武功超卓，又精於醫術，很得人們的信仰，所以就把他們稱為神僧、神尼，表示我們蒙藏人對他們的尊敬，就好像對喇嘛神僧一樣。」

慧修又約略對柳夢蝶說這個老尼已將近百歲，還是健步如飛；而她的「牟尼珠鏢」和鐵拂塵更是招數神奇，直聽得柳夢蝶神動心搖，覺得老尼姑的本領，似乎比她的父母還要厲害，然而她雖想跟老尼姑學技，只是心中還念著父親，好生委決不下。

柳夢蝶見慧修說得高興，一時動了小孩子心性，就對慧修說：「您跟隨心如神尼這麼多年，武功也一定不弱，您就露兩手給我看吧？」

慧修搖了搖頭：「我怎麼成，差得遠呢！」柳夢蝶見她不答應，就鼓起小嘴兒，好像生氣似的：「哎，這一點也不答應，您還說疼我呢？」原來慧修在荒山裏過了幾十年，寂寞久了，所以一見老尼姑帶個小姑娘回來，甚是歡喜，一見面便說要好好疼愛柳夢蝶。

當下慧修拗不過柳夢蝶，她自己也在興頭上，就帶柳夢蝶到殿外的一個小小庭院中。小庭院裏有一棵約可合抱的大樹，那是西北高原的樺樹，堅實如鐵，能耐雪霜。慧修指著那棵樺樹道：「小姑娘，別的能耐我沒有，只有幾斤笨氣力，我就拿這樹試試吧。」

說罷，她走至樹下端相了一會，突然張開兩手，將樹合抱，只見她微一搖撼，枝葉就紛紛墜落，她急張開手微笑道：「好了，留一點紀念便罷，這棵樹若真損壞了，神尼回來，我須受責怪呢！」

柳夢蝶凝眸一看，只見那大樹上有一道好像被鐵箍箍過的痕跡，凹下去直有兩、三寸深，在那道痕跡的合攏處，還有兩個掌印，同樣也陷入兩、三寸深！

柳夢蝶大駭！這分明是「金鋼手」、「鐵沙掌」的功夫！慧修有這樣的功夫，還說只是幾手粗淺的手腳，可見老尼姑的本領真是令人莫測高深了。

慧修又告訴她，爲什麼知道心如神尼想收她做徒弟。原來慧修曾經問起老尼姑有多少年紀，爲什麼好像總不覺得老似的，難道真有長生不死之術麼？

心如笑道：「天下哪有長生不死的，貧尼也不過因爲有些武功，常常鍛鍊身體，所以比較能耐老一點罷了。就是平常農村婦女，有百歲開外的也不是奇事，何況我還未滿百歲。只是近幾年也覺得大不如前了。人總是要死的，這是任何佛法也救不了的。」

慧修說到這裏，又道：「她老人家還給我說了一個故事呢，那故事也是我們蒙藏人都熟悉的。她說蒙古當日的英主忽必烈征服吐蕃，尊大喇嘛八思巴爲『帝師國師』，號稱『大寶法王西方佛子』，掌理佛教事務。後來繼任皇帝帖木兒的太子德壽死了，帖木兒的妻子不魯罕皇后，愛子情深，就遣使去問帝師國師道：『我夫婦虔誠拜佛，只有一子，爲什麼還保不住？』帝師國師道：『佛法好像燈籠，能抵禦風雨，卻不能救燈燭燒盡，德壽太子壽命已了，佛法哪能强救？』八思巴一說，帖木兒夫婦都認爲有理，從此喇嘛教就更盛了。八思巴是佛教密宗的大宗師，他也這麼說，我又怎麼能幻想藉神佛之力求長生不死？」

慧修又說：「我還清楚記得她那時的神情，她那時語調悽愴，微嘆一口氣道：『我也像將燒盡的燈燭了，只是祖師傳下的佛典和技業，還未覓得傳人，我修持未夠，對此還是耿耿於心，執著此念，不能解脫呢！』」

慧修說：「妳看她這樣急著找傳人，還肯放過妳這樣的好弟子？所以我說，小姑娘妳的造化到了。」

柳夢蝶聽了又喜又愁，喜的是，如果真被心如神尼收爲弟子，學到她這樣的功夫，這該多好？愁的是，如果知道了老父的消息，她一定要去找父親，如果强被老尼姑留在此地，豈不是急煞人了。

但老尼姑過不了幾天就回來了，還給柳夢蝶帶來了一個驚人的消息。她在承德探到柳劍吟和遼東的一個老者，大鬧索家，殺了許多皇宮衛士，令清廷大爲震怒，已下令搜捕，現在不知躲到哪裏去了。她還勸柳夢蝶也要暫避風頭，因爲柳夢蝶是柳劍吟的唯一掌珠，柳夢蝶這番一戰柳家，二戰武邑，江湖上已是沸沸揚揚，議論不休。

於是，柳夢蝶做了心如神尼的女弟子，在休養一月，復元之後，就開始跟心如學技。心如是禪宗嫡傳，禪宗爲南朝梁武帝時，達摩禪師自天竺來中國創立的。據傳當日達摩禪師一葦渡江來到中國，與梁武帝論道不合，乃轉至河南嵩山少林寺，面壁十年，創不立文字的禪宗，被稱爲中國禪宗第一祖。達摩禪師不止精於佛法，而且也精於武功。據傳著有「易筋」、「洗髓」二經，都是教人練氣的。

心如神尼就將達摩禪師傳下來的武功，悉心授予柳夢蝶。又因柳夢蝶打金錢鏢已有根柢，所以改學「牟尼珠鏢」也就特別容易，因此柳夢蝶雖不算佛門弟子，也傳了一串牟尼珠。

心如以鐵拂塵作五行劍用，授她一百零八手達摩劍法。心如的達摩劍法，剛柔相濟，有許多地方原就與太極劍互通，所以柳夢蝶學來，進境頗速。至於柳夢蝶擅使的金錢鏢，本是她父親當年怕女孩兒氣力不夠，特別加强訓練，以便出奇制勝；現在經心如神尼的指點，改打比金錢鏢還要小巧的牟尼珠鏢，不消多時，便幾乎已到出神入化的境界。

柳夢蝶在心如門下，一晃三年。這三年來她白天習武，晚上讀書，還隨心如橫越蒙古草原，觀覽西藏鹽湖，眼界心胸都開闊不少。只是每到更深人靜，父母親和左含英、妻無畏的影子，時時會泛上心頭……

三年的時間，説來雖不長，但中土已是物換星移，又是一番世界，當時中國已到了波瀾起伏大動盪的時期。這個時期正是義和團之亂、八國聯軍入北京的前夕。

原來朱紅燈創立了義和團以後，聲勢越來越大，以至山東巡撫毓賢不得不承認它爲民間團練。但當時外國的傳教士卻認定拳民的活動是一種叛逆，因此由美國公使康哲出頭，壓迫清政府撤換毓賢。清廷本因害怕民衆的聲勢浩大，被迫承認義和團，並且想趁機利用；如今受到外國的壓力，自然是無意偏袒。於是清廷奉命唯謹的撤換了毓賢，代以袁世凱。袁世凱是絕對媚外的洋務派，又擁有强大的私人軍隊，他一到山東，就展開了血腥的屠殺，使義和團陷入了血海之中。而袁世凱也因爲屠殺中國民衆「有功」，後來被列强捧爲清廷的繼承人。

袁世凱的血腥屠殺，激起了義和團普遍的反抗，義和團的創始者朱紅燈，竟然在山東抗清時戰死。但義和團並沒有被壓下去，相反的，因朱紅燈的戰死，義和團以及山東民衆更加憤怒，當時就有「殺了袁世凱龜蛋，我們好吃飯」的民謠，於是一部分義和團繼續在山東戰鬥，其餘的團衆則入直隸境向天津方面發展。

當時直隸總督裕祿，初時態度也很强硬，派兵和拳民開戰，但卻敵不過義和團的羣衆，涿州曾被拳民攻佔，甚至連西太后的龍車也被一併燒掉。於是裕祿被迫也像毓賢一樣，承認義和團爲合法團體。

朱紅燈死後，他的手下李來中繼承了他的地位。李來中本是清廷將官董福祥的部下，後來投入義和團。早在朱紅燈時，義和團就已分成「反清」、「扶清」、「保清」三派，扶清是自居於平等地位去扶；而保清卻是自居於清廷臣民而去保它。朱紅燈主張「扶清滅洋」，李來中一逕繼承他的路線，卻看不到新的形勢，於是浩大的義和團運動，結果仍是被西太后利用了。義和團被清廷利用，造成了錯綜複雜的形勢，許多江湖志士、會黨領袖，在這激流中，都把不定自己的舵！

義和團提出的口號是「扶清滅洋」，其他雖然還有反清滅洋派和保清滅洋派，但在義和團中都不佔重要地位。義和團的第二代總頭目李來中也主張扶清滅洋，但其見識與魄力，又遠不及朱紅燈。朱紅燈主張站在和清廷平等的地位，聯合清廷，先消滅列强的在華勢力；而李來中本身是出自清廷軍隊之中，他雖然也說要站在平等的地位去扶，但卻比較聽命於清廷，甚至流於西太后這一派統治人物政爭的工具，用以反對光緒帝和一部分支持光緒的外國人。

像這樣的一個義和團運動，難怪使許多英雄豪傑感到迷惘了。它畢竟代表了老百姓當時的意願，要反對那些壓在自己頭上的「洋人」；但另一方面，它又是被清廷所利用，而反清卻一直是自明末遺留下來的那些祕密會社的共同目的。

柳劍吟和婁無畏都在三年前投奔了朱紅燈，扶助義和團，可是後來兩人的態度也有了不同。柳劍吟和婁無畏都是被清廷通緝的人物，他們當日投奔朱紅燈，一來是想藉義和團之力來恢復故國衣冠，爲漢族揚眉吐氣；二來清廷縱然知道他們投奔朱紅燈，也不能輕易到義和團裏要人，這比隨獨孤一行去遼東還來得安全。

可是朱紅燈死後，義和團雖然經過一場和清廷激烈的戰鬥，到底還是被西太后那幫人利用，變得盲目排外。當時一些主張取法西方來强國富邦的維新派，只因與「洋」扯上關係，便一概在被排之列。只嘆當時沒有一個足以領導全局，在大激流中可以沉穩把舵的人物。

柳劍吟主張繼續留在義和團中，和反清滅洋派合作，去影響李來中他們；而婁無畏卻因早年參加過匕首會，醒悟了匕首會之不足成大事，他既不同意義和團扶清的主張，在若干方面又覺義和團和匕首會也是同樣的盲目。因此他對義和團的態度便反不及柳劍吟熱心了。而

婁無畏入團不久，朱紅燈戰死，再過了半年，他便以尋訪柳夢蝶爲名，離開義和團了。而柳劍吟因覺有大事待辦，只有爲公忘私；因此他倒也贊成婁無畏代他去尋找，不過在臨行前，他再三叮囑婁無畏，不論尋著尋不著，都要再回來。

就這樣，婁無畏再次仗劍走江湖，幸好當時清廷目光已全放在義和團引起的激流上，對婁無畏的搜捕，已不及以前般留心。因此正當義和團在中原鬧得沸沸揚揚的時候，塞外荒原，只有婁無畏，鐵蹄奔騰，迎風踏月，爲了找尋師妹，離開激流般的羣衆生活，浪蕩江湖，最後來到了這荒涼的大黑河畔。

婁無畏途中曾順便到保定，負起師叔臨終的付託，接掌丁派太極門；這也是師父柳劍吟、形意派掌門鍾海平、和獨孤老前輩所敦促的。但獨孤一行和柳劍吟都因事不能陪他前往保定，只有鍾海平自告奮勇，出頭幫他料理，卻不料又因此惹起了莫大糾紛！

丁劍鳴的門人，龍蛇混雜，能拿一點主意的，只有金華和雷宏二人，而金華生性懦弱，不能領導同門；雷宏則脾氣急躁，不足以服衆。婁無畏突如其來，傳遺命，領衣鉢，自然惹起了丁門弟子竊竊私議，終而譁然不滿！一則他們與婁無畏素未謀面，怎肯遽爾便接受婁無畏做掌門？二則師命無憑，人言難信，何況丁門弟子素知師父與鍾海平不合，遂不信鍾海平的一面之詞；三來他們知道婁無畏曾在獨孤一行門下習技，便抱著門戶之見，認爲太極門人改學別派，便沒有資格再來掌管門戶。金華、雷宏雖然私心接受婁無畏，但在同門鼓譟之下，也不敢表態。這一來使得婁無畏很是尷尬，鍾海平也十分憤怒！

但這種事情，不是憑本領所能解決的。何況婁無畏本就無心，只是迫於師叔的遺命難違，才肯毅然承擔；而鍾海平身爲形意派掌門，於理於情，又不能強自干預別人家事，也只能作個證人，證明丁劍鳴確有遺命。丁門弟子不信不理，他空自怒火沖天，毫無辦法！

這其間，最難爲情的就是婁無畏——他總不能在師叔同門的齊聲反對之下，強自要做掌門！結果反是他勸住了鍾海平，向丁劍鳴門人交代了幾句，佛然而去！他這一去，丁派太極羣龍無首，又鬧了許多事情，直到後來丁劍鳴的兒子丁曉重返家門，才重整丁派，把太極門發揚光大。

婁無畏迭遭變故，心境蒼涼，因此更是一心找尋柳夢蝶。他曾到過承德、武邑兩地，四處踩查，後來在偶然的機緣下，訪探到了當日被心如神尼牟尼珠鏢打傷的兇徒，婁無畏持利劍、套口供，終於探出了柳夢蝶被一個老尼姑所救，那個兇徒，餘驚猶在，始終不敢說出心如神尼的名字。婁無畏只得再尋江湖前輩訪查，知道有這麼一個神龍見首不見尾的老尼姑，四十年前曾在中原出現，至於她的居處，則沒人知道，只知大約是在塞外的高原。

於是婁無畏一劍單身，迎曉風、踏殘月，飄然塞外。這天他到了大黑河畔，已是天陰欲暮，朔風陡起，大黑河畔的荒草，高逾半身，白茫茫一片，浩渺無涯，在野風中起伏搖曳，宛如捲了千層波浪。

婁無畏穿過茂草，向前疾行，見前面的小山岡上，隱隱約約浮現幾點星火。婁無畏正往前走時，突覺一股子勁風襲來，猛的左肩頭似被人輕輕一按，婁無畏驀地回頭，彷彿間似見有一條黑影晃過，轉眼間就隱入了叢蒿茂草之中！再一查看時，只聽得那蓬蓬亂草中，唰唰的一陣響，也不知是風聲還是人息？

婁無畏不由得駭然這身法的迅疾！他一伏腰，箭一般的朝響處直竄，同時錢鏢疾發，但卻落處無聲，婁無畏撥草追蹤，哪裏有人的蹤影？

究竟是不是人？婁無畏也懷疑起來了。自己七歲練武，已有廿六、七年的武功，而且曾經過兩位名師陶冶，還學得雲中奇的辨聲聽器之術，如果是人，怎的來到身後，他還不知道？莫不是剛才所見黑影，原是自己眼花？

婁無畏正在思疑，唰的右肩後又被人輕輕按了一下，而且似有人在自己的耳邊輕聲問道：「才來？」

婁無畏慣經大敵，他本能的忙往左一躍，一翻身便待拔劍，哪知這一拔劍，更令婁無畏心驚，原來自己所佩的爛銀長劍，只剩下一個空劍鞘！

正在此時，婁無畏面前已出現了一個黑衣老尼，手上捧著一柄閃閃發光的長劍，顫巍巍的走來，那老尼一面走，一面還微笑道：「小伙子，此處不能隨便拔劍，佛門聖地，聽不得兵戈殺伐之聲！」婁無畏定睛一看，老尼姑手上的長劍，不正是自己的爛銀劍麼？

婁無畏始而驚疑，繼而恍悟，這老尼姑必然就是名震塞外的心如神尼，除了她，當今江湖之上，還有誰有這妙手空空的神技？

婁無畏急俯腰行禮，連稱「冒犯」，更一揖到地，口中說道：「老前輩，弟子婁無畏謁見！敢問柳夢蝶姑娘是不是在這兒？」

老尼姑止住腳步，望了婁無畏一眼，又笑問道：「柳夢蝶是你的什麼人？」

婁無畏忙恭恭敬敬的答道：「柳夢蝶是弟子的師妹，承神尼救了她，所以弟子此來，一爲道謝，二爲求見。」

老尼姑又笑道：「你也真有毅力，竟然知道貧尼帶她來到此地。我也聽柳夢蝶說過，她有一個大師兄，本事好生了得。因此剛才我一見你，就疑心你是她的師兄，一試之下，果然不錯，身法手法，都是得自名師真傳。」說完，老尼姑將劍交還婁無畏，還將袍袖一抖，抖出了幾枚錢鏢，也一併遞過！

婁無畏又惶恐、又慚愧，這才知天外有天，人外有人，江湖之上，確多奇士！

那老尼姑在還了鏢、劍之後，就帶著婁無畏從河濱的草原走上怪石嶙峋的山崗。前方隱隱浮現的幾點星火已越來越亮，婁無畏凝眸一看，在那半山深處，正是一間寺院，那幾點星火，正是寺門前掛著的燈籠。

婁無畏問道：「這是大師的寶剎？」心如道：「正是貧尼駐腳之地。」她頓了一頓，突然回顧婁無畏道：「你的馬呢？」原來婁無畏腳上還穿著馬靴。

婁無畏苦笑道：「前幾天在沙漠迷途，遇到狂風飛砂，兩天找不著一點水，人耐得住，馬卻死了。」心如笑道：「這裏的沙漠，還不嚇人，如果你是在外蒙，遇到狂風捲人，飛砂撲面，瞬息之間，可以捲成土阜，那聲勢才是駭人呢！你的馬大約是關內的馬匹，不慣行沙漠，也不耐渴，所以兩天沒有食水，就倒斃了。等你去時，我給你找兩騎關外的健騾吧。」婁無畏聽她說「兩騎」，心中暗喜：「這老尼想已知道俺的來意，準備放夢蝶隨俺走了。」

談笑之間，已到寺院門前。老尼姑輕拍寺門，撮聲叫道：「蝶兒，稀客到了，妳還不快來迎接！」

話聲方停，一陣急促的腳步聲伴著清脆如銀鈴般的聲音已自內傳出：「師父，誰呀？有什麼稀客會到這裏來？您老人家可是在哄我？」這聲音婁無畏聽來似是熟悉，又覺得有點陌生；這正是他師妹柳夢蝶的聲音，只是多了幾分圓熟與甜美！「這幾年來，她不知變得怎樣了？不知可還記得我這個師兄？」婁無畏這時思潮暗湧，心情的變化，似乎使他覺得師妹也有點陌生了。

聲到人來，寺門倏的打開，柳夢蝶曳著白色長裙，似仙子淩波，輕盈緩步。哦！她已經不再是十六歲的小姑娘，而是亭亭玉立的少女了！在燭光閃映之下，婁無畏只覺得她容光逼人，霎時竟忘了向她問好。

柳夢蝶是長大了，但她嬌憨的神情，還似當年，她一見婁無畏，就禁不住歡喜地拍掌嚷道：「哦，大師兄，是你！這幾年來可好？我爹爹呢？他有沒有來？」

心如神尼見柳夢蝶一串問話，笑道：「妳師兄剛來呢，妳不先請他進去歇歇，就一陣衝鋒似的問這問那。」婁無畏也不禁笑道：「師妹，師父在河北，沒事情！妳甭擔憂！」

三人一路說著，已到佛堂。心如自去叫慧修給他準備茶水素餐，並連夜去找兩匹騾子。

婁無畏把三年來的一切，約略說給柳夢蝶聽。說到他們夜戰索家，連傷清廷衛士時，柳夢蝶色舞眉飛；說到丁劍鳴埋骨荒山，臨終傳命時，柳夢蝶又不勝唏嘘嘆息；說到義和團波瀾壯闊，大鬧中原，許多女子也參加了義和團的婦女組織紅燈照時，柳夢蝶又不覺英姿煥發，朗然笑道：「我們女孩兒家原也不輸給男人！」

但停了一停，柳夢蝶忽地像想起什麼大事似的：「大師兄，你說了半天，爲什麼沒提起三師哥，他現在怎樣了？」

柳夢蝶指的自然是左含英了。婁無畏不覺怔了一怔：「是呵！怎不提起含英呢？他們當日在武邑走散，彼此不知死生，怎能說了半天都没提到。何況他們還是青梅竹馬的師兄妹呢！」婁無畏也覺得自己過於疏忽了。

其實不是婁無畏忘記提起，只是在他的心底，好像總是有股力量壓制住不讓左含英的影子泛上來，所以他很自然的説這説那，卻單單忘了左含英。

當下柳夢蝶一問，使他啞然若失，强笑道：「事情太多，一下子還無暇談到他。師妹別急，他也是好好的，没有損傷半點毫髮！」

原來當日一衆兇徒圍截他們時，本領最高的胡一鄂纏著婁無畏，其他三個好手，兩個絆著柳夢蝶，只有一個去對付左含英。

論左含英的本事，一對一原本對付得了。但因爲除掉那個好手之後，又遇上十個八個小嘍囉一同圍攻，因此左含英也佔不了上風。

左含英雖不能佔上風，但逃脱卻比較容易。他和一衆兇徒翻翻滾滾的越打越近叢林，有幾個本事稍差的，已被抛在後面。左含英神威奮發，潑風一陣的亂斫亂殺，竟給他衝出了重圍，落荒而逃。

當時天色已暮，左含英好容易衝出了重圍，自然不敢再殺回去探查師兄妹的安危，他畢竟還是個大孩子，爲了怕敵人窮追，急急跑出幾十里外，找到一處農家投宿。第二天再到昨晚打鬥之處找尋時，自然找不到柳夢蝶和婁無畏了。於是他只好先回山東老家，隨父親左璉倉自行練習武藝。後來，他父親探得了柳劍吟的下落，便讓他也隨柳劍吟留在義和團中。

柳夢蝶聽完之後，咯咯的笑道：「這小子倒好造化，連傷也沒傷。要不是心如師父，我幾乎死掉了呢！」她也將當日的遭遇說給婁無畏聽，聽得婁無畏直咋舌，連聲稱險。

當下柳夢蝶又道：「師兄，我也想隨你到義和團去看看，見見爹爹。你帶我去好嗎？」但她停了一停又微帶蹙容說道：「不知心如師父許不許我去，你不知道，她老人家可怪疼我的！」

「蝶兒，妳要找父親，我怎會不許妳去！」心如神尼正自裏面走出，聽了柳夢蝶的話，就笑著說：「騾子也給你們準備好了呢。不過，蝶兒，我還有幾句話對妳說。」

心如神尼的面容甚是莊嚴，她叫柳夢蝶到她跟前，輕輕撫著柳夢蝶的頭說：「咱們師徒總算有緣，三年來妳也學了不少東西，雖說妳目前的本領，大約還只是學了我四、五成的功夫，但此去闖江湖，想是也不容易給人欺負了。只是，妳可切記不准恃技驕人，牟尼珠鏢更不能輕發，妳可記得？」

柳夢蝶點了點頭，心如神尼嘆了一口氣，又繼續說道：「蝶兒，我這一生未了之事，就付託給妳了，只是不知咱們還能否再見……」

柳夢蝶一怔，急急說道：「師父，好好的怎說這種話？師父還這樣硬朗，咱們怎的就不能再見？」

心如神尼嘆了一口氣道：「未來的事誰能知道呢？不過，咱們先別談這個，我倒是有些話一定要對妳說。

「妳是我的徒弟，但現在還不是佛門弟子，我不能要妳像我一樣，獨處荒山，長守古剎。但未來難料，如有一天妳要再來時，這間寺院與所藏經典，都是妳的，妳願意的話，就是這裏的主人。

「妳的師祖是禪宗北派嫡支，妳隨我幾年，大約也略微知道。我且再告訴妳一些禪宗分爲南北兩支的故事：

「禪宗的五祖弘忍，號稱黃梅大師，開山授徒，門下有一千五百人。五祖傳法時，要衆弟子各作偈語。當時首座弟子神秀寫的偈語是：『身是菩提樹，心如明鏡台，時時勤拂拭，勿使惹塵埃。』衆弟子都認爲是最好的『悟道』語，但另有一位在廚下舂米的僧人慧能聽了卻不以爲然，請人代寫了四句偈語道：『菩提本無樹，明鏡亦非台，本來無一物，何處惹塵埃？』五祖因這偈語更爲超脫，就把衣鉢傳給了慧能。

「但這兩首偈語，其實代表了兩派的主張，因此禪宗從此分爲南派慧能與北派神秀兩支。南派主頓悟，不須講究修持，便可悟道；北派主漸悟，需一點一滴的積累，一天一天的求有進境，才能悟道。

「後世的人多認爲南支比北支高妙，其實不盡然，南支有南支的道理，北支也有北支的道理。但我以爲北支比南支更切實際，因爲生而悟道的人，或突然解悟的人，到底少有；而北支主張『時時勤拂拭』，比如面上有污垢，妳說是不是要天天洗面呢？

「妳不是佛門弟子，但我卻望妳能記著神秀祖師的話：『時時勤拂拭，勿使惹塵埃。』尤其當自己在迷亂的時候，更要想怎樣去拂拭掉心中的塵垢。」

柳夢蝶聽了這一番話，雖然覺得道理頗深，但不免覺得奇怪，師父的話是臨別贈言，但她也不敢再說什麼。

當下心如又說道：「你們且各自安歇吧，慧修明天會將兩口慣行塞外沙漠的健螺交給你們。」

但第二天，他們竟不能和心如話別了，柳夢蝶辭行時，見師父端坐蒲團，雙目低垂，已經圓寂。蒲團上還有一張給柳夢蝶的遺訓，上面寫著：

「百千法門，同歸方寸；河沙妙德，總在心源。一切業障，本來空寂；一切因果，皆如夢幻；無三界可出，無菩提可求；能斷無明，真如可證！」

柳夢蝶也曾跟心如讀過一些佛典，知道「菩提」的意思便是「最高的道」，「無明」便是指貪、嗔、癡三種情孽。心如所說的也是禪宗的根本主張，菩提不是靠唸佛或信佛所能求得的，要求得大道，到達真如，就應該斬掉無明。

三年師徒，恩深義重，柳夢蝶自然少不了一番悲痛，也銘記心如的話。但她在料理了心如的後事後，卻突生一種奇怪的感覺。

心如神尼的圓寂，在婁無畏還不覺得什麼。他知道一些得道僧尼，在風塵遊戲，享了遐齡，覺得世事無所繫心的時候，自行坐化，是常有的事。但柳夢蝶卻由此得到了一種奇怪的預感。

她雖然還是一個小姑娘，而且正是生命力旺盛，洋溢著青春氣息的年紀，對佛門的空寂，自然沒有什麼體悟。但她到底追隨了心如三年，多少懂得一些禪宗的規矩和習慣。禪宗是不說法，不著書，在覓得衣鉢傳人之時，前宗就圓寂的。昨宵心如對自己說了那麼一番話，而今就突然圓寂，她想莫非是心如已把自己看成了衣鉢傳人？自己僅是心如的俗家弟子，並非想傳她的佛家衣鉢，難道心如的願望，是要自己像她那樣，遁跡空門？

柳夢蝶以往雖然對心如神尼頗爲依戀，但她只是專心向心如習武，並非對佛家有什麼興趣；對蒙古草原、西藏鹽湖，雖也感到新奇，但叫她長住荒涼的草原，她還沒有這分耐力。

這奇怪的預感使柳夢蝶很是不安，但很快就消失了。她在心裏笑自己：「傻姑娘，妳不出家，誰還能叫妳披上袈裟？」

在料理了心如的後事後，柳夢蝶又神馳於關內的原野了，她想起碧波瀲灩的高雞泊，疼愛自己的親人，爹娘和三師哥左含英。「哎！三師兄可不是自己的親人呀！」柳夢蝶一想到左含英的影子常常會和自己爹娘的影子一同泛上心頭時，她的臉是微微有點羞紅了。但想到這些人，到底給她帶來一分不小的喜悅！

可是在奔向關內的旅途中，一種新的不安向她侵襲了！她有點苦惱，又有點恐懼。她覺得大師兄和三年前很不相同了。三年前大師兄也曾帶著自己和左含英長途跋涉，但在途中，大家都聊得很快活，爽朗的笑語讓每天都過得很快，並不感到旅途的遙遠。但這一次在大師兄的臉上卻看不到爽朗的笑容，就是笑也似乎笑得很勉強。

柳夢蝶又看出他對自己也拘束得多了，常常不能流暢地對談，似乎要幾經思索，才能說出話來。師兄在騾背上常常喜歡回顧她，但當她縱騾上前，和他並肩而行，要和他談話時，他又囁囁嚅嚅，托詞說是怕自己落後，又碰到像在武邑那樣，被兇徒分開截擊的情形。

柳夢蝶心裏不由得暗暗奇怪，爲什麼豪氣逼人，英姿颯爽的大師兄，會變得好像忸忸怩怩的女孩子？

大師兄的態度，在她心裏成了一個謎，但這個謎很快就揭破了。那一天他們走過了綏遠首府歸綏的北部，在大青山一戶民家投宿。大青山巔，終年積雪，亙古不化。有一首詩這樣描寫過它的面貌：

「羣山爲座地爲盤，天外飛來白玉山，久被太陽薰不化，時時當作水晶看！」

柳夢蝶這晚，思潮起伏，心中很是煩悶，遂起身屋外，看大青山的積雪皚皚，閃映流輝。正在出神，驀然一條黑影，在眼前一閃。正待喝問，卻已聽得一個熟悉的低沉聲音輕輕說道：「師妹，還沒睡？」

柳夢蝶定睛一看，不正是自己的大師兄婁無畏麼！她心裏輕輕一跳，但隨即恢復平時態度，微笑問道：「大師兄，你也還沒睡？」

婁無畏苦笑道：「我睡不著，見師妹起來，我也就起來了！」

柳夢蝶本來是一個天真爽直的姑娘，這幾天來給大師兄若即若離的態度，弄得滿腹狐疑，心中很是煩悶，她覺得非問個明白不可了。因而突然抬起了秋水盈盈的雙眼，直問婁無畏道：

「大師兄，這幾天來，你是不是有什麼心事?你縱橫江湖，爽快豪邁，有什麼事情會悶在心裏說不出來?大師兄，你一向把我當妹妹看待，而我更是一向把你當做長兄看待。你有什麼煩惱，難道不能對小妹說麼?」

婁無畏一面聽著柳夢蝶說話，一面凝望大青山積雪的山巔，昂立如僵石，眼睛似定珠。聽完了柳夢蝶的話後，仍是悠然佇立，恍惚若夢，良久，良久，始突然指著大青山巔的積雪，說道：

「師妹，妳看這大青山巔的積雪!我覺得我就像這大青山一樣，大青山的積雪亙古不消，我的心底也似有一座冰山，一直沒有溶化!」

柳夢蝶打了一個寒顫，蹙著雙眉問道：「這是爲了什麼?」

婁無畏起初還好像訥訥不能言語似的，後來話一說開，再經這一問，他突然像雪山崩瀉似的，滔滔的話語頓時像奔騰的江河：

「爲了什麼呢?我也不知道!但是既然妳這樣問，我只能說說我心裏的感覺。

「師妹，妳是幸福的，有爹娘，有許多疼妳的人，妳好像春天一樣，散播著歡樂的氣息。

「可是我和妳不同，我連父母的顏容也記不清楚了。雖然師父、師母對我都很好，但我總不能長住在妳的家中。

「師妹，妳沒有經歷過我這麼長久的亡命生涯，沒有嘗過流浪的滋味。我已是歷盡滄桑，我在像妳這麼大的時候，就慣於孤獨了!妳不知道，我常常獨往獨來，在杳無人跡，猿啼虎嘯的燕山，在流水嗚咽，孤舟難覓的黑水，我曾消磨過多少個早晨與黃昏？

「妳只知道我曾叱咤江湖，但卻不知道我也很軟弱。我慣於孤獨，但卻害怕孤獨。我常常害怕黑夜的到來，寧願在漫漫長夜裏坐待著黎明。我更害怕沒有聲音與色彩的世界，在靜寂的深夜，我甚至寧願聽到虎嘯猿啼，聽到流水嗚咽。」

在婁無畏滔滔不絕的說話時，柳夢蝶一直凝神傾聽，這時，她突然插嘴問道：

「大師兄，你相識遍江湖，難道就沒有朋友嗎？再說，你曾在義和團中，那裏不就正似沸騰的海洋？」

婁無畏苦笑道：「朋友麼？自然是有的。我有愛護我的良師，和關外的老英雄獨孤一行；我也有患難中的朋友，比如匕首會和義和團中的一些同伴。

「可是我還是感到空虛和寂寞，我缺乏一種能分享我的歡樂與憂愁的朋友，在併肩戰鬥之餘，也能促膝深談，獲得心靈上和諧。

「而且很多時候，我並不是和朋友們在一起的，在我年輕時，我常常只是一劍去來的！

「再說，讓我感到最苦惱的還是：儘管有許多朋友，可是沒有人能指引我一條可行的道路。師妹，妳也許知道我的父母是怎麼死的。我恨透了滿清和它的奴才，可是我找來找去，還是找不到一種力量，可以搖撼這根深柢固的皇朝。我聽過小螞蟻咬死大白狼的故事，我在找尋一個有力的團體，一個能集合許許多多人的團體，於是我找到了義和團。

「但我在義和團中仍只有失望。義和團主張扶清，拳民也是清濁合流，龍蛇混雜，儘管有人認爲參加義和團還是值得，但我卻還是沒能看清其中的道理。

「師妹，妳問我有什麼事情悶在心裏説不出來？我沒辦法説得清楚。我常常在血雨腥風之後獨自徘徊，許許多多奇怪的想法就乘時襲到。我像在期待甚麼，又像在追求甚麼，於是一些幻想，就好似矇矓的春夢，掠過曉覺半醒的眼！」

婁無畏這番像雪山崩瀉一般的傾訴，震撼了柳夢蝶。她不曉得在這江湖豪俠的心底，會埋藏著如此一座大冰山。其實婁無畏的苦悶，正是他情感上無處發洩，加上思想上沒有出路，以致在心中形成了一個憂鬱的結。他的苦悶，也正是當時許多武林中人共同的苦悶。柳夢蝶還是個涉世未深的少女，不能理解這種苦悶。可是婁無畏的話，已經在她澄明如鏡的心湖，盪起了漣漪！

她輕輕的抬起頭來，眼睛裏閃耀著晶瑩的淚珠，低聲對婁無畏道：

「師兄，我是一個不懂事的女孩子，但我關心自己家庭，我也愛這個世界。如果可能的話，我願意將幸福帶給所有的人。

「我不知道我能夠幫助你什麼？不過，我誠心願意做你的妹妹，希望你可以把我的家當作自己的家，當你感到寂寞，感到孤獨的時候，我願意像親人一樣待你！

「至於義和團，我對它也很陌生，不過我覺得那樣的生活是有光有熱的，你不知道，我一聽你談到它時，我是多麼嚮往紅燈照中的那些姐妹們！我想也許你在他們之中，但卻沒有分享到他們的歡樂與憂愁，所以就感到特別寂寞了吧？」

婁無畏帶著大病初癒的疲倦神情，「哦」了一聲道：「師妹，也許妳是對的，妳充滿著青春的氣息，而我卻有點遲暮了。謝謝妳的關懷，時候不早了，我們還是回去休息吧。」他在柳夢蝶的談話中，感到溫暖，也感到失望。師妹只是把自己當作兄長而已，他不敢細細咀嚼她的話，只得像洩氣的皮球一樣走了。

似此星辰非昨夜，爲誰風露立中宵。柳夢蝶那晚卻不能好好的安歇，她在院子裏徘徊，直到天明。

# 第九回　心事濃如酒　情懷總是詩

可憐那一晚上，柳夢蝶終夜無眠，在院子裡徘徊凝想，直到天明。

十多年來，她都是在父母疼愛之下長大的，這三年來，雖說在塞外窮荒，也有心如神尼照顧。她很少碰到需要自己決定的大事，然而現在是碰到了。

她隱隱約約的想到，這大概就是平常人們所說的，女孩子長大之後，必定會碰到的問題了。她不知道這是不是叫作愛情，這一種情感對她而言是如此陌生；令人激動，令人愁煩，但也有一種奇異的吸引力。

這一種情感，在她十九年的生命中，第一次像狂潮般捲到，使整個身心都顫動起來！但這種感情，又似乎不是第一次體驗。

「不是的！」柳夢蝶心中自己答道。她臉上也熱辣辣起來了。左含英的影子，像閃電一樣的閃過她的心頭，她想起了三年多前，她和左含英在高雞泊中划船的情景，那時左含英就問過她：「妹妹，妳願意永遠和我這樣嗎？」那時她還不明白這句話的意思，但不知怎的，這句話卻像一個烙印，烙在她的心上，直到現在，還難以忘懷。

每當她想到左含英，總是滿心喜悅，現在也是。她和他雖闊別了三年，但卻一點也不覺得有隔膜，她相信再見之時，就算不說什麼話，彼此也一樣可以了解。

這是愛情嗎？她不知道。這種情感是緩慢的，如滴在石階上的簷頭雨水，慢慢侵蝕；而婁無畏的情感，卻像暴風雨一樣襲來，以致她在倉卒之間，簡直不知如何應付！但也由於婁無畏狂潮疾風似的情感，令柳夢蝶想起了她和左含英之間的情感，這情感究竟是哪一類的情感？她在平時是從來沒有思考過的。

對於大師兄，她是敬佩的，她一向也確是由衷地把他當作兄長一樣來尊敬。對於他冒死來救她一家，在柳林中力戰羣兇；以及三年來，走遍江湖，尋找自己的蹤跡；她非常感激。然而她總覺得，大師兄和她比較陌生，她和他相處的時候，遠不及和左含英相處時來得自然。

但，儘管如此，她又可憐大師兄沒有親人，沒有家庭，長年東飄西蕩，獨往獨來。她驀地感到，這個人雖然豪氣干雲，縱橫江湖，但也像小孩子一樣，需要照顧！一種女性天賦的母愛，使她忘掉自己還只是十九歲的女孩子，而大師兄卻是卅多歲的中年人了！

當她感到自己有責任去照顧大師兄時，她迷惘了，她不知道該怎麼做？她不能想像和大師兄在一起時，能與左含英一般親密，但她又不願讓他失望。

經過了在大青山畔那一晚，婁無畏對柳夢蝶傾訴胸臆之後，他們兩人發展出了一種奇妙的關係：他們好像更親近了，但也好像更生疏了。

婁無畏把多年來沉埋在心底的感情傾吐之後，心胸舒暢了許多，對柳夢蝶的態度，也減少了那種異樣的尷尬，看起來是要比先前更接近。可是婁無畏對柳夢蝶那種既非接受，也非拒絕的態度，卻感到有一擊不中的羞愧。在武林中，高手若是一擊不中，就翩然千里，不會再有第二次的糾纏了。婁無畏在情感上，對柳夢蝶已覺得一擊不中了，但是他不能翩然千里，一來，於情於理他都不能離開她，二來他甚至覺得，那麼就把柳夢蝶當妹妹吧，也給他帶來許多溫暖。他雖未衰老，可是卻似乎需要一根枴杖了。至於是否會再有第二次的糾纏，他自己也不知道，由於一種作爲長輩的情感上的自尊，他會壓抑住自己的情感，但這種壓抑，會否像洪水一樣的潰圍而出，那就不能預料了。不過，既然婁無畏有了這種情緒，他就不能不更感生疏了。

至於柳夢蝶呢？她覺得師兄孤獨，是一個可憐的大孩子，願意盡可能的安慰他。因此她經過了大青山畔那一晚後，對他是比以前更關懷了，以前她只是他的師妹，要他照顧，而現在她覺得不單是他的妹妹，也是他的姐姐，要反過來照顧他了，因此對他的起居飲食，有意的關心起來，表現了一種女性特有的溫柔與細膩。在這一方面來說，好像比以前親近得多了，但是，雖然如此，她對大師兄這種情感，卻又感到有一種莫名的恐懼。她還不能完全理解大師兄的情感，而且大師兄也不能取代左含英在她心中的位置。左含英和她是平輩，是可以毫無拘束談笑的人，而且是她深深了解的人。而儘管她對婁無畏好，但她隱隱約約覺得，這和對左含英的好，又有很大的不同。

他們就是在這種奇妙的關係中，度過了長得令人煩悶的旅程，經過大漠流沙，深山幽谷，又從大黑河畔回到直隸通州來。

他們之所以不回到山東，而去了直隸，是由於當時義和團本部已從山東移到直隸。山東是袁世凱的勢力範圍，因而只有一小部分留下來的義和團在山東和袁世凱對抗了。

當時直隸的通州是義和團大本營所在，柳劍吟和左含英都在那裏，所以婁無畏自然帶柳夢蝶直奔通州。

不料，他們卻撲了一個空，柳劍吟和左含英都已不在通州，而爲了義和團的事外出去了。柳劍吟去了天津，左含英隨他同行。他們此去，可能在一個月之內不能回來。婁無畏便急急先找在通州鎮的義和團首領李來中打聽。

那時正是義和團聲威最盛的時候，李來中忙得很，只能和婁無畏簡略的談了一些。原來在義和團進入直隸境後，擴展迅速，只涿州一地，就有拳民二、三萬人，佔領了縣城。在直隸境內，到處都可見頭裹黃巾，腰纏紅帶，手持戈矛的拳民。直隸的總督裕祿發了慌，迫得以對待同等地位的禮儀迎義和團入天津。當時進入天津的義和團首領是地位僅次於李來中的張德和曹福田。而柳劍吟則是李來中請他到天津察看形勢，並聯絡天津一帶的江湖人物。李來中說完之後，堅請婁無畏和柳夢蝶暫時留在通州，他說柳劍吟一個月後反正要回來，而且義和團的婦女組織紅燈照，正缺乏有膽識、有武藝的女子幫忙，所以他很希望柳夢蝶幫忙他訓練紅燈照的女衆。

對於義和團，婁無畏並不很熱心，但柳夢蝶卻很感興趣。她見紅燈照中的女子，不梳頭，不裹足，行動矯捷，態度大方，頗對她的心思。紅燈照中的兩個女頭目董二姑和劉三姑，也是一身武藝，豪放得很有男子氣概，尤其是劉三姑，更是抗法名將劉永福的幼妹，和柳夢蝶甚是相合。

在通州的這段日子裡，婁無畏和柳夢蝶還是常常見面，義和團既有婦女參加，男女往來也被視爲尋常，何況他們本就是師兄妹，所以往來較密，也不足爲奇。

在通州過了半個多月，柳劍吟還沒有回來，李來中已派人告知他柳夢蝶的消息，報信的人照日程算也應到了天津多日，但也沒有接到柳劍吟的覆信。

在這段日子裡，婁無畏和柳夢蝶的情感變得更恍惚迷離了。婁無畏雖然一直克制自己的感情，可是仍不免有時流露。尤其令他苦痛的是：柳夢蝶時時在有意無意之間，會提起左含英來。婁無畏看得出，每當她提起左含英時，總不自覺會流露出一分喜悅之情。

婁無畏的心情正如蜘蛛之甘縛於自己的網，難以自拔。他一面覺得自己需要像柳夢蝶一樣的少女待在身旁；但卻又覺得，不應該用情感去束縛這樣一個純真的少女，她是如此年輕，而自己卻已漸漸老了。婁無畏覺得師妹應該有她的幸福、她的歡樂，看來她是喜歡左含英的，那麼自己何必橫在他們之間，成爲他們的障礙？更何況他也隱隱覺得，柳夢蝶似乎是在可憐他，這更令他無法忍受。他的英雄義氣使得他把受人同情當成是一種恥辱，就算柳夢蝶肯愛他，但這愛若是攙雜同情，他寧願孤獨終生，也不願接受。另一方面，也許是由於年齡的差距所致，他覺得兩人之間的談話，常常不很自然，無法達到他所企望的心靈上的和諧。他想退出，但又不能毅然退出，情感上的矛盾引起的苦悶，與日俱增。

而柳夢蝶的心情也一樣陷入矛盾與苦悶之中。她不願任何人受到痛苦，何況是她敬愛的大師兄，因此她盡可能的對他溫柔體貼。但是每當她覺察出大師兄有意無意之間所流露出的愛意時，她又不禁覺得後悔。她隱約感到有一種莫名的恐懼，不知道這樣下去，會弄成甚麼局面。她有意對大師兄體貼，但又後悔這種體貼，因為她害怕會引起大師兄的誤解，更害怕大師兄的情感，會再一次像狂潮疾風般捲來。

她與妻無畏的往來，別人倒沒有覺察出什麼異樣，可是卻瞞不過精明的劉三姑。劉三姑和她同居一處，常常見她深夜失魂落魄的回來，心裡早已料中幾分了。

有一天晚上，劉三姑逕直問柳夢蝶是不是喜歡大師兄。她還半是玩笑，半是認真地對柳夢蝶說：「姑娘長大了，是該找個婆家了！我看妳大師兄人又好，又老實，又有本事，和妳正是一對兒！」

劉三姑的話語，宛如在她身邊響起一記焦雷！她從沒想到過找婆家的事，但現在卻不能不想了。是的，女孩子長大總是要嫁人的，可是她又怕想到嫁人這件事，她甚至天真的認為就是要嫁人，也要過八年，十年再說。

可是嫁給誰呢？她不能想像嫁給大師兄。但若是嫁給左含英，她又不忍這樣拋開大師兄，讓他獨自忍受苦痛。她想，還是不要嫁人吧，再不然，等過了十年，八年，人事滄桑，情況改變，那時再作打算吧。

可是，她又想起大師兄已經是中年人了，他不比自己，再過十年，八年，大師兄已經四十開外了，到那時如果自己不嫁給他，他會更加失望，也很難再找到其他女孩子了。因此還是乾乾脆脆的告訴大師兄，自己不願意嫁人，請他找別的女孩子吧？但，想是這樣想，可又怎能說得出口呢？大師兄也沒有談過婚嫁的事情，何況她還害怕傷了大師兄的尊嚴。

有事悶在心裡，是最難受的了。況且這種事情又是連對父母也不方便談的。當劉三姑再三追問時，柳夢蝶忍不住低聲對劉三姑傾訴了。可是她不敢，也不能清楚的說出自己的心情，她只說看來大師兄婁無畏和三師兄左含英都喜歡她，因此她心亂得很，不知該如何決定。

劉三姑聽了，噗哧的笑道：「這還不容易決定？喜歡誰就嫁給誰好了！這是妳自己的事情，有誰能强著把妳拖進花轎？」她說得倒輕鬆爽朗，柳夢蝶可是一點也拿不定主意。「喜歡誰？」這事情就不簡單，而且她覺得，不是別人在迫她，而是一種無形的力量在迫她，使得自己不忍拋開大師兄，她覺得這不是喜歡的問題，自己縱是喜歡左含英更多一點，也不能說離開就離開大師兄的。

兩人在這苦悶的心情中過了半個多月，終於有一天聽到李來中告訴他們，左含英第二天就回來了！

原來李來中派人到天津時，柳劍吟恰巧到別處聯絡江湖上的幫會去了。待他回到天津時，一聽左含英告訴他，柳夢蝶已經讓婁無畏找回來了，不禁老淚縱橫，喜極而泣，說道：「苦了這孩子了，三年來她不知受了多少折磨？現在找回來了，我也安心了！」他不知柳夢蝶這三年來並沒有受什麼折磨，在心如的照料下，反而還學了一身武藝。

柳劍吟自然非常想念愛女，但當時的形勢已經發展得很嚴重，有許多重要的事情，需要他料理。他想了又想，終於決定叫左含英代他回通州一趟，一方面固然是代他看看柳夢蝶是否安好；更重要的是，有一些大事要問李來中的主意。

婁無畏知道左含英明天就回到通州，心情是既喜悅又混亂。喜悅的是：他又可見到隔別多年的師弟了，畢竟他們師兄弟之情，是不會因妒忌而反目成仇的；混亂的是與柳夢蝶之間，事情好像臨到決定的前夕了。他想了又想，突然在半夜裡披衣起床，倏的朝柳夢蝶住處奔去。

月過中天，夜涼如水，女營外刁斗無聲，只在遠處有衛兵巡邏來往。柳夢蝶一聽通報，馬上就出來見他，似乎她也深宵未眠，正特意等他前來。

兩人在月光之下一再徘徊，月色溶溶，夜風蕭蕭，良久，良久，婁無畏才抬起頭來，凝視著柳夢蝶説道：「妹妹，我有幾句話一定要和妳説。

「我很後悔攪亂了妳的平靜。我現在已經想過了，我以前慣於孤獨，今後也將慣於孤獨，何況妳願意做我的妹妹，我已經是很滿足了！

「我想過了，我已經漸漸衰老了！這不單是年齡上的衰老，我説的是我的心境。而妳還這樣年輕，妳的生命才剛剛開始，我不能，也不應該拖住妳。

「我想左師弟是更適合妳的，他是這樣的年輕，請恕我直説，你們應該是一對最好的伴侶。你們的結合，將會在江湖上留下佳話。

「至於我呢？妹妹，妳不必管我，我這一生，早已注定要在江湖上流浪了！」

「不！」柳夢蝶眼中噙著淚水，對婁無畏喊道。然而，除了這聲「不！」之外，柳夢蝶可一時又說不出話來。待她想好話要說時，婁無畏早已似掠水驚鴻，飄然而去了。柳夢蝶稍一遲疑，便不見了他的影子！

這一晚，柳夢蝶想了許多，許多，終於她在內心，也暗暗有了一個決定。

第二天，左含英回來了！他歡喜得一步三跳的跑進營門，李來中和幾個高級首領，以及婁無畏、柳夢蝶都在中堂等著，李來中等人急著要知道天津方面的消息。

而這左含英可並不忙著報告，只是急急的遊目四顧，找尋柳夢蝶的身影。可是當眼光一碰到柳夢蝶時，他不禁呆住了！柳夢蝶顏容憔悴，雙眉深鎖，左含英親親熱熱的叫她一聲「師妹！」時，她只是淡淡的應了一聲「嗯！」弄得左含英一肚子的話都說不下去了。

左含英的眼睛又在人叢裡找到婁無畏，只見師兄虎目無光，精神不佳。他覺得奇怪，驀地又省起，他應該先向大師兄問好的，可卻一心專注在柳夢蝶身上。他這一想，臉上不覺有點紅暈，正想開口，婁無畏已微微笑道：「咱們師兄弟慢慢再敘，你且先把事情報告總頭目，他們都在等著聽天津方面的消息呢！」婁無畏畢竟是飽經歷練，雖然心思煩亂，但人情世故上，卻很識大體。輕輕幾句便解了左含英的窘。

左含英這才向李來中重新施禮，定了定神，正容說道：「總頭目，情勢非常緊張，那面的弟兄，都在等著聽您的意見。」

原來義和團的聲勢擴大後，和洋人以及教民的衝突越來越多。義和團固然有許多盲目仇外的行爲，但在華列強，恃著特權用激烈手段對付義和團的，也不在少數。有一次義和團經過山東龐莊時，一間美國教士所創辦的教會，就曾無緣無故開槍射擊、追捕拳民。

到光緒廿五年底，在華列強公使所組成的公使團，正式向滿清政府提出照會，要求消滅義和團及另一個與義和團合作的主要會社——大刀會，將爲首的拳衆以及幫助義和團的人盡行誅戮，並聲明如果清政府不接受，各國將自行派兵來辦理！最初滿清政府接受了這個要求，派直隸提督聶士成去剿義和團，聶士成逢人便殺，見屋便燒，結果卻激得老百姓紛紛加入義和團，使得京津一帶，秩序大亂。西太后恐怕會因此激起民變，在洋兵未來之前，便先動搖了她的寶座。這位老奸巨猾的西太后，遂出爾反爾，反下了一道上諭去斥責聶士成，說道：「倘因此激成民變，惟該提督是問！」

這還不算，西太后又幻想利用義和團來替她抵禦洋人，竟派人到天津，說准許義和團正式入京。

於是義和團面臨了一個重要的抉擇：「入不入京？」天津的首領張德成和曹福田是主張入京的。而柳劍吟以義和團客卿的身分，不便發言，但態度是不主張入京。因爲入京之後，便爲西太后所利用，危險甚多。他不相信滿清是一個可以合作的夥伴。儘管如此，他還是服從張德成的命令，先行潛入北京，與北京的義和團會面，打探風聲。他準備在派遣左含英回通州的第二天，他就動身。

柳劍吟始終不以入京爲然，他覺得在北京發展義和團是一件事；把主力大隊拉入北京是另一件事。義和團所説的靠符咒可禦槍砲，騙得別人，騙不了他，他生怕一班沒有武器的義和團，到了京城，會白白送死。因此他鄭重叫左含英來問李來中的意見。

李來中聽了左含英的報告，和左含英傳達了柳劍吟的見解後，沉吟半晌不語。但旁人已看得出他心中起了一陣不小的波動，也有一分不小的喜悅。他驀地拍案而起，虎目放光，橫掃衆人，狂喜嚷道：「去北京？怎麼不去？咱們成功啦！大英雄大豪傑做事情，何必像鄉下婦人那樣怕前怕後，怕蛇怕鼠？俺要親自率領大隊進北京！」

李來中這一拍案而起，使得婁無畏很是尷尬，而柳夢蝶也很不高興。至於其他頭目，則有的狂喜，有的憂慮，但大家見李來中如此，都不便進言。

婁無畏尷尬的是：柳劍吟是他的師父，李來中竟毫不尊重他師父的意見，在決定進北京時，連提也沒提起他的師父；而且還似乎把師父比作「鄉下婦人」，而自己才是大英雄、大豪傑。婁無畏雖不大關心義和團的事，但他在這事上是贊同師父的。「入北京和胡虜合作，這算什麼英雄豪傑？這不是給人當英雄，而是給人耍狗熊！」婁無畏在心裡暗暗生氣，但也正因爲柳劍吟是他師父，他不方便説出來。

柳夢蝶雖沒像婁無畏想得那麼多，但她對李來中所説的「鄉下婦人」的話很是不滿，她覺得李來中輕視女人，好像只有男人才配當大英雄似的。她不高興得連小嘴兒也鼓起來了！

李來中也有他自己的想法。他本是陝軍將領董福祥手下的小武官，在加入義和團後，才一路扶搖直上，做到總頭目的。在他的意識裡，還覺得能見到皇帝，尤其能見到西太后，是一件足以光宗耀祖的事。他心想，以一個小武弁出身，而能夠令西太后特派專人迎入北京，和王公將相並起並坐，人生到此，還能不意得志滿，睥睨羣輩嗎？因此他竟不權衡利害，竟要將義和團的主力，帶到北京去耀武揚威一番！

他也看得出婁無畏和柳夢蝶的不滿，於是便欲急急打發他們出去。擺擺手道：「事情決定了。入不入京的事，就不須多談了。你們師兄弟多時不見，我不妨礙你們了，你們就到外面去敍敍吧。」他又含笑對左含英說：「你也沒事了，你若高興就在通州多玩兩天吧，你近來也辛苦了！」他作出通達人情，關懷小輩的樣子，再擺擺手，這會議就算結束了。

左含英沒精打采的跟婁無畏、柳夢蝶出來，他見柳夢蝶還是愛理不理的，只顧低頭看路旁的花花草草，只好和婁無畏有一搭，沒一搭的閒聊。但在閒聊中也有一件事情引起婁無畏的注意：師叔丁劍鳴的兒子丁曉已經出現，且見過了柳劍吟，還回到了保定城，整頓太極門，聽說辦得非常出色，已是名聞江湖。還聽說他也很爲柳劍吟出了一些力氣。他的妻子就是梅花拳老掌門姜翼賢的孫女，而朱紅燈則是姜翼賢的大弟子，因爲這層關係，所以丁曉在義和團裡也很吃得開。

兩人談了一會，婁無畏突然看了柳夢蝶一眼，徐徐說道：「我有些小事情，要先走一步，你們多年不見，就多談一會吧！」

婁無畏一去，左含英和柳夢蝶都覺得有點不太自然。左含英一直納悶，爲什麼多年不見，師妹變得這樣冷冷淡淡的，完全出乎他的意料之外。在大師兄去後，她更是面色倏變，忽紅忽白，看來竟像有重重心事，也不知是爲了什麼？

他不禁帶著悲憤激動的聲調對柳夢蝶道：「師妹，咱們從小玩到大，小時候也常常拌過嘴兒，但妳從來不曾這樣陰陰沉沉，愛理不理的，妳不知道我這三年來多惦掛妳！我自恨本領不濟，不能像大師兄那樣，匹馬單槍到處找妳。但這三年來，我白天裡想著妳，晚上做夢也夢著妳。師妹，妳若是有什麼事情惱我，儘管打我、罵我都好，就請妳別這樣子冷淡我！咱們都是死裡逃生，三年來久別重逢，妳就是有什麼事惱我，也得過一、兩天才發作呀！師妹，妳到底有什麼事惱我？妳說出來吧！」

柳夢蝶驀地抬頭，眼中含著晶瑩的淚水，哽咽說道：「三師哥，我並沒有惱你！我也知道我不該這樣對你，但我現在心裡很亂，你待我好好想一想，再和你說吧。你今晚午夜，可以到女營來找我，咱們再好好的談。」柳夢蝶說完了這些話，更顯得憂鬱陰沉，左含英也不敢攔阻她，只好柔聲對她說：「是的，師妹，妳看來精神很不好，是該先去休息休息了。今晚我再來找妳吧。」這一對青梅竹馬的師兄妹，就這樣結束了他們闊別三年後第一次的見面。

夕陽西下，明月東升。柳夢蝶回到女營後，就躺在床上，不眠不食，心中想著大師兄，也想著左含英。

左含英長得更英俊了，他的影子在柳夢蝶心頭，就像臨風玉樹在晚風中搖曳。她心裡雖然割捨不下左含英，但大師兄又那麼需要人照顧。她忽然想起大師兄所說的心境垂暮的話，驀地有一個想法在她心中泛起：「是的，左含英還年輕，又這樣英俊，就是自己不理他，也一定會有許多女孩子理他；而大師兄呢，卻的確需要自己照料的。」她想了又想，覺得是應該犧牲自己，去完成他人幸福的時候了。

這一夜，她在女營會見左含英。一樣的月光，一樣的情景，但卻有不同的心情。她驀地用一種急促的語調，對左含英說出了她的決定。她說得這樣快，好像生怕被別人截斷了，以致影響到自己的決心似的。她說：

「三師哥，許多話你不必問我，我也不必多說。我知道你對我的心意。我始終是你的師妹，我願意對你很好，使你幸福，但我怕你誤會我的意思。

「我應該告訴你，有一個人在你之前，隱隱約約的向我表達了他對我的心意。起初我不願意接受，但我現在考慮了！」

「誰？」左含英急問道。

「就是大師兄！」柳夢蝶低著頭微嘆！她避開了左含英緊迫的眼光。

「哦！大師兄！」左含英驚叫了一聲，就再也說不出話了！他還能說什麼呢？他不能阻止師妹接近大師兄，但又不能抑制自己的悲痛。他驀地回轉了身子，匆匆的離開了，連一句交代的話都沒有。

第二天早晨，柳夢蝶接到了一封左含英留給她的信。信上說道，他不能在通州待下去了，也不希望再見到她。左含英在信上告訴她，他今天一早就要趕回天津。末了，還祝福她和大師兄幸福。

前塵往事，湧上心頭。柳夢蝶昨晚雖下了極大的決心，但其實卻非常捨不得左含英。她讀了左含英那封幽怨異常的信後，原本就已不大平靜的心湖，更激起了極大的波浪，整個人頓時精神恍惚，欲哭無淚！

劉三姑先前的話語突然在她耳邊響了起來：「妳到底喜歡誰呢？」她現在明白了，她喜歡的是左含英，儘管她故意冷淡他，但他一走卻給了她如許悲痛！這悲痛就是她愛左含英的明證。她也漸漸明白她對大師兄的情感不是真正的愛情，而是一種同情。自從在大青山畔那一晚，大師兄傾吐心事之後，她和大師兄的相處，就一直不大自然，總是覺得心頭好像有一塊石頭壓著。

她又害怕左含英在受此重大的創傷後，沒有氣力抵禦當前巨大的風暴；如果他碰上了强敵，還能夠像以前那樣機靈勇敢嗎？「真是任性的孩子！」她有點怨起左含英來了。

驀然又有一個念頭湧上心頭：她要保護左含英。她覺得大師兄像一棵大樹，已經可以獨自抵禦風雨，而左含英不過還是一個嫩枝。

柳夢蝶的心情就是如此複雜又激動，她突然止住哽咽，匆匆收拾行囊，佩上青鋼劍，藏好牟尼珠，也跟蹤左含英趕到天津去了。她只簡簡單單的寫了兩張字條，通知劉三姑和婁無畏。

婁無畏當天晚上，也是整夜無眠，不過他在失落中卻又有著欣悅：他在左含英回來的前夕，畢竟是下了決心退出了，他對自己能夠有一分俠客的灑脫，不因自己的緣故，去妨礙師弟、師妹的幸福而感到欣慰。

但這天晚上，他先接到左含英的留書，跟著又接到柳夢蝶的留書。左含英在信中祝賀他和師妹珠聯璧合，同時說明自己從此要學他飄泊江湖，請大師兄原諒他不辭而別，也請大師兄原諒他從此不再和他見面。柳夢蝶則只是寫了幾行字告訴他：她去了天津。

這兩封信讓婁無畏很是不安。「爲什麼師弟這樣誤解我呢？」他後悔自己傷害了師弟、師妹的心。他想了又想，終於決定趕到天津去，當著師弟、師妹解釋明白，他願意成全他們。他遂正式告知李來中，說有要事必須到天津找他的師父不可。李來中本來想留住婁無畏，可是昨天婁無畏的面色很是難看，李來中也很不高興。他見婁無畏這一說，還以爲婁無畏和師父一齊反對他的計畫，也就冷冷的說道：「你既然不願在通州住，我也不留你了，但願咱們能在北京見面。」

婁無畏辭過李來中，便匆匆趕道，急急追蹤，一路上但見頭裹黃巾，腰纏紅帶的義和團絡繹往來，如洪流，如巨浪，他也不禁怦然心動。

匆匆傍晚時分，他已趕到了天津。其時已是城門深鎖，守衛森嚴。他不願驚動守城的義和團，遂擇了一處僻靜之地，暗覷無人，湧身就輕飄飄的上了牆頭。

哪知他想避麻煩，麻煩卻逕自找上門。他上了牆頭，正想下躍之際，驀地有衣襟帶風之聲，來自身後，他久經大敵，不往前闖，反向後退，往旁一縱，竟再退出城外。這也是婁無畏自知犯了紀律，不願引起衝突。

哪知來人還是緊隨不捨，竟似斷線風箏似的，直跟著婁無畏身後落下。一面喝道：「什麼人敢偷進城內？」說話之間，颯然掌風已朝婁無畏肩頭按到。婁無畏急滑身卸步，「漁夫晒網」，丹田一搭，氣達四梢，雙臂一抱，右肘微抬，使出擒拿法中的「拆」法，婁無畏之意不在傷人，只求解拆。

怎料來人身手竟自不凡，他剛一現肘，敵人竟微笑一聲，疾如星火的用左手「白鶴亮翅」，右掌向婁無畏中盤一揮，婁無畏急塌腰吸腹，急急後退時，來人已跟蹤而上，「斜掛單鞭」，往下一沉，右掌立刻往下一切。

婁無畏見對方來勢甚猛，不願硬接，急展開獨孤一行所傳身法，身形平地拔起，如巨鷹掠空，飛出二、三丈外。

婁無畏本待道出身分，消除誤會。但他見來人，一連用了兩手太極拳法，竟是非常純熟，敢情有了八、九成火候！他心中暗暗驚訝，怎的此時此地，會遇見一位太極名家！這身法手法，和自己的師父一模一樣。他從不知道除師父柳劍吟外，同門中還有如此人物？師叔丁劍鳴也不過如此，如果是他的門下，怎能有如此純淨功夫？如果不是他的徒弟，這人又究竟師出何門？

婁無畏心中暗暗猜疑，故意不先說出身分，也立意不用太極本門功夫去應付，他暗暗盤算且先用八八六十四手擒拿法試試再說。

來人見婁無畏身手不凡，也自驚訝！他深恐誤傷了同道，這時雖已跟蹤而至，卻先不出手，再喝問道：「你到底是什麼人？趕快說出，以免自誤！」

哪知婁無畏並不答話，竟把門戶一立，雙拳一抱道：「你未問青紅皂白，一上來就急著出手，俺倒要看看你有多大修爲，如此放肆！」

來人見婁無畏並不理會，竟自挑戰，心中也不禁暗氣。他又懷疑婁無畏是敵方奸細，更是留神，遂憤然説道：「偌大一個天津城，俺就不曾見過有如此霸道的？若任你隨來隨去，莫不叫江湖人物看輕了守天津的義和團弟兄？俺沒多大修爲，但也不能讓你這樣放肆！」説罷，把門戶一立，就待交手。

婁無畏存心試技，也就不再客氣，馬上走行門，邁過步，拉開式子，雙臂箕張，狠狠前撲。他用的是獨孤一行所傳的大擒拿手法，只見一派兇猛獷厲，手腳起處，全帶勁風。

那來人不知婁無畏是什麼家數，説是劈掛掌又不像劈掛掌，説是擒拿手又不像擒拿手，原來那正是獨孤一行就鷹爪門的擒拿手，加以改變所獨創出來的。來人資歷尚淺，如何知道？

但來人雖然暗暗驚奇，卻毫不害怕，他的太極功夫，原是以靜制動，就勢破招的，不管你何家何派，都緊守「敵不動，己不動，敵一動，己先動」的祕訣對付。

不管婁無畏如何兇獷，他自是沉著應付，寸步不讓。只見他身形展開，真是靜如山嶽，動若江河，吞吐如意，收放自如，太極掌法，十分純熟。只見兩下子一換上招，閃、展、騰、挪，一攻一守，都是乍沾即合，進退閃避，俱都中規中矩，兩人誰都討不了便宜！

這一動手，約有三、五十招，功夫可就有點分出高下了。婁無畏雖然攻勢勁疾，一派凌厲，卻竟討不了好處。反而有好幾次幾乎被對方的太極拳制住，若非變招快，閱歷深，差點就吃了虧！

本來婁無畏的功夫和來人原就不分上下，若論經驗，還是婁無畏略勝一籌，但爲何他反處在下風？原來婁無畏因爲看出來人是太極門名手，存心較技，所以完全不使出自己太極本門的功夫，只以獨孤一行所授的八八六十四手大擒拿手來對付。

獨孤一行的大擒拿手和柳劍吟的太極掌本來也是功力悉敵，可是婁無畏學大擒拿手，不過五年，而太極掌則有十幾廿年火候，如今只用五年的火候來對付怕也有十幾廿年火候的來者，自然免不了有點相形見絀。婁無畏平日對敵，都混雜兩家之長，所以特別厲害，而今卻不敢露出一丁點太極門的身形手法，等於把本領封閉了一半，如何能不落在下風。還幸他基礎極佳，大擒拿手法雖欠火候，也已得獨孤一行所傳的十之七、八，所以還沒有吃什麼大虧。

婁無畏心想，再這樣打下去，難保不會落敗，他想這玩笑也開夠了，不如給他戳穿了吧。他主意一定，突的身形手法一變，也使出了太極掌法，一下子用了「玉女穿梭」、「如封似閉」、「三環套月」、「登山跨虎」等幾手掌法，一式一式，滾滾而上。揉身進掌，一招一式，都顯出他的太極功夫也差不多到了爐火純青之境！

婁無畏這一變招，來人不禁大吃一驚！急急縱身躍出圈外，把勢一收，問道：「原來你也是我太極門人？」

# 第十回　英雄殞血泊　俠女訴衷情

婁無畏見問，微微笑道：「我當然是太極門的。你呢？你的太極掌又是何人傳授？」來人見婁無畏果是同門，竟不先答話，急急上前，凝眸注視，猛的拉著婁無畏問道：「柳劍吟老拳師是你的什麼人？」

婁無畏見他如此激動，不禁心裡暗暗納罕，遂正容答道：「柳老拳師正是俺的恩師！」此語一出，來人驀地兩行清淚奪目而出：「哦！敢情你就是婁無畏師兄！小弟正待找你，你的師父，你的師父……」他竟哽咽著泣不成聲了。

婁無畏大驚！急掙脫他的手，大聲問道：「俺的師父怎麼樣了？你說，你說……」來人雙目低垂，掙扎著說道：「你的師父，他被人害死了！」

這話直如晴天霹靂，婁無畏登時像瘋了的老虎一樣，雙眼佈滿紅絲，猛的上前，雙手搖著來人的肩膀，雙目逼視來人的面門，喝問道：「真的？你怎麼知道？」那來人紋絲不動，也定著眼珠，對著婁無畏道：「你的師父是俺親手埋的！你的師父，正是俺的嫡親師伯，丁劍鳴就是俺的父親。俺在師伯處常聽他說起師兄，所以俺才想趕到通州找你，哪知在這裡誤打誤撞，就撞上了！」

他一直說，婁無畏的面色一直在變。他尚未說完，婁無畏已咕咚一聲，雙手撒開，倒在地上，暈過去了！這也難怪，他從七歲起就由柳劍吟撫養，至二十歲才出師門，名雖師徒，實如父子，正是恩深義重，無日或忘，他聽到這突如其來的惡耗，宛如鐵槌槌心，怎能不當堂暈倒。

柳劍吟武功如此湛深，怎的會招慘死之禍？

原來義和團中，柳劍吟是傾向「反清」派的，朱紅燈、張德成等都是屬於「扶清」派的，而在北京城中，卻是「保清」派勢力最大。保清派是自居於滿清臣民的地位，願做滿清的奴才，打進義和團來混水摸魚。這些人中，有滿清政府陰謀潛伏的皇宮衛士、江湖惡漢，有旗人中的武師與喇嘛的滿漢子弟，有想求功名利祿而混進來的流氓惡霸，更有本來就動搖不定，被清廷拉攏過去的人。北京是滿清朝廷所在，因此臥底與拉攏的活動就格外厲害。

北京的義和團首領王虎子本來不是「保清」派的，但他懦弱無能，唯唯諾諾，非但不能整頓內部，反而弄得「太阿倒持」，被「保清」派把持大權。

柳劍吟奉天津義和團首領之命，趕到北京，不久就生出非常慘變。

原來柳劍吟到了北京之後，住在義和團營中，他一面觀察北京的情勢，一面和北京「反清滅洋」派的人接觸。因他初到北京，人地生疏，義和團中又是龍蛇混雜，他要訪求同道，自不能不露痕跡。

北京的義和團首領王虎子對他倒很不錯，待他如同貴賓，時時找他閒談，也介紹了許多義和團的頭目和他會見。那些義和團頭目知他是太極名家，武林高手，許多人就纏他指點一二。柳劍吟一向謹守著太極丁要武林團結的師訓，和各派武師相處，總是虛心學他人之長，而自己亦不吝傳授他人，因此很得武林中人的愛戴。而今他來北京，一則是想以技結友，二則是求他指點的人，多是他的晚輩，他最喜年輕好學的人，因此竟是來者不拒，有求必應。

一天，柳劍吟正在閒坐，有幾個頭目來找他指點，他不知來人心懷叵測，如常招待下來。那幾個人客氣一番，便說久仰太極拳的精深奧妙，求他合手比試，慢慢解析。

指點拳法，當然需要合手解析，柳劍吟不疑有他，慨然承諾。起初合手，倒沒有什麼事發生。到第三人時，是個三十歲左右的中年漢子，自稱是五行拳武師桑鏡桐的弟子。他非常謙虛的說：「晚輩初習技擊，求老師父將架式特別放慢，以便弟子得窺奧妙。」柳劍吟還很客氣的對他說：「尊師也是老朽舊交，五行拳中算是高手的了。强將手下無弱兵，老弟何謙虛乃爾。」但柳劍吟還是應他所求，將架式特別放慢了。

柳劍吟和他合手時，叫他使出五行拳，自己用太極掌法解析。見他果然五行拳也很生疏，敢情真是初學，就把架式放得非常緩慢，真是一手一手的慢慢指點他，從「攬雀尾」、單鞭、提手，一直至第二十二式「斜飛勢」，一面向他解釋。其時他正用到「劈拳」，從右側來劈柳劍吟右肩，給柳劍吟左手輪轉，輕輕格開，但還保持著原式。柳劍吟道：「這斜飛式看來是中路門戶大開，其實暗藏無窮變化。斜飛式是設使敵人自右側襲來，欲擒拿我方右腕，我即翻手下合，同時左手輪轉，覆提於腋下胸前。假若敵方變招，捨右腕而以掛掌急擊左肘時，我即鬆沉左臂，提起右彎，向胯上自左腋間仰掌向敵右頸及喉頭『斜飛』擊去，敵人只要稍中掌鋒，必定要飛仆出一丈開外！」

柳劍吟說得口沫橫飛，很是高興。那傢伙裝得凝神靜聽的樣子，連連點頭。待柳劍吟說到「敵必定飛仆一丈開外」時，忽然說道：「果真這樣厲害？不見得！」猛的右掌下沉，疾如星火的就朝柳劍吟的胸膛猛擊！隨即腳尖點地，使個「金鯉穿波」，急急倒竄出一丈開外，要奔出房子！

這人哪裡是什麼五行弟子？他竟是專門練就鐵砂掌功夫，十幾年來專學一技，功夫甚深，已到駢掌能洞穿牛腹的地步。但若在平時，柳劍吟絕不能叫他擊中，就是擊中，有了防備，也無大害，偏偏柳劍吟這時毫不警戒，就這樣的給他重重擊了一掌！

那人一擊而中，馬上逃走。哪知柳劍吟一聲大喝，身形略栽，隨即騰起，他受了一掌，竟不栽倒，雙臂一抖，一個「巧燕穿林」，就追到敵人身後。

柳劍吟在毫無防備的情形下，受了敵人重擊，若是常人，怕已當場斃命。只是柳劍吟是何等人也？他仗著幾十年的功力，內外功夫，都已到爐火純青之境，明知內臟已受鐵砂掌所震傷，還能提住了一口氣，哼也不哼一聲，竟懷玉石俱焚之心，要在臨死之前，親自擊斃敵人！

柳劍吟在重傷之下，居然騰躍如飛，那幾個同來的兇徒，一齊大駭！嗖！嗖！嗖！暗器紛紛出手，柳劍吟抱著玉石俱焚之心，連躲也不躲，拚著受幾枚暗器，也要把傷他的人擊斃當場！

身形如箭，勢疾招猛，柳劍吟一到敵人身後，腳尖才一著地，右掌便倏的從左掌虎口穿出，「七星掌」照敵人的脊背打去。

那傢伙自不甘束手待斃，他也仗著自己十幾年鐵砂掌的功夫，猛一回頭，一掌擊去，和柳劍吟掌鋒相接。他滿以爲這一掌之力，便能把柳劍吟手腕打折，哪知掌鋒相接，柳劍吟的掌竟是軟綿綿的，教他無處發勁。方自驚訝之間，説時遲，那時快！柳劍吟右掌略揚，已一把捏住了敵人的脈門，三隻指頭一扣，敵人早已全身麻軟，給他順手牽羊的拉了過來。柳劍吟淒厲的一聲長笑，左掌又如閃電一般的吐出，往外一翻，掌心向敵人的「華蓋穴」擊來，敵人被他捏著脈門，哪裡還有絲毫的抵抗之力，半個頭顱，都被他用綿掌擊石如粉之力，擊成粉碎！

柳劍吟一掌擊斃暗算的兇徒，一旋身，又疾如飄風的迎上了追來想協助同伴的幾個兇徒，掌未吐，腿先發，一個「十字擺蓮」，跌盪之間，只見聲如裂帛，最先的一個兇徒，又已給他一腳掃斷了雙腿，慘叫一聲，血淋淋的直滾出數丈開外，立即暈死地上！

衆兇徒哪料得柳劍吟在受了重傷之後，還能下此辣手！看他形如怒獅，毛髮倒豎，只嚇得衆人魂消魄散，紛紛飛逃，只恨爺娘少生了兩條腿！

柳劍吟還待追擊，只是已力不從心。他受了一掌鐵砂掌，外加幾枚喂毒暗器，縱是金剛之軀，也受不了。他剛才是拚著最後一口氣出擊，一擊成功，一聲長笑，已是散了内勁，他方待前追，已驀地栽倒！

其時，丁曉正在王虎子的帳中閒話，忽有傳報，説是有人在柳劍吟住處鬧事，不禁詫異：柳劍吟是一代太極名家，怎的有人敢在他那裡鬧事！他們一聽説完，就急急趕到柳劍吟之處探看。

待他們趕到時，只見柳劍吟面如金紙，氣喘吁吁，已到奄奄一息之時！柳劍吟看了王虎子和丁曉一眼，微把頭點了點，就向丁曉説：「你來得正好！」

丁曉見自己的師伯已是氣息如絲，不禁簌簌淚如雨下，但以既事出非常，許多事都要自己料理，只得强忍著悲痛，攙扶他起來，王虎子在一旁也看得呆了。

王虎子是世故甚深的江湖兒女，料想他們師伯師姪必定有一些話要交代，自己是外人，理應迴避；而且這樣禍起蕭牆，變生俄頃，其中必有蹊蹺，自己身爲北京義和團首領，碰到這樣的事，得先緝兇，這才對得住生者死者，當下便先告退。

王虎子引退，丁曉自然知道其中道理，不便挽留。他待王虎子一走，急忙上前，想給柳劍吟按摩推拿，權且救急，再察看傷勢，盡人力治療。那知他剛伏下身軀，扶住柳劍吟時，柳劍吟竟長吁一聲，搖頭道：「丁曉，你不用瞎忙了，我怎能生還出北京？連這個時辰恐怕都過不了！我毫無防備，吃了那廝一記鐵砂掌，還中了兩枚喂毒的暗器，縱有靈芝仙草，也難續命了！只是，我死也索到了賠償，兇徒給我立斃當場。」

丁曉一看兇徒伏屍地上，師伯則是面色慘白如紙，身子抖顫，心知師伯所説的都是實情。便急忙問他出事經過，以便偵查兇徒到是些什麼人，以便對太極同門，也有交代。

柳劍吟喘息半晌，又斷斷續續的將兇徒冒名學徒，暗下毒手的事說了一遍，突然睜開眼，厲聲說道：「我死不足惜，只是這次暗害我的兇徒，竟是義和團中的自己人，你可得提醒王虎子，還要去通州，提醒總頭目李來中，叫他們要小心，要注意！」

丁曉聽了大駭，再看師伯時，見他汗珠子已像黃豆似的沿面頰流下，急忙扶他一把道：「師伯，你且暫時歇歇再說！」

柳劍吟用力噓一噓氣，驀地把眼皮撩起，把頭微擺了一擺，掙扎著再往下說道：「歇歇？等會子我就要永遠歇歇了，只現在，我一定要把話說完，丁曉，你要知道這不是私仇！這是公門！有人不願義和團走上正道，你知不知？」說到這裡，柳劍吟的面色越發難看了，他再掙扎道：「所以你也不必再去尋仇了！我只請你趕到通州去找我的大徒弟妻無畏，與你的師妹柳夢蝶，將這些事情告訴他們，叫他們勸李來中不要進北京，若進北京，就先要肅清內部！」

丁曉聽了十分難過，他見柳劍吟已漸漸聲嘶力竭，急忙問道：「師伯，你還有什麼惦記的事？」柳劍吟微微嘆息一聲道：「沒有了！我只是想念著蝶兒，你告訴她，她爸爸希望她好！」說罷，往後一仰頭，身子一挺，太極拳一代名家，竟是如此的撒手人寰！

丁曉心傷師伯，切齒兇徒，他欲哭無淚！世事離奇，三年前他師伯代他埋了父親，而現在則是他給師伯下葬！世事離奇，然而又是何等慘痛！

柳劍吟死後，丁曉是他北京唯一親人，柳劍吟的後事，他自然一手料理。只是在送喪時竟是冷冷清清，就是王虎子也只是派人來代表祭奠。丁曉在難過之中，更有著不安的預感。

原來王虎子當日見柳劍吟遭暗算，受重傷，本想立即查緝兇手，整頓綱紀。無奈他雖有此心，卻無此力，他週圍都是「保清」派的人，這次暗害柳劍吟，就是「保清」派的策劃。北京「保清」派首領是岳君雄，其人武功頗强，手下復有不少滲進義和團來的皇宮衛士，與被清廷收買的江湖大盜。他一聽到柳劍吟的死訊，立刻趕來找王虎子問他如何處理？他的武功比王虎子高，勢力比王虎子大，雖名爲北京義和團的副頭目，但正頭目王虎子在他的挾持之下，見他就有幾分氣短！

王虎子在岳君雄聲勢洶洶的追問之下，不覺囁囁嚅嚅的說道：「你看該怎麼辦？柳老英雄是江湖上羣流景仰的武林前輩，他死得不明不白，咱們總不能不追究。」

岳君雄見王虎子這麼一說，翻著白滲滲的眼珠說：「什麼死得不明不白，他分明是空負盛名，與人較技，誤傷而死的，俺看他一定受了點傷，就翻臉使出毒手，先殺害了咱們的兩個弟兄，然後才給兄弟們打死的！這老匹夫一條命換了咱們弟兄兩條命，還有什麼不值得的？你難道要爲外人傷了自家兄弟的和氣？爲外人而嚴加追究，怕不涼了兄弟們的心！」

岳君雄强詞奪理，咄咄逼人！王虎子竟不敢分辯，竟唯唯諾諾的聽他說話，說：「兄弟，你怎辦就怎辦吧，咱沒有意見！」

王虎子給岳君雄一嚇，竟不敢親自去祭奠，只敢派一個代表去送柳劍吟的喪。「保清」派的一衆兇徒，自然暗中偷笑。

丁曉人很精明，辦事老練。他一見這種情景，還有什麼瞧料不出。他雖然到北京沒多時，已知道其中派別的複雜。他也是「反清滅洋」派的，但他在北京，見勢風不對，便寡言少語，不露自己的底。同時他是梅花拳老掌門姜翼賢的孫女婿，與義和團的創始人朱紅燈有頗深淵源，「保清」一派既然還要混在義和團裡面，自然不敢公然加害於他。更兼他在義和團是半主半客的身份，地位頗高，既有勢力，武功又好，他們雖明知他是柳劍吟的師姪，也不敢輕易動手。

但雖然如此，丁曉暗忖當前情況，也不禁惴惴不安，他待安葬了柳劍吟之後，便急急告辭，要趕到通州去找婁無畏和柳夢蝶！但在告辭時，王虎子卻託他到天津聯絡一件機密要事，他也因妻子姜鳳瓊在天津，尚有些事要交代，心想就到天津一轉，再去通州，也不過耽擱一兩天的時光，因此便答應了！

他到了天津把諸事交代之後，迫不及待的就想連夜趕往通州，不料剛在出城時，便碰到婁無畏偷入城門。兩下子誤打誤撞，原來竟是聞名不曾見面的師兄弟，也正是自己想找的人！

當晚婁無畏驚聞師父的死訊，立即暈了過去。丁曉只得把他背人天津，待他醒後，再把詳情慢慢的説給他聽，並邀他一同到通州去通知柳夢蝶。

那知婁無畏聽後，卻是一聲慘笑：「找柳夢蝶，不必去通州，她，她就在這裡！」

丁曉聽説柳夢蝶就在天津，也有點驚訝，説道：「怎的，她好好的會從通州跑來？」婁無畏皺著眉頭，不願説明，只説她是找父親和師兄左含英來的。丁曉想了一想，説道：「哦，左含英？俺以前在柳師伯處見過，長得很俊，柳師伯的東床快婿，敢情就屬意他吧？」婁無畏心裡很有點辛酸，又苦笑道：「也許是吧？不過咱們目前還是要趕快尋著他倆再說。只是偌大一個天津，不知他們落腳何處？」

丁曉見婁無畏面色很是難看，只道他是哀傷過度，還未恢復，就勸他道：「師伯身遭慘死，武林中人，誰不悲痛？只是他老人家臨死，還殷殷以義和團的事業爲念，許多未了之事，還待咱們做後輩的去辦，所以我勸師兄還是稍微節哀，免傷身體！」他頓了一頓，又往下說道：「至於夢蝶，她既到了天津，那倒不愁找不到。師伯在天津，張德成大哥曾撥了一間精緻的客舍給他，左含英便住在那裡。柳夢蝶既到天津，必定在那裡，柳師伯的客舍離這裡並不很遠，咱們現在就可以去找。只是咱倒是擔心師兄哀傷過度，還是稍微歇歇再去吧？」

婁無畏聽得丁曉料到柳夢蝶的下落，驀地一躍而起，說道：「咱們現在就去，不必歇息了！」

再說柳夢蝶當日聞左含英匆匆來去，情懷恍惚，平靜的心潮，如驟然投下了石塊，動盪不已！她便也草草留言，急急登程，仗青鋼劍，挾牟尼珠，星夜趕到天津！

柳夢蝶現在不是小孩子，已懂事了許多。一到天津，倒知道先到義和團的總部來探訪她父親和左含英的踪跡。義和團中人知道她是柳劍吟的女兒，自是殷勤招待，可是她一探知父親已去北京，左含英昨天到津，已住進舊日父親所住的客舍之後，便討了地址，就要馬上趕去。她竟不顧女營中的總頭目一再挽留，還是堅持著先去見了師兄再說，令女營中的頭目，覺得她很不近人情，又以爲她這個江湖女俠的脾氣，大約是不同常人，有點怪僻，挽留不住，也只好叫人領她前去。

柳夢蝶到天津之日，恰好是婁無畏在天津城下和丁曉較技之時，他們師兄妹竟是一先一後，趕到天津的。本來論輕功本領，柳夢蝶現在原不弱於婁無畏，爲何她比婁無畏動身先兩個時辰，卻是一腳先，一腳後的同抵天津？原來柳夢蝶江湖經驗不多，路途也不熟，自然比不上婁無畏識途老馬了。

也正因爲柳夢蝶到天津義和團總部之時，正是丁曉在城下和婁無畏誤打誤撞的時候，所以丁曉也不知道柳夢蝶已經來了。

當晚柳夢蝶靠一個女營的小頭目帶引，找到了她父親舊日所在的屋子。來到門前，她便叫那小頭目先回去。她端詳了一會，竟不敲門，便一掠衣襟，如飛燕般飄上屋面。她是想給左含英一個出其不意的喜悅，卻給那小頭目遙遙看到，大爲奇怪，心想：這小姑娘真是頑皮。

月正中天，市聲初歇；柳夢蝶躍上瓦面，放眼一看，只見這座房舍，做北京四合院的房式。她在北房瓦面上，只見三面都糊著紗窗，窗櫺縱橫交錯，分成大小格式的花紋，每一格都有一方小玻璃鑲嵌，甚爲雅致。她側身掠上東面廂房，看得對面的小廂房內，燈花吐艷，映在玻璃格子上，流動生輝。一個少年身影，隱約可見。

柳夢蝶掠上牆頭，越過瓦面，見左含英還是毫無知覺，不禁心裡暗笑道：「這孩子還是跟爸爸習技多年的，耳目竟這樣毫不輕靈？」她不知她經過心如神尼三年傳藝，輕功已有掠水登萍之境，飛絮無聲之妙，超出左含英之上，不知多少？左含英如何能聽出她的聲息。

她伏在瓦壠上聽了一會，見左含英似在繞室徬徨，咄嗟吁嘆。她忍不住了，突的一個「倒捲珠簾」，蓮鈎在簷頭一掛，纖指在玻璃格子上一彈，倏的又縮回瓦面。這時只聽得屋內一聲喝道：「好賊，你下來！」接著幾枚錢鏢破窗飛出！左含英敢情竟把她當成了賊人！

柳夢蝶噗哧一笑，驀地飄然而下，一手推開窗櫺，笑道：「好賊來了，含英，你還不趕快準備。」

柳夢蝶銀鈴似的笑聲，頓令左含英驚呆住了，他直懷疑不知是否夢中？也不知是真是幻？這笑聲，和三年前在高雞泊內放舟嬉戲時的笑聲完全一樣，是那麼的天真無邪！

左含英驚疑之間，柳夢蝶已穿窗而入，盈盈的走近他的面前，佯嗔詐怒道：「怎的老遠來看你了，你連招呼也不招呼一聲？」

左含英睜大眼睛，看清楚了，不是師妹還是誰？他這時心中不知是悲是喜？「哦！師妹，果真是妳？」他想上前拉柳夢蝶的手，可是又怕唐突，呆呆的站在那兒，只是定著眼珠在看。

柳夢蝶又噗哧笑道：「怎麼老是看我，不認識嗎？怎不說話呀？」

左含英一定神，眼眶裡含著淚珠，哽咽說道：「我只道不能再見到師妹了，大師兄呢？妳不是要和他永遠在一起的？」

柳夢蝶溫柔的靠近他的身邊，她的心中，雖然在這刹那間也泛起了大師兄的影子，但眼前的美少年很快的就遮住了她心頭的暗影。她看著左含英的傻樣兒，不禁撒嬌的說道：「誰說過要永遠和大師兄在一起？我只是說要『考慮』罷了，你怎的就這樣負氣，不辭而別？」

左含英一聽柳夢蝶這樣說，真如叫化子拾到金子般驚喜。他料不到一下子形勢完全倒轉，狂喜問道：「師妹，那麼妳是喜歡我了？」

柳夢蝶含羞不答，只點了點頭。這一下子，左含英數載相思，二年闊別，所隱忍著的感情，就如狂潮洶湧，再也不能自持。他一伸手，抱住了柳夢蝶，喃喃的說道：「天可憐我，師妹，妳畢竟是我的了！」

良辰美景，斗室兩人。柳夢蝶的俠氣全消，化成柔情一縷，她竟像小孩子一樣，伏在左含英懷中。左含英這時，如飲醇酒，如遊太虛，直不知天地之間，除了兩人之外，還有什麼。他把手一揮，將燈滅了，在黑暗中，兩人獲得了生命的大和諧！

良久，良久，兩人才如夢初醒，氣息吁吁，廝摟著傾吐多年的情愫。這兩個孩子，不知天高地厚，只是享受著這帶著苦味的美酒，熱情在他們心底燃燒，美景在他們眼前幻現。他們正在迷迷糊糊之際，忽地柳夢蝶將左含英一推，喝道：「快起！」話猶未了，幾點寒星，早穿窗飛入！

暗器突來，驟驚暗襲，左含英在這生死關頭，本能的雙臂一張，衛護柳夢蝶。在這間不容緩之間，只急得柳夢蝶「哎呀」一聲，左臂一帶，便將左含英扯過一邊，右手一抄，便抄起一張薄毯，用力一抖一張，幾枚暗器竟給薄毯一擋一卸之力，都斜斜的直滑出去，射在床中。說時遲，那時快，柳夢蝶在床中一滾而起，正好迎上一個撲近床前持刀猛斫的兇徒。

柳夢蝶好生了得，那張薄毯在她手中，竟自成了一張奇門兵器，她猛的一捲一收，就將當前兇徒蒙頭裹住，活像端午節的大粽子！兇徒手中的刀，雖然也刺穿了薄毯，但給柳夢蝶一裹一束，絞得他虎口奇痛，刀也哐噹一聲掉在床沿上。柳夢蝶更不打話，一手挾著這人，一手搶過了那口刀，就迎戰來敵！

柳夢蝶這一手薄毯拒敵，原來就是脫胎於心如神尼以鐵拂塵敵刀劍的以柔制剛之術。她臨危不亂，舉手之間，就制住了一個兇徒。只是這些動作快如閃電，在她抖起薄毯拒敵之時，她竟不知左含英在一開首衛護她時，竟自中了敵人三枚以苗疆特有的毒樹汁煉成的鳳尾鏢！

柳夢蝶挾人質，揮利刃，一踏實地，就逼得竄入室中的幾個兇徒，紛紛後退！他們半是投鼠忌器，半是在斗室之中，施展不開，竟自「扯呼」一聲，又竄出窗外。

柳夢蝶略定心神，不見左含英下來幫忙，急回首，只見左含英竟是在床中輾轉呻吟！這一驚非同小可！急一旋身，低聲問道：「你怎麼了？」

苗疆毒樹汁煉成的鳳尾鏢，只有三寸來長，傷人不痛，只是毒汁見傷口即鑽，令人軟麻，若是没有解藥，不過一個時辰，就得斃命！左含英不知厲害，竟自答道：「没有什麼緊要，只是受了點輕傷，師妹，快出去料理了這幾個兇徒再說！」

柳夢蝶還在遲疑，屋外的兇徒又在譁然大笑：「柳劍吟生的好女兒，原來在屋裡戀著小白臉，不敢出來！妳這賤丫頭不敢出來，老子們也能掏妳的窩！弟兄們撒硫黃，放火燒他媽的！」

柳夢蝶氣得緊咬銀牙，正待換過青鋼劍，出戰兇徒時，不料一看牆上，她和左含英的兵器，連同掛在劍鞘上的那串牟尼珠，也都給剛才竄進屋子裡的兇徒，順手盜走了！

柳夢蝶氣得非同小可，她一伏一躍，竄到窗前，倏的把那張薄絨裹著的「大粽」往外面一拋，身軀隨即跟著縱出窗外。

柳夢蝶先將人質往外一擲，這是提防暗算的意思。窗外的敵人投鼠忌器，果然不敢發暗器。說時遲，那時快，柳夢蝶已「嗖」的跟蹤直出，將刀一掄，使出一招「夜戰八方」。

柳夢蝶一出，窗外敵人，立擁而上，爲頭那人一抖純鋼七節鞭，鞭長力壯，便向柳夢蝶的腰間橫掃。

柳夢蝶一看敵人來勢，竟自不弱，他這一手鞭，抖起時單臂微挺，用意不在以鞭身橫纏，而在用鞭頭橫擊。柳夢蝶身手非凡，她曾聽心如說過十八般兵器的解拆之法，現在正好用上，她只注視鞭梢，待鞭梢快如流星的掃來時，她身子突地往後一縮，吞胸吸腹，接著微一斜身，跟進右步，不待鞭梢抽回，右手刀使出「白蛇入洞」，貼鞭進招，左掌也疾如風雨的往敵人右臂肘尖處便拿。敵人「呵呀！」一聲，猛的一個翻身，便要倒躍出去，但身形方起，避了刀，卻避不了掌，竟給柳夢蝶擒住了手腕。

柳夢蝶正待施用擒拿法，把他擒拿過來，驀地兩個敵人已分左右攻上，一個使鬼頭刀，旋風一樣的朝她的右臂斬來，另一個使鏈子錘，更是摟頭蓋頂的朝柳夢蝶砸下。

柳夢蝶顧不了傷害敵人，左手一刁，一撤，把那使七節鞭的傢伙，朝右首一推。那使鬼頭刀的嚇得連忙縮刀一讓，左手輕舒，將自己的同伴接過，這才雙雙怒吼：「好厲害的丫頭！」

再重行撲上。

那左邊使鏈子鎚的傢伙，也幾乎吃了柳夢蝶的大虧。柳夢蝶待那鏈子鎚堪堪砸到時，把刀一舉，「舉火撩天」，錘頭沒有砸上，卻故意讓他的鏈子搭在刀背上。本來若給鏈子鎚纏上兵器，敵人只要一用勁，兵器就非脫手不可！可是柳夢蝶藝高膽大，故意賣這一手，竟藉著敵人鏈子鎚纏上刀鋒，尚未發力的當口，猛的將刀往下一沉，借力打力。她身形下塌，手腕用力一扁刀鋒，敵人竟給她帶得收不住腳步，踉踉蹌蹌往前斜傾，而柳夢蝶的刀也自脫開鏈子，「老樹盤根」，朝敵人的雙足便斬。敵人功夫不弱，將鏈子鎚往前一送，柳夢蝶身形微側，刀鋒走空，雖仍盤旋貼身而上，敵人已趁此身形一穩，身子隨著一擰，嗖的便斜竄出一丈開外，柳夢蝶待追上時，那使鬼頭刀的與使七節鞭的早又雙雙撲上。

這次敵人不敢輕敵，竟使出很沉穩的招數。柳夢蝶掄刀接戰，片刻之間，那使鏈子鎚的與另外一個使青鋼劍的傢伙，也已加入戰團。

柳夢蝶一看，那人手中的青鋼劍，正是自己的劍。這把青鋼劍是父親在她週歲之日，就用精鋼百斤，請良工淬鍊的，以後每逢她生日時，又再加工重淬，一直鍊到她十二歲時，才交給她用，雖不敢說削鐵如泥，吹毛立斷，但尋常刀劍，卻也禁不住它的削磕。柳夢蝶一見這口劍竟給敵人順手牽羊偷去，不禁大怒！手中刀一遞，「斜身望月」、「鳳凰展翅」，展開了一派進手刀法，專向此人攻來，一面喝道：「不要臉的賊子，膽敢盜姑娘的寶劍！」

那盜劍的傢伙，生得獐頭鼠目，他給柳夢蝶一罵，偏偏油腔滑調，笑嘻嘻的說道：「姑娘，妳急什麼。寶劍贈壯士，紅粉贈佳人，妳這劍送給俺，俺也總會送回一兩盒胭脂水粉給妳，咱們交換交換禮物，多有意思！」

這批兇徒，口裡一味調笑，手中的兵器卻不怠慢。柳夢蝶又氣又惱，卻又奈何他們不得。他們以四打一，武功原又不弱，剛才因爲輕敵，又料不透柳夢蝶的家數，所以一照面，就吃了虧；現在四人分四個方位，進攻退守，彼此照顧，饒是柳夢蝶招數精奇，卻兀自勝他們不得。

但柳夢蝶經過名師調教，武功自當不凡。她的母親柳大娘劉雲玉是以萬勝門刀法馳名江湖的女傑，柳夢蝶雖然刀法不精，但也頗知奧祕。她又在刀法中滲入太極劍法與心如神尼獨創，以鐵拂塵當五行劍的劍法，刀法展開，虎虎生風，挑、斫、攔、切、封、閉、撥、壓，矯若神龍掠空，猛如猛虎出柙。奇正相生，虛實併用。擋過七節鞭，撇開鏈子鎚，磕歪鬼頭刀，封住青鋼劍。四名大漢竟也奈何不了一個嬌女子！

四男一女走馬燈似的團團廝殺，不須多少時候，已拆了五、七十招。鬥到酣時，殺得性起，柳夢蝶忽暗暗叫聲「不好」！不知怎的，她竟感到小腹有些脹痛，雙足也有點痠軟，這生理上的「突然」反應，使得柳夢蝶力不從心，刀法漸漸緩慢下來！

輾轉苦鬥，月過中天。柳夢蝶益感不支，而且對鏈子鎚、鬼頭刀、七節鞭，她還不難應付，只是對著她最痛恨的那個盜劍的傢伙，她卻不能不小心翼翼！她不是怕那個傢伙，而是怕這個傢伙手中所使的，那把本來是她的青鋼劍。她手中搶自敵人的刀，只是一把普普通通，二尺八寸的八卦刀，雖然刀鋒也頗鋒利，只是如何能碰自己那柄善削兵刃的青鋼劍，便只能尋瑕抵瑜，不敢硬削硬碰。若是一對一，她還能展開空手入白刃的功夫，只是如今被四條大漢圍住，這功夫也自施展不得。

偏偏那四個傢伙，得理不饒人，佔了上風，攻得愈烈，口中又亂說亂笑的糟踐柳夢蝶。一個說：「柳劍吟的女兒也不過如此！」一個說：「本來不是如此，只是她給那個兔崽弄昏了頭，只會和那個兔崽捉對廝殺，哪裡還能輪戰我們？」

柳夢蝶氣得玉顏變紫，驀得咬緊銀牙，將手中刀一緊，嗖的用了一手「倒洒金錢」，刀尖下掛，寒光一閃，便向那發話的傢伙斫去，上斬中盤，下削雙足。那使七節鞭的忙抽身撤步，將鞭一抖，待搭住刀鋒，柳夢蝶正想乘勢斬過去時，背後勁風又到，她回身一擋，心急意亂，竟給那使鏈子鎚的以鏈子纏住了刀頭，用力一拖，柳夢蝶的刀，竟給奪出了手。柳夢蝶一驚，急使出在心如神尼門下所學到的絕頂輕功，雙足一點，平地扳起二丈多高，宛如平空一隻巨鶴，自衆人頭頂飛掠而過，一落地，又一墊步！嗖！嗖！嗖！「蜻蜓點水」，直跳出街心。

柳夢蝶意非逃走，只是避過兇鋒，緩一口氣，還待再以雙掌和那四條大漢拚鬥。那四條大漢，驟的給她從頭頂掠過。也自心驚，只是欺負她雙手空空，還是惡狠的合圍而上！

其時已過午夜，義和團在天津，每晚一入夜就戒嚴，加以局勢危惡，居民也是入夜便睡，此際早已是萬籟俱寂，柳劍吟的客舍，地處幽靜，就是巡夜的拳民也很少到。所以他們折騰了這麼些時候，竟沒人來干預，居民就是聽到聲息，也不敢起來張望。

就在這萬籟俱寂之時，驀地有兩條黑影如飛撲來。正當那四條大漢要圍上柳夢蝶之時，兩條黑影已電掣風馳的趕到，輕飄飄的在街心一落，兩柄長劍，左右伸開，正攔在那四條大漢與柳夢蝶之間。

柳夢蝶凝神一看，猛的又驚又喜又慌亂的喊了出來：「大師兄！」那豹子頭，扎撒著雙臂的不是婁無畏還是誰？婁無畏旁邊還立著一個約莫卅來歲，長身玉立，面如滿月，既俊俏又威武的男子！

這兩個人正是婁無畏和丁曉，他們來找柳夢蝶，恰巧碰上了這一場打鬥。那四條大漢見婁無畏和丁曉突然而來，正待喝問，哪知婁、丁二人更不待分說，劍隨身轉，飛雲掣電的直攻過去。

柳夢蝶這時見師兄忽到，膽量更壯，她也雙手空空的加入了戰團。她招呼她的大師兄道：「你們對付那三個傢伙，我來對付這使青鋼劍的，不要你們幫忙！」她恨極了這使青鋼劍的傢伙，既盜她的劍，又口裡不乾不淨的糟踐她。婁無畏見她雙手空空，不禁望了她兩眼，他委實還不放心這個師妹。

柳夢蝶見她師兄的樣子，不禁微帶嬌嗔的說道：「你放心！這個兔崽子我還對付得了。」她雙掌一張，就上前截住了那使青鋼劍的傢伙。婁無畏也敵住那使鬼頭刀和使七節鞭的兩個傢伙，讓丁曉單獨對付那使鏈子鎚的。

那使青鋼劍的兇徒，見柳夢蝶狠狠撲上，也自心慌。只是欺負她雙手空空，猛的先發制人，立刻衝前進步，「穿掌進劍」，劍鋒一指，刷的向柳夢蝶胸口扎來！

柳夢蝶喝一聲「來得好！」左壁往外一分掌，「覆雨翻雲」，硬撥敵人右腕，右掌更反來截擊敵人左臂，敵人急一收招，往左一領劍鋒，身移步換，劍光閃處，變爲「玉女投梭」，反刺柳夢蝶肩背。柳夢蝶未容劍到，已霍的錯步翻身，身隨掌走，迅若狂飆，嗖的掠過去。敵人一劍刺空，已覺腦後生風，暗叫不妙。急一擰身，青鋼劍「風剪梨花」，以攻爲守，急剪柳夢蝶的右臂。柳夢蝶見他情急拚命，一聲冷笑，雙掌一錯，「拗步迴身」，避過一劍，乘勢進招，展開了她混合兩家空手進白刃的功夫：掤、攦、擠、按、採、挒、肘、靠、封、閉、擒、拿，一招一式，全不放鬆。那兇徒空有利劍，饒是劍光霍霍，舞得虎虎生風，卻連柳夢蝶的衣裳都没有掃著一點。只見柳夢蝶在劍光中晃來晃去，賽似穿花蝴蝶，掠水蜻蜓，直弄得那兇徒頭昏眼花，越打越不行了。

那兇徒見無法取勝，情知今夜絕討不了好去，心想三十六計，不如走爲上策，也不顧同伴死生，立心先逃。他將手中劍緊了一緊，驟然一個「鷂子翻身」，雙臂「金鵬展翅」，青鋼劍橫掃柳夢蝶中盤，待柳夢蝶向右一避時，他嗖的抽身撤步，往外奔竄。

哪知他不走或許還能耗些時候，他這一狂奔，卻恰恰中了柳夢蝶的道兒。他的輕功如何能與柳夢蝶相比，柳夢蝶不容敵人逃走，蓮步輕點，已是一躍兩丈，如影隨形到他身後。兇徒還待翻身進劍時，已經遲了。他的劍方一舉，早給柳夢蝶將他的手腕一托一送，劍跌人翻，柳夢蝶更不容情，趁勢一擺蓮翹，朝敵人的頭顱一踢，登時將兇徒踢得腦漿迸出，立刻斃命。

柳夢蝶雖然也有過幾次打鬥經驗，可是親手殺人這還是破天荒第一遭。她見敵人死狀甚慘，心裡反覺得有點不忍，竟不敢再看，只一上前，舉足在血泊中踢出青鋼劍，拾起之後，猛的想起牟尼珠還在敵人身上，不得不半掩著臉兒，在血泊中翻過敵人的屍身，將那串牟尼珠取出，急急用衣袖一揩劍鋒上的血跡，插回劍鞘。剛才不慌不忙，此刻倒覺得心突突的跳，渾身痠軟了。

柳夢蝶定了定心神，再看戰場情勢時，只見丁曉已抱劍微笑，看著自己，而大師兄則還在和敵人拚鬥，但也已完全佔了上風。

原來婁無畏獨戰二人，只讓下一個使鏈子鎚的給丁曉，那使鏈子鎚的，在同來五人之中，雖然武功較强，但如何能敵得住丁曉廿餘年純淨的太極功夫。兩人對打，還不到二十招，就給丁曉一個「反臂刺扎」，連環劍法，點胸膛，劃雙肩，連胸膛帶右肩，都給丁曉的太極劍撕了一大塊，血流不止，倒在地上連動也不能動了。

丁曉斃了敵人之後，才猛的省起不該將他斃命，該擒住個活口訊問，可是已經遲了。因此他才把劍一抱，看婁無畏和柳夢蝶打得如何。他起初也像婁無畏一樣，不放心柳夢蝶，但一看之下，見柳夢蝶輕靈矯捷，已完全佔了上風，她的空手入白刃功夫，其中有太極門的，更有一些招數，連他也不知出於何家何派，看來竟好像還在自己之上，這才放下了心，暗暗稱奇不止。他料不到這個一向只得聞名，未曾謀面的師妹，竟有這麼純淨的功夫！

柳夢蝶和丁曉都已將對手的敵人了結，只有婁無畏還和那使鬼頭刀的和使七節鞭的纏鬥。原來婁無畏關懷師妹，他一面打，一面卻時刻留心柳夢蝶，雖然後來明明見到柳夢蝶已佔上風，他還是不敢放心，總是設法保持著和柳夢蝶不要距離過遠。

他爲了照顧柳夢蝶，自然分了精神。幸而他的武功遠非那兩個傢伙可比，他只隨手使出一路「飛鷹迴旋劍」，倏上，倏下，忽左忽右，便見渾身上下，捲起了一片劍光，繽紛飛舞！休說鬼頭刀遞不進招，就是七節鞭也掃不進去。兩個傢伙，被他迫得連連後退。他還只是以攻爲守，以分出精神來提防柳夢蝶會出岔子，因此那兩個傢伙才沒吃大虧。

待見柳夢蝶已經得手，還和那兩個傢伙講什麼客氣？他手中劍一緊，「龍門三激浪」，一招一式，滾滾而上，直殺得那兩人手足無措，不消片刻，那兩個傢伙，已經招數錯亂。那使鬼頭刀的，慌失失的拚命遞刀進招，「盤肘刺扎」，刀向婁無畏便孔。婁無畏並不躲避，凹腹吸胸，微微一側。敵刃走空，說時遲，那時快，婁無畏已身似飄風，一個「倒踩七星」，轉到使鬼頭刀的身後，正巧那使七節鞭的，一鞭掃來，恰恰和鬼頭刀碰個正著，噹啷一聲，鬼頭刀已給掃出了手。使鬼頭刀的還未及回頭，已給婁無畏下了毒手，手中劍，「順水推舟」，朝敵人頸背一推，那使鬼頭刀的，連哼也不及哼，一條性命便告了結。

那使七節鞭的見同伴斃命，心魂俱喪，拚出死命，將鞭亂掄，奪路便走。婁無畏施展輕功，如巨鷹撲兔，利劍一揮，從背後掩到，振吭呼道：「呔！賊子看劍！」刷的一劍，穿過鞭影，照敵後心便搠。正當賊子生命俄頃之際，忽地有一條人影，一躍數丈，如飛撲來！劍似流星趕月，向上一撩，「噹！」的一聲和婁無畏的爛銀長劍碰個正著，濺出了點點火花！

婁無畏愕然一顧，那來攔截自己的卻是丁曉！丁曉已急聲呼道：「留活口！別斃他！」

丁曉這一喊，婁無畏立知用意，急忙收劍，一擰身，「龍形飛步」，嗖的如一隻巨鷹，逕從丁曉右側搶出，比丁曉早了半步，撲到敵人身後，腳未沾地，左手已伸指探出，待探敵人穴道，那敵人拚死命將鞭往後一刷，婁無畏連理也不理，右劍一舉，將七節鞭悠的盪開，左手食、中二指，已如電光石火般朝賊子的「氣門穴」便點，只聽得「哎喲！」一聲，賊子應手栽倒在地，動彈不得。

五個賊人，四死一傷，業已全部了結。婁無畏冷笑一聲，將劍彈了一彈，倏的插回劍鞘，左手一張，將敵人挾了起來，朝柳夢蝶和丁曉說道：「回屋子裡去審問這廝。」

血雨腥風之後，神志恢復清明；柳夢蝶想起左含英受傷還在屋內，不覺心中一凜；又猛省起自己身上穿著褻衣，沾上點點血跡，雖說是在師兄面前，究也不雅，於是急急三腳兩步跑回屋內。

三人走入房中，隱約聽得微微呻吟之聲，柳夢蝶一急，趕忙在桌邊摸了打火石，點燃了桌上的小宮燈，移前一照，只見左含英臉色瘀黑，雙目半開半閉，已是氣息懨懨。柳夢蝶也顧不得有人在旁，玉臂一伸，輕輕撫摸左含英的臉龐，柔聲問道：「含英，是我來了，你知道麼？」

左含英中的是苗疆特有毒樹汁煉成的鳳尾鏢，初時不覺疼痛，但慢慢毒氣攻心，五臟六腑就像給蛇蟲亂咬一樣，痛楚不堪，他已自知不免，但心中也記掛著柳夢蝶，才掙扎著迸著一口氣，待見柳夢蝶最後一面。

這時他在迷矇中聽到柳夢蝶柔聲在問，好像病中的遊子在神志恍惚之際，依稀聽到慈母的呼喚一樣，倏的張開了眼睛，雙手也顫抖著觸著了柳夢蝶的衣裳，微微嘆口氣道：「師妹，咱們只好來生再見了！」

此情此景，婁無畏在旁看見了，心中難過異常！他到了此時，早已把愛柳夢蝶之心，化爲無限憐憫——憐憫柳夢蝶的遭遇，既失慈父，又將失去心上之人！他更痛惜自己的師弟，正是英年有爲，卻中了奪命巨毒！他見左含英面色瘀黑，就知中毒不輕！但他還是存著希望，急急上前，留心察看。

這一察看不由得使婁無畏倒抽一口冷氣！他見床邊有三枚小小的飛鏢，想是左含英痛極之時，自己拔出來的。他曾聽獨孤一行講解過海內各種厲害的暗器，如今一看這鏢的形式，再看左含英的傷勢，就知這是比毒蒺藜還厲害的鳳尾鏢，這種鏢內含毒汁，見血即鑽，不過一個時辰，便即身亡。他們和賊子打鬥了這麼久，也有一個時辰了，何況在他們來之前，柳夢蝶已經獨戰了一些時候，敢情竟已過了一個時辰？左含英或許是因爲武功有些根柢，才能强忍了這麼些時候。但縱許能拖延一時，沒有本門解藥，任華佗重生，也回天乏術！

婁無畏强忍著淚，也俯下頭對含英道：「師弟，我對不住你！」左含英看了婁無畏一眼，忽地顫聲說道：「不！是我對不住你，她、她……」左含英抖抖索索地指著柳夢蝶，正待往下說，已被婁無畏截住話道：「不必說了，她是你的，我這次來就是想給你倆證婚！」左含英再用力睜著眼睛，看看柳夢蝶，只見柳夢蝶面頰微現紅暈，低頭不語，似是默認。左含英苦笑一聲：「我死也值得了！」這聲音隨著笑聲搖曳夜空，一字一字的説出，音調漸漸弱了，一待説完，他已雙眼再闔，斷了氣，臉上還存著苦笑，而心頭卻已冰冷！

柳夢蝶一摸他的胸口，一個多時辰前還是生龍活虎的美少年，而今卻再也不能和自己親親熱熱的説話了，她不禁心中大慟，哀傷欲絕，忽地猛從身邊抽出青鋼劍來，朝自己的頸脖便勒！

説時遲，那時快，婁無畏一見她拔劍，雙指陡的便朝柳夢蝶右臂點來，柳夢蝶顧不得躲避，右臂「曲池穴」已被婁無畏點個正著，立覺全臂發麻，青鋼劍噹啷一聲，鬆手墜地！丁曉立即一躍而前，將劍拾起。柳夢蝶哽咽道：「大師兄，你這是何苦？爲什麼不讓我死？」

婁無畏還未及答話，丁曉已朗然應聲説道：「夢蝶師妹，我和妳雖素未謀面，但也聞得妳是女中豪傑。妳這樣尋死，難道連父仇也不管，要別人代妳報仇麼？」

丁曉的話宛如平地起了個霹靂，柳夢蝶頓時呆住了，急喝問道：「什麼？你説什麼？你是誰？」

丁曉邁前一步，對柳夢蝶説道：「妳的父親在北京給人害死了，這仇妳報是不報？我是誰？我是親手埋你父親的人，你父親的嫡親師姪！」未待丁曉把話説完，柳夢蝶已咕咚一聲栽倒，暈了過去。婁無畏急忙將她扶起，讓她躺下，一面埋怨丁曉道：「曉弟，你怎挑在她最傷心的時候，把師父的死訊告訴她！」丁曉卻冷然笑道：「正是要趁這個時候告訴她，只有這樣，才反能使她安靜下來，不再尋死尋活！你甭擔心，她這是急痛攻心，馬上就會醒過來的。」婁無畏一想，懂得丁曉的意思，他的臉也不禁有點熱辣辣的了。

原來丁曉是個非常聰明的人，他將左含英臨死前和柳夢蝶的情形，以及婁無畏的尷尬，一併看在眼內。看了柳夢蝶這種超乎平常的哀痛情形，他早已瞧料透徹。他推想左含英和柳夢蝶的關係，一定不比尋常，所以才會哀痛逾恆。想要使柳夢蝶自這種情結中清醒過來，唯有把她的注意力移轉到更大的打擊之上。同時，他又故意激她，點明她父仇未報，大事未了，自然要堅强的活下去。並不是丁曉不管自己師伯的寃仇，而是他要使柳夢蝶清醒。

果然過不了一盞茶的光景，柳夢蝶已悠然醒轉，婁無畏待過去看時，她已自榻上一躍而起，對丁曉直嚷道：「將青鋼劍交給我，我絕不會再去尋死，我要仗青鋼劍、牟尼珠到北京和賊子們見個死活，我要問他們與我柳家何寃何仇，要傷了我的母親，又害了我的父親？」

丁曉面色莊嚴，將青鋼劍一把遞過，對柳夢蝶道：「妳要自己報仇，這志氣很好，可是妳必須先自冷靜。賊子又不是一個人，妳孤身入京，這仇也報不了。咱們還是得從長計議，不爭這一時之氣。告訴妳，我的父親也是給賊子們傷害的。我的父親就是妳未曾見過面的師叔丁劍鳴。」

當下三人商議，決定先審訊擒獲的那個兇徒。

那被擒的使七節鞭的傢伙，早先被婁無畏點中了「氣門穴」，半天不能動彈。現在一受審問，竟裝聾作啞，百問不答。柳夢蝶大怒，持青鋼劍在他頸項一拍，怒聲叱道：「你再不吐實，本姑娘就先廢了你。」

哪知道這傢伙自知不免，竟十分頑强，睜著眼睛就對柳夢蝶說：「俺本來就不想活，正想到閻羅殿上，找妳的小白臉打架，痛痛快快的給俺一劍吧，死在美人劍下，也是值得！」這傢伙竟然臨死嘴裡還不乾不淨！

柳夢蝶給他激得十分惱怒，舉起青鋼劍，真的就想給他一劍。婁無畏急忙一把拖過，說道：「別忙，咱自有法子整治這廝！他要痛痛快快的死，咱偏不讓他稱心如願！」說完，猛的便朝他左脅的伏兔穴一拍，先把他的穴道解開，讓他血氣流通，再用三隻指頭，在他的頸項軟筋處一捏一拍，那傢伙馬上殺豬似的在地上滾喊起來。

那傢伙初時還不三不四的叫罵，但漸漸就罵不出聲來了。婁無畏這一手，是獨孤一行所授「八八六十四手擒拿法」中最厲害的一手，尤其是審問人犯，更比什麼刑具都有效。那傢伙挨了這一手，只覺全身筋骨，似欲寸寸分解，體內似有千百萬銀針亂刺，又痛又癢，十分難受。他忍不住了，也不敢罵了，一改口吻，只是苦苦的哀求。

婁無畏冷笑著，對他道：「俺以爲你是銅皮鐵骨，敢這樣强硬？你既求饒，俺問一句，你須答一句，若有半句虛假，俺還有厲害的手段，叫你活著受罪！」

那傢伙此時已是面色青白，黃豆粒大的汗珠，汩汩而出！他再不敢使强了，只是連連點頭。於是婁無畏問道：「是誰指使你們來暗害柳老英雄的女兒和門徒的？」

那人答道：「是北京岳君雄大哥派遣的！」

丁曉看了婁無畏一眼，猛的搶著問道：「是真的嗎？岳君雄的背後還有什麼人？那害死柳老英雄也是岳君雄他們指使的嗎？」

那人答道：「岳君雄背後還有什麼人，俺也不知道。只是聽說有許多有本領的人不願出面，見岳君雄原是義和團的人，才推他出面的；還聽說慈禧老佛爺也是岳君雄的靠山呢。至於柳老英雄，咳，那是，那是岳君雄手下幹的。」

婁無畏聽得怒火沖天，但還强忍著問下去道：「他怎會知道柳老英雄的女兒和門徒都在此，他差遣你們來，曹福田、張德成等大頭目知道嗎？」

那人答道：「岳君雄倒不知道柳老英雄的令嫒在這兒，只是他知道柳老英雄有個年輕的徒弟姓左的，常跟在他的身邊。所以只派了我們五個兄弟來！至於張德成、曹福田兩位大頭目，是完全不知道我們來的。」衆人再盤問了一些枝節的小問題，待所要知道的都知道了，才由婁無畏猛的朝他脅下一戳，讓他痛痛快快的了結。

三人再商量一下，丁曉提出，一定要去北京，他疊著手指說了一番道理。

# 第十一回 雙英入虎穴 一女震羣雄

夜色沉沉，人語悄悄；斗室之中，一燈如豆，婁無畏和丁曉商量今後大計，柳夢蝶則已進內室換衣休息，她說：「小妹心中方寸已亂，師兄們如何決定，小妹定將仗劍隨師兄之後。」她身上穿的還是血跡斑斑的褻衣，在血雨腥風之後，不能不趕快去換衣休息了。

柳夢蝶去後，婁無畏長嘆一聲，神情蕭索，問丁曉道：「你剛才說要去北京，你看咱們入北京能濟事嗎？這事情實在複雜，它牽涉著整個義和團！不過俺是無論如何，拚著性命不要，也得給師父報仇的。」

丁曉疊著手指道：「柳老師伯以前也是不主張義和團入京的，不過目前形勢已變，不同往日，咱們入京，不單是爲了柳師伯，也爲了義和團。」

他緩了一緩，又往下說道：「這是怎麼講呢？第一，據小弟所知，李來中、張德成、曹福田三大頭目，都已決定入京了。他們這次入京，是非成敗，姑且不論，但他們的決定，既非我們所能轉移，如果我們不去，事情可能會弄得更糟。我們也去，最少可以提醒他們內部有變；或者可以使他們聽從柳師伯的遺言，先行整頓內部。第二，這次李來中入京，五湖四海的英雄豪傑，必然雲集京都，其中抱著『反清滅洋』，與我們同目標的人，必然不少。柳老師伯和許多前輩的成名人物，都有交情，我們入京和他們一說，他們必肯幫忙。」

這晚婁無畏和丁曉通宵不寐，闊論深談，大家都覺得很是投機。丁曉告訴婁無畏，他曾兩入保定城，整頓太極門，丁派的弟子要推他做掌門，他還不曾答應。他笑著對婁無畏道：「這掌門的位子，其實應該是你的。」婁無畏忙正容答道：「曉弟，你還是不要謙讓了吧！我一來和師叔的弟子都很生疏，不能得他們信任；二來我也無意於此。」

這一晚的談話，使婁無畏有很深的感觸，丁曉比他只略小幾歲，可是看起比他充滿活力，年輕得多了。他覺得丁曉既精明，人又爽直。丁曉這晚逕自指摘他以前不關心義和團的不對，還說：「師兄，一個人要經得起成功，也要經得起失敗。你受了許多挫折，我是知道的，這次義和團入京，說不定還要受一個大挫敗。但這大挫敗，卻將會是另一個大成功的起點！最少在義和團這次事件中，老百姓已經看出他們自己的力量。他們沒有經驗，失敗了一次就取得一次經驗，像小孩子學走路，跌倒了又爬起，終會走出路來的。」婁無畏聽了他的話，覺得很有道理。

第二天他們埋葬了左含英，就跟隨張德成的大隊，大夥兒到北京去了。

北京是中國歷史上的名都，自金代中葉建爲中都，元代改稱大都。明代永樂皇帝以叔篡姪，才從南京遷都於此，正式定名爲北京，清仍照舊，還是以北京爲首都。算起來，到義和團入京時，它已經有大約七百四十年的建都歷史了，經過七百多年歷代皇朝的整修，北京城特別顯得雄偉瑰麗！

婁無畏還是初到北京，他隨著浩蕩的人流，騎著嘶風的駿馬，遠遠已看見高聳的城牆，巍峨的西山，心中不禁十分感慨。不消多時，義和團的洪流已由西直門進入紅塵十丈、黃沙滾滾的北京，繞什刹海、北海、中海一路行來，只見紫禁城內，皇宮殿宇連雲，鱗次櫛比，綿亙不絕。婁無畏心想：這些瑰麗巍峨的建築，不知是多少像他父親那樣的農民的血汗所鑄成！但再想一想，又不禁輾然微笑：今天進入北京的滾滾人流中，就有不少是赤著腳的農民！他放眼一看，但見戈矛蔽日，紅巾輝映，這班莊稼漢出身的義和團員，今天正大踏步進入皇城，把皇帝的權威視爲無物！

在天津的義和團進北京前，坐駐通州的李來中，已早兩天率大隊來了。所以婁無畏等進北京時，已見得處處「神壇」香火繚繞，先到北京的義和團弟兄，親親熱熱的湧來歡迎，婁無畏、丁曉等自也有一班相識的頭目，跑來招呼。至於張德成、曹福田等大頭目，自去拜見總頭目李來中。

且說婁、丁二人和柳夢蝶、丁曉之妻姜鳳瓊等，在義和團設於東單牌樓的一間迎賓館中安頓下來，不過一個時辰，就聽得門外弟兄通報，說是有三位老者來找。婁無畏方想不知是誰，已聽得人未到，聲先到，一個蒼勁的聲音，已從門外傳來：「無畏，你剛來，想不到咱們又在京城見面！」這正是婁無畏另一位恩師，威震關外的百爪神鷹獨孤一行。同行的正是以前匕首會開山三老之一的雲中奇，和形意門掌門鍾海平！他們也是早兩天來的。

久別重逢，恍如隔世，婁無畏心中歡喜，自不消說。但一談到柳劍吟身遭暗算，死於無名小卒之手時，大家又不禁相對唏噓！獨孤一行是已經知道柳劍吟的死訊的，他趕來北京，爲的也是一來想看義和團的勢力，能否幹出一番大事；二來則替柳劍吟復仇。他到北京兩天，仗著雲中奇和義和團中一些祕密會黨的頭目認識，也很快就清楚了義和團中複雜的情況。

當下婁無畏又把丁曉夫妻與柳夢蝶介紹給這江湖上成名的三位前輩，三老看兒女英雄，一個賽似一個，心中也自欣慰。獨孤一行問知柳夢蝶曾在心如門下受業，還笑著道：「想不到這位神尼會在晚年收徒，俺和她也曾在四十年前見過一次面，親見過她鐵拂塵拂穴的功夫！」說罷他又把眼光移向丁曉。

獨孤一行看到丁曉神采飛揚，自也非常欣慰。他心中突然浮起丁劍鳴的影子來，他想起丁劍鳴的浮躁驕傲，再對比一下目前這位年輕人，心中不禁暗暗感嘆：到底是一代勝過一代。他又看到姜鳳瓊容光煥發，含笑站在丁曉身邊，正是天造地設的一對璧人，不禁含笑說道：「你們這班年輕人，真是一個賽似一個，教我這老頭子越看越愛。曉姪，恕老朽不客氣的說，你比你爹强多了。聽說你八、九年前離家遠走，除了本門丁派的太極功夫外，又學了陳派的太極功夫，把太極兩派的武功合一起來，可是？」他略緩一緩又笑著說道：「聽你爹說，你當日離家遠走，是爲了婚事不如心願。現在你到底是稱了心願。你有空時，倒應和婁無畏說說你怎樣追姜姑娘的經過，好讓他借鏡借鏡。婁無畏什麼都好，就是對自己的婚事太不留意了，哈！哈！」

獨孤一行這老頭子是太高興了，說話就像連珠砲似的滔滔不絕。他料不到婁無畏卻有很大的感觸，只勉强的露出笑容道：「有空一定要向師弟請教。」而柳夢蝶也頗爲尷尬，可是獨孤一行卻看不出來。

丁曉曾學陳派太極的事，經過頗爲複雜，武林中人也沒幾個知道。原來當時丁、陳二派都負天下重名，丁派就是丁劍鳴祖先傳下這一支，陳派卻是河南陳家溝陳清平這一支，兩派都只傳兒孫，很少把真功夫傳外人。只有柳劍吟因得太極丁特別歡喜，那是例外。到丁劍鳴開派時，才打破家規，廣授弟子。所以江湖上談論起丁劍鳴時，雖覺此人有許多不是，這點倒是值得稱讚。兩派雖都是太極源流，武功深淺也不相上下，可是其中的架式大小，掌法變化，卻又各有奧妙，在相同之中，也有相異之處。陳派本是不願傳給外人，過去只有一個楊露禪曾到陳家溝偷拳成功，在北京打敗數十武師，闖出名號。丁曉以丁派嫡傳而兼學陳派，在江湖上門戶之見甚深的人看來，是不可理解的事。因爲像這種情形，莫說學的人因覺降低身分而不願學，教的人若知道來人歷史也不願教的。所以丁曉兼學陳派，雖不如楊露禪偷拳之艱難，也經歷不少辛苦。

丁曉因學技經過，很爲複雜，無暇細說，只約約略略談了幾句。鍾海平和雲中奇也約略談了一下形意派和匕首會的情形。形意派年來倒是有很大進展，只是匕首會的組織卻已完全瓦解了。

在獨孤一行和婁、丁等會見之後，各人都分頭進行聯絡北京義和團中的「反清滅洋」派，以及陸續進京的五湖四海豪傑。幾天中到京的各路英雄真是不少，只拿一些重要的人物來說，就有柳大娘之弟，山西萬勝門的掌門劉雲英、江蘇的「鐵面書生」上官瑾、少林派的宏真和尚、四川打穴名家羅煥先、雲南大俠孫尚明、蝴蝶掌前輩蒯二先生、兩湖名武師韓季龍等等，真是八方豪傑會京華，十分熱鬧！北京城中，成爲義和團的天下。清廷九門提督轄下的官兵，和宮廷的御林軍，也不敢去觸犯拳民，只是奉了密令，一個個箭上弦，刀出鞘，警戒嚴密。

另一方，由岳君雄出面，義和團中的「保清滅洋派」也在加緊活動，大量搜羅人材。除原有的皇宮衛士及收買的江湖大盜外，還有來自蒙藏的喇嘛僧，各省封疆大吏密保送來的名捕頭、名武士等等。因此岳君雄雖只是北京的義和團副頭目，可是總頭目李來中也不敢輕易觸犯他。

李來中其人，雖也有些本領，頗具魄力，可是卻遠不及開創義和團的朱紅燈。他尚存和清廷合作之心，還以一見西太后爲榮，與王公大臣「並起並坐」爲幸。他曾在西太后面前表演過一次「義和團能禦槍砲」的把戲，西太后也沒有什麼讚賞，反而藉口有一個小頭目囂張跋扈，將他殺了。李來中也不敢反抗，甘願受西太后指使。

在這樣情形下，他當然是不願正式和岳君雄決裂，整肅內部，改「扶清滅洋」爲「反清滅洋」的。因此儘管獨孤一行等成名前輩，以岳君雄謀殺柳劍吟，分裂義和團的事實來提醒他，警告他，他也斤斤於在這個時候，不能內部自起衝突爲念，來拒絕一羣英雄請他整肅內部的要求。

這時，情勢實也嚴重。在天津，俄國著名的哥薩克馬隊已與天津城郊獨流鎮拳民發生格鬥，跟著俄、法、日登陸水兵又在天津城外和拳民開戰，緊接著美、英聯軍二千餘人又由西摩爾率領，攜帶大砲機關槍向北京進發。拳民破壞鐵路，隨處攔擊，聯軍第一天走了三十英里，第二天只走了十英里。義和團用刀矛等原始武器，英勇阻擊，聯軍兵士陣亡六十二人，受傷三百一十二人，攻勢頓挫。西摩爾也不得不承認義和團的勇敢，他曾說：「義和團所用，設為西式槍砲，則所率聯軍必全體覆沒！」

可是聯軍雖然受挫，由英、俄、法、德、美、奧、日、義八國組成的八國聯軍已計畫開來，尤其令人痛心的是，在天津與聯軍交戰時，拳民自動為清軍聶士成部作先鋒，聶軍卻在後面槍殺拳民，以致後來，天津終被聯軍攻入。

八國聯軍雖還未到，北京城已是風聲鶴唳。在這情形下，獨孤一行、婁無畏、丁曉等均主張趕快解決內部隱憂，再集中力量對付外人，而李來中等卻認為在這時候，內部不應起摩擦。

一夜，獨孤一行、雲中奇、鍾海平、蒯三先生等幾位老前輩，又來找婁無畏等商量大計。一見面，獨孤一行就問婁無畏、丁曉二人道：「賢姪，你們可有膽量夜入岳君雄的大營，寄柬留刀麼？可是話先說明，卻不許殺他！」

婁、丁二人覺得很奇怪，同聲問道：「就是虎穴龍潭，小姪們也敢前往，只是卻為何不准傷他？」

獨孤一行道：「這已經不是個人恩仇的問題了。」於是他對婁無畏和丁曉二人說出為什麼不准傷害岳君雄的道理。

原來他們見李來中不肯正式和岳君雄反目，而義和團又身陷危險中，於是他們想出了一條計策，命婁無畏和丁曉二人，揭明要為柳劍吟復仇，按照江湖規矩，向岳君雄索鬥。江湖上的尋仇毆鬥，照例雙方都可以請人助拳，這樣就可以分清界限，劃明敵我。而寄柬留刀，則是先削削岳君雄的頭臉，使他不能不起而應戰。獨孤一行本想親自去的，但再一思索，自己去是以外人出頭，有好事之嫌。照武林規矩，是應該由柳劍吟的大弟子婁無畏和太極派掌門丁曉二人去挑大樑，出面和岳君雄索鬥的。

因此，這不單是私仇，而是關係著整個義和團的大事。如果只暗殺了岳君雄，則不能達到消滅「保清」派的目的；再者江湖上報仇，講究明打明鬥，暗地裏擲一鏢，扎一刀，是很不體面的事。

同時，若以報柳劍吟之仇為名義，達到消滅義和團內部隱憂之實，還有兩個好處。一是李來中不能攔阻，因為表面是聲明報師仇，為本派門戶雪恥，李來中雖是義和團總頭目，但也是江湖人物，不能不按江湖規矩行事。二是，許多江湖豪傑，還不知道為何要消滅「保清」派，未曾認清路線上的分歧所引起的巨大影響。但如果公開岳君雄等人謀殺柳劍吟的事實，以柳劍吟在江湖上的聲望，自然都願前來助拳。

獨孤一行等老前輩把道理說明後，婁、丁二人恍然大悟，當下就要前往敵壘。柳夢蝶也爭著要去，可是卻被獨孤一行留住，一來因為怕她是個年輕女子，深入虎穴龍潭，恐有不測；二來她雖是柳劍吟愛女，但以往江湖上仍講究身份地位等禮數，一切事應該由掌門人出頭，除非沒有掌門，又沒有徒弟，才能由女兒出面。柳夢蝶被留下後，很不高興，她心想，你們看輕我，我倒要露兩手給你們看看。

婁無畏和丁曉二人奉命之後，立刻換過黑色夜行衣褲，短裝窄袖，別過衆人，走到庭院中心，猛地一縱身軀，刷的一聲，竄上牆頭，如飛去了。

岳君雄和他黨羽所住的地方，是一個貝勒的別院，屋宇很大，屋上鋪的是滑不留足的琉璃瓦。屋後有一株三丈多高的柳樹，跨出牆外。婁、丁二人看準了這株柳樹，熊腰扭處，呼的一聲飛上樹頂。他們二人的輕功提縱術，也幾近爐火純青之境，這一掠上樹梢，就竟如點水蜻蜓一般，各自附著一根樹枝，柳樹本身紋絲不動！往下看時，只見靜悄悄的鴉雀無聲，只在深深庭院之間，有一間屋宇，閃現出點點燈火。

婁無畏和丁曉環顧四周，不見有人。婁無畏便待從柳樹上掠過瓦面，丁曉忙一把拉住，低聲說道：「不可造次！」他取出兩枚錢鏢，箝在中食二指之間，以連珠鏢手法，先將第一枚錢鏢向上一拋，緊跟著把第二枚錢鏢，照準第一枚錢鏢打去。兩枚錢鏢在空中撞個正著，錚然一聲，跌下院子。丁曉的做法有個名堂，叫做「青蚨傳信」，和「投石問路」一樣，都是夜行人試探對方虛實，有沒有警覺的手法。

「青蚨傳信」，錢鏢一響之後，果然不出丁曉所料，琉璃瓦面突然掠上兩個衛士，全是青色箭衣，跨著腰刀，不知是躲在什麼隱蔽地方，這時聽了聲息才鑽出來。婁無畏不禁暗暗叫了一聲慚愧！

那兩個青衣衛士躍上瓦面後，四處察看，卻只見星河黯淡，新月如鈎，哪有什麼人影。他們不禁十分詫異，喃喃自語，懷疑剛才那聲響，究竟是不是夜行人發出的。

柳、丁二人在柳樹上伏著，動也不動。待到那兩個衛士，行到腕力可及之處，距離簷邊不足五丈之時，丁曉早又將扣在掌中的兩枚錢鏢，只一抖腕，嗤的一聲，便疾如流星打去，一取咽喉，一取右太陽穴，全是人身要害之處。距離既近，又是出其不意，兩個衛士，如何躲閃得及，只聽得微風颯然，便給射個正著，連哎喲一聲也未喊出，便骨碌碌的在琉璃瓦面直滾下來！說時遲，那時快，婁、丁二人已一盪柳枝，急逾鷹隼的盪過簷頭，雙雙伸臂，把這兩個衛士的屍身接個正著，免得跌落地下，驚動其他的人。

婁、丁二人撈起兩個衛士的屍身，各自解下腰帶，又躍回柳樹，就將那兩個衛士，縛在樹上，好像吊死鬼一樣，張眼吐舌，給腰帶緊緊的勒著咽喉，在柳樹上盪來盪去。

料理完畢，兩又再掠上滑不留足的琉璃瓦面。兩人一左一右，都是翩若驚鴻，輕如巧燕，在琉璃瓦面疾掠而去。在常人不能立足的琉璃瓦面，他們不但來去自如，而且借著一滑之力，便如溜冰似的，一滑數丈。

蛇行鶴伏，疾掠輕馳，兩人越過了十數重亭台樓閣，看看當中一間有燈火的院子，已越來越近，忽地颯然風響，眼前黑影一花，在地上又掠上兩名衛士。

這兩名衛士，能在地面平空掠上，落地無聲，武功也委實不弱。但黑夜之中，他們不知道來者是外人還是自己人，一擺長劍，打了個暗號，問道：「是合子還是秧子？」合子是指自己人，秧子則指外人，這是江湖上下三門的黑話。婁無畏見多識廣，什麼江湖黑話都聽得懂。他應聲答道：「是合子！舵命把風看秧子！」兩個衛士於是雙雙緩步，正待再問，婁無畏暗中準備，待那兩名衛士迫近，驀地驟然躍起，落在兩個衛士中間，橫伸左右兩臂，向他們腰間就是一點！

昏夜之中，不差毫黍，婁無畏橫伸兩臂，兩個衛士都給他點中了昏眩穴。婁無畏隨手摸出兩把匕首，便把這兩個衛士，釘在屋脊上。丁曉見他舉手投足之間，便制伏了兩名衛士，不由得輕輕讚道：「好！」婁無畏也低聲笑道：「你剛才那兩枚錢鏢也打得不錯！」

兩師兄弟，低聲説笑，腳下卻不放鬆，在琉璃瓦面上，便施展登萍掠水之功，轉瞬間便到了燈火通明的正院，兩師兄弟伏在瓦面一聽，底下人聲嘈雜，談得正歡。

正在此時，只聽得屋子裏一個聲音道：「聽説柳劍吟的什麼大徒弟叫做婁無畏的，來了北京好幾天了，據説他的武功很是不錯，怎不見有什麼動靜？」

另一個聲音道：「就是他的師父重生，咱們也不懼怕，何況這個小狗？倒是獨孤一行那批老傢伙，很是棘手，倒須提防提防！」

又有一個蒼老的聲音道：「賢弟休長他人志氣，滅自己威風！咱們有噶布爾大喇嘛，還有達什巴圖魯，另外還有海陽幫大舵主耿卓環和一衆英雄，何須懼怕幾個老廢物，俺説不管獨孤一行也好，婁無畏也好，若見了咱們，叫他『一』個『行』不得，一個不能不『畏』！」

婁無畏聽了，勃然大怒，在懷裏摸出了幾柄三寸來長的匕首。婁無畏因年輕時曾入匕首會，改用金錢鏢手法來打匕首，他的十二柄小匕首，在江湖上也是聞名的暗器。他施展壁虎游牆之技，貼著屋簷，輕窺屋內，只見裏面坐著十來個人，老老少少，濟濟一堂，那個叫做岳君雄的坐在當中，旁邊燒著兩枝大牛油燭。

婁無畏正想再看，忽聽得裏面一聲大叫：「有賊！」好個婁無畏！他不待裏面人打出暗器，便先發制人，右手一揚，竟連發出四柄匕首！如流星閃電的穿窗飛入，兩柄匕首將兩枝大牛油燭的燭燄剛剛削去，立即燈蕊紛飛！一柄貼著岳君雄的頭皮飛過，把岳君雄的頭髮削了一大塊！另外一柄，刀尖穿著一封信，嚐的一聲，就插在正中的桌上！

婁無畏一發出匕首，立刻便翻轉瓦面，這一瞬間屋內暗器，紛紛打出，可是婁、丁二人，都到了瓦面中央，暗器如何打得著？

可是裏面的人，也的確大有高手，剛才裏面說的什麼喇嘛、巴圖魯之類雖然不在，但卻很有幾個第一流的大內衛士和江湖大盜，藉著暗器掩護，也已穿窗而出，掠上瓦面，狠狠追來！追上的幾個人中，當前兩個，一個手裏執著一柄精光耀目的長劍，一個舞著兩塊混元八卦牌，婁無畏的匕首，丁曉的錢鏢竟都給他們的兵器碰落！婁無畏剛才的暗襲是出其不意，現在他們有防備，暗器竟不能奏效了！

使長劍的那人是回回族的衛士叫做薩奇罕，舞的竟是中土罕見的天龍劍法，連人帶劍，舞成一道白光，向婁無畏直掠過去，婁無畏不慌不忙，「東風戲柳」，身形霍的一轉，劍光閃處，避過薩奇罕的劍鋒，「仙人指路」劍鋒一指，便從白光圈中直穿進去，逕取薩奇罕的咽喉！

薩奇罕也好生了得，不退不閃，右腕倏翻，「神龍掉首」，長劍呼的圈轉過來，和婁無畏的爛銀劍碰個正著，只聽得叮噹一聲，兩人都給震得踉踉蹌蹌的退後幾步，虎口隱隱生痛！這一硬碰硬接，竟勢均力敵，兩人腕力，一樣沉雄！

那邊廂，丁曉和那使雙牌的大漢也是棋逢對手，那漢子竟是山西路家嫡系子孫，名叫路懷亮，路家的十二路混元八卦牌法，也曾名震海內，這路懷亮卻少不慕正，做了獨腳大盜，後來被同類引入清宮當了一名衛士，不久就升了隊長，仗勢橫行，十分得意，所以少不得死心塌地，保衛皇家。

他雙牌一挺，「迅雷貫頂」，直向丁曉當頭打下，丁曉知他牌沉力猛，這一下子，少說也有七八百斤力量，不願和他硬碰，急運太極行功，「龍形飛步」，逕從雙牌之下掠出。腳未沾地，便驟的翻身獻劍，一縷青光，直向路懷亮背後的「魂門穴」刺來。路懷亮也真不弱，見雙牌撲空，已霍的塌腰虎伏，一個旋轉，雙牌翹起，「斜劈華山」，朝劍身便砸。丁曉沉著應戰，手中單鳳劍疾向下沉，一甩腕，「螳螂展臂」，劍鋒下斬敵人雙足。路懷亮一擊不中，右手鐵牌下垂，「將軍下馬」，左手鐵牌「橫掃千軍」，攔腰便劈。丁曉見他狠狠進招，心中大怒，劍招倏變，只略一轉身，劍光閃處，「白鶴展翅」，便反削路懷亮右肋。路懷亮猝不及防，雙牌不及回守，吃他劍風一迫，當堂退後幾步！

丁曉正待前追，猛聽得婁無畏大喊：「曉弟！快退！」原來他們兩人這一動手，雖只幾個照面，卻就在這轉瞬之間，背後其他賊人，亦已趕到。只這兩個傢伙，已非易與，何況還有追兵。婁無畏不願戀戰，因此急喚丁曉撤退。

一言提醒，雙俠齊退；兩人雙腳一點瓦面，就在滑不留足的琉璃瓦上，施展「八步趕蟬」的功夫，刷刷刷，三起三落，弩箭脫弦般飛衝出去，背後一干賊人，啣尾窮追。

兔起鶻落，電掣風馳，轉瞬之間，已掠過十餘重亭台樓閣！看看就要奔出這被岳君雄佔據的舊王府。正在這一瞬間，突的地下一聲吶喊，在前面濃陰花砌之中，又跳上幾名大漢，手持明晃晃的刀劍，高叫「鼠賊休走！」一窩蜂便圍上來！

這幾名大漢是當晚巡風的衛士。半刻之前，他們之中有兩個巡至前院，不見前院巡風同伴的蹤跡，十分詫異。當時正是下弦時分，星河黯淡，眉月如鈎，他們游目四顧，猛見那棵跨出牆外的大柳樹，在樹梢上有兩個人樣的東西，盪來盪去，似在上面打鞦韆一樣。其中一名輕功最好的衛士，急使個「白鶴沖天」之勢，拔身一聳，跳起三丈多高、向柳樹梢頭一落，細看之下，不覺「呵呀！」一聲，跌翻地下。

驚魂未定，同伴交詢，這衛士才說出在柳樹梢上那兩個被吊著的人，正是巡風的同伴。衆人一聽，齊都震動，這兩個同伴，武功都不算弱，怎的被人吊在柳樹上？當下就有其他膽大的掠上柳樹，將同伴解了下來。衆人一看，只見兩人都被勒得舌頭吐出，有三、四寸長，如何還救得活？

這幾個巡邏，知道一定有江湖高手到來尋事，急一聲胡哨，將同伴聚集起來，正待搜查，已聽得琉璃瓦上，有人聲自遠而近。幾個輕功好的，就急急忙忙掠上瓦面，恰好擋住婁無畏和丁曉的去路。

前有堵截、後有追兵；婁、丁二人不禁勃然大怒。震地大喝一聲道：「阻我者死，讓我者生！」雙劍起處，捲起兩道精虹，劍光縱橫交錯，劍劍都向堵截者的要害擊來！這幾個巡邏衛士，本領比薩奇罕、路懷亮等遜了一籌，哪曾見過這般劍法，被婁、丁二人的劍風迫得連連後退，不得不讓出路來！

可是婁、丁二人給他們這一糾纏，已是絆了一些時候，背後薩奇罕和路懷亮等竟已迫近身後，劍風颯然，已自可覺。婁無畏急待回擊，無奈面前的衛士又狠狠進招，他急一劍「龍門鼓浪」，劍如弩發，逕取前胸。前面的敵人還待右閃斜身進招時，他左掌已蓄勁待發，一伸掌，一個「金豹探爪」，疾如飄風，恰好擊中惡徒的肋下，立把這名衛士，打得筋斷骨折，吐血而亡！

一擊成功，背後薩奇罕的劍已堪堪刺到，婁無畏未及回身，急向琉璃瓦一伏，旋展滾地堂功夫，幾個翻騰，滾出了十幾步。這一手真是驚險絕倫，原來在那情形下，劍尖已及身後，婁無畏回身自不可能；飛躍前越，因前方還有敵人，身子懸空，無法抵禦暗器及夾擊，危險更大。他這一滾地堂功夫，在貼著瓦面時，劍鋒也貼著瓦面盤旋繚繞，專斬敵人雙足。前面堵截的敵人，不懂對付這種奇門劍法，急急雙足亂跳，亂成一團，而他早已滾出人叢去了。薩奇罕給婁無畏伏地一滾，一劍搠空，待再發招時，卻礙於前面的自己人還未閃開，未及施展，眼巴巴看著婁無畏滾出重圍。薩奇罕不禁大怒，再回望路懷亮時，更糟！也竟吃了丁曉的大虧，骨碌碌的在瓦面打滾，但卻不是滾地堂功夫，而是給踢翻瓦面，滾到地下去了。

原來那路懷亮自恃牌沉力猛，狠狠的追上丁曉便砸。婁無畏和丁曉原是維持丈餘的距離，那羣前面攔截的衛士，有一大半是纏著婁無畏的，只有兩名武功較弱的來對付丁曉。那羣衛士大約是見婁無畏生得豹頭虎目，長相威猛；而丁曉卻生得面如冠玉，貌若書生；所以心裏存著丁曉容易對付的念頭，只讓兩名本事稀鬆的來堵擊。他們哪知丁曉武功並不在婁無畏之下，若論太極本門技業，他比婁無畏還要精純。

那兩名堵擊丁曉的衛士，一使鋸齒刀，一使鑌鐵尺。鑌鐵尺先到，丁曉緊守本門以靜制動之訣，不慌不忙，看定敵人兵器堪堪打到之際，猛一斜身，手中銀劍迅似靈蛇，吐出瑩瑩寒光，便貼著鑌鐵尺削去。太極劍功夫若是精純，一搭上敵人的兵器，便可隨勢破勢，借力打力，一招一式，滾滾如長江大河，綿綿不斷。那傢伙還不知厲害，見丁曉的劍已貼著鐵尺削來，右腕挺勁，一翻一壓，要將丁曉的劍磕出手去，哪知丁曉趁敵人一翻一壓之力，單劍輕騰，呼的一聲，直捲進去，將敵人右手的五隻手指齊截斷，那使鑌鐵尺的慘叫一聲，痛徹心脾，噗通一聲，先自滾落地下。

丁曉一個照面便將使鑌鐵尺的打倒，那使鋸齒刀的才趕到跟前，大喝一聲：「休要猖狂！」鋸齒刀揚空一閃，便摟頭蓋頂的直劈下來。丁曉更不打話，倏的往右一斜身，虛斫一劍，便從刀影下直竄出去。使鋸齒刀的大怒，急旋身軀，忙遞兵刃，一個「夜叉探海」之勢，便逕扎丁曉的後心。誰知丁曉這招原是誘招，他待那敵人刀尖離後心不及五寸之際，猛的施展「一鶴沖天」的輕功，平地拔起數丈。敵人一刀搠空，收勁不住，自己撲到琉璃瓦上，將瓦面搠了一個大窟窿。

丁曉哈哈大笑，正待繼續前奔。猛聽得一聲怒喝：「好小子，不留下一點東西，就想這樣闖出去？接招！」聲到人到，路懷亮在這瞬息之間，已自後趕上，牌挾强風，直劈過去。丁曉忙一換腰，斜竄出六七尺外，這才急急回身轉劍，又和路懷亮大戰起來。

丁曉剛才和路懷亮交過手，知他勇猛有餘，靈巧不足，便劍走輕靈，柔如柳絮，翩若驚鴻，颯颯連聲，渾身上下，閃起幾道精光冷電，迫得路懷亮眼花撩亂。路懷亮的雙牌，兀自連劍鋒也不能沾住，不由怒氣沖天，使出混元牌中的辣招，倏地一個盤旋，雙牌横展，分向丁曉兩肋一鎖，這個招數有個名堂，叫做「鐵鎖横舟」。路懷亮志在必得，竟用了十二成力，哪知丁曉卻在雙牌挾風，横鎖襲來之際，竟敢施展出「鐵板橋」功夫，身子向後一仰，離地不到一尺，就如一張「鐵板」一樣，雙牌逕自從他面門掠過，毫無傷害。説時遲，那時快，他趁路懷亮招數用老，身軀前衝之際，猛的右足一挑，疾如閃電的踢來，正踢中路懷亮膝蓋，把他踢得翻翻滾滾，跌下地去！

丁曉將路懷亮踢翻琉璃瓦面，滾到地下之時，也正是婁無畏和薩奇罕雙劍碰磕，彼此都給震盪出數步之際；丁曉一見，正是時機，他手中劍一緊，使了個「白蛇吐信」，一掠數丈，劍光如虹，側襲薩奇罕的肩胛，薩奇罕輕輕一閃，未待還手，丁曉已疾馳而過。

他和婁無畏又會合一處，兩人逕自琉璃瓦面飛掠進院中一叢高柳垂楊之中，腳點樹枝，如魚游水，騰躍起落，晃眼之間，已越出牆外。薩奇罕和其他兩個衛士，也掠上了那棵大柳樹，放眼看時，婁無畏和丁曉二人正在牆外招手，叫他下來鬥鬥，他正待躍下去時，婁無畏的匕首，丁曉的金錢鏢又冰雹似的打來，他急使劍遮攔，只見週圍枝葉，給暗器打得紛紛飛舞，葉折枝摧。兩名衛士，也給錢鏢打中額角，血流涔涔！幸而距離過遠，暗器又是從地面打上來，力量不大，所以還不致斃命；但也已嚇得薩奇罕等一身冷汗了。薩奇罕和路懷亮剛才在琉璃瓦面，不畏婁、丁暗器，但現在在楊柳樹上，卻不能不有幾分懼怯。一來因爲在柳樹上閃避暗器，不能閃展騰挪，比在琉璃瓦面，更難躲過。二來剛才在琉璃瓦上，有路懷亮這一好手在旁，雙牌飛舞，就宛如風雨不透的屛風，而現在這兩名衛士，卻沒有路懷亮的本領。因此薩奇罕縱在樹上把劍左遮右擋，也只能保衛得了自己，兩名同伴還是受了傷！

這時，薩奇罕就想再下去拚鬥，也不敢了。因爲只得一個人追出去，必定要吃大虧，同時傷了許多同伴，也不得不先救護。就在他躊躇氣急的時候，耳中已只聽得婁無畏和丁曉的笑聲搖曳夜空，只看著婁無畏和丁曉的背影，消失在黑沉沉的夜色裏。他空白忙了一場，還是給婁、丁二人，闖進闖出，把虎穴龍潭，看成平陽大道！

岳君雄等檢點傷亡，非常憤怒。總計一下，竟是五死四傷。四傷之中還有一個是重傷殘廢的。計開：兩人給丁曉用金錢鏢打死，吊在柳樹上；兩人給婁無畏用匕首穿喉，釘在瓦壠上；

一個在對敵時被婁無畏用擒拿手擊斃當場。這是五死。還有兩名衛士在柳樹上，讓丁曉用錢鏢打傷額角；路懷亮給丁曉踢下地面，直痛到現在還是哼哼唧唧；另一人更慘，給丁曉削掉五指，成了廢人。這是四傷。另外更丟臉的是，首領岳君雄，也給削去了一大塊頭髮！真是傷亡慘重，恥辱非常。

這還不算，婁無畏寄柬留刀，又挑明了要爲師父報仇，要和岳君雄他們決鬥。這件事怎能不接下來！岳君雄當晚立刻通知所有的自己人，準備和婁無畏他們決個高下。

且說婁無畏和丁曉二人，寄柬留刀，一舉成功之後，回報獨孤一行等老前輩，衆人俱都興奮。獨孤一行、上官瑾、鍾海平、劉雲英等有名望的江湖豪俠，第二日一早，便聯袂去訪李來中，告訴他道，太極門的新掌門人丁曉和柳劍吟的徒弟女兒，已經查探得清清楚楚，暗害柳劍吟和左含英的，都是岳君雄的黨羽所爲。現在江湖之上，已經動了公憤，一致支持他們和岳君雄算帳，問李來中怎麼辦。

李來中還待攔阻，可是奈不過衆英雄你一句，我一句，把他弄得十分尷尬。獨孤一行還逕自拿江湖義氣壓他道：「你想，柳老拳師是武林中衆望所歸的前輩，給人不明不白的害死，而害死他的人，又是你的部下。你不懲罰部下已落了話柄，難道還攔阻別人報仇？江湖上講重義氣，柳老英雄也幫了你老哥不少忙，若你對他之受害漠不關心，豈不令天下豪傑寒心？」

鍾海平也說得很率直，他說：「丁曉新任太極派掌門，如果他放著本門師伯的仇也不去報，他還有什麼顏面執掌宗派？他又是你們梅花拳老掌門的孫女婿，你胳膊就不向內彎也不能向外彎！」

李來中在這樣情形下，如何阻擋得來。他本也不想偏袒岳君雄，只是他怕岳君雄勢大，不敢正式去整頓內部。如今別人說是爲報師仇、報父仇而去和岳君雄算帳，這件事就並非由他出頭，那他也就無可無不可了。何況許多江湖豪俠，會黨首領，都同情丁、婁，他如果阻攔，也真怕落了獨孤一行所說的「令天下豪傑寒心」，以至離心！

岳君雄那邊傷亡慘重，也自不肯甘休，同樣的也要求李來中出面，結果鬧得李來中不勝其煩，便放手一任兩家的事情兩家去了！

於是經過兩三日的信使往還，丁曉、岳君雄與李來中三方面商議的結果，決定按江湖規矩辦理：仇恨既不能化解，便只有武力判雄雌！

因爲兩方面助拳的人都多，大家同意正式擺起擂台，一個打一個，不許混戰，打到一方願意服輸爲止。輸的那方主腦人物，就得任由勝方處理。

當時北京城已是義和團天下，李來中准他們設擂台，官府也干涉不了。李來中並指定了當時北京最大的一個校場，作打擂之地。那個校場少說也可容納三、兩萬人，是滿清檢閱御林軍的地方，其大可知。

決定了打擂日期之後，雙方都在緊張準備，五湖四海各地英雄，聞風前來的更是不少，到了那天，大校場內人山人海，十分熱鬧。義和團的人、清廷的人，以及三山五嶽好漢，無不齊集。那擂台高一丈八尺，寬七丈二尺，有這樣大的擂台，比拳、比劍、比輕功、比暗器……什麼都可以施展了！

擂台搭起，按江湖上規矩，在擂台右側，搭起一個評判台，由李來中派出兩人，判斷勝負。擂台之上，雖是死傷不論，但也有兩敗俱傷或爭持不下的例子，必須公斷。這兩個評判人，一是北京老拳師楊廣達，一是梅花拳的老前輩，姜翼賢的師弟卓不凡，也是德高望重，立場持中。李來中請這兩人擔任評判，還有一個意思：此次是在北京擺擂，得尊重原在北京的武林前輩，而楊廣達是北京的武學世家，因此得請他擔任一個；卓不凡，則是代表義和團的人物。義和團原是自梅花拳演變來的，義和團的創始人朱紅燈正是卓不凡的師姪，李來中請他是敬老尊賢，遂由他來代表義和團作評判。

擂台右側搭的是評判台，左側搭的是一個大鐘樓，開場時要鳴鐘，在打鬥時若有人跌下擂台，也要鳴鐘，在台上的勝方不能下台追打。

那天天朗氣清，風和日麗。早上辰時一過，各方準備都已停當，大鐘三響，全場靜穆。卓不凡緩緩步出台心，向台下週圍環揖，朗然發話道：

「老朽無能，承總頭目李來中不棄，要我跟楊老師給兩家做個公正。擂台之上，手足無情，死傷各自認命。這是一。若有輸贏難於判斷的地方，老朽自問武學不精，也恐有看不明白之處，但幸有楊老師在一道，經我兩人判定之後，雙方縱有不服，也得在場後再說，這是二。」別看卓不凡年老，說話倒是斬釘截鐵，把評判大樑挑起來了。

卓不凡緩了緩，又往下說道：「這場擂台是爲了解決丁派太極門和岳君雄之間的糾紛而設的。事主一方是武林名宿柳劍吟的師姪，該派現在的掌門人丁曉，和柳劍吟的大徒弟婁無畏；一方是岳君雄。兩方都和義和團有很深的淵源，本來都是自己人，有什麼不好說的？但事關人命，變出非常，雙方都不肯甘休，只有按江湖規矩：擂台決勝負，掌下判公道！

「這事的前因後果，雙方明白，但今日場中的各路英雄，也許有些還不大清楚，老朽在雙方交手之前，按例得交代交代。」

果然在場中的幾萬人中，有許多還是不知道，聽得卓不凡要宣佈原由，都豎起耳朵來聽，大校場中靜得連一根針跌在地下都聽得見！

卓不凡往下說道：「據丁曉和婁無畏的報告，柳老拳師是岳君雄派人害死的，他們的師弟，柳老拳師的三徒弟左含英也是岳君雄派人害死的。婁無畏曾捉到岳君雄派去暗害左含英的一個人，這個人親自供認了一切！」說到這裏，台下登時暴雷似的一聲吶喊，岳君雄這邊的主腦人物，面色一齊轉青！

卓不凡將手擺了一擺，場中的鼓譟聲漸漸靜了下去。只聽得卓不凡又繼續往下說道：

「這是丁曉和婁無畏這方面的理由。岳君雄那邊也有他們的理由。他們說柳劍吟和人較技，失手被人打死，而且柳劍吟也當場擊斃二人，以一換二，總算扯個直了。至於夜襲左含英的那夥人，他們也不知是何方人馬。婁無畏雖說擒到一人，套了口供，但死無對證，不能強賴是他們指使的。

「岳君雄還說，婁無畏和丁曉二人，硬把這些無中生有之事，栽賴在他們身上；更恃強夜闖他家，殺害了他們五個弟兄，打傷了他們四名衛士；五死四傷，這賬又該如何算法？「兩方各有各的理由，爭持不下，雙方助拳的人又多，因此才設了這個擂台，並非鼓勵好勇鬥狠之意，實爲不得已時解決糾紛之方。」

卓不凡說到岳君雄他們的理由時，台下又是一片鼓譟，可是比起剛才那震天價響的暴雷呼喝，聲音是微弱得多了。這是岳君雄的黨羽們搖旗吶喊之聲。

卓不凡待人聲再靜下去，又簡單的說了一些打擂台的規矩，並交代明白：不限場數，打到一方服輸，或雙方助拳的人都打完爲止。這個規定是防備任何一方不肯認輸時，就以勝場多的這方爲勝。

卓不凡在宣佈規矩時，又宣佈了一個驚人的消息，在擂台較技時，有一場是特別給岳君雄來對婁無畏的，這是岳君雄提出的挑戰，婁無畏欣然同意。原來岳君雄被婁無畏以匕首削了一大塊頭髮，十分氣憤，因此他藉口要當事人決鬥一場，而且捨了「第一當事人」丁曉，而單獨挑戰「第二當事人」婁無畏。

卓不凡把一切交代清楚之後，立即面色一端，鄭重宣佈道：「擂台開始！」接著鐘鳴三響，卓不凡回到裁判座，擂台上靜寂無人，擂台下心弦震動！

正在萬目注視之際，只見岳君雄這邊，一個黑衣大漢，像燕子般飛掠上台。這人水牛般似的身軀，功夫卻很俐落。

這人正是那晚和婁無畏大戰的回回族衛士薩奇罕，他一上台就指名要請丁曉「指教」。他說那晚丁、婁二人大鬧岳家，那是因爲在黑夜中，防備疏忽之故。本要再挑戰婁無畏的，因爲婁無畏已有岳君雄這一場，所以他才指名要鬥丁曉。原來他也有一個想法，他那晚和婁無畏打得不分勝負，心想丁曉或者會技遜一籌，他要揀容易鬥的來鬥。

擂台之上，指名索戰，本來對方是可以不理，隨便派那個人上場都可以的。但丁曉怎容得別人公然挑戰，他不待卓不凡徵詢，早已聳身一跳也跳上了擂台，朗聲問道：「比拳？比劍？比暗器？隨便你劃出道來，丁某一定不叫你失望！」

薩奇罕十分狂傲，倏的便拔出他那口精光耀目，由藏邊上好鑌鐵打成的長劍，口裏說道：「比拳没意思，比暗器也只是雕蟲小技。咱們乾脆比劍！」他是怕丁曉的金錢鏢，且自恃得藏邊高僧所傳的天龍劍法，要來較量丁曉。

丁曉一聲冷笑，振臂一拔，也抽出了一把光芒閃爍的單鳳劍來。他似不經意的隨便立了個門戶，腳步不丁不八，正是太極劍的「起式」，隨口招呼道：「朋友，請進招！」

薩奇罕見他擺出太極門，心中想道：「你們太極派專想以逸待勞，可知討不了俺的便宜。」見丁曉請他進招，陡的喝了聲「好」字，身形一晃，略走邊鋒，「龍女穿針」，劍光繞處，刷的便奔丁曉左肩刺來。薩奇罕這招，虛中套實，實中套虛，端的厲害。哪知丁曉兀立如山，動也不動，容他劍尖堪堪刺到看要沾衣之際，突的右腕倏翻，把劍一揮，其疾如電，「金雕展翅」便向薩奇罕的右臂揮去。這一招，拿揑時候，恰到好處，只看得作裁判的卓不凡和楊廣達二人，都暗暗喝采。原來丁曉讓薩奇罕的劍堪堪刺到，是使他這招完全化爲實招，手臂放盡，不易變化，這才突然橫截他的手腕；正是太極劍中深湛的劍法。他在第一招時，便爭得主動了。

薩奇罕猝起不意，變招奇難，幸得他技業也有獨到之處，身子拚命旋風似的一轉，讓丁曉的劍從他左脅穿過。説時遲，那時快，他三尺青鋒，早圈了回來，「春雲乍展」，呼的一劍，又奔丁曉刺來，這一下十分迅疾。丁曉仍是不慌不忙，吸胸凹腹，略一晃肩，輕飄飄的隨著劍風直晃出去，猛然間欺身直進，劍起處，「玉女投梭」、「金雞奪粟」，一招兩式，截腰斬肋。薩奇罕給他逼得連連後退，心中大怒，一聲暴喝，劍光霍霍，把他的天龍劍法，盡量施展出來。

這「天龍劍法」是西藏的鎮山劍法，一共有十八路，每路九個變化，總共一百六十二手，變化循環，虛實莫測。只見薩奇罕施展開來，劍風虎虎，疾如風雨，攻多守少。台下的看見丁曉給薩奇罕的劍光圈住，都暗暗替丁曉擔憂。但作評判的卓不凡已看出丁曉在劍光圈中，氣定神沉，從容應付，劍法招數，竟是十分老到！卓不凡暗暗稱奇，也暗自讚道：師兄姜翼賢有這麼個孫女婿，死也瞑目了。

薩奇罕的一百六十二手天龍劍法，完全使了出來，兀自討不了丁曉半點便宜，不禁又驚又躁，劍法也漸漸散亂。丁曉見時機已到，不下辣手，尚待何時，他趁著薩奇罕腳踏中宮，劍奔面門之際，突的搖身晃步，反踏薩奇罕中路，和薩奇罕對個正著，單鳳劍劍身猛的向薩奇罕的劍脊上一按，喝了個「著」字，用力向下一壓。薩奇罕這一劍刺來，已用了十成力，現在給丁曉一按一壓，借他的力，奪他的劍，他如何還把握得住。立時長劍脫手，噹啷一聲，跌在擂台之上。他嚇得亡魂俱冒，急使個「神龍掉首」之勢，斜轉身軀，便要跳下台去，認輸保命，哪知丁曉劍法奇快，在他似飛燕的掠下去時，緊跟著把利劍一揮，還是把他的右臂卸下。

血濺塵埃，薩奇罕登時痛得暈了過去。

岳君雄這邊，齊齊鼓譟，說丁曉犯規，不該在別人認輸要跳下台時還施毒手。卓不凡卻不管這些，一聲鐘響，判斷岳君雄輸了第一場，他說：擂台規矩是跳落地下後，才不能追擊，只縱在半空，還是可以追擊的，因爲別人無法判定你是否還想再打。而「空手入白刃」，更是武林中常用，薩奇罕雖丟了劍，還不能認爲是失了抵抗能力。他還鄭重宣佈，如有不服，只可上訴，不准鼓譟。

卓不凡一番言詞，說得岳君雄這邊敢怒而不敢言。當下商議一陣，立刻推出一名好手再戰丁曉。這人是海陽幫的大舵主耿卓環，已有五十多歲，他的一對兵器銀花萬字奪，曾得山西唐家的獨門傳授，專奪刀劍。

丁曉見對方又有人出來挑戰，笑了笑，正待起來，卻給獨孤一行一把按下去道：「賢姪，你不能再去。一來不應上對方車輪戰的當，二來你現在又是掌門人。」他的意思是，掌門人有掌門的身分，第一個回合，由掌門人去打，當作開場，還不要緊，但不能聽憑對方指名索戰，武林較技，多少也得講輩分、論尊卑。雖然論起來耿卓環比丁曉成名更早，但丁曉現在是一方的主帥，不能老是任人索戰。

當下獨孤一行環顧一下，正想推一人上去打擂，山西萬勝門的掌門人劉雲英已自等得不耐煩，跳上去了。

劉雲英是柳大娘劉雲玉之弟，他憤姐夫一家慘遭傷害，這才千里迢迢趕來助拳，他和獨孤一行一樣，也是幫助丁曉和婁無畏規劃打擂的主持人之一。

劉雲英振臂一躍，似巨鳥摩雲一樣，掠上擂台，向耿卓環冷笑道：「你們想車輪戰麼？丁曉不是怕你，而是不屑和你打。咱們爛銅對爛鐵，你還是和俺這糟老頭子玩玩吧。」說罷嗖的一聲拔出刀來。

耿卓環也是江湖上成名人物，一聽到劉雲英的話，暗存輕視之意，不覺大怒，但仍是冷冷的道：「誰成誰不成，兵器見輸贏。何必口舌逞强？」一說完也霍的一聲，拔出了一對亮光閃閃，似戟非戟，似鉞非鉞，上半截似矛頭，下半截似護手的兵器來。這是江湖上罕見的外門兵刃銀花萬字奪。

雙「奪」出手，便挾勁風，左奪當胸，右奪前劈。劉雲英見耿卓環出手不凡，也自暗暗吃驚，當下不敢怠慢，倏地向後一退，手中「斷門刀」一提一翻、斜身滑步，青光閃處，「紅霞貫日」，刀鋒便反來撩斬耿卓環的脈門。耿卓環左奪一圈一擋，叮噹一聲，「奪」上的矛頭鈎了刀鋒一下，濺出一溜火花，劉雲英使勁奪出，矛頭和刀鋒都碰了一個小小的缺口。

劉雲英唰的將刀制回，刀光一轉，又取中盤，施展開萬勝門「五虎斷門刀」的絕技，點、崩、截、刺、扎，突擊猛斫，竄前竄後，忽進忽退，如生龍，如活虎，一口斷門刀，緊迫銀花奪。

那耿卓環在雙奪上，浸淫數十年，饒是劉雲英五虎斷門刀厲害非常，他也毫不畏懼。只見他雙奪展開，左攻右守，右劈左攔，迎、送、剪、攔、掛、劈、扎、破，雙奪生風，有如兩條銀蛇凌空飛舞。這對江胡上罕見的外門兵器，給他用得如臂使指，竟似到了化境！

一刀雙奪，各逞奇能，片刻之間，拆了三、五十招。劉雲英起初還拚命進攻，一打下來，卻漸漸守多攻少。戰到分際，劉雲英自知不敵，想用險招誘敵取勝，故意將身法略略一鈍，容得耿卓環右奪堪堪扎到時，他猛的往左一旋身，身移刀現，斷門刀自下向上一掩，刀光閃閃，貼著敵人的兵刃猛削上去，這一下若削實了，耿卓環的右奪非脫手不可。耿卓環招數用老了，右奪一伸，劉雲英的刀已削到。在這分際，耿卓環居然臨危不亂，隨機應變，右奪懸崖勒馬，不向前伸，反向上舉，「舉火撩天」，避開敵招，反照劉雲英的面門上一晃。劉雲英不知虛實，剛剛一閃時，耿卓環的左奪又已疾如風雨的發出，倏的照劉雲英的右臂扎去。

主客勢易，險象突呈，劉雲英救招不及，急足點擂台，騰身湧起，斜身下落，而背後耿卓環的雙奪虎虎生風，又是跟蹤追到，劉雲英不及回身抵擋，已直迫到台邊。

在這生死俄頃，間不容髮之際，劉雲英突然使出平生絕技，驟的身軀一伏，振右臂往下斜沉，俯頭面向旁微側，耿卓環的雙奪呼的一聲在他背上掠過，他已陡長身軀，忙展斷門刀絕招，「三羊開泰」一招三式，不管生死，右手刀硬往耿卓環左臂狠狠劈來，左掌也用足十成力量朝耿卓環右肩劈去。

耿卓環急借招破招，雙奪一轉，倏然翻上，左奪擋住了劉雲英的刀，右奪便要碰劉雲英的左腕。劉雲英左臂急急下沉，一把擄住了耿卓環的右奪，用足力量，向外一拖，大喝一聲「下去！」他是拚著雙雙落擂台，也得保全聲譽。

耿卓環給劉雲英這一拖，竟給拖到台邊。他急左腳一頓，猛的雙奪往外一送，劉雲英突像斷線風箏一樣跌下台去，但耿卓環收勢不住，雙足也已點著擂台邊緣，擺了幾擺，看看穩不住身形，也要下跌。

虎鬥龍爭，台下的人全看得捏一把汗。但在這分際，也看得出兩人武功俱是十分精湛，所差不過毫黍。劉雲英跌下擂台時，竟能在半空中「鯉魚打挺」，頭上腳下，輕飄飄落在地上，刀也不曾脫手。而耿卓環在擂台邊緣擺了幾擺，急向後仰，雖然仍是滑倒在擂台之上，但到底不至跌下。

當下台底紛紛議論：一個雖被打下擂台，但卻並不跌倒，一個雖然不跌下去，但卻摜在擂台上，不知算哪一個贏。結果大鐘噹然一響，由楊廣達宣佈，判斷這一場是耿卓環贏了，因爲按照台規，凡給打下台去就算輸，在台上的就是受了傷也算贏的。

這時耿卓環十分得意，雙目一掃全場，朗聲說道：「還有哪位上來指教？俺不怕車輪戰！」原來他剛才指名索戰丁曉時，曾受到劉雲英的奚落，說他想用車輪戰。現在他打勝了，就故意不下台去，要出出這口氣。擂台規矩，勝這一方，有權不打第二場，也有權可以一直繼續打下去，如果能長勝的話。

可是話還未了，眼前人影一晃，一個俏生生的小姑娘迅如飄風的從台下一躍而上，站在自己面前。耿卓環不禁大吃一驚：這小姑娘身法好快！

這小姑娘正是柳夢蝶。她見自己的母舅劉雲英給耿卓環打下擂台，氣憤塡胸，不假思索，便一躍而上，要憑青鋼劍、牟尼珠與耿卓環決一勝負！

柳夢蝶這一躍上擂台，台上台下齊都吃驚。柳夢蝶只是一個十八、九歲的小姑娘，而對方卻是江湖上成名多年的人物，一對銀花奪在北五省大大有名。台下羣雄都爲柳夢蝶擔心，就是妻無畏和丁曉，雖見過柳夢蝶本領，也擔心敵人太强，怕柳夢蝶不能應付。

耿卓環也是如此的想法。他驟吃一驚之後，看清楚來人「不過」是一個小姑娘，也只以爲她不過輕功有獨到之處而已，硬碰硬打，憑自己的一對銀花奪，無論如何也不會「三十年老娘，倒繃嬰兒」，在「陰溝裏翻船」的。

耿卓環先不亮招，對柳夢蝶冷冷的看了一眼，微笑説道：「小姑娘，打擂台不是好玩的事情，妳還是趕快下去吧。我實在捨不得傷妳。」

不料柳夢蝶年紀輕輕，口氣卻大，她也傲然笑道：「那我也不擊斃你好了，最多把你打成殘廢，你別害怕。」原來她剛才在台下時，聽人談論，知道耿卓環在敵人中，還不算是無惡不作的，不過他恃强欺人，倒是常有。因此在柳夢蝶躍上台時，就只立心把他打成殘廢。

耿卓環成名多年，心高氣傲，如何受得了柳夢蝶這一頂撞，立刻面色突變，把憐惜之心，化爲一團怒火。雙奪一舉，怒聲叱道：「臭丫頭，妳有多大本領？如此不識抬舉！正是天堂有路妳不走，地獄無門妳偏進來，妳可別怪老子不客氣！」

柳夢蝶懶得答話，青鋼劍出手，劍訣一揑，瑩瑩寒光，便奔耿卓環胸坎刺去。武家有句俗語說：「刀走白，劍走黑。」意思是使劍的，多由左右偏鋒踏進，很少踏正中宮，向前刺擊的，這在武林規矩中，簡直是一種藐視。耿卓環不禁大怒，兩膀用力向外一磕，雙奪呼的一聲，左右夾擊柳夢蝶的耳門。那知柳夢蝶這一招竟是虛招，她未容雙奪擊到，已一個「拗膝摟步」，圈到耿卓環右側，劍招倏變，青鋼劍向上一撩，便反挑敵人右臂。

耿卓環雙奪扎空，柳夢蝶已如閃電擊到，這一驚非同小可，收招不易，急往右擰身，斜竄出去，而柳夢蝶又已如影隨形，跟蹤直上。

「行家一出手，便知有沒有」。柳夢蝶兩招發出，耿卓環馬上改容。別自柳夢蝶年紀輕輕，這兩手功夫，已非江湖上尋常可見。耿卓環不敢輕敵，也不容他輕敵，他急把雙奪一交，封閉門戶，用出十二分精神，施展平生絕技。

耿卓環先前因爲輕敵，以至險些吃虧，現在抖起精神，雙奪展開，迎、送、剪、扎、吞、吐、抽、撤，恰似駭電驚霆，兩道銀蛇，貼著柳夢蝶身形飛舞，比鬥劉雲英時，更其厲害。

柳夢蝶初逢大敵，也是份外小心，她把青鋼劍展開，劍式矯若神龍，身法輕如彩蝶。尤其厲害的是：她年紀輕輕，卻兼兩家之長，有太極劍中十三劍的招數，又有心如神尼所傳的達摩劍法一百零八式，忽虛忽實，忽徐忽疾，乍進乍退，倏上倏下。時而柔如柳絮，借力打力；時而猛若洪濤，驟然而至。她一劍刺來時，全暗藏幾個變化，耿卓環若要硬碰，她就用黏、卸兩字訣化去；耿卓環若以爲她是虛著，她又突而把力量化實，令耿卓環防不勝防。柳夢蝶這一劍法展開，擊、刺、撩、抹、崩、刪、劈、剁，無不恰到好處。真當得上是：慢中快，巧中輕，行雲流水，穩捷輕靈！動手到三十多招，耿卓環已覺得自己發招，招招受敵人牽制，不能隨招進招！不禁倒吸了一口涼氣，深知遇到强手，恐怕真的會「三十年老娘，倒綳嬰兒」了！

銀花萬字奪本是最善於鎖拿敵人刀劍的外門兵器，然而現在對著柳夢蝶這口青鋼劍，忽柔忽剛，竟非但不能鎖拿，而且封閉不住了。耿卓環心中是又焦躁、又駭怕，猛的打定主意，兵器上打不過，就改用暗器吧。他的鐵蓮子連環打法，也是北五省有名的。他顧不得這是暗算小輩，而要急於保全面子了。

主意打定，退步抽身。雙奪一兜，「彩鳳旋窩」，奪挾風聲，向柳夢蝶下三路，直掃過來。柳夢蝶何等厲害，青鋼劍「倒轉乾坤」，倏的略一斜避，便倒翻上來，攔斬敵人的右腕。哪知耿卓環這招，原是以攻擊掩護退卻，他待柳夢蝶略避時，已拔身一跳，斜掠出數丈以外，猛的右奪交於左手，急急摸出幾顆鐵蓮子，一抖手幾點寒星，連翩飛到。

柳夢蝶一聲嬌笑，青鋼劍閃閃吐寒光，偏劍身，揚劍尖，劍光霍霍中，把幾粒鐵蓮子全都反彈回去。說時遲，那時快，只聽得台上兩聲奇怪的音響，接著又是兩聲，那北五省成名的人物耿卓環哎喲連聲，已像斷線風箏般跌下台去，他中了柳夢蝶的牟尼珠鏢。岳君雄這邊的人相顧失色，三山五嶽好漢，也羣相驚訝。有些老一輩知道這種暗器來歷的人，還以爲心如神尼，天外飛來。他們不相信柳夢蝶一個小姑娘竟傳了心如神尼的這手絕技。

那接續兩聲的奇怪音響，正是柳夢蝶的「珠鏢傳聲」。柳夢蝶恪遵師訓，不准輕易發出珠鏢，除非是碰到危險或別人先發暗器時，才准發鏢拒敵。而且在發鏢時，要先將一粒擲上半空，再發第二粒與它相碰，珠鏢中空，迎風有聲，兩珠激盪，其聲更厲。這個打法名爲「珠鏢傳聲」，是不肯暗襲，先行警告之意。

耿卓環若不先發鐵蓮子還可多耗一會，他一發鐵蓮子，這便糟了。柳夢蝶以一劍戰他雙奪時，雖佔了上風，可是急切之間，也還勝他不得。見他先發暗器，自然正中下懷，於是珠鏢出手，「傳聲」之後，馬上把他打下擂台。

岳君雄這邊的人相顧失色，急急趕來救護時，只見耿卓環如癱瘓一般，蜷伏地上，不能動彈。他啞聲對同伴說道：「俺給那臭丫頭弄殘廢了！」細一察看，原來他左右兩膝的「環跳穴」都給珠鏢穿過，軟筋打碎，就是治得好，也不能行走了。

柳夢蝶珠鏢得手，只見台下喝采聲、怒罵聲響成一片，千萬雙眼都注視自己。剛才激戰時不覺心慌，現在倒覺得有點心慌了。敢情那不是心慌，而是羞怯。她到底是個少女哪，而且還是第一遭碰到這樣大的場面。

她垂下頭，正想跑下台去。忽聽一聲蒼勁的聲音喝道：「姑娘別走，俺還要領教領教。」柳夢蝶抬起頭來，只見一個五旬開外的老者，已跳上台來，笑吟吟的對自己道：「巾幗出英雄，英雄是年少。老夫老矣，何幸尚得見心如傳人，珠鏢絕技。若不賜教，遺憾一生。」

這老者一縱上台，台下又是一聲喝采。雲中奇低聲對獨孤一行道：「岳君雄怎的拉到四川唐家的人出來？」原來這人外號「飛天神猿」唐萬川，他的叔叔唐棟材是雲中奇少年時代的朋友。唐家的暗器，當時號稱天下第一，打暗器和接暗器兩皆精絕。當時雲中奇的師父殷嗚皋以「聽風辨器」之術，冠於江胡，但發暗器的本領則不及唐家。所以兩方爲了互相研摩，曾結爲好友，雲中奇和唐棟材也自然交上了。唐萬川爲小一輩，雲中奇和他並不很熟，不過深知他全得家傳，是唐家後起之秀，所以才有「飛天神猿」的綽號。

「飛天神猿」唐萬川的叔叔唐棟材，四十年前，曾有一次機緣，偶然碰見心如神尼鏢殲羣盜，見她的牟尼打法，出神入化，自嘆不如。他本因久聞心如之名，正想找心如比試暗器，一聽了她的「珠鏢傳聲」就已服帖了。他回四川後，再不敢以「天下暗器第一家」自誇，也常常對弟姪説及心如的厲害。唐萬川未見過心如，自然不相信，他年少氣盛，很想找心如比試。可是四十年來，心如未到過中原，唐萬川也從十餘歲的少年，成爲五旬開外的老者了。

四川唐家和岳君雄並無交情，但卻和他這方之中一人相熟，這人代表岳君雄卑詞厚幣請他們助拳，他們原本不肯。但唐家僻處四川，只顧隱居，不關心大局，也不知義和團中的複雜情況。那時他們恰巧北遊，聽説有大擂台局面，雖然他們不答允給岳君雄助拳，卻答允來「觀擂」，做岳君雄的貴賓。

他們本不準備出手，但一聽到柳夢蝶的「珠鏢傳聲」後，唐萬川卻躍躍欲試了。他是暗器名家，一見柳夢蝶出手，遙觀手法，遠聽風聲，不禁深深詫異：這小姑娘的暗器功夫，竟有極深造詣，只不知比自己如何。他正想問叔叔唐棟材，只見唐棟材已輕聲説道：「這是心如神尼的家數！」唐棟材也是非常驚異。

唐萬川問他叔叔道：「你看我上去能不能鬥得過她？」唐棟材想了一想道：「很難說，如果是心如本人，那我們絕鬥不過。只是我剛才聽她的這手『珠鏢傳聲』，雖得心如真傳，尚未到心如境界。心如一發珠鏢，聲勁而急銳，餘音繚繞，久久始絕。這小姑娘的『珠鏢傳聲』，無此急銳，餘音也短促得多。但話說回來，她只是火候較差，論身法手法，都是上乘功夫。照我看你和她差不了多少。如果我上去，那就不行了。」這不是唐棟材對姪兒客氣，唐棟材年紀老邁，腕力眼力，都已消退，而唐萬川卻正值巔峯狀態。

唐萬川一聽叔叔如此說，更急不及待的就竄上台去，他倒是很客氣，並沒有輕視柳夢蝶的表現。

只是他這一上去，可急煞了雲中奇、獨孤一行等知道四川唐家來歷的人，也喜煞了岳君雄這邊的人，以前求他助拳他不肯，現在他自己竟跳上去了。

柳夢蝶見唐萬川和自己客氣，正待答話，猛然間又跳上一人，藍布大褂，長鬚飄然，這人正是匕首會開山三老之一的雲中奇。他是怕柳夢蝶接不了唐萬川的暗器，想憑自己「聽風辨器」之術，替她解圍。

雲中奇一上擂台，就對唐萬川拱手道：「賢姪別來無恙，令叔也來了嗎？這位小姑娘打累了，還是我和賢姪過手玩玩吧。」

哪知唐萬川見是雲中奇，雖然很恭敬的作了長揖，卻還是委婉拒絕道：「先輩聽風辨器之術，小姪曾多次領教，這位小姑娘的珠鏢絕技，卻不能錯過。小姪此來，只是想比試暗器，並非動刀動劍，這位小姑娘雖苦鬥了一場，但比暗器卻並不太耗力氣。」

雲中奇正待再說，柳夢蝶已搶話道：「雲老前輩，我不累。既是這位老英雄要賜教，我只好奉陪。」她倒是不肯領情，也躍躍欲試呢。

雲中奇剛才這一縱上擂台，岳君雄這邊的人，很是不快，忿他前來打岔。可是照擂台規矩，勝方有權不打，改由第二個人接替的。現在柳夢蝶一口答應，願意接招，卓不凡便宣佈由柳夢蝶對唐萬川，雲中奇只好怏怏而退。岳君雄那邊又一齊大喜，恨不得唐萬川廢了柳夢蝶。可是雲中奇這一打岔，柳夢蝶已知道唐萬川和自己這邊的人，很有淵源，因此這才不致下殺手，結仇家。

當下唐萬川和柳夢蝶兩人，風馳電掣，此追彼逐的在擂台上繞了兩匝，唐萬川猛的提聲喝道：「姑娘接鏢！」

# 第十二回　龍虎鬥京華　風雨滿中州

唐萬川揚聲喝道：「姑娘接鏢！」不肯暗襲，先叫一聲。迴身撤步，以「反臂陰鏢」手法，施展唐門絕技，錚然一聲，直奔柳夢蝶中盤「雲台穴」。

相距極近，力大勢急。柳夢蝶身迴勢轉，只見鏢貼肋旁，倏然穿過。說時遲，那時快，唐萬川已急換身形，第二鏢、第三鏢又劈空打去，一取柳夢蝶的上盤「神庭穴」，一取下盤的「軟麻穴」。柳夢蝶一揮利劍，將取上路的鏢格開，順著用輕功提縱術「一鶴沖天」絕技，身軀憑空拔起，把奔下盤的鏢也讓過了。

唐萬川這三鏢不過是探柳夢蝶虛實而已，但已使柳夢蝶悚然動容：這老頭真得小心對付。原來他也會以暗器打穴。

一退一進，兩人又已相隔兩三丈之遙。柳夢蝶一抖手，嗤！嗤！嗤！珠鏢三粒，連翩打至，怪聲搖曳。唐萬川一辨破空之聲，便知這三粒珠鏢，也是分取自己上中下三處穴道。大喝一聲：「好招！」一個「鐙裏藏身」讓過第一粒，立伸猿臂，接過了第二粒，一抖手，以珠鏢還珠鏢，把她的第三粒也激射下擂台去了。他接珠鏢的左手，戴的是鹿皮手套。

兩人這一暗器爭鋒，擂台較技，大家都知不易輕與。那唐萬川是暗器名家，他身上的暗器不止一種，頭三枝是普通的飛鏢，見打柳夢蝶不著，立刻變換暗器，更換打法。

唐萬川左手一抖，往暗器囊中一探，先後取出十顆無毒的蒺藜，分交兩手。唐家的蒺藜，與別家蒺藜不同，打造得特別輕巧，每顆不過四兩，但卻四周鋒利。別人莫說不會打，跟本不能緊握。

兩人在擂台上疾走輕馳，唐萬川的蒺藜忽爾出手，右手一揚，五團寒光，接連飛出，隨著身形一晃，左手一揚，又是五團寒光，向柳夢蝶流星般襲到。

柳夢蝶見唐萬川一探暗器皮囊，已是嚴密防備。只見她也右手一揚，珠鏢五粒分迎第一批的五顆蒺藜，蒺藜雖小，珠鏢更小。但五粒珠鏢與五顆蒺藜相撞，五團寒光竟給撞得歪歪斜斜，失了準頭，向柳夢蝶兩旁飛墜下去了。柳夢蝶竟能以暗器打法，使出太極門中的以力打力，以力卸力的功夫，這手絕技，令唐萬川大驚失色。

柳夢蝶打歪了敵人第一批蒺藜，第二團寒光又已流星般襲到。柳夢蝶的牟尼珠鏢手法，到底還及不上心如神尼的爐火純青。她左手掌心之力，還不能同時發五粒珠鏢，都像右手的恰到好處，可以借力打力，碰歪對方暗器的。

但柳夢蝶的達摩劍法，也得自心如真傳，她青鋼劍展開，一片寒光，呼呼捲舞，只聽得繁音過處，金鐵交鳴，五枚蒺藜都給她打落台上。

唐萬川料不到柳夢蝶劍法如此精湛，心中更是嘀咕，深怕暗器名家的聲譽保不了。他一發急，竟施展了平生對敵未曾用過的絕技，以蛇焰箭夾子母彈向柳夢蝶射來。那蛇焰箭，一碰硬物，便發出硫黃火焰，絕不能用兵器硬磕；那子母彈則上有九孔，中藏九枚鐵蓮子，用內勁發射，一捻一擲，飛出之後，「子彈」會被母彈裏面所藏的機簧引動，自動彈射出來，直取敵人，如冰雹降落。這兩種暗器，一齊運用，端的是相得益彰。

柳夢蝶打落唐萬川的蒺藜之後，知道敵人暗器奇多，手法厲害，不敢稍存驕念，更是特別小心。她見唐萬川雙肩一晃，一抖手，便嗤的一道藍火，直奔自己衝來，她一閃身，火箭掠過身後，蓬的一聲，爆炸開來，她嚇了一跳，往前縱去，幸沒傷著，只見得對面有幾個奇形怪狀的鐵球，發著噓噓怪聲，又連翩飛到。她一聽之下，知道其中必有古怪，不待鐵球到，便倏地縱身，「一鶴沖天」，連人帶劍，直迎上去，青鋼劍輕輕一挑，竟把第一枚子母彈挑起四、五丈高，流星殞石般飛越頭頂，逕跌下擂台去了。那九枚鐵蓮子在地下射出，四面激射，幸而擂台週圍十數丈方圓之地，都不准人近，看擂的不至受了誤傷。

柳夢蝶打落第一個子母彈之後，跟著又避開第二枝蛇焰箭，再閃過正面來路，回轉劍來，橫裡一拍，把第二顆子母彈打得橫飛出去，「子彈」尚未發出，母彈已跌落地上。

柳夢蝶連打兩顆子母彈，第三顆又已飛到，距離柳夢蝶不到一丈，突然叮噹一聲，九枚鐵蓮子同時飛出。柳夢蝶早有防備，將預藏在手中的一握牟尼珠，以「天女散花」手法向上灑去，只見滿空暗器，如天花亂墜，流星四濺，互相碰擊，都向四方飛射出去了。

柳夢蝶躲開兩枝蛇焰箭，擊落三枚子母彈，她竟應付得當，子母彈敢碰，蛇焰箭則避。饒是唐萬川展盡平生絕技，也是無可奈何。

但柳夢蝶也自心驚。她不知道這老傢伙到底還有什麼刁鑽的暗器。她急改守爲攻，變換打法，將牟尼珠如流星般射出，越打越狠。那唐萬川也真不愧「飛天神猿」的稱號，只見他輕飄飄閃來閃去，快若迅風，捷似靈猿，手中還揮舞唐家獨門兵器，擅接暗器的「靈犀鐝」。饒是柳夢蝶珠鏢紛紛攢擊，可也奈何他不得。

柳夢蝶雖一時未佔上風，但也把他打得手忙腳亂，無暇還擊。當此時也，忽聽柳夢蝶一聲嬌叱，施展出牟尼珠鏢的絕技。

只見柳夢蝶把手一揚，將一大把牟尼珠射上半空，跟著又是一大把牟尼珠直撒上去。唐萬川非常奇怪：這小姑娘弄什麼把戲?不向人打來，卻射向空際。

唐萬川方在奇怪，只見滿空珠鏢，互相碰擊，有的斜飛，有的直射，有的碰了第一顆之後，再碰第二顆，第三顆，竟是拐彎飛到，滿空珠鏢，激盪之下，竟紛紛向自己飛來。唐萬川這一驚非同小可，平生沒見過暗器有這種打法。一般暗器不論怎麼厲害，都是直線飛來；唐萬川輕功超卓，又擅「聽風辨器」之術，他遙辨敵人手勢，再聽暗器破空之聲，總會測到暗器打來的方位。如今碰到柳夢蝶這樣打法，暗器互相碰擊，有些竟是走「之」字形來的，驟出不意，饒是他施盡平生本領，右臂、左肩還是給珠鏢碰了兩下，受了一點輕傷，擦破一些皮肉。

唐萬川這一驚是非同小可，料不到柳夢蝶的珠鏢絕技，竟真是神奇，她能使珠鏢碰撞之後，力度角度還是恰到好處，這手功夫，確在自己之上。他急揚聲喝道：「停!停!姑娘絕技，果是不凡，老朽願拜下風。」他未被打下擂台，已先自認輸了。

柳夢蝶赧然一笑，青鋼劍歸鞘，牟尼珠停發，也客氣的說了一聲：「承讓。」當下唐萬川躍下擂台，楊廣達也待鳴鐘之後，出來宣判柳夢蝶勝了這場。

台下采聲雷動，岳君雄這邊的人都盡皆膽寒，縱有幾個自問武功勝過柳夢蝶的，也因害怕她的暗器，不敢上台比武。柳夢蝶等了半晌，不見有人挑戰，也逕下擂台去了。原來她力戰耿卓環，苦鬥唐萬川，也兀自累得筋疲力竭，而且她一串牟尼珠，共七七四十九粒，現在只剩下了三粒，心裏也暗叫「好險」！她雖然有權再打下去，但也不願再打下去了。

岳君雄見柳夢蝶下了擂台，這才鬆了口氣，因為如果柳夢蝶不肯下去，而自己這邊又沒人能接得住的話，這場擂台便算輸定了。

柳夢蝶一下擂台，岳君雄這邊又推出人來，上擂索戰。這人是清宮特選衛士的隊長達什巴圖魯，以十八路鐵琵琶掌法，折服清宮大內的武士，而得慈禧西太后信任；也是岳君雄這邊的主腦之一。他一上台就向雲中奇叫陣，要和雲中奇比試掌法。他說剛才雲中奇竄上擂台，躍躍欲試；現在他不願教雲老前輩失望，要在掌法上討教三招兩式。如果雲中奇不願比掌，要亮兵器的話，他也只是一雙肉掌奉陪。原來岳君雄這邊的人，既忿雲中奇剛才上來打岔，又知他不擅掌法，故意派出琵琶掌高手，向他指名索戰。

當下雲中奇很感為難；憑自己威名，斷不能以兵刃對他肉掌；但自己擅的是鞭法，而不是掌法，又不願以己所短，攻人所長，心內正自猶豫不定。躊躇之際，驀見一人已越眾而出，雲中奇定睛一看，原來是蝴蝶掌前輩翦二先生，不由得心中暗暗叫聲慚愧。獨孤一行坐在雲中奇旁邊，見雲中奇面色不大自然，低聲笑道：「老兄，等會就有你樂的了，這老頭兒準會把他像要狗熊似的要個夠。」

獨孤一行話猶未了，只見那翦二先生大搖大擺的走近台前，把長衫輕輕一捋，便縱上台去，他身軀搖搖擺擺，好像立足不穩的樣子，氣吁吁的説道：「人老了，是不行了。」台下一般人看來，都替翦二先生擔憂，可是內行人卻暗暗喝采：這老頭兒功夫好純，他的身法名爲「東風戲柳」，是內家的上乘功夫，與「醉八仙」拳的身法步法，有異曲同工之妙。

達什不是不識貨的人，他見翦二先生賣了這手「東風戲柳」，心中也暗暗吃驚。可是他自恃十八路鐵琵琶掌法，騈掌可洞牛腹，江湖之上，罕遇敵手。他邁步迎前，厲喝道：「你想代雲中奇作替死鬼？」

翦二先生微微一笑，説道：「是呀，俺這老骨頭多年没有挨打了，正想趁這機會鬆散鬆散，你若能打俺一掌，俺倒真得多謝你。就只怕你打不著，相好的，你這就發掌吧。」

達什巴圖魯幾曾受過人這般蔑視，怒吼一聲，「白猿探路」，一合雙掌，便照翦二先生的華蓋穴劈去。

那翦二先生也煞奇怪，既不接招，也不還掌，身軀霍的一翻，便輕盈如燕的翻到達什背後，待達什猛的旋身，連環三掌直劈過來時，他又抱頭一竄，説聲：「哎呀！没打著！」竟繞著擂台亂跑起來了。

達什巴圖魯怒喝道：「你這糟老頭兒，往哪裏走？」他邊罵邊追上來，可是好個蒯二先生，左面一兜，右面一繞，忽而如陀螺旋轉，忽而如弩箭先衝，直似身不沾地似的。他身法展開，輕靈飄忽，爭如蝴蝶穿花，蜉蝣戲水。

原來他從小便練習穿花繞樹的身法步形，練功時，在地上縱橫交錯密密麻麻的植了百數十個柏木樁，人便在柏木樁中，練習奔跑，練到可以閉目奔馳，左右穿插，連衣裳都不致碰到柏木樁時，才算大功告成。因此他和人對敵時，只是這麼隨意亂繞，便可弄得敵人頭昏眼花，饒你什麼鐵琵琶，金剛手如何厲害，總是撈不著他。

達什巴圖魯風馳電掣的在擂台上空自追逐，連蒯二先生的衣裳都沾不著。而且更氣人的是：達什不追他時，他反而迎上前來，盡情戲侮，待再追時，他又或前或後，或左或右，只在你身邊繞舞。

過沒多久，達什巴圖魯已眼冒金星，頭昏腦脹，腳步漸漸緩慢下來。說時遲，那時快，蒯二先生一個「金鯉穿波」，反踏中宮，直搶過來。達什忙用「搖龍出洞」之勢，揮臂一格，但蒯二先生只一閃身又已到了達什背後，他雙臂前伸，不及遮擋，頓時給蒯二先生劈劈拍拍打了兩個耳光，只打得達什耳鼓雷鳴，心頭火起。他突右腳探前，身子向後倒仰，「臥虎回頭」，雙拳向後猛發出去。這是琵琶掌中一個拚命招數，達什救招不及，才拚著與蒯二先生兩敗俱傷。哪知蒯二先生霍地向後一撤身，冷笑一聲，雙腳連環飛起，「分花拂柳」，直向達什兩胯踢去，只聽得砰砰兩聲，打個正著，登時像拋球一樣，把達什水牛般的身軀，拋起一丈多高，跌倒台下，弄了個四腳朝天。

翦二先生把達什打下擂台後，在鐘聲悠然中又大搖大擺的走下擂台，只恨得岳君雄那邊的人咬牙切齒。可是他們那邊，精於掌法的沒有幾人，見達什鐵琵琶掌這樣厲害，都吃了大虧，如何還敢輕易招惹。

這時已打了五場，方才日午。五場中岳君雄這邊竟輸了四場，岳君雄心中自是十分煩躁。正待再選高手攀回場面，只見丁曉這邊，雲中奇已越衆而出，縱上擂台，嘩啦啦的解下了蛟筋虬龍鞭，迎風一抖，筆直如槍。他一擺虬龍鞭，朗然說道：「老朽久已不在江湖爭勝，更不欲挾技淩人，但也不能任人指名索戰。剛才翦二先生替老朽接了一場，料還不致叫朋友們失望。如今我也不能叫朋友們失望，願憑這幾根老骨頭向列位討教討教。」他說著，把眼睛一掃岳君雄這邊的人，揚聲喝道：「呔！那位請上？俺不興指名索戰。」他年近垂暮，火氣還旺盛。

岳君雄這邊的人，面面相覷，剛才指名會他他不來，現在他可不請自來。只見他一上台就亮出虬龍鞭，當然是要在兵器上見個輸贏。岳君雄這邊，有許多老資格的清宮衛士，非但知道雲中奇來歷，而且有的還曾和他交過手。因爲雲中奇是匕首會的開山三老之一，並曾在一晚之間，連鬥四名大內衛士，殺了其中三個。這事到現在還令他們膽寒。他們知道雲中奇這條虬龍鞭，能奪兵器，可作軟鞭，挺起來還可當練子槍用，端的厲害非常。

岳君雄這邊的清宮衛士正在面面相覷，那請來的幾個西藏喇嘛中，有一個叫做宗達陀喇嘛的，使的也是一宗奇奇怪怪的兵器，名叫藤蛇棒，乃是用西藏特產的山間紫藤，浸入油中，百浸百晒而成，棒上纏著鋼絲，頭尾長約八尺，堅韌無比，快刀利斧，也斬它不斷。這藤蛇棒，也跟虬龍鞭一樣，是軟中帶硬的兵器。

宗達陀見衆人似有懼怕雲中奇之意，不禁勃然大怒，傲然對岳君雄道：「待俺去接他這場吧，一個糟老頭有什麼值得害怕的。」他昂然排衆而出，跳上擂台，也學雲中奇的樣子，嘩啦啦的在腰間解下藤蛇棒，迎風一抖，當胸一立道：「請進招！」

雲中奇一望他的藤蛇棒，不禁暗笑道：這條棒大約是俺這條鞭的兒子，長相好似，倒要試試它的威力。因此也不謙讓，一聲「有僭」，刷的一鞭，便向宗達陀迎頭砸來。

宗達陀喇嘛知道雲中奇的虬龍鞭和自己的藤蛇棒同一路數，看雲中奇一出手便用摔鞭手法，摟頭蓋頂的砸下，冷笑一聲，雙肩一晃。藤蛇棒揚頭坐尾，猛抖起來，「金蛟鎖柱」，向鞭身便纏，他是誠心硬碰硬鬥。

雲中奇不知敵人虛實，未過招，先防敗。他不待沾上，立即一坐腕子，把虬龍鞭猛的制回，一個「怪蟒翻身」，刷的一個「盤打」，從左往後一翻，虬龍鞭直似神龍夭矯，旋風似的照敵人右肩掃來。宗達陀也自不弱，將棒一旋，「倒踩七星」，身似飄風，「巧步旋身」，連人帶棒，倏的轉到雲中奇背後，手起棒落，「橫江截浪」，呼的一聲響，便向雲中奇攔腰掃去。

雲中奇身經百戰，屢逢大敵，更兼「聽風辨器」之術，他見敵人一旋，早已留神背後，一聽聲響，連頭也不回，反手一鞭，直像背後長著眼睛似的，便壓棒身，捲敵腕。宗達陀大吃一驚，急用「臥地龍」之勢，往下一殺腰，貼地擰身，閃開了雲中奇招數。說時遲，那時快，雲中奇早已旋過身來，竟施展開「彩鳳旋窩」、「雲龍掉首」、「連環盤打」，三旋身，三猛招，纏頭、鞭腰、繞兩足。一招接一招，狠狠攻來。

不料宗達陀喇嘛棒法竟也非常精湛，他以「蜉蝣戲水」身法，略一閃過，也同時展開了進手的招數。他這條藤蛇棒，共分磨、打、推、轉、圈、滑、劈、壓、纏、拿、鎖、扣十二字訣，忽棒、忽鞭、又可當練子槍用，變化倏忽，和雲中奇鬥在一起，竟是半斤八兩，各不相讓。

藤蛇棒鬥虬龍鞭，鞭迎棒去，疾似驚霆，虎鬥龍爭，鬥了幾十個回合還是不分勝負。兩人在擂台上跑馬燈似的你攻我守，我進你退，不知不覺從台中央直打近台邊。宗達陀心中暴躁，殺得性起，猛的虎吼一聲，「夜叉探海」，手起棒落，直取雲中奇的天靈蓋。他似乎忘了護身要訣，只顧進取，下盤大開，雲中奇大喜，略一閃身，一沉鞭頭，「烏龍掠地」，便向宗達陀雙足繞來。哪知宗達陀是存心硬拚，倏的雙足縱起，待雲中奇的鞭一挺時，他迅速着地，沉棒一圈，鞭與棒竟糾纏在一起。他脫身鞭影之外，用盡全力，用力一扯，那邊雲中奇也用力一拉，兩人都是內外功夫都幾近達爐火純青之境的人，這一用力，少說也在千斤以上，那刀劍所不能斷的虬龍鞭與藤蛇棒，竟都「逼卜」一聲，斷了一截，驟失重心，雲中奇和宗達陀都同時跌下擂台，各自拿著半截鞭棒，怔怔的在喘氣。

一聲鐘鳴，這回是卓不凡出來宣佈，兩方都不勝不敗，既同跌下擂台，就應算是平手。

這一回岳君雄這邊的人，雖未得勝，卻是眉飛色舞，因爲竟把雲中奇這一大勁敵，打下擂台，雖然自己的人也給他打下，總算吐了口烏氣。正得意間，忽見丁曉這邊，一個方面大耳的和尚，猛的已跳上擂台，他們一看之下，又不禁面面相覷，相顧失色。

原來這方面大耳的和尚，是嵩山少林寺的高僧宏真和尚，當時少林、武當兩派，傳人最多，聲勢最大，尤以少林派，更分爲四支：福建莆田、河南嵩山、南海少林、峨眉少林。四派都代出名手，聲聞南北。其中嵩山少林寺，更被稱爲「武林總匯」，據傳有七十二種絕技，每種絕技，都能獨步江湖。只談掌法，少林寺中便有鐵沙掌、黑沙掌、紅沙掌、金沙掌、金豹掌、鐵琵琶、鐵掃帚、般若掌、長拳等九種，南北各派暗器約有四十多種，少林寺中便佔了二十多種。而這宏真，又是嵩山少林寺達摩院的高僧。岳君雄這邊的人，震於少林寺的大名，又知道宏真的來歷，所以他一上台，已是先聲奪人。

岳君雄正待請他倚靠的噶布爾大喇嘛出戰。忽見人叢中竄起一人，也不過來與他打個招呼，便逕自縱上擂台去了，這人約莫有四十多歲，五短身材，滿嘴絡腮短鬚，相貌醜陋，可是身形步法，顯得很是俐落。岳君雄這邊的人竟沒一個認識他，大家都很納罕。

這人一上台，便拔出一對精鋼打造的「佛手枴」，亮了門戶，一聲冷笑道：「大師，別來無恙。」宏真定睛一看，這人相貌好熟，再一想，驀然憶起一人，也不禁愕然驚顧。

宏真今年六十歲，並不是自幼出家，他做和尚還不到三十年。三十多年前，他是嵩山少林寺的俗家弟子，年紀輕輕已經學成技藝，離開師門在江湖闖萬，投到一家鏢局做事。當時武林中門戶紛歧，互相標榜，也互相非議。那鏢局裏原有一位武當派的武師，叫傅圖南，在鏢局中很有面子，宏真來了，他頗感不悅。有一天互相誇耀門戶，傅圖南說：武當派和少林派，雖淵源極深，但武當已是取少林所長，捨少林所短，另創內家正宗門戶，比少林要强得多了。宏真那時，初出江湖，年少氣盛，聽了大爲不服，說：什麼「內家」、「外家」，其實只是武當派造出來，騙外行人的。天下武術派別，雖各有特長，但都要練氣練力，每一派都有傑出人士，不能說這一派必定勝過那一派，更不能說「內家拳」就必能勝過「外家拳」。兩人互相譏貶，爭持不下，比起武來，宏真一個收不住手，用金豹掌把傅圖南打傷，傅圖南因受了內傷，不能再練武功，過了幾年，就鬱鬱而死了。宏真經過這件事後，十分後悔，他又因接觸到一些江湖義士，醒悟到保鏢只是爲達官貴人賣命，殊爲不值。因此他在悔恨之下，才跑去出家，想在古刹青燈之旁，深深懺悔。

哪知傅圖南還有一個弟子，因師門恩重，矢志報仇。傅圖南死後，他曾來行刺過一次，可是不是宏真的對手。但宏真既傷其師，自不忍再傷害他。宏真倒是再三道歉，雖把他打敗，卻反求他原諒。但傅圖南的弟子卻是一個怪人，他一句話不說，既不道謝，也不諒解，就跑開了。這場寃仇，一直沒有化解。不料三十年後，宏真和尚在擂台上又遇到他了。

那上台應戰的人，正是傅圖南的弟子盧繼宗。宏真和尚先是愕然一驚，隨極斂手說道：「老弟，三十年前的舊事，至今尚未忘懷嗎？當年俺誤傷令師，事後十分後悔。『殺人不過頭點地』，何況令師不是死在俺的掌下，而是後來病死的。三十年前我已向老弟再三道歉，現在也仍然向你道歉。甚至照江湖規矩擺謝罪的和頭酒都行。老弟，這段樑子，總可揭過去吧。「不過你我的事，要等擂台結束之後才能辦理，貧僧此來，要爭的是江湖道義。這是大事，你我之間的糾紛卻是小事。老弟，他們兩方打擂之事，你不會不知道，何苦憑空插足其間，難道你也是岳君雄的羽翼？」

盧繼宗倒的確不是岳君雄羽翼，而是他心切師仇，幾十年來苦練一門絕技。他不大清楚誰是誰非，也不打算幫任何一邊，只是他見有宏真上台，就要來打擂。而且他正是想在衆目睽睽之下，替師門報仇，讓自己出頭，如何肯聽宏真和尚的勸。

他聽了宏真的話後，把佛手枴重重一頓，又冷笑道：「說得這樣容易？我的師父因你而死，我忍了三十年還不夠嗎？

「你要我輕易罷休可是不行，你當初怎樣對我師父，我也得怎樣還你。你叫我師父吃了一掌金豹掌，我必得回打你一記佛手枴。以拐換掌，這便是三十年的利息。

「至於甚麼擂台之事，誰是誰非，我統統不管，你要我不插足擂台，那行，你先當衆宣佈，輸了這場，不敢與我對打。然後咱們再找一個僻靜地方比試。」

宏真一聽，此事已成騎虎；若在別個地方，要他認輸，他一定願意，他幾十年古刹青燈，還有什麼爭名好勝之念。但此時此地卻非比尋常，擂台不知尚要打多少場，照卓不凡宣佈，兩方所同意的規矩是：若有一方不肯服輸，就以那方勝場多的爲勝。自己認輸不打緊，但若因此累了丁曉這方輸場，如何對得住柳劍吟，如何對得住江湖俠義？何況自己此來是代表嵩山少林寺，又如何能在擂台之上，損了師門威望？

宏真心想，輸是不能認輸。但若打起來，自己又真不忍再傷他，但若不傷他，要將他打下擂台恐也很難。看他身法步形，眼神充足，英氣內斂，武功想已大有進境。

宏真皺眉瞪目，兀自打不定主意。台下已是一片鼓譟聲。岳君雄的人，見宏真低聲説話，似露懼容，他們聽不清楚擂台上説什麼，以爲宏真害怕了這條漢子。因此齊齊嚷道：「擂台不是敍舊之場，打擂更不是對親家，怎的那禿驢兀是不動手？」

卓不凡、楊廣達見他們絮絮不休，也覺得很是尷尬，正想叫他們快點決定：到底打是不打？只見宏真和尚把直裰脫下，隨便擺了個門戶，説道：「老弟，你把貧僧逼得没法，你請進招吧！」

盧繼宗瞪了宏真一眼，忽然喝問道：「你是要用雙掌來對俺的佛手楞？」

宏真和尚笑道：「俺出家多年，不慣舞刀弄劍了，老弟，你隨便招呼吧，別客氣。」

盧繼宗怒極，罵道：「禿驢，你傷害了俺的恩師，現在又小覷我。」他雙拐一分，隨手亮式，「雙龍入海」，佛手楞往外敲擊。宏真和尚微微一笑，身隨楞走，明是走勢，似將閃躲，竟突的橫身猛進，左掌略按盧繼宗右楞，一個翻身反臂，便疾向盧繼宗斜肩帶背劈去。盧繼宗急往下塌身，藏頭縮項。宏真已是在他面門虛晃一掌，又收回來了。他還是不願下辣手打傷盧繼宗。

可是盧繼宗卻怪，他閃過一掌之後，卻並不長身展楞，卻趁勢突的肩頭著地，往下便倒，身軀隨著雙枴旋轉起來；好像軲轆一樣，在擂台上疾轉，雙枴也貼著台面盤打，狠很向宏真和尚滾來。

宏真和尚見他展開「地堂拳」功夫，也不禁駭然一跳，急展開閃、展、騰、挪的小巧功夫躲閃時，只見那盧繼宗竟渾身就像圓球一樣，盤旋騰折，腕、胯、肘、膝、肩不論那一部份，一沾台面，立即騰起，而且配合他的雙枴，只要一枴支台，便可身不沾「地」，比普通的「地堂拳」身法，更顯得輕靈飄忽，毫不費力。他的雙枴、腕、肘、膝都可用來打擊敵人，而且專是向下盤敲擊。

宏真和尚徒手作戰，竟是非常費力，他似乎沒有學過破「地堂拳」的功夫，竟給盧繼宗迫得連連後退。這時台下一片采聲，岳君雄的人以為宏真和尚準會輸了。

宏真和尚在給迫的連連後退時，聽得台下采聲一片，面色倏變，驀然一聲長笑，身形驟換，戰術更張；他雙腿疾發，展開了「鴛鴦進步連環腿」的功夫，雙足交騰，穿枴進招，竟是既快疾，又有力，跌盪之間，顯得下盤功夫，十分堅固。

宏真就只憑一套「連環腿」的功夫，已反客為主，倒迫得盧繼宗反退回去。這兩人一進一退，一個在台上亂滾，雙枴盤旋；一個作勢擒拿，雙腿跌盪，台上台下看得眼花撩亂。忽然不知怎的，明明是宏真和尚佔了優勢，卻突見盧繼宗右枴上撩，竟給他一枴擊在宏真的左股上，卜然有聲。眾人大吃一驚，卻又忽地聽得一聲狂笑，盧繼宗已滾出一丈開外，猛的翻身坐起，他的右枴已到宏真和尚手中，只見宏真雙手用力一拗，把那精鋼鑄造的佛手枴拗成兩截，拋到台下去了。

宏真和尚邁步向前，笑道：「老弟，俺已受了你的一拐，你的氣總可消了吧？」盧繼宗面色青白，不發一語，持著單拐一步一步走下台去，宏真向卓不凡等微一稽首，也逕自縱下擂台。這一場只看得台上台下齊都納悶。

原來宏真既不願輸，但又不願傷盧繼宗。他一心想的，只是如何化解，因此在初鬥盧繼宗的「地堂拐」時，要不贏不輸，就份外費力，幾乎給盧繼宗迫下擂台。後來他見不是辦法，把心一橫，才施展出連環腿絕技，將盧繼宗迫退，可是他還是一面打一面想：要怎樣才能下台，使兩方面都好過，因此他故意讓盧繼宗在不是要害的地方擊中一拐，再施展金剛大力手法，將盧繼宗的一支佛手拐拗折。

做裁判的卓不凡和楊廣達都看得有點莫名其妙，他們商議了一會，才由卓不凡出來宣佈：這一場算是打和，因爲雙方都不是被打下擂台的，一方中了一拐，但另一方卻給拗折兵器，剛好扯直。

宏真和尚在擂台上給盧繼宗賣了個大面子，他和盧繼宗之間的寃愁，果然如願化解。因爲盧繼宗自己說過：要化解，除非宏真吃他一拐，以拐換掌算是三十年的利息；而今宏真和尚當真給他打了一拐，他是再也沒話說的了。

岳君雄見接連打和兩場，雖未得勝，也未落敗；心中很是歡喜，想趁勢勝回兩場，遮遮面子。當下就示意要擅於打穴的好手古飛雲出陣。這古飛雲年過六旬，還是精神健鑠。他是清宮衛士胡一鄂的師叔，胡一鄂給婁無畏削了一隻手指，不敢參加打擂，卻請師叔出來幫場。

古飛雲一躍上台，就亮出了一對判官筆，這判官筆是專門打穴的兵器，共長一尺八寸，普通兵器是「一寸長，一寸强」，點穴兵器卻是「一寸短，一寸險」。他一亮出判官筆，台下羣雄就知此人本領不弱。

點穴、打穴的功夫，在武學中是一種非常難學的技藝，海內點穴打穴的名家，寥寥可數。古飛雲這一亮相，獨孤一行已知道他的來歷，這人有幾十年打穴功夫，恐怕很難對付，自己這邊雖有四川的打穴名手羅煥先在場，但羅煥先比古飛雲晚了一輩，獨孤一行恐怕他的火候不夠，若萬一落敗，可傷了四川羅家打穴的威名。他不准羅煥先上去，卻自己站了起來，想親自去打這一場，用擒拿手來鬥古飛雲的判官筆。

不料獨孤一行剛站起來，肩頭上就給人輕輕一按，隨即聽得一個人説道：「割雞焉用牛刀，待小弟去接這一場吧。」獨孤一行回頭一望，見是江蘇的鐵面書生上官瑾，他吁口氣，坐下去了，心中暗罵自己，怎的忘了這人。

上官瑾雖年近五旬，但生得面白無鬚，穿著一件絲綢長衫，拿著一把描金扇子，衣帶飄飄，緩緩而行，顯得很是瀟洒出塵，風流儒雅。

他走到台前，仰頭一看，「哎喲！」一聲道：「這台怎搭的這麼高，我跳不上。」他一手搖著扇子，一手輕捋長衫，竟自台旁搭給工人上下用的木梯一步步拾級而登，他這個模樣，引得台下觀衆齊齊發笑。

上官瑾到了台上，將扇子一合，把古飛雲上下打量，猛的把扇一指，朗然笑道：「我道是誰，原來是你，河南的打穴名家古飛雲。幸會幸會。我正想領教你的打穴手法。」古飛雲看上官瑾打穴、點穴的海內名家寥寥可數。他們二人雖素未謀面，但卻久已聞名。古飛雲看上官瑾的裝束神情，已猜到此人便是遊戲風塵，江湖上聞名膽喪的「鐵面書生」。他驀然一驚，但隨又惱怒。他的輩份很高，可不能忍受上官瑾的戲耍。

古飛雲是受師姪胡一鄂的攛掇才來幫場的，他與岳君雄其實沒有什麼交情，也談不到什麼好感。因此他一來時，就聲明不論勝負，都只打一場，這是給師姪一點面子的意思。料不到這一場便碰到上官瑾，但古飛雲生平罕遇敵手，心高氣傲，雖震於「鐵面書生」的大名，但也還不怎麼放在心上。

當下古飛雲怒目一盯，大聲發話：「你大約就是什麼『鐵面書生』了，在前輩面前如此狂法？你亮兵器進招吧，我雖年老，決不含糊。」

上官瑾見他以前輩自居，不覺暗笑，論年齡古飛雲是要年長十歲八歲，可是論輩份，兩家武學，素無淵源，這可從哪裏排起？他微微一哂，又將扇一指道：「晚輩對前輩要恭敬一些，我就用這把扇子向你請教請教吧。」

古飛雲鬚眉皆開，勃然大怒，氣憤憤的道：「呔，你怎的這樣小覷人？你既不用兵刃，咱們就比空手點穴的功夫。」

上官瑾又是微微一笑，將扇往前一遞道：「古『前輩』，你看清楚，我的兵器就是這把扇子，不慣臨時換過別樣。」古飛雲一看，這把扇子外面，烏漆光亮，敢情是鋼骨扇子。而且扇骨上梢兩邊，閃閃發光，很像磨利的刀片。

他心中一動，點穴的兵器是「一寸短，一寸險」。他這把扇只長一尺左右，比自己的判官筆還短，若上官瑾真能用扇點打穴道，倒真是不容輕視的勁敵。

古飛雲雙筆一交，喝一聲：「既然如此，你接招吧！」話未説完，判官筆左右一分，「雙風貫耳」，左筆虛點面門，右筆直指上官瑾的華蓋穴。上官瑾道聲：「來得好！」身軀一幌，雙筆走空，鐵扇已疾如星火的立奔古飛雲雲台穴點來，古飛雲筆往下沉，待砸碎他的扇子，哪料上官瑾又改點為削，扇子輕貼筆身，便待上削古飛雲手指。古飛雲急用「梅花落地」式，向下一撲身，隨即倏地一個盤旋，雙筆橫敲，向上官瑾腿肚的環跳穴和關元穴撞去。上官瑾「摟膝繞步」，走偏鋒，甩腕子，避招進招，扇挾勁風，又斜向古飛雲的左肩井穴打來。古飛雲雙筆撞出，救招不及，急極力斜身繞步，直搶出好幾尺外，才躲過這一招，當下面上也有點發熱了。

上官瑾毫不放鬆，緊跟緊打。一把扇子，竟給他舞弄得出神入化，忽地拿來作閉穴鐝用，忽地又拿來當五行劍使，扇頭到處，全是直指要害穴道。古飛雲不敢大意，也把一身絕技施展出來，雙筆劈、砸、壓、剪、點、打、撥、壓，一招一式也都極其圓熟，顯露出幾十年純淨的功夫。

兩人都是打穴名家，判官筆、鐵扇子，全是指向對方三十六道大穴，一招一式都是驚險非常。霎時間拆了三五十招，古飛雲漸覺招式受制，不能隨招進招，這時才深知鐵面書生，果然名不虛傳，又鬥了幾合，古飛雲左手筆一遞，「仙姑送子」，直扎上官瑾的分水穴。上官瑾把身一躬，身移步換，迅如旋風，已轉到古飛雲背後，古飛雲急翻身獻筆時，上官瑾突的把扇一開，容他剛一轉身時，就斜踏中宮，向他面門上一撥一扇，和他開了個大玩笑。古飛雲突覺涼風習習撲面吹來，眼神一亂，就給上官瑾直搶進來，鐵扇子倏張即合，橫裏一打，電光石火般擊中了古飛雲右腕的關元穴，登時噹啷一聲，古飛雲右筆墜在台上，上官瑾已哈哈大笑，躍過一邊，把扇輕搖，連說：「得罪得罪，承讓承讓！一時失手，『前輩』你別見怪。」

古飛雲滿面羞慚，幾十年盛名毀於一旦，只好扔下兩句門面話，便縱下擂台。其實他還該多謝上官瑾，因上官瑾素來手辣，這次見他也是成名非易，而且有了一大把年紀，這才只給他輕點一下。這一下固然使得他右手血脈登時不能暢通，但他也是老於此道的人，自己可以立即解救，所以還能縱躍下台。

古飛雲一下了台，上官瑾也下了台。他在喝采聲中，仍是一手搖著扇子，一手捋著長衫，一步步摋級而下，好像滿不把打擂當做一回事兒。

岳君雄見又輸了一場，看看自己這方已是能手無多，正在心急。他所倚爲靠山的噶布爾大喇嘛，這時站了起來，說聲：「岳老弟不必憂慮，待我上去做翻幾個，給你勝回幾場吧。」

噶布爾這一登台，卻又與衆不同，別人都是單身上去的，他卻帶著一個小喇嘛，小喇嘛還背著一個大皮袋，脹鼓鼓的，不知什麼東西？

眾人都深深詫異。他和小喇嘛已縱上擂台。只見他先不叫陣，卻向做裁判的卓不凡和楊廣達打了個稽首，問道：「在擂台是不是任憑比試什麼功夫都可以？」

卓不凡看了他一眼，隨即一字一句，清楚了利的告訴他道：「要比試什麼都可以。但別人卻不一定要按你劃出的門道來比試。你若要專比暗器，可以盡量施展，但別人卻不一定要用暗器來和你相鬥，也許他只憑空手就可打敗你的暗器呢。總之，你有什麼功夫，只管賣出來好了。台規絕不干涉。」卓不凡頓了一頓，又看了那小喇嘛一眼道：「但台規只限兩人對打，不能以二打一。你們到底是哪個先上？」

噶布爾大喇嘛笑了一笑道：「自然是我。」隨即喝令那小喇嘛道：「把布袋打開！」在卓不凡、楊廣達驚奇的注視下，只見這一大一小的喇嘛，在布袋裏拿出一口一口的柳葉尖刀，這種刀兩頭都有刀刃，中間卻是手握的柄。兩個喇嘛隨即繞場疾走，把一口口的尖刀插在擂台上。霎時間佈成了縱橫交錯的刀林，七十二口柳葉刀白森森的刀尖向上，映日生輝，插完之後，小喇嘛自下台去，而噶布爾則躍在刀林之上，來回疾跑一遍，驀地在刀林中間，單足獨立，睥睨作態，揚聲喝道：「喂，那位請上來溜溜？咱們來一個刀林對掌。」

噶布爾亮了這手，看擂的人齊齊矯舌。武學之中，梅花樁的功夫已是難練，何況噶布爾竟用利刃替代竹木，擺成梅花樁形勢，若非輕功絕頂，武藝深湛，休說在上面對掌，連立足恐也不能。

獨孤一行見噶布爾昂首四顧，旁若無人，皺皺眉頭，心想自已這邊，輕功好的人盡有，但刀林對掌，卻怕不容易應付，這非但輕功要好，而且得嫻熟踩梅花樁的功夫，又要精於掌法，內外功夫都得爐火純青，不然稍一大意，就有葬身刀林，血濺擂台的危險。

獨孤一行又想自已出去接這一場，他雖然也覺沒有很大把握，但憑幾十年功夫，料還不致落敗。但剛一起身，卻忽見一個鄉下老漢，穿著直裰大褂，已走出人叢，行近擂台。獨孤一行一看，大爲驚詫，這人功夫好純，他並不奔跑，腳底下卻極其迅疾，晃眼間就到了擂台邊了。這功夫真是罕見的上乘輕功。但這人是誰呢？獨孤一行卻怎樣也想不出來。

正在獨孤一行愕然之際，丁曉已是喜形於色的對妻無畏道：「這老漢便是我的師伯。」獨孤一行耳朵很尖，馬上拉著丁曉問道：「什麼？是你的師伯？你祖父太極丁只傳下兩人，柳劍吟和你父親，你哪裏又來一個師伯？」

丁曉微笑道：「說來話長，總之他是我的師伯便是了。我是學過太極兩派的功夫的，這位老者是河南陳家溝太極陳的哥哥，如何不是我的師伯？」

原來當時陳派太極和丁派太極同負天下重名，那時陳派太極的掌門人是陳清平的後代陳永傳，排行第三，卻做了掌門。現在打擂的人是陳永承，排行第二，因爲潛心武學，很少在江湖走動。所以獨孤一行不認得他，連丁曉也不知道他是什麼時候來的。

他們對話未完，陳永承已上了擂台。他並不蓄勢騰縱，卻是身軀平地拔起，嗖的一聲，一起一落，也是單足輕點刀尖，「金雞獨立」，右足著刀，左足輕提，噶布爾大喇嘛相對而視，莞爾笑道：「你擺這玩意兒很不錯，我鄉下人沒見過，特地跑來玩玩。喂，你這刀插得並不很牢，你可要小心點呀，不要自已閃下去。」

噶布爾大喇嘛見這老兒貌不驚人，功夫卻很驚人，不禁心裏打突：「他們那邊到底有多少奇人異士？連個鄉下佬也有這種功夫。」但事已至此，也不容他不拚。他把大紅僧袍一束，立了一個門戶，就請陳永承進招。

這時台下千萬對眼睛，都看著這鄉下佬模樣的陳永承。只見他雙手下垂，腳步不丁不八，掌心貼兩脾，指尖向下，十指微分。他竟隨隨便便的就像平日練拳一般，用「太極起式」來應付强敵。

噶布爾大喇嘛雙目圓睜盯住陳永承，只見陳永承笑道：「你還不發招？睜著眼看什麼？等會就有好看的了！」噶布爾大喝一聲，猛的縱過兩口刀尖，嗖的打出一拳，其快無比。這時陳永承已是左手立掌，指尖上斜，右掌心微扣，指尖附貼左臂曲池穴，以「攬雀尾」式，左掌一撥敵腕，一按一攬，勢勁力疾，噶布爾慌不迭的收拳變招，陳永承又是身形微動，變爲「斜掛單鞭」，接著步轉拳收，成爲「提手上勢」。他只是用太極拳起手三個最普通的式子，已把噶布爾最兇猛的「大力千斤拳」從容拆解，而且迫噶布爾連連後退。

這時台下暴雷的喝采聲響成一片，就連婁無畏和丁曉也大爲驚詫。他們都是精通太極拳的，但卻料不到師伯竟然可以像練拳一樣，以不變應萬變來拆招。他們不知當年太極陳陳清平還更厲害，只以一手「攬雀尾」就打遍江湖。

正當衆人看得神搖目奪之際，大家都不注意到有人疾跑到李來中跟前，好像報告什麼機密似的。李來中面色微變，才一起立，忽又坐下，顯得很是焦躁不安。

這時台上打得正緊，噶布爾大喇嘛已不敢搶著發掌，他施展出西藏的羅漢拳對招，斫、擺、切、打、撥、壓、擒、拿，沉穩迅捷，兼而有之，拳風虎虎，十分凌厲。陳永承的太極拳展開，掤、攦、擠、按、採、挒、肘、靠，更是全身任何部分，都見功夫。

噶布爾走了十來招，以覺得敵人非同小可，憑自已全身內外功夫，竟是難於應付。這時陳永承忽又把太極拳拆散來用，一照面就是太極拳的第二十手「高探馬」，右掌猝擊噶布爾上盤，噶布爾急右掌往外一穿，刷的一個「怪蟒翻身」，翻過一口柳葉刀尖，用出「大捽碑手」，斜劈陳永承的右肩。陳永承一聲冷笑，「野馬分鬃」拆開掌勢，接著便用「倒攆猴」反擊噶布爾下盤，噶布爾大吃一驚，身移步換，剛閃過時，陳永承又已撲了過來。噶布爾正待猱身進步，以「餓虎攫食」之式，探掌來切陳永承的右臂，但已來不及了，陳永承一個「倒轉連環七星步」，一閃便攻，猿臂輕舒，噗的把噶布爾手腕刁住，太極拳借力打力，「牽動四兩撥千斤」，只微微往外一帶，輕飄飄的似乎並不怎樣用力，就把噶布爾龐大的身軀倏然舉起，在刀林之上，一個旋風舞，一聲長笑，噶布爾便被擲落臺下，登時暈死過去。

岳君雄這邊的人大驚失色，紛紛來救，罵聲叫聲，響成一片，卻沒人敢上台來踩那白森森的尖刀。台上陳永承卻不理不睬，他也像噶布爾剛上台時一樣，繞台疾走，只是他一走過，七十二口柳葉尖刀，都齊齊折斷，只剩一小截深嵌台裏，還未拔出。陳永承再雙足連環疾掃，把台上的刀片都掃落台下。笑道：「這些破銅爛鐵，不能留在台上，阻礙比試。」他下了台後，也不去見丁曉他們，便逕自離場，飄然去了。他來是爲助師姪一臂之力，目的已達，也就不辭而別。

這場完了之後，李來中忽然找卓不凡談了幾句話，卓不凡面色陰暗，起立徵求兩方意見道：「總頭目說，今日擂台較技，已比試多場，是不是可以暫停，移到第二日再打？他說他有點事，恐怕不能在此逗留太久。」

卓不凡話聲方停，岳君雄已唰的一聲，掠上擂台，大聲喝道：「要暫停也可以，但要先打過我和婁無畏這一場！剛才是朋友幫場，這回我和他得親自比試比試，才能算數。」接著他又放緩聲調，面向李來中道：「現在不過是申牌時份，時候還早，再打一場也花不了多少時間，總頭目，你就看完再走吧。」原來岳君雄見比了九場，自已這邊竟是三勝三和六負，比對之下，淨輸了五場，心中十分氣忿。而且自已這邊，能手幾乎盡出，再讓別人打下去，恐怕敗得更慘，因此便趕著要和婁無畏打一場。他雖嚐過婁無畏的匕首滋味，但見婁無畏只是三十來歲，不信他的武功會有所傳之甚。他是想勝回一場，然後趁勢收擂，明天再藉故不打。這樣，不至於在萬目睽睽之下，失了面子。

他急著要打，婁無畏更急，婁無畏心切師仇，深恐今日罷擂不打，會生變故。他見岳君雄先上台索戰，心中大喜，不待岳君雄說完，他已疾如電光火石，輕如飛燕掠波的霍地跳上台來，接聲說道：「很好，咱們先打了這場再說。」他嗖的一聲，拔出了爛銀劍，亮開劍訣，左手齊眉，右手抱劍當胸，挺然卓立，喝道：「岳君雄，你還不動手，可是要等著交代交代後事麼？」

岳君雄勃然大怒，罵道：「你有多大本領，膽敢如此放肆？」他的劍早已拔出，身形一晃，便踏偏鋒進劍，劍光繞處，唰的便奔婁無畏左肩刺來。

婁無畏兀立如山，動也不動，容得岳君雄劍尖堪堪刺到，突狂笑一聲：「來得好！」隨手把劍一揮，「金雕展翅」，疾如電掣，便向岳君雄右臂揮來。

猝起不意，心膽俱寒，岳君雄料不到婁無畏劍招竟這樣老辣，急忙一扭身，斜滑步，好容意才避開這劍。說時遲，那時快，婁無畏已是身隨劍走，劍隨敵轉，爛銀劍寒光閃閃，把岳君雄圈在劍光之中。

岳君雄原學過袁公劍法。袁公劍法以輕靈迅捷見長，原也是江湖上罕見的劍法，但岳君雄卻學得並不很精，他初時還以爲憑這套劍法，定可制伏婁無畏，不料一施展開來，才知自已比不上別人。他迅捷，婁無畏比他更迅捷；他輕靈，婁無畏比他更輕靈。只見婁無畏運劍如風，鷹翔隼刺，使到疾處，一片青光揮霍，只見劍光閃閃，連人影也沒在劍光中了！

銀光揮霍，劍風虎虎，婁無畏和岳君雄在擂台上風馳電逐的大戰起來。拆了三十多招，岳君雄已漸漸覺得自己這口劍，遞出招去，往往給敵人劍式封住，無法進招。而婁無畏則越鬥越勇，太極奇門十三劍中，又夾雜飛鷹迴旋劍法，吞吐抽撤，時如鷹隼飛天；擊刺截展，時如猛虎伏地。岳君雄氣燄全消，方知自已本領，真不是人家對手。但幸岳君雄的袁公劍法，雖未爐火純青，也有相當火候，他拚死命只守不攻，婁無畏暫時還不能得手。但台下羣雄，已全都看出，只要再戰下去一些時後，岳君雄必有血濺擂台的危險。岳君雄這邊的人，全都緊張起來，已漸漸移近擂台邊。擂台規矩，週圍十方丈圓之地，不許有人，而岳君雄這邊的人，已站在「禁區」的邊緣了。

正在台上拚死忘生，台下緊張萬倍之際。忽地大校場中，數萬看擂之人，都聽得遠方好似有悶雷之聲，一連幾響。仰觀頭頂，又是陽光耀眼，萬里無雲的晴空，這天氣哪裏有些兒雨意？哪裏會有雷聲？但幾萬人的耳朵，不會同時作怪，再聽一聽，那雷聲已越來越明顯！

變生不測，萬衆驚疑。正當其時，突的有幾騎健馬，飛奔而來，鐵蹄翻騰，塵沙飛揚。這幾個人騎術精絕，一入場中，就立刻繞過人羣，策馬進入跑道，加鞭如飛，瞬息之間已衝到李來中的面前。爲首的一下馬和李來中說了幾句，李來中立刻面色大變，趕忙站起，向裁判台上的卓不凡、楊廣達搖手示意。

這時擂台上也有了激烈的變化，岳君雄已是在生死俄頃之間！他使了一招「寒雞拜佛」，劍往外展，正取婁無畏的中盤，卻不料婁無畏劍柄微提，劍尖下垂，唰的便往左猛「掛」他的兵刃，他正待變招，婁無畏已是身形略俯，左手劍訣上指，指尖直抵岳君雄額角，右腕倏翻，爛銀劍「白鶴亮翅」，猛然一撩，唰地截斬岳君雄脈門！

岳君雄眼看就要血濺擂台，正當婁無畏揮劍去截斬他的脈門時，驀地裡幾縷寒星，自台下飛上，敵方竟不怕冒犯打擂台的大禁，在台下發出暗器，幹出卑鄙之行。

在擂台相打的人，當然不會注意到台下的暗器。婁無畏猝遇偷襲，若是他人，非受傷不可。但婁無畏輕功超卓，又曾從雲中奇處習「聽風辨器」之術，他百忙中，騰身湧起，斜身下落，避過了台下打來的三枝鳳尾鏢，一支甩手箭。而岳君雄也早趁婁無畏躲閃暗器之際，急急縱下台去了。

婁無畏大怒，使開爛銀劍防身，便待下台追趕，丁曉也一掠數丈，迫近禁區，錢鏢疾發，但因距離過遠，竟射不著岳君雄，一時台下暗器亂飛，台上鐘聲大作。

義和團總頭目李來中不顧危險，縱上擂台，鬚眉皆張，大喝「停手」！卓不凡、楊廣達兩位老英雄，也解開防身軟鞭，跳到擂台上護衛。

李來中舌綻春雷，大聲喝道：「停！停！洋鬼子都快打來啦！據來人報，洋兵現距北京不足三十里，已與我先鋒部隊接觸，剛才大家所聽到的，就是洋鬼子的大砲聲。」李來中這一大喝，如迅雷貫耳，頓時間鴉雀無聲。原來當時美、英、德、俄、日、法六國聯軍約四萬人，自天津沿運河兩岸向北京進發，通州大本營，因李來中主力撤離，清軍不戰而退，一路退一路焚掠，等於替聯軍掃清道路。通州離北京僅四十多里，聯軍一入通州，把房屋焚毀一空，立刻就向北京進發。聯軍突入通州之時，也正是開始打擂之時。

李來中報告了通州失守的消息，又報告了另一個驚人的消息：西太后、光緒帝已逃出京城，御林軍現在也逃散了。到緊要關頭，口口聲聲請義和團來「扶清滅洋」的清廷，卻丟下義和團不理了；這還不打緊，據報告，還有清軍聯同洋兵打義和團的。李來中怒嚷道：「媽巴子的，咱們給慈禧這老妖婦賣了！弟兄們，立即回營，擂台之事，以後再說。」

李來中話一說完，突有一條人影，捷如猿猴，盤躍上大校場中的旗桿，那旗桿高五丈餘，比擂台高得多了。那人瞬息之間就到了桿頂，單足一立，衆人一看，正是丁曉，只見他大聲喝道：

「稍停一停！我們要打洋鬼子，也要肅清内奸，免得他們在裏面搗亂，誰是内奸，就是岳君雄他們。他們是要『保清』的，你看現在清廷對我們怎麼樣？」

岳君雄這邊的人聽得李來中報告洋兵向北京進發時，已紛紛向後退。他們也還不知洋兵會來得這麼快，以致滿清的貴族官僚逃走時，也顧不了他們這批奴才。這時丁曉厲聲大喝，他們就拉兵器，嘩啦啦的往外奔逃。大校場中數萬人同時吶喊，有的便往前追。李中來急又鳴鐘喝停！喊道：

「弟兄們！冷靜！冷靜！他們逃出去也就算了。咱們來不及理他們了，抵抗外敵緊要。軍令要你們趕快回營！」

丁曉也喝道：

「我擁護總頭目的主張，現在總算認清内奸的面目，他們終逃不掉，事情緊急，先禦外敵，慢慢再和他們算賬。」丁曉是爲了顧全大局，况且他目的已達——敵我界線既已分明，毒瘡不至在裏面潰發，他便也就把個人的仇恨暫時擱開。

這時擂台上虎鬥龍爭，暫時結束，另外展開了中國老百姓抵抗侵略，驚天動地的壯烈戰鬥，義和團以原始的刀矛武器，在北京抗擊八國聯軍！

中國在咆哮，大地在震撼。中國樸素的農民，第一次在全國範圍之內，拿著大刀、長矛、木棒、鋤頭，展開了對外來侵略者的抵抗。他們簡陋的原始武器，抵擋不了八國聯軍的槍砲；然而他們的行動，卻表現了中國老百姓的精神。他們不能忍受任何人騎在他們頭上，誰敢欺侮他們，他們就要和誰拚下去。經過了義和團的事件，西方列強，也感到中國人是不容易「對付」的。八國聯軍的統帥瓦德西當時就說過這樣一句話：「瓜分一事，實爲下策。」他也不能不震撼於中國民間士氣的不可輕侮。

義和團還是失敗了，但這失敗卻是另一成功的起點，他們退出了城市，退入了鄉村，不再是幾十萬人的大集團，而是結合數十數百人的小部隊，火種沒有熄滅，火種埋在民間。

李來中在兵敗退出了北京時，才感覺到柳劍吟以前勸他勿入北京的話是對的，他們目前應該做的還是在廣闊的農村生根。京津失陷之後，混入義和團中的壞份子都已完全肅清，而滿清政府，也完全露出了猙獰的面目——對外諂媚，對內鎮壓。它竟然和聯軍一起會剿團匪，老百姓又得到了一次大教訓：封建的統治者，是無論如何也不能信賴的。

婁無畏在羣衆的激流中，對他以前的消極頹唐深深慚愧。他和丁曉隨一部份義和團流散東南，應了他自已以前所說過的話：「我這一生將在江湖飄泊終老了」。然而他不能算是「飄泊」，因爲到處有人歡迎他們。他和丁曉在東南的幫會組織上，很做了些工作。他沒有成家，丁曉每逢勸他娶親時，他就彈劍長嘯。

至於柳夢蝶呢？她沒有和婁無畏在一道。她的情緒很是複雜，她心痛父仇，又傷左含英之死。她雖尊敬她的大師兄，卻不願和大師兄在一起。婁無畏也默然接受，沒有勸她。一來，他不願挑起心裏的創傷，不願讓情感的葛籐帶給他不必要的煩惱。二來，也是想火種能在四方點起，好過聚在一處。

柳夢蝶的想法是：她已經是左含英的人，而且她曾付給左含英最真摯的情感，她不願再度捲入情感的漩渦。

她回到山西侍奉母親，直到母親去世後，就飄然來到塞外，在大黑河畔，承繼了心如神尼的古刹。那時慧修尼年事已高，在柳夢蝶到後不幾年，她便過世了。

從此柳夢蝶就在塞外削髮爲尼。她雖做了尼姑，然而這個尼姑，卻與衆不同，常常在塞外獨來獨往，遇到不平之事，一樣伸手去管。她和塞外牧民建立了友誼，常常向他們講述義和團的事蹟。塞外的牧民，常在皚皚的鹽湖之濱，茫茫的草原之上，看見她的青鋼劍，寒輝映日，還似當年。他們不會知道這個美貌尼姑，曾經歷過那麼多滄桑世變。

# 尾聲　卅年江湖夢　萬里瀚海沙

天蒼蒼、野茫茫，自柳夢蝶遁入空門，寄身塞外之後，她的蹤跡已隱沒在草原荒漠之中。可是江湖上還沒有忘記她，時時談起她的事蹟，她的牟尼珠絕技，還似神話一樣的在江湖上流傳。

北京保清派首領，害死柳劍吟的岳君雄，在八國聯軍入北京之後，也已不知所終，可是據江湖上的傳說，他的同黨中曾參與暗算柳劍吟夫婦和左含英的人，卻一個個死得很是離奇，頭一天還好端端的，第二天就暴斃了。這些人大都已是隱姓埋名，可是死後，他們的來歷，終被揭發。江湖人物，多猜疑是婁無畏、丁曉和柳夢蝶幹的事情。雖然江湖之上，沒有誰發現柳夢蝶到過中原，但據傳有幾個岳君雄的黨羽，是被暗器打中穴道而死的，這手絕技，除了柳夢蝶外，已很少人會了。

還有一件與柳夢蝶相關，而為江湖上最感興趣的是：十餘年後，老拳師左璉倉曾帶了一個少年在江湖遊歷，據左璉倉說那是他的孫子。少年的相貌，很有幾分似柳夢蝶，使的也是青鋼劍。雖然不會打牟尼珠，可是金錢鏢卻打得很好。

光陰流逝，在八國聯軍入京之後十餘年，愛新覺羅皇朝終於倒下去了。雖然隨之而來的還是軍閥割據，可是東方的曙光，已漸漸要穿透黑暗的雲幕了。

中國又經過一個大的變動，但柳夢蝶還是蹤跡渺然，一直到卅餘年前一個秋天，筆者在塞外一座古刹投宿，無意之中，碰到一個老尼姑，空山夜話，才知她就是鼎鼎大名的柳夢蝶。至於那兩個深宵來訪的「怪客」，一個是丁曉之子，一個就是左含英之子。

當晚，那老尼姑將一些前因後果一一告訴筆者，她剛說完，雨聲也已歇了。她和那兩個漢子不等天明，就出去料理他們「未了」之事，而筆者也匆匆上路了。

再過些時，筆者回途重經大黑河畔的古刹，已不見那老尼姑人影。只是其後聽得武林中人說，陝西有一個隱居的士紳，雖然年過六旬，卻是精神健鑠，體魄極佳；不知怎的，有一晚被人刺死，連頭顱也不翼而飛，後才有人偵知，這人就是當年曾叱咤一時的岳君雄。

筆者聽了這段傳聞，不由得腦海中泛起那老尼姑的影子，似乎可見她仗青鋼劍，挾牟尼珠，在瀚海揚沙，陰雲蔽日之際，穿過漠漠荒原，遠尋仇人手刃。正是：

金戈鐵馬江湖夢，夢覺天涯，明月胡笳，處處天涯處處家。

龍爭虎鬥卅年事，事渺人遐，遙望京華，萬里西風瀚海沙。

——調寄采桑子

梁羽生系列

# 《龍虎鬥京華》

作者：梁羽生
出版：天地圖書有限公司
香港皇后大道東109－115號
智群商業中心13字樓
二五二八三六七一（電話）
二八六五二六〇九（圖文傳真）
發行：利通圖書有限公司
（港澳）
九龍紅磡民裕街41號
凱旋工商中心8樓C
二三〇三一〇一〇（電話）
二七六四一三一〇（圖文傳真）
印刷：亨泰印刷有限公司
香港柴灣利眾街27號
德景工業大廈10字樓1座
二八九六三六八七（電話）
封面題字：黃苗子
裝幀設計：陶嘉
書名篆刻：張貽來
ISBN 962 257 875 6

13/F., Great Many Centre, 109-115,
Queen's Road E., Wanchai,
Hong Kong.

一九九六年修訂本再版